EL MILAGRO ORIGINAL

EL MILAGRO ORIGINAL

EL
MILAGRO
ORIGINAL

GILLES LEGARDINIER

Editado por HarperCollins Ibérica, S.A.
Núñez de Balboa, 56
28001 Madrid

El milagro original
Título original: Le premier miracle
© 2016, Éditions Flammarion, Paris
Traducción del francés de Ana Romeral

Todos los derechos están reservados, incluidos los de reproducción total o parcial en cualquier formato o soporte.
Esta edición ha sido publicada con autorización de HarperCollins Ibérica, S.A.
Esta es una obra de ficción. Nombres, caracteres, lugares y situaciones son producto de la imaginación del autor o son utilizados ficticiamente, y cualquier parecido con personas, vivas o muertas, establecimientos comerciales, hechos o situaciones son pura coincidencia.

Diseño de cubierta: CalderónStudio

ISBN: 978-84-9139-080-0
Depósito legal: M-4570-2017

1

Era una noche un poco fría. Normalmente, al señor Kuolong no le gustaba esperar. Sin embargo, aquella noche, esperar casi le hacía feliz. Hacía mucho tiempo que este hombre de cincuenta años, delgado, de mirada adolescente, no sentía algo similar. Sobre todo ante la presencia de otra persona.

Desde el primer piso de su residencia americana, ante el ventanal del salón que dominaba su inmensa propiedad, observaba el cielo. La cena prometía ser importante. Incluso, esencial. Por primera vez, aquello no tenía nada que ver con lo profesional, más bien al contrario. Y, sin embargo, veía en ello un desafío mayor que en sus recientes tomas de poder de compañías eléctricas. Aquella noche era su parte más íntima la que esperaba encontrar su eco.

Todo había comenzado con un encuentro. A pesar de su poblada agenda de contactos, poca gente le había causado aquel efecto. Se había quedado tan impactado que incluso le había hablado de ello a su mujer.

La primera vez que se había fijado en Nathan Derings, había sido en Londres, algunos meses antes, en una exposición de la National Gallery. El museo celebraba la restauración de un excepcional lienzo de John Constable, *El campo de trigo,* gracias a la donación de un millonario americano, propietario de algunos casinos en Las

Vegas y gran coleccionista. La flor y nata de la Europa del arte y del mecenazgo se daba cita aquella tarde bajo los auspicios de la prestigiosa institución de Trafalgar Square.

Los invitados se arremolinaban alrededor de la bucólica obra, prestándole apenas atención, más ocupados en hacer la pelota al generoso donante que en disfrutar de semejante maravilla. El evento no era más que una ocasión para pavonearse. Todos los allí presentes solo tenían en mente una idea: hacerse notar. Después, con una copa de champán en la mano, hacer fructificar sus redes de contactos ante el lujoso bufé que apenas tocarían. Al día siguiente, pasarían horas contando quiénes eran en todos los medios de comunicación habidos y por haber.

Apartado, Wang Kuolong observaba a los invitados. Según sus cálculos, él debía de ser más rico que el 97 % de cualquiera de ellos. Mucho más rico. Pero su intención no era mostrarlo. No tenía ni necesidad ni ganas de hacerlo. Había ido por el cuadro y, por tanto, esperaría para contemplarlo. El señor Kuolong sabía que, tanto en los negocios como en la vida, hay que saber situarse y esperar el momento adecuado. Por tanto, manteniéndose apartado de la mundanal efervescencia, esperaba impaciente a que la horda terminara por trasladarse hacia la siguiente parada obligatoria de esta recepción: el *photocall* en el salón de al lado. Cuando los últimos bárbaros vestidos de gala abandonaron finalmente la sala, Kuolong saboreó con una sonrisa de satisfacción la pequeña victoria que acababa de ofrecerle su espera.

Por fin, el silencio y la distancia necesaria para disfrutar del lienzo sin la presencia de ningún parásito. La notable composición de volúmenes y la interpretación del movimiento en las antípodas de los cánones habituales. El inimitable tratamiento de las hojas. El magnífico ímpetu con el que el perro persigue a las ovejas por el sendero que conduce hacia el horizonte. Cada detalle parecía estar a punto de cobrar vida con la menor brisa. Kuolong se entregaba a la obra con delectación.

De pronto, al otro lado de la sala, un movimiento atrajo su

atención. Al principio creyó que se trataba de un vigilante de seguridad del museo, pero se equivocaba.

Él no era el único que había esperado ese momento. Otro hombre seguía aún apartado. Más joven, de pelo corto, buena presencia, vestido con elegancia y discreción. También él contemplaba el cuadro desde un poco más lejos. El señor Kuolong pensó que, teniendo en cuenta su edad, debía de gozar de mejor visión que la suya. Los dos hombres permanecieron así, absortos en su fascinación.

Cuando el desconocido se acercó a la obra, fue con la mayor delicadeza, haciendo el menor ruido posible en el noble parqué. Kuolong se percató y se acercó también él. Por supuesto, no con intención de imitarlo, sino porque sus ritmos de contacto con el lienzo estaban sincronizados. Tras la percepción del conjunto, era el turno del estudio de la técnica. Captar la obra, acortando progresivamente la distancia, hasta llegar a distinguir la pincelada. Acercarse al milagro que transforma una mancha de color perfectamente ubicada en una emoción auténtica, hasta sublimar una realidad material en un soplo de sentimiento. Aquella tarde, Kuolong se sintió tan conmovido por el genio de Constable como por descubrir un *alter ego* de su observación.

El desconocido dio un último paso hacia el lienzo y murmuró:
—Todo reside en la luz, ¿verdad?
Kuolong asintió feliz.
Después de finalizar juntos su experiencia artística, los dos hombres entablaron una larga conversación.

Se volvieron a encontrar, por casualidad, en Shanghái, por un Magritte. Después quedaron en Los Ángeles, delante de un Rembrandt. Fue allí, a la sombra de *Retrato de un hombre*, que parecía observarlos, cuando al señor Kuolong se le ocurrió la idea de contratar a Nathan Derings. Para hacerle esta propuesta, le había invitado esa noche. El magnate se había quedado prendado del carisma y del intelecto de aquel hombre, del cual había pedido a sus servicios que buscaran información. El individuo daba clase de Historia del Arte en varias universidades, pero Kuolong percibía en él otro potencial, un poder y una capacidad de análisis poco comunes, que él necesitaba.

A través del gran ventanal, bajo la luz de la luna, la inmensidad del bosque se fundía con las colinas de Montana, que se perfilaban al oeste. Una voz suave trajo a Kuolong de vuelta de su ensoñación.

—Está todo listo, señor. ¿Está seguro de que no quiere que mantenga el servicio?

—No, gracias, Donna. Disfrute de su velada.

—Quédese por lo menos con Ralph. No me gusta que usted se quede solo. La señora no aprobaría...

—No se preocupe. Si lo necesito, el equipo de seguridad está ahí.

—Como desee.

—Buenas noches, Donna. No le diga a Ralph que suba, ya le veré mañana por la mañana.

Cuando la empleada del hogar y el guardaespaldas abandonaron la residencia, Kuolong se dio cuenta de que, sin duda, era la primera vez que se quedaba solo. Eso le venía bien. No se alejó de su lugar de observación hasta que un minúsculo punto luminoso apareció en el cielo. El helicóptero se acercaba.

Bajó rápidamente las escaleras y salió a dar la bienvenida a su invitado, sin perder tiempo siquiera en ponerse el abrigo. Con paso decidido, bordeó la fachada de su imponente casa hecha a medida para llegar a los jardines de la parte posterior. Definitivamente, aquella noche él mismo estaba sorprendido: él, que lo que más le gustaba en el mundo era el silencio, se volvía loco de alegría con el estrépito de su helicóptero.

Levantando una gran tormenta de hojas muertas, el aparato efectuó una última vuelta antes de tomar tierra. Kuolong se protegió la cara, pero no retrocedió. En cuanto los patines de aterrizaje tocaron el suelo, Nathan Derings abrió la puerta y bajó. Para ser profesor de Historia del Arte, no parecía tener ningún problema saltando del aparato.

Kuolong le tendió la mano calurosamente. Para que pudiera oírle, a pesar del ruido, gritó:

—¡Bienvenido, señor Derings! ¡Gracias por aceptar mi invitación!

—Soy yo el que debe darle las gracias. Sin duda, debe de estar muy ocupado. ¡Y encima me envía su helicóptero!

Los hombres regresaron rápidamente a la casa. Derings se colocó el peinado al entrar en el gran recibidor. Inmediatamente se fijó en las antigüedades y en los cuadros.

—Ha conseguido hacer de la arquitectura un escaparate perfecto de su gusto por el arte... Es impresionante.

—Gracias, señor Derings.

—Nathan, si no le importa.

—A condición de que usted me llame Wang. ¿Le apetece una copa?

El invitado miró con detenimiento un antiguo telescopio expuesto en una vitrina especialmente acondicionada. El anfitrión se acercó.

—También tengo debilidad por los artefactos científicos históricos. Tengo algunas piezas bastante notables, como este telescopio. Sin duda, es gracias a él que hoy día conocemos nuestro sistema solar. Me emociona pensar que, quizá, Johannes Kepler comprendió el desplazamiento de los planetas alrededor del Sol mirando a través de este telescopio. ¿A usted no?

—Sin duda...

Los dos hombres subieron al salón. A Derings le llamaron la atención dos dibujos originales de Da Vinci, y dos sanguinas de Picasso.

—Vive rodeado de obras tan eclécticas como valiosas.

—Disfruto de ellas durante un tiempo, y después se las cedo a algún museo. Aun así, me quedo con algunas.

Kuolong pasó por detrás de la barra y observó la hilera de botellas que cubría dos estanterías. Se volvió hacia su invitado, desamparado.

—Tengo que reconocer que no estoy acostumbrado a servir… He dado la noche libre a todo el mundo para que estuviéramos tranquilos. ¿Le parece bien un *bourbon* solo?

—No se moleste. Ahorrémonos formalismos inútiles. ¿De qué es de lo que quería hablarme?

Kuolong agradeció lo de evitar las maniobras de acercamiento. Ante su interlocutor, tenía la sensación de que podía –y de que debía– ser directo, actuar como lo haría con un hombre de negocios y no con un profesor de universidad.

—He mandado que nos prepararan una cena ligera. ¿Quiere que nos sentemos a la mesa?

—Como usted prefiera. Estoy impaciente por escucharle, señor Kuolong.

—Wang, por favor.

Tomaron asiento, pero ninguno de los dos levantó su cubreplatos.

—Usted ya lo ha visto, dedico buena parte de mi tiempo y de mi fortuna a la salvaguarda de obras de lo más variopintas. Por medio de mi fundación compro, expongo, presto y financio. No me considero el propietario de estas manifestaciones del genio humano, sino un espectador privilegiado.

—Es una colección verdaderamente hermosa…

—Y usted, aquí, solo está viendo una ínfima parte.

—¿Qué espera de mí?

—Desearía que trabajásemos juntos. Querría hacerle responsable de la dirección operativa de mi fundación. Podríamos decidir las adquisiciones y organizar las exposiciones. Dispongo de los medios para pagarle un sueldo a la altura de la estima que siento por usted. ¿Qué me dice?

Aunque Kuolong esperaba provocar entusiasmo en su interlocutor, se llevó la desagradable sorpresa de no detectar ninguna reacción. Sin pestañear, Derings simplemente posaba sobre él aquella mirada intensa y calma que tanto le había impresionado desde la primera noche.

—Es una oferta realmente buena. Me siento halagado.

—Sin embargo, no parece tentarle tanto como yo esperaba...

—Tenga por seguro que su proposición me impresiona... Agradezco su generosidad, pero...

—Puedo convencerle.

—No sé. El dinero nunca ha sido...

—No es cuestión de dinero. Sígame.

La velada había dado un giro inesperado, pero Kuolong sabía adaptarse. Acompañó a su invitado hacia su despacho, un amplio espacio de estilo claramente asiático, decorado con antiguas pinturas sobre seda. Emocionado, pero decidido, declaró:

—Solo mi mujer y mis hijos han visto lo que voy a enseñarle. Nadie lo conoce y nadie debe conocerlo. Sea cual sea su decisión, prométame que guardará el secreto.

—Le doy mi palabra.

—Confío en usted, Nathan, y estoy seguro de que terminaremos trabajando juntos. Si no estuviera seguro de ello, no me arriesgaría a desvelarle lo que le voy a desvelar.

Se acercó a una estatuilla de jade con forma de dragón. Se inclinó hacia delante, juntando las manos. Después, como si le estuviera confiando un secreto, recitó unas frases en taiwanés. Justo al lado, una parte del muro se apartó con un movimiento sordo. Apareció un ascensor, y Kuolong pidió a su invitado que entrara con él. La puerta se cerró tras ellos y la cabina se puso en marcha.

—No soy un aficionado, Nathan, y sospecho que usted tampoco. —Derings no dijo palabra—. Lo que ha visto de mi colección no es más que la punta del iceberg. Concebí el lugar hacia el que estamos yendo para albergar mi pasión. Mi éxito me ha facilitado los medios para ser libre. Pero nada de lo que he podido realizar o amasar se acerca al valor de uno solo de los prodigios que tengo la suerte de poseer. Algunos hombres superan a los demás, y lo que ofrecen a este mundo nos enaltece a todos. —El ascensor se detuvo y la puerta se abrió delante de un largo pasillo excavado en la roca—. Decidí construir mi residencia en esta región porque es una de las zonas sísmicas más estables del mundo, y la única situada en un país libre. Aquí, mis tesoros están a salvo tanto de la locura de los hombres como de la cólera de la naturaleza.

Kuolong subió por el pasillo hasta una puerta metálica maciza, al lado de la cual había un teclado y un escáner biométrico. Marcó un código, de al menos ocho cifras, y pasó la mano por la superficie plana.

Lenta y pesadamente, el batiente cedió, dejando ver una sala de cemento desnuda y de techos bajos, tan larga, que resultaba difícil ver el fondo. A ambos lados, en las paredes, una hilera de lienzos realzados por una iluminación precisa.

Esta vez, Kuolong comprobó con satisfacción que el autocontrol del que hacía alarde su invitado no le servía para permanecer impasible frente al espectáculo que se abría ante ellos. Con un gesto, le animó a que entrara en su santuario.

Derings avanzaba sin saber dónde posar la mirada. El lugar daba cobijo a decenas de obras, algunas muy famosas, que habían desaparecido o habían sido destruidas, o que supuestamente se encontraban en manos de millonarios del Golfo. Delante de cada una de ellas, un sofá de dos plazas de cuero marrón, siempre el mismo.

—Es en este templo dedicado al genio de nuestra especie, donde vengo a preguntarme quién soy y adónde nos lleva este mundo.

—¿Y ha encontrado la respuesta, Wang?

—A decir verdad, no tengo mucha prisa por descubrirlo. Tengo miedo de que si lo descubriera, la vida perdiera a su vez misterio e interés.

Derings pasó ante un lienzo de Van Gogh.

—Así que el *Retrato del doctor Gachet* sobrevivió a la muerte de Ryoei Saito...

—Su familia necesitaba dinero y yo pude comprarlo. Imagínese la pérdida que habría supuesto si el último lienzo del maestro hubiera sido destruido por megalomanía... —El invitado se acercó a un lienzo de Caravaggio—. Siempre he admirado su sentido dramático —comentó Kuolong—. Además de una técnica inigualable, sabe plasmar ese instante en el que se trunca el destino. Es el único capaz de reflejar con tal intensidad cómo se rompen las almas.

Nathan retomó la visita, descubriendo clásicos y modernos entremezclados: Watteau, Soutine, Turner, Dalí...

—¿Puedo preguntarle con qué criterio los ha colocado?

—La pertinencia de su pregunta me demuestra hasta qué punto he acertado con usted... Cada una de estas obras produce emociones en mí, como las notas de una sinfonía silenciosa. He compuesto mi melodía, así que cuando recorro esta sala, un concierto absoluto suena en lo más profundo de mi ser. —Abandonando sus reservas, Kuolong se atrevió a posar su mano en el brazo de su invitado—. Trabaje conmigo, Nathan, y tendrá todo el tiempo del mundo para admirar estas maravillas. Podrá escribir artículos sobre las que más le emocionen, una nueva tesis...

Kuolong sentía que, a pesar del efecto provocado, el descubrimiento de aquel lugar aún no había logrado que el visitante se sumara a su causa. Decidió jugarse la última carta.

—Tengo algo más que enseñarle. No suelo hablar de ello. Es como si fuera mi secreto. ¿Cómo podría explicárselo? El conocimiento alcanzado gracias al talento excepcional de estos pintores me ha llevado aún más lejos. Los artistas son los genios más accesibles para el común de los mortales, pero no son los más poderosos. Ya se lo he dicho, me suelo preguntar qué sentido otorgar a este mundo, e intento, modestamente, seguir los pasos de aquellos que se aventuraron en la búsqueda de lo que nos supera. Venga conmigo.

Al fondo de la sala, detrás de una cortina de terciopelo negro, otra puerta blindada, más estrecha. Un nuevo código y un escáner ocular. Una vez realizada la identificación, apareció una salita abovedada, totalmente circular, con las paredes y el suelo construidos con piedras desgastadas por el paso del tiempo. La impresión era la de encontrarse en un cripta medieval europea. Obras de diferentes épocas se repartían en expositores, aunque lo que más llamaba la atención se encontraba, triunfante, en medio de la sala: una vitrina circular, con un extraño objeto en su interior. En cuanto lo vio, la mirada de Derings se suavizó imperceptiblemente.

Kuolong lo rodeó con avidez. Un disco de oro perfectamente pulido, del tamaño de un plato de postre, cuyos bordes de bronce tenían grabados símbolos oxidados por el verdín. Un espejo dorado de otro tiempo. El efecto reflectante era de tal pureza que Derings se podía contemplar perfectamente.

—Me siento orgulloso de mostrarle el espejo de Arrapha, un tesoro sumerio de casi cinco mil años. Es único en su género, y su historia es extraordinaria. Fue creado durante la tercera dinastía de Ur, unos dos mil quinientos años antes de nuestra era, probablemente bajo el reinado de Ur-Nammu. Admire la perfección del pulimento y la proeza que supone la unión del oro sobre la base de bronce. ¿Qué milagro hizo posible que un artesano consiguiera con sus manos lo que incluso a nuestra más sofisticada tecnología le habría costado producir hoy día? Más sorprendente todavía, si observa atentamente los signos que le rodean, distinguirá lo que podría tratarse de escritura cuneiforme asociada a otros símbolos, incluso un tipo de esvástica. He pedido ayuda a los mejores especialistas y he gastado una fortuna para intentar descubrir su significado, pero no ha servido de nada. Del rey Ur-Nammu, al cual, sin duda, tuvo que pertenecer este espejo, sabemos muy poco, solo que era un soberano visionario que reinaba en aquella época en la ciudad-estado de Ur, Mesopotamia, y que promovía la investigación en todos los campos científicos por entonces conocidos. No sabemos para qué uso estaba destinado este espejo, pero no debía de ser doméstico, ya que después fue cedido y protegido como una reliquia. El espejo de Arrapha fue descubierto, por casualidad, en el siglo xix, en una tumba situada en Kirkouk, al norte del actual

Irak, y fue vendido a anticuarios que nunca sospecharon su verdadero valor. Solo a comienzos del siglo xx, se relacionó el objeto con los textos encontrados en las tablillas de arcilla que evocan los trabajos y los experimentos llevados a cabo por los sabios de aquella época. Más tarde nos dimos cuenta de que el espejo es ligeramente radioactivo, sin que se sepa por qué.

Kuolong continuó con exaltación:

—¡Piense que, hace casi cincuenta siglos, otras manos manipularon este espejo, esperando descubrir los secretos de nuestro universo! Cuánto me gustaría conocer a sus creadores y aprender de ellos… Cuánto daría por saber lo que empujó a los poderosos de aquellos tiempos tan remotos a exigir su fabricación, por medio de tal hazaña técnica. Y aún estaría dispuesto a más con tal de saber en qué circunstancias fue utilizado.

—¿Daría su vida por saberlo?

El tono de Derings llamó la atención de Kuolong, que alzó la vista hacia él. A ambos lados de la vitrina, los dos hombres se miraron cara a cara.

—Qué pregunta más extraña, Nathan…

—Usted mencionaba cómo los arcanos del mundo se nos escapan.

—Y este espejo misterioso nos acerca a ellos, ¿verdad? ¿Qué verdades perseguían aquellos hombres? ¿Las alcanzaron? ¿Las hemos perdido nosotros desde entonces? Se abren tantos interrogantes fascinantes. Podríamos buscar juntos las claves.

—Tiene razón. Algunos hombres superan a otros. Pero no son eternos. Y si los descendientes de aquellos que conocen no son dignos de sus antecesores, entonces el progreso se pierde y la civilización da marcha atrás. ¿Qué cree usted que pensarían los sabios protegidos por Ur-Nammu de la ciencia de nuestros días?

—Interesante pregunta…

—Mientras nuestro mundo se encamina hacia su perdición, ¿cree usted que el genio de nuestras civilizaciones merece ser consagrado a la invención de esmaltes de uñas fluorescentes o a aplicaciones para perder el tiempo con un teléfono?

—Tajante conclusión, pero bastante pertinente.

—¿Por qué diablos los infieles han puesto la inteligencia al servicio del comercio en vez de al progreso de nuestra especie? ¿Por qué los sueños han sido confiscados al servicio de ridículos e insignificantes intereses? ¿Por qué deberíamos aceptar este mundo esclavo del dinero, de la inmediatez y de la vulgaridad? —Lejos de su habitual comedimiento, el invitado mostraba una faceta desconocida. Hizo una pausa antes de proseguir—: ¿Qué fuerza hace falta para liberarnos antes de que la vacuidad de nuestras vidas destruya toda posibilidad de futuro?

—Su vehemencia me sorprende, pero no me disgusta...

Derings miró fijamente a Kuolong.

—Wang, ¿estaría dispuesto a dar su vida por vislumbrar el secreto de este espejo ancestral? Yo, sí.

Lentamente, como un felino que se acerca a su presa, Nathan rodeó la vitrina. De repente, parecía más grande y poderoso.

—Señor Derings, ¿qué le sucede? Me impresiona...

—Tiene razón en algo, Wang: la historia del espejo de Arrapha es extraordinaria. Pero esta no termina en su vitrina... El espejo pertenecía, efectivamente, al rey Ur-Nammu, el cual se lo legó a su hijo Shulgi con la intención de que este continuara su obra. Este objeto no formaba parte de ningún experimento, sino que permitía al monarca observar a sus sabios, manteniéndose al resguardo en una esquina de un muro de granito. Fue al mirar su superficie cuando Ur-Nammu fue testigo del Milagro Original. Fue al tenerlo entre sus manos cuando tomó conciencia de los poderes que labraban los mundos. Fue, sin duda, gracias a él, que su hijo decidió poner su descubrimiento a salvo de la debilidad de los hombres.

—¿Cómo sabe usted todo eso?

—¿Recuerda lo primero que le dije cuando nos conocimos?

—¿A qué viene esa pregunta?

—¿Lo recuerda, sí o no?

El señor Kuolong ya no era capaz de pensar. Hizo un esfuerzo para concentrarse y, como un niño en el colegio, respondió de golpe:

—¡Ya sé! Me dijo: «Todo reside en la luz»...

—Eso fue exactamente lo que se dijeron los sabios de la época, pero sus primeros experimentos costaron la vida a todos aquellos que participaron tanto de actores como de testigos. Todos sufrieron quemaduras invisibles y murieron lentamente, presas de los más atroces sufrimientos.

—¿De dónde ha sacado esa información? —La expresión de Wang Kuolong se ensombreció. Prosiguió—: Me ha engañado, Nathan. Usted ha venido solamente a por el espejo. Conocía su valor y me ha manipulado.

—El espejo no es mi objetivo. Por sí solo no vale nada. Lo que nos interesa es lo que ha visto.

—¿Lo que ha visto?

—Las herramientas de hoy día nos permiten analizar la radiación que recibió cuando Ur-Nammu y Shulgi observaban a sus científicos. Los resultados nos ayudarán a reconstruir el experimento.

A medida que Derings se iba acercando, Kuolong retrocedía.

—¿A quién se refiere cuando dice «nosotros»? Nathan, me está asustando. ¿De dónde ha sacado esa información?

—Las respuestas a esas preguntas no le serán de ninguna utilidad.

—¿Qué va a hacer?

—Créame, querido amigo, lo siento mucho y me arrepiento. Pero no me queda otra elección, visto que nada nos puede parar.

La actitud de Derings no era lo único que había cambiado. Su voz se había vuelto grave, incluso su dicción era diferente. El ritmo de sus palabras, hipnótico, hacía pensar en una especie de poema. Kuolong sintió un escalofrío.

—¿Por qué habla así? —Chocó contra el muro que tenía detrás. Estaba acorralado—. ¡Piedad! —gritó atemorizado—. ¿Qué quiere?

—Tengo todo lo que quiero y, permítame decirle que, si fuera posible, le dejaría que se marchara. No cabe duda de que lo haría, pero no es el momento. Su camino se acaba aquí y ahora.

—¡Está loco! Estoy aterrorizado y usted declama. ¡Dígame lo que quiere, seré yo quien trabaje para usted! ¡Revéleme las claves del espejo, se lo suplico!

—¿Ese es, por tanto, el precio de su vida?

—¡Usted es un demonio!

—Y sin embargo Wang, percibe el mundo tal cual es. Si Dios ha fracasado, es el turno de que el demonio pruebe suerte.

Con un gesto rápido, el hombre agarró a su anfitrión. Kuolong se debatió, pero no tenía nada que hacer. Su agresor le tiró al suelo apretándole fuertemente contra su pecho. Con una rodilla en el suelo, le hizo presa entre sus brazos, fríamente, en una posición que solo le faltaba la gracia para parecer la *Pietà* de Miguel Ángel. El impostor se dobló sobre su prisionero y, con una voz inusualmente calma, le susurró al oído. Le confió lo que sabía del Milagro Original, sin ocultarle nada, como habían acordado. El precio de una vida. A pesar de su situación, el industrial escuchaba sin perder una sola palabra.

Cuando el hombre hubo acabado su relato, los ojos de Kuolong se abrieron de par en par. Ahora conocía el secreto del misterio. La marea de ideas engendradas en su mente era tal que se olvidó de toda pena y dolor. La emoción más poderosa de su existencia fue también la última, justo antes de que su verdugo la hiciera añicos. Sin duda, a Caravaggio le habría encantado pintar esta escena.

2

Sentado al borde de un canal de Borgoña, un hombre pescaba solo, apoyado en un plátano de sombra: curioso contraste entre su edad y su afición. Cuando uno tiene treinta y tantos, se supone que debería tener cosas mejores que hacer que pescar truchas. A primera vista, cualquier experto en el tema se daría cuenta de que el tipo no contaba ni con los materiales ni con la técnica adecuada. Sin embargo, nada de esto influiría en el resultado de su captura; porque, aun así, incluso con un equipamiento propio y mucha experiencia, nadie, en ninguna parte, ha pescado nunca nada a horas tan tempranas de la mañana. También los peces tienen derecho a dormir.

A decir verdad, era una zona muy famosa, y cuando llegaban sus sacrosantos domingos, los franceses de los alrededores invadían el camino de sirga. Los más madrugadores corrían. Después aparecían los ciclistas; y todos, progresivamente, iban dejando espacio a las familias, que paseaban, bien con sus hijos, bien con sus malditos chuchos, a veces incluso con los dos. Al menor rayo de sol, te podías topar incluso con los que paseaban en pareja, cogidos de la mano y con la plácida sonrisa de la gente feliz. Para evitar esta última categoría –la peor, en su opinión– era por lo que el hombre había llegado tan pronto.

A primeras horas de la mañana, la bruma flotaba sobre el agua y el sol era tan solo un pálido disco que apenas sobresalía de la línea del horizonte. En la otra orilla, una nutria se entretenía buscando algo para desayunar entre los altos hierbajos. Cuando, después de un movimiento de su caña, el roedor avistó al hombre, este le hizo un gesto con la mano a forma de saludo. En ese mismo momento, se sintió ridículo. Es increíble lo que uno es capaz de hacer cuando se siente solo con tal de entablar contacto.

El hombre ya había estado allí, en bicicleta y en compañía. Aunque no hiciera mucho de aquello, a él le parecía, sin embargo, que se trataba de otra época. Una época pasada. En aquel entonces había logrado la proeza de pedalear al tiempo que mantenía aquella sonrisa tan característica. La vida se había encargado de borrársela de la cara.

—¡Buenos días!

Aquella voz, saliendo de la nada, le sobresaltó. Por un momento, tuvo la sensación de que la nutria le había respondido. Se dio la vuelta y se volvió a sobresaltar al descubrir a una mujer joven y guapísima de pie en el camino. Una silueta de una elegancia incongruente con las circunstancias. Una cara fina, atravesada por un mechón de pelo, causando un efecto de lo más perturbador. Unos vaqueros ajustados y un abrigo que resaltaba su encanto.

—Buenos días... —respondió él, sin saber qué tono adoptar.

—¿Qué espera atrapar?

—Un buen resfriado.

Ella se acercó.

—¿Es usted Benjamin Horwood?

El hombre cerró los ojos, apretando los párpados con todas sus fuerzas para después abrirlos y comprobar que no estaba soñando. En aquel escenario, en el fin del mundo, donde saludaba a las nutrias, una criatura sublime, aparecida como por arte de magia, acababa de llamarle por su nombre, cuando nadie podía saber dónde se encontraba.

—Solo mi madre me llama Benjamin. Todo el mundo me llama Ben. También tengo un colega que me llama «mi ardiente cabritillo», pero preferiría que no saliera de aquí.

—Nos ha costado encontrarle.

Ben apoyó su caña de pescar para levantarse. Nada más moverse, se dio cuenta de que la humedad le había entumecido las articulaciones. Intentó quedar bien, aunque sin conseguirlo. Como una marioneta desarticulada, tuvo que apoyarse contra el árbol para, torpemente, volver a tenerse sobre sus piernas. En pocos segundos, ofreció un perfecto resumen de la evolución de la larva de escarabajo al *Homo erectus*. La joven le miraba sin pronunciar palabra. Cuando se encontró frente a ella, no consiguió mantenerle la mirada, de lo deslumbrante que era.

—Se le está resbalando la caña. Va a caer en el canal.

—Me la trae floja. No es mía, ni siquiera tiene anzuelo.

Un pequeño plof resonó en la mañana algodonosa.

—¿Quién es usted? —preguntó Ben.

—Me llamo Karen Holt.

—¿Cómo ha conseguido encontrarme?

—Su jefe nos dijo que estaba de vacaciones, después su tarjeta de crédito nos desveló en qué región se encontraba y, finalmente, su teléfono nos indicó dónde se hallaba exactamente.

—Qué romántico…

—He hecho un largo recorrido para llegar hasta usted, señor Horwood. Le necesito.

Ben miró a la desconocida inclinando la cabeza, como un perro sorprendido.

—Qué raro… Soñé que escuchaba esa misma frase, aquí mismo, pero pronunciada por otra persona. Qué pena… Usted es tan guapa. Pero ya sabe lo que ocurre cuando el amor se mete de por medio: uno ensordece, incluso a las proposiciones más seductoras.

—Trabajo para nuestro gobierno, y mis superiores desean verle urgentemente, en Londres.

—Si es por haber aparcado mi coche en la plaza de aquel cretino, dígales que ya me encargo yo de cambiarlo de sitio cuando vuelva, dentro de una o dos semanas.

—¿Nunca se toma nada en serio?

—Dígame qué merece la pena que se tome en serio…

—Le ruego que me siga, señor Horwood. Un helicóptero nos espera allá abajo, en la pradera, cerca de la esclusa.

—¡Así que era eso! Pensaba que aquel ruido infernal fuera una cosechadora.

—¿Cosechas? ¿En abril?

—Los franceses no hacen nada como el resto de la gente.

—Señor Horwood, no estoy de broma. Nos están esperando.

—Pero si yo también estoy muy serio, *miss* Holt. Estoy de vacaciones en Francia. Me lo estoy pasando pipa como mi amigo el roedor, y no hay nada que me obligue a seguirla. Así que pida cita a mi jefe, al que ya conoce, y, cuando esté de vuelta, estaré encantado de volver a verla.

—No me obligue a emplear otras formas diferentes a la cortesía…

—Si intenta hacerme algo, lo que sea, mi abogado se las hará pasar canutas. Es un tío duro. Un amigo de la infancia. Es él el que me llama «mi ardiente cabritillo».

La joven metió la mano en el abrigo e hizo aparecer una pistola, con la que apuntó a Ben.

—Ya hemos perdido demasiado tiempo.

Aterrorizado, Horwood levantó las manos todo lo que pudo, como un niño que juega a policías y ladrones.

—¡Qué gesto más delicioso! Me quedo sin palabras… De verdad. La forma en que ha desenfundado la pipa, impecable. Fluida, elegante. Una verdadera maga. ¿Puede hacer salir volando de su manga una paloma?

Holt agitó su arma.

—Sentiría mucho tener que meterle una bala en todo el muslo en nuestra primera cita.

—No tanto como yo, Karen. Además, si empieza tan fuerte, ¿qué me hará en nuestras siguientes citas? Sería una escalada…

—Así que le da todo igual, ¿no?

—Es el drama de mi existencia, sobre todo de un tiempo a esta parte. Quizá debería comenzar a hacer terapia... ¿Usted qué piensa?

—Si quiere, podemos empezar ya mismo.

Sin pensárselo dos veces, la joven disparó a menos de un centímetro del pie de Ben. Este se puso histérico, sin ningún atisbo de dignidad. La detonación se escuchó a kilómetros.

—¡Está muy loca!

—Estupendo, creo que empieza a apreciar la vida. Es maravilloso. Me conmuevo. Me muero de ganas de dar nuestro siguiente paso. Y ahora, andando.

3

Antes de que terminara la mañana, Horwood se encontró en las plantas vigiladas de un edificio oficial de la capital británica. Después de una serie de controles, por los cuales Karen Holt pasó sin necesidad de firmar ningún documento, le invitó a entrar en una sala de reuniones, al fondo de la cual los esperaba un hombre maduro. No parecía demasiado alto, pero sus anchas espaldas le hacían parecer un pilar de *rugby*. A pesar de su envergadura, mostraba una sorprendente delicadeza en sus gestos. Con una sonrisa amigable, pero mecánica, invitó a Ben a tomar asiento enfrente de él.

—Por fin, señor Horwood. Gracias por aceptar nuestra invitación.

—¡Esto no es una invitación, es un rapto! Esta mujer me ha disparado.

—No se lo tome mal. En nuestra profesión todo el mundo hace lo mismo, continuamente. No juzgue a Karen por un desafortunado disparo. Cuando aprenda a conocerla, se dará cuenta de que es una mujer sorprendente.

—¿Se está quedando conmigo? Me habría podido matar.

—Si hubiera querido, sin duda. Y de múltiples maneras.

—Encantador. Y usted, si no le obedezco, ¿también me va a disparar?

—Entraría dentro de lo posible, aunque personalmente prefiero las inyecciones de productos químicos. Por suerte, todavía no hemos llegado a ese punto y espero poder convencerle antes de tener que obligarle.

—¿Son de Scotland Yard?

—Ellos están instalados más al este, al pie de su edificio hay un gran cartel que os avisa de que os encontráis ahí.

—¿Del MI6*?

—No exactamente. Pero, al igual que ellos, nacimos del Servicio Secreto de Inteligencia.

—Entonces, ¿quiénes son?

—Normalmente somos unos tíos a los que se les paga por rascarse la barriga, aunque, desde hace un tiempo, tenemos un montón de trabajo. De pronto, estamos desbordados. Intentaré explicarme. Pero, cuidado, nada de lo que sea dicho aquí deberá salir de esta habitación. Es altamente confidencial. Si se le ocurriera hablar de ello, tendría problemas... ¿He sido lo suficientemente claro?

—Un balazo y un pinchazo, ¿no?

—Qué bien que nos entendamos. A lo que estamos. Necesitamos de sus competencias como historiador de la ciencia. De inmediato. Usted fue alumno del profesor Ron Wheelan, ¿verdad?

—Efectivamente.

—¿Cuándo fue la última vez que se vieron?

—Hará dos años, en una fiesta con otro de sus antiguos estudiantes, para celebrar mi entrada en el Museo Británico.

—Dos años... Entonces no eran tan íntimos.

—Nunca he dicho que lo fuéramos.

—Sin embargo, él hablaba mucho de usted y de su proyecto de final de carrera.

—Venga ya.

—Un tema excelente: «La fascinación de los dictadores por las

---

* MI6: Servicio de Inteligencia Secreto británico (N. de la T.).

reliquias esotéricas». Un trabajo apasionante. Un acercamiento a la vez histórico, sociológico y arqueológico.

—¿Lo ha leído?

—Por supuesto, como tantas otras personas. En nuestro departamento, todo el mundo conoce de memoria su trabajo. Usted es nuestro superventas de referencia.

—Yo no era el único autor.

—Trabajó con una estudiante francesa, la señorita Chevalier.

—Eso es.

—Si mis fichas están al día, en la actualidad se ocupa de la adquisición de obras para el Museo de la Edad Media de Cluny, en París, ¿no es así?

—Puede ser. No tengo ni idea... ¿Qué tal le va al profesor?

—Pues no demasiado bien. De hecho, está muerto. Un accidente de carretera hará tres semanas, durante sus vacaciones.

A Ben le llevó un tiempo asimilar la noticia. Después preguntó:

—¿Es también algo propio de su profesión el anunciar la muerte de allegados como si se tratase de un simple parte meteorológico?

—Me acaba de reconocer que no era tan cercano al profesor. Espero que no sea la típica persona que monta un numerito cada vez que un simple conocido muere en algún punto del planeta. No acabaríamos nunca. Muchacho, vamos a tener que curtirlo un poco. En cualquier caso, el profesor Wheelan trabajaba para nosotros. Nos ayudaba con las investigaciones que estábamos llevando a cabo sobre algunos sucesos extraños, quizá relacionados entre sí.

—¿Es decir?

—No puedo revelarle nada antes de saber si usted piensa cooperar. Sepa, eso sí, que el Museo Británico ya ha aceptado apartarle de su actividad en favor de nuestros servicios durante el tiempo que juzguemos necesario. Por tanto, somos sus nuevos jefes. Hoy es su primer día. ¡Felicidades y bienvenido a bordo!

—¿Nunca nadie le ha dicho que no? Porque yo creo que, teniendo en cuenta sus años, va siendo importante que por fin pase por la experiencia de la frustración. Vamos a tener que curtirlo un poco, muchacho...

Sorprendido, el hombre alzó una ceja, divertido, y se dirigió a la señorita Holt:

—Karen, le doy mi permiso para golpearle.

Ella asintió con una radiante sonrisa. Ben reaccionó inmediatamente:

—*Hello!* ¡Estoy aquí! No estamos en una dictadura. ¡Soy un adulto libre de acción y de pensamiento! No tengo nada de lo que arrepentirme. Si van a seguir con este jueguecito, yo me levanto y me marcho.

Sus dos interlocutores estallaron en carcajadas a la vez.

Karen comentó:

—¡«Un adulto libre de acción y de pensamiento»!

Su superior añadió:

—¡Dice que se levanta y se marcha! ¡Esa sí que es buena!

—De verdad, me están acojonando.

De pronto, el hombre se puso serio:

—El miedo suele constituir una excelente base para el desarrollo de una relación sana. ¿Podemos contar con su plena y entera cooperación?

—¿Me queda otra elección?

—La modestia me impide responderle, señor Horwood.

—¿Qué quieren de mí?

—Que retome el trabajo del desaparecido profesor Wheelan en el punto donde hizo irrupción su prematura muerte. Ayúdenos a comprender lo que está sucediendo.

—¿Y si no soy capaz?

—Entonces estaremos todos bien jodidos. Es mejor que lo sepa cuanto antes: podemos perder mucho más que nuestros incentivos y nuestros moscosos. Ya ve, señor Horwood, me encantaba la idea de sentirnos inútiles. No solo porque podíamos llegar pronto a casa, sino también, y sobre todo, porque eso significaba que los problemas que nosotros podíamos resolver no existían, lo cual era una noticia excelente para todo el mundo.

—Explíquese.

—Nuestra oficina fue creada durante la Segunda Guerra Mundial, por orden directa de Churchill, cuando Hitler y Himmler intentaban echarle el guante a un buen número de reliquias y de objetos sagrados. En la época, los Aliados estaban convencidos de que el Führer iba tras un supuesto poder divino que podría fortalecerle y asegurar su supremacía. Nuestro trabajo en ese momento consistía en echar un ojo a lo que pudiera descubrir sobre ese tema y, llegado el caso, en apropiarnos de ello. Por suerte, o gracias a la voluntad del Altísimo, según las creencias de cada uno, no descubrió nada. A lo mejor, porque ninguna de sus fabulosas reliquias existía, o, quizá, porque fue sumamente torpe, mejor para nosotros.

—Ahora entiendo que le apasionara mi trabajo.

—Eso es decir poco. Como es evidente, después de la guerra, a medida que la economía mundial se iba desarrollando, los enfrentamientos se trasladaron desde los campos de batalla hacia, básicamente, el terreno tecnológico y comercial. Poco a poco, fueron recortando presupuesto para destinarlo a inteligencia industrial. Sin un maníaco totalitario que eche el ojo al Santo Grial, nuestro servicio se ha encontrado ocupándose de todo lo que no encaja en ningún otro compartimento. Y ahí estamos. Digamos, tímidamente, que hoy, si un ovni sobrevuela una zona delicada, si un hombre toca el piano como Chopin cuando nunca le han enseñado a tocarlo, o si un pirado dibuja un pentáculo satánico en una de las naves de Westminster una noche de tormenta, esa papeleta es para nosotros.

—En lo referente al ovni, no les puedo prometer nada, pero si con ello evito que vayan al paro, puedo garabatear un signo apocalíptico en los baños de la catedral de Saint-Paul...

La broma no pareció hacer gracia al hombre.

—¿Tiene fe, señor Horwood?

—Depende de en qué.

—¿Cree en el poder de los objetos sagrados que tanto han codiciado los poderosos a través de los tiempos y de los que usted habla en sus trabajos?

—Yo no hablaba de la naturaleza de estos artefactos, cuya existencia, por otro lado, casi nunca ha sido confirmada. Yo estudiaba la fascinación que estos producían y el gran despliegue de medios que solía llevarse a cabo para encontrarlos. En cuanto a sus supuestos poderes, personalmente, me mantengo más bien escéptico, aunque los años que he pasado estudiándolos me han permitido hacerme una idea de todo lo que estas antigüedades simbólicas provocan en aquéllos que van tras ellas. Hoy día, los avances científicos han hecho retroceder las supersticiones. Los nuevos conocimientos han dejado obsoletas las teorías esotéricas. Los tiempos han cambiado. Hoy, para afianzar su poder, un tirano no buscaría, sin duda, la lanza de Longinus o el cetro de Salomón. Invadiría una zona petrolífera e invertiría en bolsa en activos estratégicos desde paraísos fiscales. Y, por cierto, me parece bastante triste, ya que me encantaba la idea de que todavía quedaran poderes desconocidos por resolver.

—¿Y si fuera así? ¿Y si ciertos poderes se escondieran aún detrás de los misterios que nuestra ciencia no consigue desvelar? ¿Y si un tipo lo suficientemente rico o una organización lo bastante poderosa estuviera retomando las investigaciones?

—¿En serio? ¿En este mundo tan materialista, atrapado entre rebajas y competiciones de dopados? Tendría que ser realmente un jodido iluminado...

—... O que supiera algo que nosotros ignoramos.

—¿Algún potencial candidato?

—Me encantaría presentarle una lista, pero no tengo a nadie que apuntar en ella. Mientras tanto, ya tenemos más de treinta casos y casi igual número de muertes sospechosas que nos obligan a plantearnos algunas preguntas. Desde hace un tiempo, nuestros compañeros de trabajo ya no se ríen de nosotros, ya no nos repiten aquello de «la verdad está ahí fuera». Están ocurriendo cosas sorprendentes que no responden a la lógica infame o criminal de nuestra época.

Nadie entiende nada. Sus drones, sus expertos, sus escuchas y su racionalismo pretencioso no logran explicar estos casos. En lo que a mí respecta, señor Horwood, yo no creo ni en los poderes que Dios habría dejado sobre la tierra ni en el azar. Yo veo hechos, cada vez más numerosos, que esbozan un dibujo cuyo significado preferiría no tener que interpretar, ya que entonces tendría que lidiar con sus efectos devastadores. Tengo la sensación de que alguien, en alguna parte, está moviendo sus peones para jugar una partida en la que no puedo evaluar el resultado. En nuestra profesión, no existe situación peor. Ya nos llevan varias jugadas de ventaja. Y, como decía el gran Winston, es la mejor forma para que te den por saco.

—Eso explica por qué no podía esperar al final de mis vacaciones para hablar conmigo... —ironizó Ben.

—Le seguíamos la pista desde que murió Wheelan. Contábamos con ponernos en contacto con usted a su vuelta, pero ayer por la noche, en una ciudad tranquila, en una iglesia tranquila, se cometió un robo como jamás se había visto. Necesitamos sus conocimientos. Va a ir inmediatamente allí con *miss* Holt. Una última cosa, Horwood: no se preocupe por el muerto, concéntrese únicamente en lo que ha sido robado.

4

—No me gusta el helicóptero.
—Sin embargo, esta mañana, cuando volvíamos de Francia, no parecía molestarle.
—Usted me daba miedo, eso me mantenía la mente ocupada.
—¿Ya no le doy miedo?
—Será el síndrome de Estocolmo...
—Qué forma tan extraña de apegarse a su secuestradora. Espero que no sea un chico fácil. Si le parece bien, conozco un truco para volver a asustarle...

Ben se agazapó en su lado del artefacto.
—No, gracias. No hace falta.

Se esforzó en concentrarse en los paisajes cada vez menos urbanos que desfilaban bajo el helicóptero, después decidió cerrar los ojos para no marearse. Incapaz de relajarse, terminó por volverlos a abrir discretamente, para observar a la que le escoltaba. Esta joven era todo un enigma, una mezcla atípica de encanto natural y lo que Ben interpretaba como una determinación poco común. Y siempre con ese mechón de pelo que, a pesar de su porte, parecía sorprenderla en la intimidad del sueño.

—Si me atrevo a preguntarle adónde vamos, ¿me romperá el brazo?

—¿Por qué debería hacer algo así? Vamos hacia York. Deberíamos estar allí en una hora.

Sorprendido, Ben miró a *miss* Holt.

—¿Así que si le pregunto responde?

—Su comentario es estúpido. Evidentemente respondo.

—Sin embargo, esta mañana, cuando quise saber qué quería de mí...

—Era diferente. Mi misión era llevarle ante mi superior. Ahora somos colegas.

—¿Colegas?

—Pues claro. Ahora somos un tándem, hasta que la muerte nos separe. ¡Le cubro las espaldas!

Para afianzar lo que acababa de decir, Karen le propinó un viril golpe en el hombro. Ben se quedó pasmado. Por dos razones: ¿cómo se podía permitir ese tipo de bromas después de haberle disparado? ¿Y cómo una mujer tan fina podía golpear tan fuerte?

Ella sonrió y le propuso:

—¿Quiere saber lo que ha pasado en York?

—¿Qué tengo que responder para no sufrir?

—Esta noche, la pequeña iglesia de la Holy Trinity ha sido forzada. La policía cree que los ladrones eran, por lo menos, dos. Uno de los voluntarios que vigilaba el lugar los descubrió. Lo han matado sin el menor miramiento.

—Pobre diablo. Pero quitando la trágica muerte, no sé qué tiene este robo de diferente. Cada día, en Europa, algunas de sus miles de iglesias y capillas son, por desgracia, víctimas del saqueo de su patrimonio.

—Los ladrones buscaban algo que incluso ignoraban su existencia los vigilantes de este lugar de culto tan antiguo. Los intrusos sabían perfectamente dónde encontrarlo, mientras que nadie tenía ni idea de que estaba allí.

—¿Cómo?

—Entraron e hicieron un agujero en un lugar determinado, hasta dar con aquello para lo que habían ido. Sin embargo, ningún historiador del lugar conocía la existencia de los objetos robados. Y aún menos su naturaleza. No se hace mención a ellos en ningún archivo.

—¿Reliquias, arte sacro?

—Aún lo ignoramos. La policía científica lleva allí desde esta mañana analizando el suelo donde estaban enterrados los objetos. Esperamos que su contacto haya dejado huellas.

—Qué historia más rara...

—Pero aún hay algo más sorprendente. El lugar no dispone de electricidad. Nunca la ha tenido. Nunca se ha autorizado ninguna toma de corriente. Aunque sigue en funcionamiento y es visitada, esta iglesia es una de las pocas en el mundo que ha escapado a los avances técnicos de nuestros tiempos. Los encargados del culto continúan protegiendo este lugar de toda influencia exterior, sin que se sepa muy bien por qué. Las misas se celebran a la luz de las velas. No se permite la instalación de ninguna antena de repetición en sus inmediaciones.

—Un remanso de paz a salvo del tiempo...

—Podrá hablar de ello con uno de los expertos con los que cuenta la policía. Lo más raro de todo es que nuestros ladrones han respetado escrupulosamente esta característica, aunque hacerlo les complicara la vida. Han usado velas para tener luz y han excavado con la única ayuda de sus brazos. No han usado ninguna herramienta eléctrica.

—Eso quiere decir que no solo conocían esta peculiaridad, sino que además la han respetado.

—Evidentemente.

—¿Y cómo es que los mismos que no han perdonado la vida al vigilante han estado dispuestos a aceptar esto?

Pensativo, Ben frunció el ceño y miró hacia fuera.

—Parece que ya no le da miedo el helicóptero —constató Karen—. Se diría que empieza a tomarse en serio algo más aparte de sus miedos.

5

El coche de policía que había ido a recoger a los dos visitantes rodeó la majestuosa catedral de York, para bajar por Goodramage. El vehículo se paró delante de una verja alta, coronada por un aro de piedra y rodeada por dos hileras de casitas antiguas. Un policía vigilaba la entrada.

En esta época del año, el corazón de la ciudad histórica todavía no estaba invadido por turistas. Ben salió el primero y Karen enseñó su carné al agente. Este los dejó entrar de inmediato.

—El inspector Ashbury los está esperando.

La modesta iglesia resultaba invisible desde la calle, emplazada en un jardín rodeado de casas adosadas que formaban una auténtica muralla a su alrededor. En el acceso al edificio de origen románico, entre algunos árboles de pequeñas dimensiones, viejas estelas funerarias cubiertas de musgo y con inscripciones gastadas por el tiempo jalonaban un césped perfectamente cortado.

En el umbral del edificio, dos hombres hablaban. El más joven dio la bienvenida a los recién llegados:

—Inspector Ashbury, de la policía de North Yorkshire. ¿Vienen de Londres?

—Siento la espera —se disculpó *miss* Holt—, hemos venido tan pronto como nos ha sido posible.

—Se han llevado el cadáver esta mañana, aunque no creo que sea lo que más les interese. Sus colegas de la científica todavía están trabajando.

El inspector presentó al hombre con el que estaba hablando hasta ese momento:

—Malcon Drew, representante de la Church Conservation Trust y especialista en este lugar.

El hombre estaba visiblemente en estado de *shock* por el drama acontecido la noche anterior.

—Es horrible —comenzó—. John se dedicaba en cuerpo y alma a esta iglesia. Vivía ahí, justo detrás. —Señaló el lugar y continuó—: Sin duda, tuvo que ver sus luces. Es un crimen imperdonable. Espero que detengan a los culpables.

—Para eso estamos aquí —respondió *miss* Holt.

Al entrar en la iglesia, Ben dio instantáneamente un salto en el tiempo. La única iluminación provenía de los candelabros colgados o colocados al final de las filas de bancos. Ben identificó algunas vidrieras de cierto interés, sin duda del siglo XV, pero lo que más le llamó la atención fue la distribución y el mobiliario tan poco comunes. Frente a un altar de una gran sobriedad, la nave se dividía en su totalidad en pequeños recintos rectangulares delimitados por paneles de madera que llegaban a la cintura, en los cuales cada familia o cada grupo tomaba asiento durante las celebraciones. Nada de filas de sillas, nada de bancos, solo estalos cerrados magníficamente conservados. Según avanzaba, Ben se dio cuenta de que los pasillos que circundaban la nave estaban pavimentados con lápidas. Había una silueta trazada toscamente en el suelo, en la esquina del que salía hacia la derecha, con serrín rojizo a la altura de la cabeza.

—Aquí es donde se ha encontrado su cuerpo —señaló su guía, conmovido.

El pasillo central estaba obstruido por un montón de tierra. Al pie de un pilar, en un estalo con la puerta abierta, dos hombres en bata blanca estaban de rodillas. También ellos trabajaban a la luz de las velas, junto a una apertura en el suelo.

—Es un pequeño sótano, normalmente está tapado con una trampilla cerrada con cerrojo —explicó Malcon Drew—. La han forzado, se han colado dentro y han excavado.

—¿No han tocado nada más? —preguntó Ben.

—Nada del mobiliario, nada de los cofres litúrgicos ni de los relicarios que, sin embargo, podrían valer un buen dinero.

—Este sótano es raro en un sitio así. ¿Para qué servía?

—Data de los orígenes de este lugar. Para ser sinceros, no sabemos a ciencia cierta para qué podía servir. Aparece citado en los registros de 1316, época en la que William de Langetoft obtuvo el permiso para mandar construir las once casas de la calle. Ni siquiera pensamos que pudiera marcar la entrada de un subterráneo. Quizá servía de despensa, cuando todavía no se había construido la sacristía. O de escondite. El caso es que nunca fue cubierto de tierra y, contra toda lógica, se conservó cuando se construyeron el suelo y los estalos en el siglo XVIII.

—¿No saben qué había en su interior?

—No. Conozco esta iglesia desde hace más de cuarenta años, y solo he visto la trampilla abierta una vez. Ni siquiera sabía que tenía llave. Para nosotros, no era más que un viejo espacio vacío. La Holy Trinity data del siglo XI. Es un lugar muy especial. Las casas que la protegen fueron construidas para que con su alquiler se financiara el mantenimiento y el culto.

—¿Dice «las casas que la protegen»? Pero ¿de qué?

—En general, las iglesias se construían a la vista. Esta fue expresamente encerrada por estos edificios, a salvo. Lo más sorprendente es que, a pesar de los diversos trabajos de remodelación del barrio llevados a cabo a lo largo de los siglos, y al contrario de lo que les ha pasado a muchas otras en la zona, esta iglesia nunca fue eliminada.

—¿Alguna explicación?

—Se dice que era un lugar sagrado incluso antes de que los romanos fundaran la ciudad.

—¿Ninguna excavación, ninguna cimentación que pueda sacar a la luz lo que buscaban los ladrones?

—No. En sus mil años de existencia, este lugar ha sido ampliado, reforzado, pero nunca se ha destruido nada de su emplazamiento original. Ahora que lo pienso, es bastante extraño, pero la fosa se sitúa exactamente en el centro del pequeño edificio que originariamente ocupaba el lugar... Todas las construcciones que le siguieron a lo largo de los siglos fueron construidas a su alrededor.

Un tercer hombre en bata blanca emergió del sótano. Se quitó su máscara antipolvo y declaró:

—Tengo una pista sobre la forma de uno de los objetos enterrados.

—¿Es decir? —peguntó Ben.

—La huella parcial dejada en la tierra revela un objeto piramidal de unos quince centímetros de alto.

—¿Alguna idea sobre su material?

—De momento, ninguna. Habrá que esperar a los análisis para poder decirlo con precisión. Por el momento, estamos cartografiando y tomando muestras. La prohibición del uso de electricidad complica todo...

—¿Otros elementos?

—Sabemos que eran dos los objetos enterrados. La pequeña pirámide estaba envuelta en cuero o en un tejido del que hemos podido tomar muestras de sus fibras en el terraplén. El segundo objeto era, con toda certeza, un estuche, sin duda de madera, con piel. A simple vista, parece probable que la tierra que los rodeaba no hubiera sido descompactada durante siglos...

Ben se asomó a la fosa para intentar ver.

—¿Cómo sabían dónde buscar? ¿Y por qué han venido justo a por estos objetos?

Karen le susurró al oído:

—Nada de razonamientos ni comentarios delante de personas ajenas al departamento, por favor.

Ben se dio la vuelta hacia ella, con su cara pegada a la suya.

—¿Qué hará? ¿Me volverá a disparar, con todos estos testigos, la mayoría de ellos polis?

Miss Holt retrocedió sin más y se dirigió al equipo de la policía científica:

—Gracias, señores. Esperamos sus conclusiones, en cuanto sea posible.

6

Para hacer su pregunta, Karen esperaba el momento preciso en que el helicóptero despegara. El tono espontáneo con el que pensaba expresarse no debía dejar traslucir en absoluto sus intenciones. La doble ambición de esta pregunta anodina era, en efecto, hacer que Ben se olvidara de su angustia en el momento del despegue y entablar conversación, aunque era evidente que a él no le apetecía.

—¿Ha dormido bien? —preguntó ella.

Como si hubiera estado esperando esta pregunta, para quitarse de encima un gran peso, Horwood reaccionó de inmediato:

—¿Dormido? Imposible pegar ojo. Ayer, a esta misma hora, todavía estaba de vacaciones y mis problemas se limitaban a elegir el restaurante en el que comer. Todo iba bien. Hasta que me encuentro metido de lleno en su historia, durmiendo de pie.

—Dormir de pie, ya es dormir...

—Muy graciosa. ¿Así que no se toma en serio mis problemas?

—Dígame por cuáles merece la pena hacerlo...

Ben entornó los ojos y plantó cara a su vecina. Esta vez, estaba listo para enfrentarse a los increíbles ojazos de *miss* Holt, aunque fuera con miradas asesinas, si hacía falta. Pero ella pareció impasible a su presunta cara de cabreo. Peor aún, se sentía desarmado por aquella con la que supuestamente se tenía que enfrentar. Él, que siempre había tenido debilidad por las respuestas espontáneas, no se mostraba a la altura si además tenía que enfrentarse al encanto. Su tendencia a la malicia se disipó en una sonrisa incontrolada.

—Está esperando el mejor momento para devolvérmela.

—Las emboscadas son una de mis especialidades.

—No es de las que olvidan.

—Es mi sino.

Con la esperanza de evitar que la joven se diera cuenta de que estaba impresionado, Ben se dio la vuelta y retomó la conversación:

—Bromas aparte, hay motivos para estar preocupado. Toda esta historia me perturba tanto, que esta mañana, cuando me he despertado, esperaba que todo fuera un sueño. ¡Una pesadilla, debería decir! Este crimen, los objetos enterrados a saber desde cuándo en esa iglesia tan rara, y que de pronto son robados… ¿Sabe?, yo solo soy un investigador. Llevo una vida tranquila, sin líos, empiezo a mi hora, hago mi trabajo, termino a mi hora. Pago mis impuestos, intento comer sano. Aparte de mi madre, que hace todo lo posible y de las maneras más ridículas para que me case con la primera que pilla, mis relaciones más íntimas son con una planta que tengo en mi despacho y que no termina de morirse y con un gato que, a pesar de que le acaricio cada vez que me lo encuentro en el edificio, se empeña en hacerse pis en mi felpudo…

—Y se supone que somos las mujeres las que contamos nuestra vida a la mínima ocasión…

—Adelante, ríase de mí, no se preocupe. Este tipo de matanzas esotéricas es, quizá, su día a día; pero para mí, es de lo más nuevo y de lo más desestabilizador.

—Si estuviésemos acostumbrados a este tipo de «matanzas esotéricas», como usted dice, no nos veríamos en la obligación de pedirle ayuda. Pero tranquilo, en cuanto lleguemos a Londres, un coche le acompañará hasta su apartamento y podrá descansar.

Ben esperó un instante antes de atreverse a preguntar:

—De hecho, si no le parece mal, me encantaría acompañarla a la British Library. Ha quedado con Robert Folker, uno de los conservadores, ¿no?

—No se sienta obligado. No es una entrevista directamente relacionada con las prioridades que nos ocupan. Es, sobre todo, para no ofender al señor Folker que voy allí. El profesor Wheelan y él eran amigos.

—Soy el más indicado para saber hasta qué punto. Robert era su auxiliar de investigación cuando yo seguía su plan de estudios. Un tipo encantador que siempre se mostró amable con nosotros. Muchas veces nos salvó el culo al negociar las notas cuando el profesor se mostraba demasiado rígido. ¿Para qué tiene que verle?

—Hace algunos meses, Ron Wheelan había pedido una investigación en relación a un manuscrito del que, según él, había desaparecido parte. Yo no seguí ese asunto más que de lejos. No era un caso tan indispensable en comparación con los hechos que por aquel entonces empezaban a multiplicarse.

—¿Un manuscrito desaparecido? ¿En la British Library?

—No un volumen completo, solo unas páginas pertenecientes al *Splendor Solis*.

Ben se atragantó:

—¿El tratado de alquimia?

—Exacto.

—No me extraña que Wheelan se interesara tanto. Esa materia era su pasión. Tenía un conocimiento enciclopédico sobre el tema, y la mitad de su biblioteca personal debía de estar consagrada a ello. Se pasaba la vida estudiando y adquiriendo documentos relacionados. —Ben hizo una breve pausa y reflexionó—: Pero nunca había oído hablar de un deterioro o de un robo relacionado con el *Splendor Solis* —dijo sorprendido—. Sin embargo, cuando documentos tan importantes son víctimas de coleccionistas o de fanáticos, da mucho que hablar en el mundillo.

—¿Conoce este manuscrito?

—Un referente absoluto en el ámbito de la alquimia. El profesor nos hablaba muchísimo de él cuando dábamos Historia de la Ciencia. Un documento enigmático en muchos aspectos.

—Al parecer, lo que le ha pasado también lo es.

7

El vestíbulo de la British Library, la Biblioteca Nacional Británica, recuerda a una ciudad futurista, cuyos materiales clásicos combinan perfectamente con las líneas depuradas que se enlazan bajo las cristaleras. Las escaleras conectan los diferentes niveles, y las pasarelas que hay en varias plantas, y que atraviesan el espacio de un edificio a otro, forman una maraña por la que, según la distancia, se deslizan siluetas de todos los tamaños. Los murmullos y los pasos tranquilos no reflejan el frenesí de las búsquedas llevadas acabo por todos los visitantes entre los millones de documentos de este templo del saber.

Después de que la anunciaran en el mostrador de recepción, Karen se dirigió a la entreplanta para sentarse en una de las butacas situadas al pie de la imponente torre de cristal, que alberga la biblioteca del rey George III. Más que en los seis pisos de filas de libros antiguos, Ben se fijó, sobre todo, en la gracia con la que la joven se acomodaba. Al momento de sentarse, la curva de su cuerpo desafió la ingravidez con un movimiento imposible, que habría provocado la caída de la mayoría de sus congéneres. ¿Cómo un ser capaz de disparar fríamente a un pobre pescador podía moverse con tal elegancia? No paraba quieto. Iba y venía por el pasillo que separaba la zona de estudio del rellano.

De pronto, se detuvo. Incluso desde el otro extremo de la pasarela había reconocido inmediatamente el andar sincopado de aquel hombre de pelo cano que se dirigía hacia ellos. Había olvidado hasta qué punto Robert Folker parecía estar a punto de caer hacia delante a cada paso, como impulsado por su propio ímpetu.

El conservador levantó los brazos con una amplia sonrisa.

—¿Benjamin Horwood? ¡Qué sorpresa!

Los dos hombres se dieron la mano.

—Qué alegría volver a verlo, señor Folker. Siempre en forma.

—¡Ya me gustaría! A usted, sin embargo, le veo hecho un buen mozo. ¡Aproveche! Ya no es mi caso. —Después, con un tono de voz repentinamente más serio, preguntó—: ¿Su presencia aquí significa que va a ser usted el que retome la investigación del *Splendor Solis*?

—El señor Horwood va a llevarse las carpetas del profesor —intervino Karen Holt, saludándolo también ella.

—Excelente elección, este chico es brillante. Si la memoria no me falla, tenía también la mala costumbre de hacer el tonto cuando no tocaba, pero estoy seguro de que la madurez habrá corregido ese defecto de juventud. —Ben se abstuvo de contestar, sobre todo al ver que Karen lo miraba de otra forma después de esta revelación—. Y siento especialmente que Ronald ya no esté entre nosotros —prosiguió Folker—, porque por fin tenemos novedades. Una vez más, él tenía razón. Por ahora, afortunadamente, el asunto se mantiene en secreto. Por cierto, es probable que permanezca así, vista su gravedad. ¿No dicen los arqueólogos que todo lo que es importante está enterrado?

El conservador se aseguró de que nadie pudiera escuchar lo que estaba diciendo y explicó en voz baja:

—En respuesta a su pregunta, hemos llevado a cabo investigaciones, y lo que acabamos de descubrir es, cuanto menos, desconcertante. Le he avisado inmediatamente. Si les parece bien, subamos. Tenemos cita en el Departamento de Investigación y Restauración.

Folker condujo a sus invitados hasta un grupo de ascensores, al tiempo que buscaba metódicamente en todos los bolsillos de su descolorida chaqueta. Con una exclamación de alivio, terminó por sacar una tarjeta identificativa que pasó por el sensor. La puerta de la cabina se abrió.

—Aquí hay que «fichar», como ellos dicen. Por todas partes, todo el tiempo. No me acostumbro...

Una vez que los tres estuvieron dentro, el hombre tecleó en el panel de control. Karen aprovechó para inclinarse discretamente hacia Ben.

—Así que el señor Folker es su mamá...

—¿Por qué dice semejante chorrada?

—Le llama Benjamin, cosa que, según usted, solo hacía ella.

—Penoso. Por favor, borre esa irritante sonrisa de su bonita cara.

Karen no obedeció. Folker se dirigió a Ben:

—Usted no estuvo en el funeral de Ronald...

—No me enteré de su muerte hasta ayer.

—Una gran pérdida. No consigo hacerme a la idea de que ya no esté aquí. Lo apreciaba muchísimo.

—Estoy emocionado. ¿Seguían manteniendo contacto?

—Habíamos conservado nuestros rituales, el almuerzo de los jueves las semanas pares, y la copa de los jueves las impares, salvo cuando estaba de viaje. Echo mucho de menos nuestras conversaciones. Me gusta pensar que éramos amigos. Nunca me dejó tirado. Es a él a quien debo este trabajo. Él se encargó de conseguírmelo cuando le llamaron para otras funciones. Aunque echo de menos la alegre energía de los estudiantes, no me puedo quejar. Es un buen lugar, a pesar de las dichosas fichas...

El ascensor se detuvo. Con su andar característico, el hombre acompañó a sus invitados por el dédalo de pasillos.

—Esta sección no es accesible al público. En ella se aloja el servicio de conservación de la Biblioteca Real. También se restauran los volúmenes estropeados. El año pasado, se instaló aquí el servicio de digitalización.

A la vuelta del pasillo, el hombre bordeó un ventanal, detrás del cual se abría una amplísima sala con toda la pinta de ser un laboratorio. Una serie de encimeras potentemente iluminadas estaban separadas por estanterías llenas de utensilios y frascos de productos. Operarios con bata blanca se afanaban entre manuscritos y sofisticados aparatos. A través del cristal, Folker señaló a una joven que estaba al fondo de la sala:

—Nancy se está encargando ya de nuestro asunto. —El conservador se plantó delante de la puerta de seguridad y, no sin cierto fastidio, volvió a rebuscar en cada uno de sus bolsillos para sacar la tarjeta que acababa de guardar—. Da igual el orden en que la busque, esta maldita llave maestra siempre estará escondida en el último...

Una vez dentro, Folker los presentó, dejando bien claro a cada interlocutor que Benjamin había sido uno de sus estudiantes. Según avanzaban hacia el lugar donde se encontraba Nancy, comentó:

—Espero que lo que hemos descubierto los ayude a resolver el misterio de ese robo que escandalizaba a Ronald. Se lo debemos.

—Creo que me estoy perdiendo algo, Robert. Va a tener que explicarme un poco...

—La cuestión es sencilla. Estudiando una digitalización de nuestro *Splendor Solis*, a Ron le sorprendió no encontrar una página que él recordaba. Así que preguntó por qué no estaba allí. A veces pasa.

—¿Se habían olvidado de digitalizarla? —se sorprendió Karen.

—No necesariamente, también podía ser intencionado. A veces sucede que algunos coleccionistas, o incluso instituciones, impiden que ciertos pasajes de códices o de documentos históricos figuren en lo que va a hacerse público. En algunos casos para no poner en un aprieto a los descendientes, aunque la mayoría de las veces es para no compartir alguna información o una clave. La investigación universitaria se parece, con frecuencia, a una partida de ajedrez, y las nuevas piezas que entran en juego están contadas. Cada cual suelta información a condición de que esta no pueda dar ventaja a la competencia.

—¿Así que la página que Wheelan buscaba la habían escondido por esta razón?

—No. En este caso se habían reproducido todas las páginas. Pero ya conocen a Ron, eso no le calmó, al contrario. Quiso saber qué pasaba. A finales del año pasado, en una cena, Ronald me preguntó si era posible conseguir una autorización para estudiar el ejemplar original del *Splendor Solis*. Dada su reputación, aquello no suponía ningún problema. Cuando por fin tuvo acceso al manuscrito, no encontró la famosa página, como tampoco los textos que hacían referencia a ella... Entonces contactó con las otras instituciones que tenían copias de la época del documento, pero tampoco en ellas se encontraba la ilustración. Me dije que, sin duda, se habría confundido y que habría visto la imagen en otro códice medieval. Visto el número de documentos que pudo consultar a lo largo de su carrera, ¡no era faltar a sus facultades! Pero él no daba su brazo a torcer. Estaba seguro de que aquella página iluminada y la sección a la que pertenecía habían sido robadas.

—¿Cuándo había visto esos elementos por última vez?

—Ni siquiera él mismo estaba seguro, y creo recordar que solo había estudiado reproducciones fotográficas.

—¿Sabe qué representaba la ilustración?

—Él me habló de un sol del que salía un diablo, «bello como un dios», en sus propias palabras. El demonio andaba por un camino cubierto de losas de extrañas formas geométricas, y en sus manos tenía una pirámide que irradiaba luz.

—¿Te explicó por qué le interesaba esta página en concreto?

—Me habló vagamente del camino de losas, pero pienso que este detalle por sí solo no puede explicar su fijación y su extremo entusiasmo. El hecho es que se irritó mucho cuando no encontró ningún rastro de la ilustración, por un lado por el daño ocasionado a un documento tan importante, pero también porque eso obstaculizaba una tesis en la que estaba trabajando. No entendía por qué alguien había puesto tanto empeño en hacer creer que esa imagen no había existido nunca. Y ustedes ya saben lo que pasaba cuando él no comprendía algo: ¡no pensaba en otra cosa!

En un pasillo paralelo, Karen se fijó en dos investigadores con gafas y guantes, que se comportaban como verdaderos cirujanos encima de unos fragmentos de papiro. Por delante de ella, Ben y Folker ya habían llegado a su destino.

—Nancy, le presento a la señorita Holt y al señor Horwood, al que tuve la suerte de tener como alumno hace unos años. Se están ocupando de la investigación de las páginas desaparecidas del *Splendor Solis*.

Después de saludarlos, Nancy se apartó y descubrió la presencia del preciado volumen apoyado sobre su mesa de estudio. La obra estaba en bastante buen estado, encuadernada en cuero rojo embellecido con dorados. Folker cogió un par de guantes de algodón de la caja distribuidora y se los puso.

—Les presento el celebérrimo *Splendor Solis*, «el esplendor del Sol», al que nosotros hemos puesto la signatura como manuscrito *Harley MS. 3469*. Sin duda, uno de los más importantes tratados de alquimia que jamás hayan existido. Realizado a lo largo de varios años y bebedor de los textos más antiguos, es lo que viene a llamarse un florilegio. Fue terminado en 1582. La Library lo adquirió a través de una familia de aristócratas, los Harley, en el siglo XVIII. Es poco común tanto por su formato, en la época reservado a cartógrafos y naturalistas, como por su contenido. Cada capítulo se articula en torno a una ilustración simbólica, que representa alguna entidad emblemática experimentando una fase del «Arte Real», es decir, la alquimia. Ronald se lo habría explicado, sin duda, mejor que yo.

Pidió permiso a Nancy para abrir el inestimable documento. La joven le invitó a oficiar, comentando:

—Robert es demasiado modesto, es un auténtico especialista...

Él presentó una primera ilustración, realizada en la más pura tradición renacentista. Karen y Benjamin se acercaron. Sobre un fondo campestre, un hombre en toga roja y azul levantaba un vial, del cual salía una cinta con forma de humo, sobre la que aparecían escritas unas palabras en dorado.

—Aquí tienen al «Filósofo alquimista» —explicó Folker—. La cita de la cinta es un extracto del *Tratado sobre el oro*, de Hermes Trismegisto, quien invita a descubrir las propiedades y secretos de los cuatro elementos.

Muy concentrado, el conservador continuó:

—Este manuscrito no es ni un libro de recetas mágicas ni un manual para aprendices de brujo. Habla de la alquimia desde un punto de vista práctico, pero, sobre todo, hace hincapié en la actitud que deben adoptar aquellos que quieren acercarse a su verdad.

Con extrema delicadeza, pasó las siguientes páginas de pergamino, cubiertas de textos escritos en caracteres góticos de gran tamaño. Al ver la fascinación de Karen, el conservador se apartó para dejarle espacio y que pudiera inclinarse.

—Acérquese. No todos los días uno puede admirar con sus propios ojos una pieza tan excepcional.

Miss Holt se inclinó e intentó descifrar los textos, sin lograrlo.

—Es alto alemán —intervino Ben—. El profesor Wheelan nos hizo estudiar algunos pasajes de la traducción. Los textos están escritos en un estilo bastante claro. Sin embargo, son muchos los que piensan que esas ilustraciones tan extremadamente minuciosas encierran códigos y significados secretos. En cada una, se encuentran elementos incongruentes, tanto geográficos como históricos, a veces incluso científicos, que no pueden haber sido elegidos al azar. Wheelan estaba convencido de ello. Él mismo pasaba buena parte de su tiempo libre intentando averiguar los misterios de estas obras crípticas. Me acuerdo de que nos hizo estudiar la imagen de «La mina y el mundo subterráneo» durante, al menos, dos clases del curso.

Robert Folker pasó las páginas hasta llegar a aquella de la que hablaba Horwood. Karen preguntó:

—Por tanto, ¿sería una página de este tamaño la que habría desaparecido?

—El uso del condicional no sería apropiado —precisó Nancy—. La imagen está desaparecida y bien desaparecida. Para serles sincera, cuando recibimos la petición de verificación, y a pesar de las referencias profesionales del profesor Wheelan, tuvimos nuestras serias dudas. Este manuscrito es uno de los mejor protegidos de nuestras colecciones, y los permisos para acceder a él se dan con cuentagotas. Además, al comienzo de la obra, y de la mano del propio Harley, que fue su último propietario, aparece escrito que el volumen contiene veintidós ilustraciones. La posibilidad de que se haya efectuado un préstamo resulta objetivamente inconcebible.

Para demostrar lo que estaba diciendo, Nancy señaló con su dedo enguantado la anotación escrita en tinta tostada, antes de continuar:

—Sin embargo, cuando realicé mi examen, en el mismo lugar donde aparece esta mención, una ligerísima variación del brillo del soporte me empujó a fijarme más. Fue entonces cuando hice un primer descubrimiento. Utilizando las técnicas de imagen más recientes, me di cuenta de que la nota manuscrita por Harley había sido falsificada. El «2» no siempre había sido un dos. Al principio había un «3». La modificación había sido realizada con extremo cuidado, sin duda por un falsificador de gran talento. La composición de la tinta y su envejecimiento fueron reproducidas a la perfección. En principio, no habría ninguna posibilidad de que la manipulación pudiera ser descubierta. Entonces, alarmada por esta falsificación, miré con lupa el volumen. Y, finalmente, encontré la confirmación de lo que el profesor había presentado. Faltaban cuatro hojas. Unas ligeras separaciones traicionaban su anterior presencia. Comparándolo con las otras secciones que lo componen, efectivamente, podría tratarse de una ilustración o del texto referido.

—¿Dónde se situaban estas páginas? —preguntó Ben.

—Entre la sección de «El Árbol filosófico» y la del «Rey viejo y rey joven».

—¿Podría tener sentido en ese hueco un diablo saliendo de un sol? —interrogó Karen.

—Perfectamente —respondió Folker—. Además, tendría mucha coherencia en una presentación de alquimia. La importancia de la luz es esencial, aunque cabría preguntarse por su asociación con el demonio, ya que esta suele considerarse de origen divino. En el imaginario clásico, el diablo está asociado a las tinieblas.

Ben se dirigió a Nancy:

—¿Esta página no aparece en ninguna de las otras copias que existen en el mundo?

—Identificamos exactamente seis versiones más o menos parecidas, realizadas alrededor del siglo XVI, siendo la nuestra la que está considerada como la mejor conseguida. Con total discreción, preguntamos a cada uno de los propietarios para verificar si sus ejemplares podían contener las páginas que no aparecían en el nuestro. A excepción de un coleccionista, que se negó a ser contactado, todos respondieron de manera negativa: tampoco aparecían esas páginas.

—¿Han podido determinar en qué momento fueron robadas? —preguntó Karen.

—Determinados exámenes podrían, a lo mejor, darnos alguna respuesta, pero para efectuar dichos análisis habría que deshacer la encuadernación y usar reactivos químicos con los que correríamos el riesgo de deteriorar el manuscrito. Así que lo descartamos.

Folker comentó:

—Entonces tenemos que conformarnos con deducciones. Una modificación tan precisa de la mención manuscrita de Harley requiere tiempo y una habilidad fuera de lo común. No pudo hacerse deprisa y corriendo. Sustraer las páginas que faltan tuvo que requerir, igualmente, varios días. En vista de esto, se dibujan dos posibilidades: o bien los ladrones contaron con el apoyo de cómplices en el seno de esta institución, lo cual parece poco probable, o se aprovecharon de un lapso de tiempo durante el cual el manuscrito estuvo, por razones históricas o técnicas, menos vigilado. En ese caso, aparecen dos fechas: en 1997, durante el traslado de la British Library a sus nuevas instalaciones; o durante la Segunda Guerra

Mundial, cuando las piezas más importantes fueron puestas a salvo para protegerlas de los bombardeos alemanes.

Nancy intervino:

—Un estudio pormenorizado de los elementos de encuadernación y de la tinta nos empuja a dar mayor peso a una de las dos hipótesis. El robo se remontaría al periodo de la guerra... Por extraña que pueda parecer esta posibilidad, un hecho juega a su favor: en 1997, el documento ya era bastante conocido y había numerosas copias en circulación. Si después hubiera faltado una página, habríamos podido seguir su pista y mucha gente habría podido testificar. Sin embargo, en la Segunda Guerra Mundial solo un puñado de eruditos y de especialistas conocían la existencia del *Splendor Solis*, y muy pocos de ellos lo habían visto con sus propios ojos. Los ladrones las tenían todas consigo para que su crimen no fuera descubierto...

Ben y Karen intercambiaron una mirada. Esta vez, Horwood no hizo ningún comentario.

8

Karen miraba a su alrededor mientras acompañaba a Ben por la escalera de su edificio. Así que era allí donde vivía. Sentía curiosidad por averiguar a qué se parecía el antro de ese hombre sorprendente. En el pasillo del segundo piso, mientras él se dirigía a su apartamento y echaba un vistazo a su correo, divisó un gato que se marchaba trotando con la cola muy tiesa.

Cuando fue a dar la vuelta a la llave en la cerradura, Ben notó que no funcionaba como de costumbre. Algo no iba bien. Al abrir la puerta, obtuvo la confirmación. Su apartamento había sido puesto patas arriba. El desorden era indescriptible. Lo que podría haber hecho ruido al caer, había sido colocado en cualquier parte, mientras el resto de los cajones y armarios habían sido volcados. No se había salvado ni un rincón. Incluso habían desmontado algunas partes de los muebles.

—Le juro que, normalmente, está más ordenado...

Con un gesto tranquilo, pero decidido, Karen apartó a Ben a un lado de la puerta, al tiempo que desenfundaba su arma.

—No se mueva de aquí... —murmuró.

Algo había cambiado completamente en su actitud. En un abrir y cerrar de ojos, había cambiado su disfraz de joven pizpireta, por una armadura de asesina que le iba como un guante. A Ben ni se le pasó por la cabeza desobedecer y se pegó al muro.

Miss Holt entró en la casa, apuntando con su arma, a la que había retirado el seguro. A pesar de todo lo que había tirado por el suelo, avanzaba sin hacer el menor ruido, como el gato del pasillo. Inspeccionó el salón, la cocina, después desapareció en la habitación. Ben asomó furtivamente la cabeza para valorar la amplitud de los daños.

Cuando Karen volvió a aparecer, enfundó de nuevo la pistola y le indicó que entrara.

—No han hecho las cosas a medias. Lo siento...

—No se preocupe. Veamos el lado positivo: cuando le cuente a mi madre que una chica, sobre todo una tan mona como usted, ha venido a mi casa, se va a volver loca de alegría. En cambio, cuando le diga que era una poli y que me quedé en la puerta, se va a deprimir... ¿Puedo, al menos, describirle el momento en el que me hizo ese gestito tan encantador para que la siguiera hasta mi habitación?

Observando los papeles y los objetos personales esparcidos por el suelo, Karen comentó:

—Para bromear en un momento así, o es muy dueño de sí mismo o es un inconsciente total.

—Conozco la respuesta, pero, en este momento de nuestra relación, creo que es mejor no dársela...

—Empiezo a hacerme una idea de a lo que se refería el señor Folker cuando hablaba de su mala costumbre de hacer el tonto cuando no era el momento... El pobre hombre se sentirá muy decepcionado cuando descubra que ni la edad ni la madurez han arreglado nada.

A los pies del escritorio, una joven rubia sonreía en unas fotos que se habían salido de un sobre. Ella parecía ser el único tema de esta colección, que la presentaba en todo tipo de circunstancias del día a día. Con un vestido largo en una cena oficial, protegiéndose la cara en la nieve, en el agua apoyada en el borde de la piscina, medio escondida detrás de un libro antiguo haciendo una mueca. Karen grabó mentalmente cada detalle. Su interés iba, sin duda, más allá de lo estrictamente necesario para su investigación. De cara a Ben, Karen era antes que nada una agente del gobierno en una misión, lo que le impedía cualquier alusión a su vida privada. Aunque eso no le impedía sentir curiosidad por una mujer que parecía importar tanto a aquel hombre que empezaba a hacer algo más que intrigarla.

Ben se agachó para recoger las fotos que se apresuró a hacer desaparecer en un cajón descoyuntado.

—No debería tocar nada —le aconsejó ella—. Pasará un equipo para tomar posibles huellas, poner orden y seguridad.

Intentando quitar hierro, Ben declaró:

—Los ladrones han debido de confundir mi apartamento con el del vecino de abajo. Es rico. Aquí no hay nada que merezca la pena.

Recogió un trofeo de atletismo con el asa torcida.

—Han estropeado su único premio deportivo...

—Ni siquiera es mío. Fue mi ahijado quien, por mi treinta cumpleaños, me regaló uno de los suyos, porque le parecía patético que yo no tuviera ninguno. Hubiera preferido que fuera mío. Me hubiera dado menos pena verlo en este estado.

—No se han confundido de apartamento, Benjamin. Es evidente que buscaban algo. ¿Se le ocurre qué pueda ser?

—Ni idea. Aunque, pensándolo bien, está la receta secreta del pudin de Navidad de mi tía Jane, considerado uno de los tesoros de nuestra familia...

—Cuando el profesor Wheelan se unió a nuestro equipo, también robaron en su casa. El resultado fue bastante parecido.

—¿Es una costumbre de su departamento? ¿Una especie de novatada?

—No debería tomarse este robo a la ligera, señor Horwood. Los que actúan de esta manera son gente realmente peligrosa.

—No se preocupe. Ni bajo tortura les pasaría la receta de la tía Jane.

—¿Por qué se toma siempre todo a broma? Sobre todo lo que legítimamente podría concernirle...

A Ben le desarmó la pregunta. Por un instante, sus ojos abandonaron el campo de batalla de su apartamento para mirar fijamente a los de Karen.

—No sé. Sin duda porque cuando algo se vuelve demasiado

serio, me da miedo... ¿El humor puede convertirse en un escudo frente a la vida? ¿Qué me dice, *miss* Holt?

Esta vez fue Karen la que no sostuvo la mirada, y cambió de tema.

—No puede quedarse aquí. Lo siento muchísimo, pero su vida va a volver a sufrir otro vuelco. Tenemos que protegerlo.

—¿Está segura de que esta leonera tiene algo que ver con nuestra investigación?

—¿A estas alturas todavía cree en el azar, o es que es estúpido?

—Esta vez es usted la que sabe la respuesta... Y, por favor, guárdesela.

—Vamos, venga, le llevaré a un lugar seguro.

—Deme un minuto para coger algunas cosas.

—¿Se refiere a esos calzoncillos tan bonitos que están esparcidos por su habitación?

—Entre otras.

—No los toque. He visto casos en los que los tipos habían envenenado lo que habían dejado.

—¿Me toma el pelo? ¿Habrían envenenado mis calzoncillos?

—Al igual que, quizá, su pasta de dientes y la comida de su frigorífico...

—Dios mío, ¿en qué mundo vivimos?

—Ya lo ha dicho el señor Folker: nos movemos en terrenos que, con frecuencia, se parecen a una partida de ajedrez. Todavía me pregunto si usted es un alfil, un caballo o una torre; pero si es verdad que tiene tanto talento como dice todo el mundo, nuestros adversarios, sin duda, deben de estar interesados en matarle.

—Está paranoica.

—Me pagan para ello. Pero alégrese, a pesar de todo, hay una buena noticia: Su Graciosa Majestad le va a regalar unos calzoncillos nuevos. Aproveche para cambiar un poco. No está obligado a cogerlos todos negros... Ponga un poco de color en sus pantalones.

Nunca nadie había hablado así a Benjamin Horwood.

9

Después de inspirar profundamente y de mantener la respiración, Ben sopló despacio por la boca hasta vaciar por completo sus pulmones. El agua tibia chorreaba por su cabeza agachada y por su nuca, envolviéndolo en un calor reconfortante. Se sorprendió al comprobar hasta qué punto un simple estímulo físico lograba producirle tal sensación de seguridad. Allí bajo la ducha, por un instante, aún podía tener la ilusión de que su vida era tan sencilla como antes.

Sin embargo, las ideas, las visiones y –más perturbadoras todavía– las preguntas martilleaban su mente, haciendo saltar por los aires aquella sensación de bienestar. Las imágenes se sucedían: su apartamento patas arriba, Karen dándole la orden de no moverse, el «Filósofo alquimista» y su extraña máxima, la escritura redonda y de trazo fino de Harley, el contorno del cuerpo en el suelo de la iglesia escondida en el corazón de York... Extrañamente, nada de ello le asustaba, con la excepción, quizá, de Karen. A pesar de todo lo que había vivido desde hacía dos días, Ben estaba más intrigado que preocupado.

Cortó el agua y sacó un brazo fuera de la ducha. Era tan amplia que la cocina de su modesto apartamento habría podido caber dentro de ella. Se puso el albornoz que estaba colgado. El rizo era suave y tupido, como el del hotel donde se había quedado por una conferencia en Roma. Se dirigió al espejo de su lavabo doble. Cogió una toalla y se frotó la cabeza, pero cuando se quiso mirar en el espejo, el vapor solo le permitió ver una forma borrosa.

Absorto en sus pensamientos, atravesó la habitación hasta llegar al salón. Una voz surgida de la nada le sobresaltó, hasta el punto de darse un golpe con la pared.

—Le felicito, señor Horwood. Al menos se cierra el albornoz cuando sale del baño. No se puede decir lo mismo de todo el mundo, créame.

El jefe de Karen estaba despreocupadamente repantigado en uno de los sofás, dando sorbitos a una copa.

—Por poco hace que me dé un infarto... —protestó Ben, frotándose la espalda.

—Discúlpeme. Tengo la malísima costumbre de creer que, en mi departamento, puedo ir donde me dé la gana.

Ben intentó disimular, pasándose la mano por el pelo mojado.

—*Miss* Holt me había prometido un lugar seguro, no el vestíbulo de una estación donde me puede dar un infarto al salir de la ducha...

—Deseaba verle lo antes posible. Tenemos que hablar.

—Ni siquiera sé su nombre.

—Puede llamarme Mickey, Princesa Mágica o Gengis Kan, poco importa. Me gusta pensar que si tuviera amigos, me llamarían Jack. Siempre me ha parecido que me iba de maravilla. ¿Usted no? Pero, en mi profesión, los amigos son un lujo prohibido.

Ben observó al hombre preguntándose si, por primera vez en su vida, no había encontrado a alguien más impertinente que él.

—¿Quiere beber algo? —retomó—. Pensaba esperarle para brindar, pero se ha tirado veintitrés minutos en la ducha... Nunca espero demasiado cuando quiero hablar con alguien. Ni siquiera con el primer ministro.

—Disculpe si me he relajado. Es mi primera vez en este trabajo y ha sido un poco duro para mi estado nervioso. Por otro lado, desde el punto de vista administrativo, todavía estoy de vacaciones...

—Hace muy bien en tomarse un respiro, usted que puede. Yo solo lo consigo con mis amigos, y ya sabe lo numerosos que son…

—¿De qué me quería hablar?

—Quiero saber su opinión sobre los asuntos que está siguiendo y asegurarme de que se haya adaptado bien.

—¿Le preocupa mi bienestar?

—Por supuesto. ¿Le parece bien su nuevo apartamento?

—Si conociera el antiguo, no me haría esa pregunta.

—Aquí no corre ningún peligro. En cualquier caso, evite pasar mucho tiempo delante de las ventanas. La vista es bonita, pero, por una cruel ironía del destino, la tecnología de las balas perforadoras va siempre por delante de la de los cristales blindados.

—Gracias por hacerme sentir mejor.

—Es broma, señor Horwood. Era para quitar un poco de tensión al ambiente.

—Como le decía, soy nuevo en la materia. Su sentido del humor todavía me sorprende.

—Tranquilo. Se encuentra en un edificio infestado de agentes al servicio de la Corona. Este espacio nos permite alojar a refugiados políticos, invitados de honor, testigos protegidos…

—¿Y a qué categoría se supone que pertenezco yo?

—A ninguna, más que nada porque a lo que nos enfrentamos no se parece a nada conocido.

—Todo esto me parece bastante irreal. Esos robos imposibles, ese asesinato… Para mí, esto no tiene nada que ver con la vida real. Tengo la impresión de estar en una película.

—Da igual dónde crea encontrarse, señor Horwood. Mientras que no haya disparos, no importa. Porque, en nuestra película, las balas son reales.

Ben sonrió.

—Sinceramente, póngase en mi lugar unos segundos. ¿Qué pensaría usted de un tío que va y le suelta el tipo de cosas tan serias que usted me acaba de soltar?

—No tengo ni idea, señor Horwood. Hace demasiado tiempo

que no llevo una vida como la suya. Ni siquiera sé a lo que puede parecerse. De todas formas, entre nosotros, tengo que reconocer que, a veces, echo de menos esa bonita inocencia.

—¿En su mundo, cada día, se mata, se roba y se saquean apartamentos?

—Solo los días tranquilos, porque, si no, también se pone en peligro el equilibrio geopolítico, se conspira, se cometen genocidios y, en los grandes momentos, hay quien llega incluso a hipotecar la vida de millones de individuos en nombre de intereses un tanto dudosos.

—¿Quién ve el mundo de esta forma?

—Muy poca gente, señor Horwood, y mejor así. Porque si tuviéramos la más mínima idea de lo que se cuece todos los días, en cualquier parte del globo, nadie dormiría. En realidad, ¡nadie viviría! Hacen falta individuos que vean el mundo como nosotros para que gente como usted lo vea como mejor le plazca. Hacen falta hombres que se ocupen de lo peor, para que otros puedan vivir tranquilamente, se preocupen, aunque no demasiado, mientras esperan ir a bailar, comprarse ropa o ir al parque con sus hijos. Así es. Saber siempre es un privilegio. En nuestro caso, es también una maldición. Usted no estaba destinado a pasar al otro lado, señor Horwood, pero la necesidad de sus competencias nos obliga a retirarlo momentáneamente de este universo donde el precio del carburante y el próximo ganador de las elecciones parecen ser los auténticos problemas.

Ben se quedó un momento en silencio y luego soltó:

—Ni Mickey ni la Princesa Mágica son capaces de hacer este tipo de observaciones. En cuanto a Gengis Kan, ya habría prendido fuego a todo... Le voy a tener que buscar otro nombre. Estoy dudando entre Mi Pequeño Poni o Pinocho.

—Ya me había prevenido Karen de que todo se la traía floja.

—¿Le ha hablado también del sentido del humor que me sirve de escudo? ¿Y de mi planta y del gato que se hace pis en mi felpudo? Le echo muchísimo de menos.

El hombre no pudo evitar esbozar una sincera sonrisa.

—Su escudo está muy bien, pero, si quiere sobrevivir, necesitará una espada en la otra mano.

Se giró para señalar cuatro cajas de archivos enormes apoyadas en la mesa.

—Le he traído esto: las carpetas y los apuntes del profesor Wheelan. Espero que pueda sumergirse en ellos rápidamente. El profesor había acumulado muchos elementos de su investigación y un montón de comentarios para engrosar su reflexión, pero no estaban pensados para que los leyera otra persona que no fuera él. Resumiendo, no entendemos demasiado. Usted lo verá todo más claro. También encontrará los informes de los asuntos recientes que condujeron a la reactivación, a bombo y platillo, de nuestro departamento.

—Me pongo con ello. Siento curiosidad por leer lo que pudo escribir sobre las páginas desaparecidas del *Splendor Solis*. Reconozco que la idea del robo tan secreto y preciso de un documento tan importante me llama la atención.

—Mejor. Por eso le hemos reclutado.

—Por supuesto, *miss* Holt le habrá informado de que las páginas fueron robadas durante la Segunda Guerra Mundial.

—Me lo ha contado.

—No me parece que le sorprenda demasiado.

—Ya sabe, esta unidad fue creada para ir detrás de las reliquias sagradas de las que Hitler pensaba sacar poderes que superasen la ciencia. Teniendo eso en cuenta, hace falta mucho para sorprenderme.

—Evidentemente, visto así...

—Señor Horwood, nos adentramos en un terreno donde lo racional y el conocimiento científico no son suficientes para ver con claridad. ¿Usted juega al fútbol?

—La pregunta me sorprende, teniendo en cuenta el postulado que la precede. Pero respondiendo a su pregunta: no, no juego.

—En cualquier caso, voy a utilizar una imagen deportiva sencilla. Nosotros jugamos en la defensa, señor Horwood. A nuestro nivel, estamos condenados a esperar que nuestros adversarios pasen a la acción para intentar actuar. Ellos tienen la iniciativa. Ellos eligen cuándo sacan de centro, el terreno de juego, las reglas, incluso el tipo de jugadores implicados. Por nuestra parte, nosotros intentamos comprender su táctica; frenar sus ofensivas, de las que ignoramos el objetivo final. ¿Me comprende?

—¿Cree que se está jugando un partido importante?

—Eso me temo.

—Yo soy historiador, no delantero centro. Mi trabajo consiste, principalmente, en explicar el pasado.

—En esta ocasión, nos vendría mejor que nos ayudara a comprender el presente. Porque no olvide nunca que los galimatías que usted estudiaba, esos hechos espectaculares y dramáticos que forjaron el destino de nuestras civilizaciones, no son solo abstracciones intelectuales destinadas a despertar la imaginación de unos cuantos fulanitos, causándoles escalofríos delante de series de televisión. Desde el inicio de los tiempos, en nombre de ideales, los hombres han dado su vida para que nosotros podamos finalmente ver ciento cincuenta cadenas, preguntándonos si vamos a comer comida india o japonesa. ¿Y todo para esto? No nos corresponde a nosotros juzgarlo, sino permitir un futuro en las mejores condiciones posibles. Los pueblos olvidan con demasiada frecuencia que nuestras sociedades son el fruto de batallas ganadas y perdidas. Y ya hace demasiado tiempo que no hay un verdadero partido de fútbol. La historia no se escribe solo en los libros, señor Horwood, y me temo que si no desentrañamos lo que se está escribiendo en estos momentos, lo que presentarán los libros de texto de nuestros descendientes no nos honrará.

10

La notificación de un descubrimiento en el yacimiento arqueológico de la ciudad de Teotihuacán ocupa toda mi atención y merece ser contado. Contactar con Eduardo, de la Universidad Autónoma de México, para asegurar seguimiento y precisiones.

Construida hace más de dos mil años, cerca de México, esta ciudad contaba con alrededor de cien mil habitantes a principios de nuestra era, aunque fue inexplicablemente abandonada en el siglo VII. ¿Es posible que los investigadores hayan encontrado por fin alguna respuesta en relación a este declive? Allá, bajo la gran pirámide de Quetzalcoatl, conocida como la serpiente emplumada, un equipo del Instituto Nacional de Antropología e Historia desenterró por casualidad, durante una excavación de reforzamiento, un largo túnel subterráneo que se adentraba bajo el edificio a más de quince metros de profundidad. Después de haberlo mantenido en el mayor de los secretos, este descubrimiento saca a la luz sus primeros resultados. La exploración de la galería fue complicada, debido a la necesidad de atravesar más de veinte muros de tres metros de espesor, repartidos regularmente con el fin de proteger el lugar al que parecía conducir. Pensando en un principio que pudiera tratarse de un acceso secreto hacia una tumba, los científicos se preguntaron sobre la presencia en las primeras salas de instrumentos de medición, cerámicas y vidriería que no estaban desti-

nados ni a un uso culinario ni a almacenaje. Al acceder a salas aún más profundas, entre los clásicos objetos rituales dedicados al culto al sol y a las divinidades de la época, el equipo detectó cantidades importantes de mercurio, y encontró seis máscaras cubiertas de piedras preciosas (mayoritariamente esmeraldas), que podrían ser mortuorias, pero cuya presencia tiene difícil explicación, dada la ausencia de cadáveres en las inmediaciones.

—¿Es interesante?

Ben pegó un respingo, llevándose la mano al corazón.

—¡Madre mía! ¿Podría dejar de asustarme, surgiendo de la nada por el apartamento?

Miss Holt se defendió:

—No he surgido de la nada. Incluso he llamado.

—No he oído nada. En cualquier caso, no creo haberle dado permiso para entrar.

—He supuesto que estaría durmiendo. Simplemente, pasaba para darle algo de ropa de recambio. —Le entregó ropa nueva—. Yo misma la he elegido para usted. Si le apetece, se lo puede contar a su mamá.

Él se suavizó.

—¿Cómo sabe mi talla?

Karen movió su mano como si estuviera haciéndole un sortilegio.

—Las mujeres sabemos ese tipo de cosas.

Ben cogió la ropa.

—Gracias. No es que sea realmente mi estilo, pero es un detalle.

Con un movimiento de la barbilla, Karen señaló las numerosas pilas de folios de diferentes alturas variables que cubrían la mesa.

—¿Está leyendo los apuntes del profesor?

—De momento, solo los estoy clasificando. Es una cantidad ingente. Me he tirado buena parte de la noche. Necesitaré días y días solo para ordenarlo todo. Más aún cuando aquí uno encuentra de todo. No es tan sencillo ubicarse en este desmadre y averiguar por qué decidió destacar determinados hechos. Me encuentro ante un rompecabezas de mil piezas y no tengo ni la más mínima idea de cuál es su imagen final.

—El profesor tampoco la tenía.

—¿Habló con él?

—Alguna vez, pero no era muy hablador. Él me consideraba sobre todo como su guardaespaldas.

Ben apoyó la mano en un montón de carpetas apiladas aparte.

—También he empezado a echar un vistazo a los informes relacionados con otros asuntos. Me queda mucho por leer, pero parece bastante jodido. ¿De verdad cree que pueda existir relación entre hechos tan diferentes, ocurridos en distintos puntos del mundo?

—No tenemos ninguna prueba formal, pero muchos elementos nos empujan a relacionarlos. ¿Se ha fijado en que, a pesar de su número, ninguno de estos atropellos fue cometido jamás al mismo tiempo? Como si los que los cometieran pasaran metódicamente de uno a otro.

—En el ajedrez, solo se hace una jugada a la vez... Pero ¿qué relación encuentra entre el robo de una antigüedad y de una obra maestra de la pintura en casa de ese empresario taiwanés asesinado, con la desaparición de unos planos ultrasecretos en un laboratorio de investigación sobre un láser experimental en París?

—Contamos con usted para que nos arroje un poco de luz. Si tenemos en cuenta la forma, hay similitudes preocupantes en la manera de proceder, y la importancia de los medios aplicados nos incita a pensar en un plan conjunto. Se observan también numerosos puntos en común en las técnicas de usurpación de identidad que han permitido a los ladrones penetrar en lugares ultraprotegidos. Los culpables se toman su tiempo para acercarse a su objetivo, y nunca dejan nada al azar. Hasta ahí, el crimen nunca ha sido su objetivo, pero no han dudado en cometerlo si se creía necesario. Utilizan a la gente y eliminan testigos sin pensárselo dos veces.

Solo una vez, se centraron en un individuo, un arqueólogo español al que raptaron.

—¿Y lo han encontrado?

—De momento no. Cuanto más tiempo pasa, más tememos por su vida.

—En el caso de Wheelan, ¿se les ha pasado por la cabeza que quizá haya sido víctima de algo distinto a un accidente? Quizá pudo ser eliminado...

—Se asustaría si supiera todo lo que se nos pasa por la cabeza... Evidentemente, sospechamos que pudiera tratarse de un asesinato camuflado. Por ello, una unidad de la policía científica se entregó a fondo con su coche durante más de una semana, mientras los forenses hacían la autopsia del cadáver. Pero los informes no revelaron nada sospechoso. Lo que demuestra que incluso la gente amenazada puede morir de manera tonta...

Karen había terminado su frase con una entonación triste. Ben lo percibió.

—Le afecta la muerte del profesor, ¿verdad?

—Me tiré más de un año junto a él. Era la encargada de su seguridad. No le dejaba ni a sol ni a sombra.

—Se siente culpable de lo que le sucedió...

—No. Yo me había ofrecido a acompañarle, pero él se negó. Quería estar tranquilo para visitar a su hermana al noroeste de Inglaterra. Decía que nadie sabía nada de su viaje y que no corría ningún peligro. Mi presencia no habría cambiado nada, sin duda. A no ser que yo hubiera conducido, habríamos muerto los dos en el despeñamiento de su vehículo. Pero la verdad es que si le hubieran matado de un tiro en la cabeza, nunca me lo habría perdonado.

Por primera vez, Ben detectó cierta fragilidad en la voz de la joven. Dejaba entrever una sensibilidad inédita. Le hubiera gustado saber qué decir para reconfortarla, pero todo lo que le vino a la mente era inapropiado. Un sentido de la ironía superdesarrollado no siempre es una ventaja.

El móvil de Karen vibró, proporcionándole una distracción que agradeció. Descolgó:

—Holt al habla.

Se quedó un momento a la escucha sin decir nada. Después, con calma, colgó y preguntó a Ben:

—¿Le da miedo el avión?

—Vaya pregunta...

—¿Conoce Japón?

—¿Esto qué es, un concurso? ¿Qué voy a ganar en esta ocasión? ¿Un balazo en el pie?

—Vístase deprisa, le reclaman al lado de un emperador.

11

Cuando por fin Benjamin regresó del reino de Morfeo, necesitó unos instantes para saber dónde se encontraba.

—¿Mejor? ¿Ha descansado bien mi chiquitín?

Karen estaba acurrucada en el amplio sillón que tenía enfrente, con una mirada que reflejaba claramente ironía. Todo estaba tranquilo en la cabina del avión, en el que viajaban solos. El aparato volaba con total estabilidad. Para no dejarse hipnotizar por aquellos bonitos ojos avellana, Ben se estiró, dándose la vuelta hacia la ventanilla. Solo vio la noche oscura acompañada de la luz de navegación que había al final del ala.

—¿He dormido mucho?

—Tomaremos tierra en Osaka en menos de una hora. Espero que le dé vergüenza.

—Eso sería lo lógico, pero tengo demasiada hambre. —La joven, molesta, agarró un pequeño sándwich de la mesa de al lado y se lo lanzó—. ¿Me velaba el sueño?

—Qué agudo… Hace horas que espío la más mínima señal de consciencia en su carita de ángel. Efectivamente, le velaba. Gracias a ello, me sé de memoria los espasmos de sus párpados cuando sueña. Me recordaba al perro de mi abuelo. En cuanto al ritmo de la vibración, casi animal, de su labio cuando ronca…

—Chica suertuda. Así que ha tenido el privilegio de asistir a ese maravilloso espectáculo. En lugar de no quitarme ojo de encima, debería haberme despertado.

—Reconozco que la idea se me pasó por la cabeza. Al menos en un buen centenar de veces. Me ha encantado imaginar que le taponaba la nariz y que salía brutalmente de su letargo, aterrorizado. Incluso he soñado con meterle uno de estos deliciosos bombones en la boca, siempre abierta, en el vuelo de Suiza a Indonesia.

—Así que es por eso por lo que tengo sed. Aunque, ahora que lo pienso, ¿entonces ha visto mi glotis? ¿Le ha gustado? Nunca nadie me ha hablado de ella, lo cual me preocupa. —Karen sacudió la cabeza decepcionada—. ¿Por qué no ha dormido también usted? —añadió Ben.

—¿Quién habría estudiado la información del sitio en el que nos esperan? ¿Usted? ¿Unos minutos antes del aterrizaje?

—Para algunos exámenes, y no de los menos importantes, repasé solo en el último minuto, y le sorprendería saber, incluso así, hasta qué punto sobresalí.

—Creído.

—Insomne.

Ben abrió su sándwich, riendo, y lo empezó a grandes bocados. Karen abrió un portátil que giró hacia Horwood. Viendo aparecer las fotos, se frotó los ojos.

—¿Es ahí hacia donde nos dirigimos? ¡Pero si es gigantesco!

—La tumba del emperador Nintoku es una de las sepulturas más grandes del mundo. Una extensión de más de cuarenta campos de fútbol.

—Vista desde arriba, parece el agujero de una cerradura en medio de un lago…

—Evite hacerles ese tipo de observaciones. Mejor no añadir un incidente diplomático a lo que ya nos tenemos que ocupar.

—¿Se trata de una isla?

—Dos fosos concéntricos llenos de agua encuadran un lago, en cuyo centro se encuentra lo que los japoneses llaman un *kofun*.

En medio del estanque, emerge el túmulo funerario, lo que se parece al agujero de una cerradura, de más de setecientos metros de largo, compuesto por una gran loma redonda, que contiene la cámara mortuoria y que se extiende a lo largo de su eje por una vasta porción triangular.

—Es sorprendente que un lugar tan impresionante no se conozca más.

—Eso es, sin duda, porque no se puede visitar y porque no se puede ver desde las inmediaciones. El lugar está cubierto de bosques y solo se aprecia su particular forma geométrica gracias a tomas aéreas. Si se pasa a su lado, no hay nada que lo diferencie de una simple reserva natural. No se permite el paso a ningún turista. Las excavaciones arqueológicas están prohibidas, incluso las oficiales. La Agencia Imperial, que se encarga del lugar, se opone a ello por respeto al reposo y a la memoria del difunto.

—¿Qué ha pasado?

—Al parecer, la cámara funeraria ha sido profanada. De momento, no se nos ha comunicado nada más.

—No se terminan nunca, sus historias...

—Sobre todo desde un tiempo a esta parte.

—Ahora en serio, ¿cree que tengo carita de ángel?

12

—Bienvenidos a Japón —dijo el hombre en un inglés con marcado acento asiático—. Me llamo Takeshi Senzui y trabajo para la Agencia de Investigación de Seguridad Pública. ¿Han tenido un vuelo agradable?

—Algunos más que otros... —ironizó *miss* Holt, dándole la mano.

Se veía claramente que el hombre no estaba acostumbrado a llevar el traje que se había puesto para la ocasión. Su manera de moverse sugería que era más aficionado a vaqueros, deportivas y, sin duda, cazadoras.

—¿Usted es la historiadora y usted el agente enviado por el Gobierno británico?

—Al revés —precisó Ben, devolviéndole el saludo.

—¿Son los servicios secretos los que se ocupan de este asunto? —se sorprendió Karen.

—A nadie le interesa que se sepa lo que ha pasado. La policía tiene demasiadas conexiones con la prensa, y es un tema extremadamente delicado...

A esa hora tan tardía, el aeropuerto de Osaka estaba casi vacío.

—Esperando que no estén demasiado cansados, vamos a ir directamente al *kofun*. Esta visita nocturna nos conviene a todos. Masato Nishimura, de la Agencia Imperial, los espera allí.

—En marcha —respondió Karen.

Al girar a la izquierda, el coche tomó la carretera que unía la isla artificial del aeropuerto con la tierra. Después se bifurcó hacia el norte bordeando la costa.

—El *kofun* está solo a una treintena de kilómetros —precisó Senzui—. Estaremos allí en breve. ¿Recibieron los documentos?

Guiñando un ojo a Karen, Ben fue el primeo en contestar:

—Por supuesto. Su lectura se ha revelado apasionante. ¿Qué pasó exactamente?

—No estoy en condiciones de responderle. Tenemos muy poca información. Nuestros servicios están allí solo para garantizar la seguridad del lugar, mientras la tumba sea vulnerable. El representante de la Agencia Imperial les dará más información. Solo ellos están autorizados a saber lo que ocurre dentro. Tienen que encontrarse totalmente perdidos para dejarlos pasar a ustedes. Ninguno de nosotros ha puesto nunca el pie dentro, mucho menos los extranjeros.

Karen y Senzui se pusieron de inmediato a hablar de trabajo, comparando los tipos de misiones y los medios puestos a su alcance por sus gobiernos. A Ben le hacía gracia comprobar que, a pesar de pertenecer a servicios extranjeros, los agentes se entendían sin necesidad de palabras, intercambiando risas cómplices y sobreentendidos que solo ellos pillaban. También se percató de que ni el uno ni la otra dejaban escapar informaciones delicadas. Discutían cordialmente, pero sin desvelar nada estratégico. A decir verdad, ocurría exactamente lo mismo que cuando un investigador universitario se encontraba con otro.

Como no comprendía nada de la jerga de los especialistas de los servicios secretos, Ben prefirió mirar el paisaje por la ventanilla del coche: por un lado, un barrio poblado y salpicado de puntos brillantes; por el otro, la oscuridad de la bahía. Era la primera vez que ponía los pies en Japón, y ni siquiera iba a poder andar diez metros por una calle...

Pasados unos veinte minutos, el vehículo se detuvo finalmente en un aparcamiento minúsculo, cerca de otro coche con las lunas tintadas, del cual bajó rápidamente un hombre con un abrigo largo. Senzui anunció:

—Este es Masato Nishimura. Van a continuar con él.

Para dar la bienvenida a sus invitados, Nishimura inclinó su busto, manteniendo los brazos perfectamente estirados a lo largo del cuerpo. Karen le respondió con una habilidad impecable, mientras que Ben se esforzó en imitarla, con un resultado que dejaba bastante que desear.

—Les estamos muy agradecidos por haber venido tan rápido —dijo el enviado de la Agencia Imperial con un tono muy poco educado—. Hemos recibido la orden de no volver a cerrar la tumba hasta que se termine su visita. El ritual solo podrá dar comienzo después de su partida.

El hombre evitaba el contacto visual y limitaba sus gestos a lo estrictamente necesario. Se dirigió hacia lo que parecía un bosque oscuro, al cual se llegaba por un estrecho camino, enmarcado por barreras y coronado por un *torii*, un pórtico de madera laqueada en rojo con los extremos hacia arriba, símbolo tradicional del paso hacia el mundo espiritual.

—Tendremos que andar un poco, no perdamos tiempo. Pero antes, les agradecería que dejaran aquí sus posibles armas, así como todos los aparatos fotográficos o de comunicación. Están entrando en un lugar sagrado.

Algo en su manera de comportarse indicaba que no le hacía demasiada ilusión involucrar a *oubei jin** en sus investigaciones. Ka-

---

* *Oubei jin*: en japonés, significa «occidentales» (N. de la T.).

ren cogió el teléfono de Ben, y lo depositó junto al suyo y su pistola en el maletero.

—¿Qué espera de nosotros? —preguntó Ben.

—Es un caso espinoso que plantea graves problemas. La intrusión supone una ofensa tanto para nuestra espiritualidad como para nuestra historia. Al parecer, actualmente ustedes están investigando otros hechos parecidos. Su jefe, al cual no conozco, ha acordado con el mío, al cual obedezco, que nos puedan ayudar. Ignoro cómo, pero nuestros superiores han pensado que su llegada podría ayudar a dilucidar el misterio de esta terrible agresión a nuestra memoria imperial.

El hombre dio una linterna a cada uno, y se puso en marcha. Al tomar el puente, los tres pasaron encima del primer foso, no muy ancho. Después pasaron el segundo, mucho más amplio. En plena noche, lejos de las luces del aparcamiento, el lugar se volvía tan oscuro y opresivo como si estuviera fuera de toda zona urbana.

A un ritmo lacerante, las copas de los altos árboles ondeaban al viento. Karen y Ben seguían a su guía, el único que había encendido su linterna.

—Vamos a caminar por la orilla del lago principal, hasta llegar a la embarcación que nos está esperando. Tengan cuidado dónde ponen los pies.

Mientras iban por la orilla, Karen se fijó en un hombre agazapado, vestido enteramente de negro, armado con una ametralladora y equipado con gafas de visión nocturna. Ben, que no había visto nada, rompió el silencio:

—¿Puede explicarnos lo que está pasando?

—Ayer por la tarde, se avistaron unas luces en el bosque que cubre el *kofun,* que llamaron nuestra atención. Ya ha pasado otras veces que algunos irresponsables se hayan aventurado en estas tierras prohibidas. Entonces, la policía envió un dron para asustar a los maleantes. Pero las imágenes tomadas por el aparato revelaron una excavación al pie del túmulo. Nos previnieron inmediatamente. El equipo descubrió enseguida que la cámara funeraria había sido forzada. Los que han actuado no son aficionados. Se ha encontrado material muy sofisticado.

—¿Saqueadores? —preguntó Karen.

—No lo creemos. No han tocado objetos de gran valor que, sin duda, habrían encontrado comprador en el mercado clandestino del arte.

—En ocasiones, algunos ladrones actúan por encargo de un coleccionista millonario, que busca piezas particulares para satisfacer su pasión —intervino Ben.

—No descartamos esa hipótesis. La cuestión es que los que han perturbado el eterno descanso del emperador Nintoku no han rebuscado. No han cambiado nada de sitio. Sabían exactamente lo que buscaban. Se han apoderado de ello y se han marchado, dejando tras de sí objetos artísticos de un valor inestimable.

—Creo haber entendido que nunca se ha realizado ninguna excavación arqueológica en este lugar. En ese caso, ¿cómo pueden identificar con precisión lo que se han llevado? —Se sorprendió Ben—. Y, más sorprendente todavía, ¿cómo sabían los ladrones lo que contenía la cámara funeraria?

Nishimura se detuvo para girarse hacia Ben. Al resplandor de su linterna, miró al extranjero de una forma un poco menos desdeñosa.

—Excelente pregunta. Esta tumba, construida a finales del siglo IV, nunca había sido abierta, y mucho menos excavada. Pero en 1872, el hundimiento de la bóveda de una de las salas construidas bajo el túmulo obligó a mis predecesores a entrar. Antes de arreglarlo y reforzarlo, llamaron a unos monjes sintoístas. Ellos rezaron, purificaron, pero también realizaron esbozos, planos y un inventario del lugar. Milagrosamente, el hundimiento no había dañado ni el sarcófago de piedra que encerraba el cuerpo del emperador ni la inestimable colección de objetos que lo rodeaban. Los monjes describieron y listaron los tesoros que contenía, entre los que había una excepcional armadura de bronce dorado, algunas obras maestras de artesanía e, incluso, varios jarrones persas. Nintoku fue un emperador excepcional. Jugó un gran papel en la unificación de las tierras pertenecientes a los señores de la región. También era un gran aficionado a las ciencias. Fue uno de los primeros dignatarios del Imperio en mantener una escuela de sabios. Eso explica por qué los monjes que examinaron el lugar derruido se dieron cuenta de la presencia de objetos de los que solo les podré hablar cuando estemos dentro del *kofun*.

Los tres retomaron su camino por la orilla, en un entorno natural cada vez más denso. Nishimura llegó pronto a la altura de un imponente bote neumático, en el cual esperaban dos hombres equipados también con armas y gafas de visión nocturna. Apagó su linterna.

—Por motivos de seguridad, la última parte del trayecto se hará a oscuras. Puede que nos estén observando. Estos soldados los ayudarán a tomar asiento en la embarcación. Atracaremos lo más cerca posible de la entrada a la tumba.

Karen embarcó sin problema y se volvió para ayudar a Ben, que tampoco se desenvolvía del todo mal. Inmediatamente, se dio cuenta de que la embarcación no tenía motor. Ben tuvo que esperar a estar sentado para darse cuenta.

—¿Sus hombres utilizan remos?

—El trecho que vamos a atravesar simboliza la frontera que separa el mundo de los vivos del de los muertos. Por desgracia, si las circunstancias nos obligan a admitir la protección armada del lugar, es impensable aceptar el ruido y la violencia de una máquina semejante en lugar sagrado.

Los dos militares comenzaron a remar, llevando a los visitantes por un océano de tinta que ninguna ola se atrevía a perturbar.

13

Al poner los pies en la isla del *kofun*, Karen sintió un escalofrío. Quizá debido al frescor de la noche y a la humedad del ambiente, pero lo más probable es que fuera a causa de la extraña atmósfera que se palpaba.

Una vez desembarcado, Ben le tendió la mano para ayudarla a subir por la inestable orilla. La mujer dudó una fracción de segundo, pero después la aceptó. Desde un poco más arriba, Masato Nishimura los observaba, iluminando sus pasos. Cuando llegaron junto a él, este les dijo en voz baja:

—Henos aquí, fuera del mundo y del tiempo. Estamos solos, a excepción de los dos monjes que se relevan en el interior de la sepultura para rezar.

En el terreno en pendiente, el oficial japonés se abrió paso entre la vegetación y los árboles antes de desembocar en un claro. Con su linterna iluminó los accesos. El haz reveló un enorme agujero abierto en la base del túmulo. Al lado, un imponente montón de tierra y de material recubierto por una lona de plástico. Nishimura señaló las cuerdas y las poleas que aún colgaban de los troncos y de las ramas.

—Se han ayudado de los árboles para construir un aparejo que les permitiera levantar las losas que bloqueaban el acceso a los subterráneos. No han dudado ni un momento sobre el lugar donde tenían que cavar.

Karen señaló el equipo que había debajo de la lona.

—¿Gracias a esto?

—Probablemente.

—¿Me da autorización para echar un vistazo?

—Si ello le permite ayudarnos a desenmascarar a los culpables.

Miss Holt encendió su linterna y levantó la tela de plástico.

A primera vista, identificó un detector de metales, cilindros hidráulicos, material de iluminación y un modelo de escáner que inmediatamente atrajo su atención. Se acercó a él.

—Me imagino que ya habrán tomado las huellas —dijo.

—Sin ningún resultado. Los únicos indicios válidos son las huellas de sus pisadas en la entrada, las cuales nos han permitido saber que los profanadores eran tres en total. Sin embargo, solo uno de ellos entró en la cámara del sarcófago. Es él el que cogió lo que ha desaparecido. Sabemos que calza lo que para ustedes es una talla cuarenta y cuatro.

Karen soltó la lona y se incorporó.

—Efectivamente, han usado equipos de alta gama, permitiéndose el lujo de abandonarlos en su partida.

La joven parecía turbada. Ben aprovechó que Nishimura estaba ocupado entrando por el agujero para soltarle:

—¿Todo bien?

—Ningún problema, estoy siguiendo la pista.

Horwood tuvo la sensación de que no le contaba todo, pero no insistió. La joven se coló por la apertura y desapareció.

Antes de seguir a *miss* Holt, el historiador inspiró profundamente, al tiempo que echaba un vistazo al oscuro bosque que los rodeaba. Desde su más tierna infancia, estar en un bosque en plena noche le había puesto siempre la piel de gallina. Muchos adultos hacen ver que sus miedos han desaparecido al hacerse mayores. La mayoría miente. Horwood nunca se mentía a sí mismo, al menos sobre este tema. No perdió más tiempo.

14

Una vez dentro, la primera sensación que Ben tuvo fue olfativa. El estrecho pasillo, formado por enormes bloques de piedra perfectamente encastrados, olía a tierra, un perfume seco que contrastaba con el olor a humus que flotaba en el exterior.

A lo largo del pasadizo, que se adentraba en las entrañas del túmulo, habían dispuesto rudimentarias lámparas de aceite. Las llamas proyectaban un cálido resplandor, impecablemente tiesas, sin la más mínima corriente de aire para alterarlas. A lo lejos, se percibía el ligero eco de una voz que susurraba.

Ben preguntó bajito:

—¿Lo que oímos son los monjes? —Nishimura asintió en silencio—. ¿Se nos permite hablar en este recinto? —Se inquietó el inglés.

—Dada esta situación particular, nadie lo tendrá en cuenta.

Nishimura se puso en marcha. Las lámparas de aceite proyectaban las sombras de los tres visitantes en los muros seculares. Avanzaron hasta una escalera al pie de la cual el oficial japonés hizo un pequeño alto en actitud deferente. Una vez hubieron subido, desembocaron en la inmensa loma, en el corazón de una sala circular, también iluminada por lámparas de aceite. Un pasillo salía del extremo opuesto, donde varias aperturas sin puerta habían sido dispuestas a los lados.

—¿Salas anexas? —preguntó Ben.

—Despensas y espacios dedicados a los rituales de amortajamiento.

El hombre apreciaba moderadamente la curiosidad que mostraba el historiador, pero Ben encendió su linterna y penetró en la primera sala. Allí encontró montones de cofres, vasijas lacradas, túnicas tradicionales colgadas por las mangas en barras de madera. Todo estaba cubierto por una fina capa de polvo. Nadie había tocado nada desde hacía más de quince siglos. Apilados contra el muro, perfectamente ordenados, una hilera de sacos de tela. Algunos habían reventado con el paso del tiempo. De ellos escapaban granos y fibras vegetales secas. A Horwood le habría encantado disponer de tiempo para estudiar detenidamente todo aquello, pero notaba sobre él la mirada de su anfitrión. No se demoró y los tres retomaron su camino en el monumento.

A merced de los pasajes, las voces que susurraban a veces parecían más cercanas, aunque no solía ser más que una ilusión. El juego de los ecos hacía creer que los monjes que salmodiaban en tono monocorde iban a aparecer en la siguiente sala. Sin embargo, la siguiente bifurcación no revelaba más que un túnel que se alargaba aún más.

Siguiendo a Nishimura por aquel dédalo, los visitantes subieron dos pisos del monumento funerario, hasta alcanzar una escalera todavía más estrecha, al pie de la cual tres rejas forjadas sucesivas habían sido tumbadas sin miramientos. Ben las estudió antes de interesarse en las huellas de empotramiento en las paredes.

—Los enrejados no contaban con ninguna cerradura... —comentó.

—Este acceso no debía abrirse después de la inhumación. Nadie debía perturbar el reposo del emperador.

Con actitud solemne, Nishimura subió los escalones. Una vez en la cima, hizo una pausa y pronunció unas palabras en voz baja, con la cabeza agachada. La escalera no desembocaba directamente en la cámara del sarcófago, sino detrás de una pared en barbacana que había que rodear. Esta vez, las voces de los religiosos eran claramente audibles.

Pasado el muro que hacía de pantalla, Ben descubrió el conjunto de la sala. La cripta era circular, y sus paredes pintadas ascendían hasta formar una bóveda de líneas puras. Estaba ubicada en el corazón del gigantesco *kofun*, en el lugar más sagrado que, por sí mismo, constituía su razón de ser. Ante el espectáculo de aquel lugar prohibido durante más de un milenio, sintió una emoción que ni el investigador ni el hombre que era habían sentido jamás. A la tenue luz de las innumerables lámparas, abarcó con la mirada los tesoros repartidos alrededor del imponente sarcófago del emperador Nintoku. Delante del receptáculo de los restos mortales allí yacentes, los dos monjes se inclinaron regularmente recitando. Alrededor, todo se disponía como en los últimos momentos de la vida terrenal del dignatario. Colecciones enteras de objetos de valor, joyas, trofeos, armas de hierro, estatuas de bronce y obras de arte. Jarrones de jade esculpidos, ornamentos tallados exhibidos en expositores, como si el difunto debiera poder elegirlos para ataviarse con ellos. No se esperaba ningún visitante en aquel lugar, ni tampoco se deseaba, pero todo había sido dispuesto para que el emperador pudiera disfrutar de cada pertenencia desde su lecho. Había amontonados objetos minúsculos, como sortijas; y otros más grandes, como un par de espadas grabadas, o muebles pintados con una increíble destreza. La lógica con que estaban dispuestos no era evidente, pero Ben terminó por comprender que cada elemento encontraba su disposición en función del dominio al que pertenecía: la guerra, la intimidad, el saber, los honores. Su único punto en común era la perfección en su realización.

Horwood se adelantó, fascinado, sin que los monjes le prestaran la más mínima atención. Estudió la armadura en bronce dorado mencionada por Nishimura. Nunca antes en su carrera había visto una pieza parecida, ni siquiera en los mejores museos del mundo. La perfección de sus redondeados, la precisión del ensamblaje y el acabado hacían de ella una obra maestra, tanto en su concepción como en su acabado.

Karen se acercó a su guía y le susurró:

—Los que han forzado su santuario no son simples ladrones.

Unos saqueadores nunca habrían dejado tras de sí semejantes maravillas.

—Lo mismo pienso yo —contestó el hombre—. Pero sean quienes sean, tarde o temprano pagarán por su sacrilegio.

—¿No le interesa saber la razón por la que lo han hecho?

—Mucho menos que castigarlos como se merecen.

A cada paso que daba en la sala, Ben lamentaba un poco más no poder hacer fotos para su colega encargado de Japón en el Museo Británico. Sin ser especialista en arte asiático, identificaba la naturaleza de la mayoría de los objetos expuestos. De pronto, en uno de los expositores, notó tres huellas dactilares dejadas en el polvo, lo que atestiguaba la presencia de objetos retirados. Una forma triangular y otras dos, estrechas y alargadas.

—¿Es aquí donde se encontraban los artefactos robados?

—Una estructura piramidal de bronce que encerraba una esfera de cuarzo pulido, y dos rollos ligados al emperador.

Al evocar al emperador, el hombre se inclinó en dirección al sarcófago, en señal de respeto.

—¿Una bola de cristal suspendida en una pirámide?

—De unos quince centímetros de lado. Este cristal encerrado no era el bien más valioso que guardaba este lugar, pero, sin duda, era el más enigmático. Los monjes que realizaron el inventario, en 1872, no lograron atribuirle un uso o una proveniencia. Es el único objeto de semejantes características. Lo describieron como de una gran pureza y que podía ser admirado desde ángulos diferentes. Señalaron, igualmente, la extrema delicadeza de los motivos que decoraban el soporte de metal, presentándolos como una sorprendente mezcla de símbolos provenientes de diferentes lugares.

Karen observó la huella dactilar dejada en el polvo.

—¿Realizaron un bosquejo cuando hicieron el inventario?

Nishimura reflexionó un momento antes de responder con voz poco segura:

—No que yo sepa.

—En relación a los rollos —encadenó Ben—, ¿los leyeron los monjes?

El representante de la Agencia Imperial parecía presa de un conflicto interior. Karen comprendió que dudaba si contestar, así que se volvió más persuasiva. Se enderezó imperceptiblemente, inclinó ligeramente la cabeza y levantó la mirada para fijarla en su adversario, como si se preparara para el ataque.

—Estamos aquí para ayudarle, señor Nishimura. Hemos hecho un largo camino para ello. Perseguimos el mismo objetivo. Como les pasa a ustedes, nos enfrentamos en todos los continentes a robos del mismo tipo. Si se niega a confiar en nosotros, no podremos prestarle nuestra colaboración y eso no hará más que beneficiar a aquellos que han profanado este lugar.

A pesar de la dulzura de su voz, el tono era firme. Ben, con un movimiento de cabeza, aprobó lo que acababa de decir. No quitaba los ojos de Karen. A Nishimura le llegó semejante argumentación, pero sobre todo le sedujo la convicción de la joven. Dudó; después, retorciéndose las manos –un gesto tan poco controlado por alguien como él, que no dejaba transparentar ninguna emoción–, comenzó:

—Lo que les voy a confiar es totalmente confidencial. Nadie sabe a ciencia cierta lo que contiene este sarcófago, y así debe continuar. Es la única manera de que estos tesoros no sean codiciados. —Esta vez, Nishimura miró a sus interlocutores directamente a los ojos antes de proseguir—: Nunca nadie ha estudiado estos rollos, aparte de un monje cuando se produjo el hundimiento. Su declaración quedó escrita en los documentos de la época y se resume a poco. El primero de los documentos era, de hecho, un mapa que representaba los contornos «de un mundo que se extendía mucho más allá de los límites del Imperio», en el cual se materializaban lugares frecuentemente extraños a nuestra cultura, simbolizados por minúsculos dibujos figurativos cuando no eran nombrados. La presentación que hizo fue considerada extravagante al principio, pero algunos años más tarde, a principios del siglo XX, este monje ya mayor empezó a manifestar problemas que al principio se achacaron a síntomas de demencia. Cada vez con más frecuencia, evocaba este mapa, afirmando que emplazaba y describía con gran detalle monumentos que oficialmente no habían sido descubiertos bajo el reinado de Nintoku.

Karen y Ben se miraron. Nishimura añadió:

—Otro hecho perturbador nos dejó el 11 de abril de 1904, el mismo día que el americano Theodore Monroe Davis anunció haber descubierto la tumba del único sabio inhumado con los honores que normalmente se reservaban a los faraones, en el Valle de los Reyes, en Egipto. Algunos días después, el explorador encontró un cristal esférico encerrado en una estructura piramidal, exactamente igual a la que se encontraba aquí.

Karen reaccionó:

—Ese objeto estaba expuesto en el museo de El Cario, y ¡fue robado el año pasado!

—Lo ignoraba. Así que los dos artefactos gemelos han sido robados.

—Tenemos fotos del que fue descubierto en el Valle de los Reyes, se las pasaremos. Podrá compararlas con sus bosquejos.

Nishimura hizo una pausa antes de contestar:

—Les aseguro que, por lo que yo sé, no se realizó ninguno.

Karen se contentó con mirarle fijamente y sonreír. Sin ambages, le hizo comprender que no se chupaba el dedo. Ben se alegró de que la mirada de la joven no fuera dirigida a él. Para romper la mala atmósfera que se había generado, cambió de tema.

—¿Qué sabe del otro documento?

—No va ser sencillo explicárselo. Ya se lo he dicho, el emperador Nintoku —el hombre se inclinó respetuosamente hacia los restos mortales— era un amante de las ciencias. Le interesaba el funcionamiento del cuerpo, los ritmos y las fuerzas que empujaban a los seres vivos, los límites de nuestro mundo… No concebía el saber, si no era en armonía con la naturaleza y sus leyes. Su ambición era avanzar sin transgredir. Esto se percibe en todos los relatos que se hicieron durante su vida. Este segundo documento, al parecer, era una síntesis de sus trabajos y conclusiones. Trataba particularmente sobre el tema de la luz en todas sus formas, y de su influencia para la vida.

—¿Realizaron sus monjes una copia de este texto durante el inventario? —quiso saber Karen.

La pregunta molestó a Nishimura, pero esta vez decidió jugar limpio.

—No voy a mentirle: existe un duplicado. Pero, sin ánimo de ofender, nadie le dejará que lo estudie.

Karen emitió una especie de gruñido.

—Los que han profanado su santuario ahora poseen el original. Van a tener el placer de analizarlo y de sacar provecho de él. Privándonos de esta fuente de información primaria, les garantiza llevarnos ventaja.

—Es un documento excepcional, muy sensible. Ni siquiera yo mismo he podido nunca acercarme a él.

—Además de ese mapa y ese informe —intervino Ben—, conservan sin duda archivos relacionados con las investigaciones llevadas a cabo por el emperador. —Se inclinó torpemente hacia el sarcófago—. Todo su conocimiento no estaba consagrado a permanecer encerrado aquí, con él.

—Él transmitió lo que consideraba útil a sus descendientes, que hicieron lo mismo con los suyos, llegando a confundirse la erudición de cada generación con el progreso de la siguiente. En la filosofía de las dinastías, la atribución de un descubrimiento a un individuo carecía de importancia, lo único que contaba era el conocimiento adquirido. Era otra forma de entender el conocimiento, no como una muestra del poder o de la grandeza de un individuo, sino como un medio puesto al servicio de un linaje y de su pueblo. Este acercamiento era común a muchos de nuestros dignatarios, en nombre de una búsqueda que aunaba lo espiritual y lo intelectual sin nunca disociarlos. Sé que para ustedes, en Occidente, esta forma de hacer ciencia también ha existido y que tiene un nombre.

—Que es...

—La alquimia.

15

En el vuelo de vuelta, Ben no tenía ganas de dormir.
—¿Se da cuenta?
Karen ni siquiera abrió los ojos para responder.
—Bastante.
Se ovilló un poco más en su manta, con la esperanza de poder quedarse finalmente dormida. Horwood no podía estarse quieto e iba y venía por la cabina sin parar un momento.
—¡Estos tipos son capaces de dar el golpe en cualquier parte del mundo con tal de hacerse con documentos u objetos de los que, en la mayoría de los casos, ignoramos su existencia! ¿Para qué los quieren? ¿Qué piensan hacer con ellos? ¿Quién cuenta con los medios para llevar a cabo semejantes operaciones comando? Y, por amor de Dios, ¿cómo puede dormir cuando no hay respuesta para ninguna de estas preguntas?
Con una voz apenas articulada, *miss* Holt farfulló:
—Hace ya dos años que me veo inmersa, día y noche, en estas historias. Usted, hace apenas una semana. Espero que se calme, porque si no me voy a ver de nuevo en la obligación de dispararle...
Ben se dejó caer en el sillón de enfrente.
—Hábleme de la pirámide de cristal robada en El Cairo.

—Todo está en el informe que le espera en su mesa, junto a los otros. Buenas noches.

—¡No me diga que se va a dormir ahora! ¡Si es final de la tarde en Londres!

—Son las dos de la mañana en Japón. Déjeme en paz.

Ben masculló antes de proseguir:

—Karen, ayúdeme a ver con claridad y comprender. Después la dejo tranquila durante el resto del viaje.

Esperando enviarle una señal evidente, Karen se tapó la cabeza con la manta, descubriendo al mismo tiempo sus pies. Ben siguió como si nada.

—¿Puede nuestro gobierno conseguirnos acceso al documento sobre las investigaciones de Nintoku llevadas a cabo por la Agencia Imperial?

—Lo solicitaremos. Ya veremos —dijo con voz ahogada por el vellón.

—Imagínese todo lo que se podría sacar de ese texto... ¡De verdad, cualquiera diría que le da igual!

Miss Holt emergió de su caparazón. Esta vez, sus ojos estaban muy abiertos y miraban fijamente a Ben. El historiador reculó hasta el fondo de su asiento. A veces, temía que ella le dirigiera el mismo tipo de mirada que había dirigido a Nishimura. Karen se incorporó lentamente, como una cobra antes del ataque.

—No me va a dejar dormir, ¿verdad?

Ben hizo una mueca, como un mocoso pillado junto al petardo al que ha encendido la mecha y que le va a explotar encima.

—Lo siento, estas investigaciones me obsesionan... Odio no entender nada.

—Eso es algo que tiene en común con el profesor Wheelan, aunque él no me impedía dormir.

—La edad, sin duda.

—¿La suya o la mía?

—¡La suya, por supuesto!

—Él necesitaba reflexionar mucho, solo, con calma.

—En mi caso, nunca soy tan eficaz como en tándem... Mi profesora ya se dio cuenta en mis primeros años de colegio. Solo no llego a mucho.

Karen apartó su manta, suspirando. Acababa de dejarse engañar por la cara de perro apaleado de Horwood.

—Venga, le escucho.

—¿El qué? ¿Quiere que le hable de mi infancia? Vale. La cuestión es que desde que era pequeño, ya tenía la costumbre de...

—Ben, no soy loquera. Hablemos mejor de la investigación que, al parecer, es lo que le impide dormir... Y, de rebote, también a mí.

—Me pregunto cómo esos tipos consiguieron escapar a los servicios de inteligencia. Usted tiene mucha relación con el Servicio Secreto de Inteligencia... En serio, con todos sus sistemas de seguridad de datos, cámaras, controles, trazados... van ellos e incluso consiguen traspasar las fronteras, colarse donde les da la gana, robar lo que les interesa y marcharse tan panchos, para luego esconderse a saber dónde y preparar a saber qué.

—Ha visto demasiadas películas de espías. Los servicios secretos no pueden hacer ni la mitad de lo que se cree. Pero les viene muy bien que todo el mundo piense que es así.

—¿De verdad no se sabe nada de quién está detrás de estos golpes? Estoy seguro de que alguna idea tienen que tener...

—Algunos datos, como mucho. Sabemos que, para las operaciones más complejas, fueron un máximo de seis personas. Sin embargo, lo más frecuente es que los robos no fueran obra más que de un solo individuo. Al parecer, es capaz de convencer a las mentes más agudas. Siempre se las ha apañado para que no se pudieran encontrar imágenes suyas, mucho menos huellas digitales. Ni siquiera sabemos a quién se puede parecer. Bajo, alto, caucásico u otro tipo, rubio, moreno... No sabemos nada. Nadie ha sobrevivido para describírnoslo. Solo se sabe que todos sus nombres ficticios tenía como iniciales N. D.: Nikolái Drenko, Nathan Derings, Niels Debner, Nino Daelli... Esta noche hemos dado un gran paso, bromas aparte, al saber su número de pie.

—¿Es esa la orden de búsqueda? ¿Fetichista, aferrado a sus iniciales, que calza un cuarenta y cuatro? ¿Quién le dice que no es una mujer?

—Algunos crímenes requieren una fuerza física que solo un hombre posee.

—¿Así que, además, es musculoso?

—Atlético, sin duda.

—La orden de búsqueda empieza a parecerse a un anuncio matrimonial… «Se busca hombre atlético, con agallas, muy rico, con un cuarenta y cuatro de pie, y amante de los tesoros históricos. Los asesinos son bienvenidos».

Karen frunció el ceño.

—¿No me habrá despertado para torturarme con este tipo de bromas tontas?

—Tiene razón. Perdón. Es mi culpa. No consigo currar solo y, cuando por fin consigo formar equipo con alguien, estoy tan contento que me pongo a hacer el idiota.

A su pesar, *miss* Holt esbozó una sonrisa.

—En este sentido, usted es muy diferente al profesor. ¿Me permite que le haga una pregunta personal?

—Me compra calzoncillos, sabe quién se mea en mi felpudo… Llegados a este punto, ¡no veo qué podría ocultarle!

—Es un hombre extraño, señor Horwood. No le asusta hablar de sus debilidades, incluso ironiza sobre ellas. Es bastante poco común.

—No es una pregunta.

—Es capaz de soltar piropos que ni los peores ligones se atreverían a hacer y, sin embargo, no me da la impresión de que tenga segundas intenciones.

—¿Cree que la estoy intentando ligar?

—Conozco un poco a los tíos…

—¿Se refiere a las veces que he hecho alusión a su belleza?

—No se trata de alusiones.

—Si me oyó silbar cuando vi sus piernas, le pido perdón. Mire que intenté hacerlo con disimulo…

—Es exactamente a este tipo de comentario al que me refería.

—Sabe que sus piernas son maravillosas.

—Quizá, pero normalmente los que me lo dicen quieren tocarlas.

—Le prometo que no es para nada mi intención. Sin duda, debe de ser a costa de visitar museos que me comporto así. Comento, evalúo. ¡Pero le aseguro que no me lanzo sobre todo lo que encuentro sublime! Aunque recuerdo una vez, una estatua escandalosamente calipigia en el Victoria and Albert Museum...

—Así que ninguna intención.

—Se lo aseguro, con la mano en el corazón.

—Que indiferencia tan extraña. Conque ve la vida como un museo. Como si no fuera más que un simple observador, especialmente de mujeres.

—Tengo la impresión de que me va a preguntar si hay otra cosa que me interese aparte de las chicas.

—La idea se me ha pasado por la cabeza, pero hay diferentes indicios que me incitan a pensar que no.

—Y, sin embargo, una vez, de *camping*, me quedé profundamente pillado por un macho. Era un perro, un border collie. Un auténtico flechazo. Por desgracia, tras cuatro minutos de vida en común en el parque, me abandonó por un hueso o un *frisbi*, ya no me acuerdo... Aún a día de hoy, no consigo borrarlo de mi memoria.

Karen levantó la mano para que parara.

—Benjamin, ¿es posible tener una conversación seria con usted? ¿Es capaz de hilar más de cinco frases seguidas sin gastar bromas o ironizar?

—¿Cinco? ¿Ese es mi mejor resultado?

—En mi presencia, sí.

—Pues es ridículo. Haré un esfuerzo. —Se aclaró la voz y estiró el cuello como un atleta antes de su presentación—. Para usted, voy a intentar pulverizar mi actual récord.

—Estoy deseando asistir a semejante hazaña.

—¿Por qué se quedó tan turbada al inspeccionar el material de los ladrones en el *kofun*?

—Así que no me equivocaba.

—¿Sobre qué?

—Sobre usted. Se pasa la vida haciendo el imbécil de cara a la galería, pero por dentro le da al coco.

—No lo habría expresado mejor. Ahora, respóndame, por favor. Ya son dos frases seguidas sin coñas, y estoy llegando a mi límite.

—Debajo de la lona había un escáner de un tipo muy especial, un modelo coreano extremadamente sofisticado y muy apreciado por los arqueólogos. Ya había visto otro ejemplar en otro caso. Hace apenas un año, en Jerusalén, unos individuos excavaron un túnel desde el sótano de una de las casas de la ciudad vieja, situada más abajo de la Explanada de las Mezquitas, al lado del Muro de las Lamentaciones. Las vibraciones de las obras fueron detectadas por el sistema de vigilancia sísmica de la ciudad, pero los servicios de seguridad israelíes no consiguieron detener a nadie. El Mossad pensó, en un principio, que pudieran estar preparando un atentado, pero rápidamente abandonaron esta pista. El material empleado, como este escáner tan poco frecuente, hacía sospechar en excavaciones clandestinas.

—¿Descubrieron las autoridades alguna otra pista en la excavación?

—No nos informaron de ello.

—¿Cree que ese escáner relaciona los dos hechos?

—No cualquiera puede usar uno así. Hace falta un verdadero conocimiento científico. Muy poca gente es capaz de ello.

—Por tanto, ¿Pie 44 también tendría un alto nivel científico?

—Él o los que trabajan para él.

Con una ondulación de caderas, Karen se enroscó en la esquina de su sillón.

—Ahora le toca a usted ayudarme a reflexionar, señor Horwood. Usted que ha estudiado todo tipo de reliquias sagradas y objetos esotéricos, ¿se le ocurre qué podrían ser esos cristales en su soporte piramidal? Aunque no haya dicho nada delante de Nishimura, estoy segura de que no se le ha pasado por alto el hecho de que tengan la misma forma que el que fue desenterrado en la Holy Trinity en York...

—«Nunca razonamientos ni comentarios delante de personas ajenas al servicio». No soy muy astuto, pero intento aprender. Sin embargo, no puedo darle una respuesta. Ignoro lo que puedan ser esos artefactos.

—¿Ninguna idea de lo que puede atraer a nuestros ladrones?

—Todavía estoy en la fase de los interrogantes. Y tengo muchos. Lo más difícil es no dejar que la imaginación anteceda al rigor analítico. No poseo ni la experiencia ni los conocimientos que podía tener el profesor Wheelan, pero espero que sus apuntes y el estudio de los casos precedentes me ayuden a disipar la niebla.

—Su tesis era un auténtico trabajo de especialista.

—Ese trabajo de fin de carrera, como también el servicio para el que trabaja usted, nacieron de una misma constatación: ningún poder puso más voluntad y más medios para la búsqueda de estos objetos que el Tercer Reich. El asqueroso de Heinrich Himmler, brazo derecho de Hitler, era un fanático del esoterismo, y en su empeño por dar credibilidad al arianismo, apropiándose de todos los símbolos posibles, incluso llegó a ordenar más excavaciones arqueológicas que Napoleón y Alejandro Magno juntos. Durante la Segunda Guerra Mundial, Churchill consideró útil vigilar adónde podía conducir aquello, y nosotros, desde nuestra modestia, consideramos que había material para un estudio inédito. Pero no fui el único en elaborar ese trabajo. Yo me ocupaba, sobre todo, de la parte histórica, de la contextualización y de toda la documentación concerniente a los medios que los déspotas emplearon en su búsqueda. En lo que se refiere a los objetos en sí, fue mi colega y conservadora la que se encargó.

—Fanny Chevalier —precisó Karen, mirándole directamente a los ojos.

—Chevalier, un apellido predestinado a la búsqueda del Grial, ¿verdad?

—Quizá deberíamos contactar con ella y, ¿por qué no?, unirla a nuestra investigación.

—No estoy seguro de que sea una buena idea —respondió Ben con voz un tanto insegura.

—¿No es competente?

—Sí, a su máximo nivel.

—¿No es digna de confianza?

—Sería difícil encontrar a alguien más leal.

—Entonces, ¿por qué prescindir de ella?

Ben dudó antes de responder.

—No tengo ninguna forma de contactar con ella.

Karen esbozó una sonrisa que petrificó en el acto a Benjamin. Esta vez sin lugar a dudas se encontraba en la misma situación que Nishimura, consumido por un horrible malestar. Un conejito paralizado ante los faros de un Fórmula 1. *Miss* Holt lo sabía. Ella lo sabía todo.

—Me asusta —dijo él, rehuyendo su mirada.

—Creo que me gusta esa sensación. Enhorabuena, Benjamin, ha batido su récord. Trece respuestas serias seguidas.

—Yo he contado catorce.

—No homologo la última, ya que es mentira. Usted sabe perfectamente cómo dar con la señorita Chevalier. Incluso sabe exactamente dónde encontrarla. —Horwood palideció. Como un felino que se ha cansado de jugar con su presa, Karen dio la estocada—. Durante sus dos últimas estancias en París, usted pasó dieciséis veces bajo las ventanas de su apartamento, siempre al caer la noche, y rondó seis veces delante de su lugar de trabajo. Si nuestros datos son correctos, fue precisamente con ella con quien pasó una temporada en Borgoña, en el mismo lugar donde nos encontramos. También sabemos que...

—¡Piedad! Lo confieso. Puede endiñarme también con la profanación del *kofun,* si le parece bien; pero, se lo suplico, deje de echar sal a la herida.

—Entonces respóndame con objetividad, por favor. ¿Cree que incorporar a la señorita Chevalier a nuestra investigación sería una buena idea?

Derrotado por *KO*, Ben agachó la cabeza e intentó calmar la tempestad de sentimientos que le devastaba.

—Que se una a nuestro equipo es una excelente idea, sin lugar a dudas.

—¿Está de acuerdo en que, juntos, la contactemos?

—No se imagina lo que me está pidiendo.

Karen no respondió, pero lo sabía muy bien.

16

La riqueza de la decoración de la escalera principal de la Universidad de Viena contrastaba con la relativa austeridad de la fachada del edificio que dominaba el Ring. Su opulencia barroca bastaba para impresionar al más apático de los visitantes. Sus amplios escalones de mármol, su columnata escalonada y sus lámparas iluminando la bóveda le otorgaban el aspecto de una ópera. Sin embargo, aunque al *alma mater* Rodolphina le parecía oportuno desplegar su fausto para quienquiera que entrara, Neville Desmond sabía que el lujo no era más que en apariencia, ya que en la planta hacia la que él subía dicha prodigalidad ya no existía. Como todas las grandes universidades de Europa, la más reputada de Austria debía ajustarse a unos presupuestos que no paraban de mermar.

Mientras con paso decidido se dirigía hacia el ala donde los profesores investigadores tenían sus despachos, nadie parecía prestarle atención. Este anonimato le venía bien. Con su traje gris y un maletín de cuero negro bajo el brazo, se cuidaba bien de no cruzar la mirada con nadie.

Rápidamente, los pasillos y las escaleras se fueron haciendo menos espaciosos y, sobre todo, menos frecuentados. Sin duda, habría podido encontrar un ascensor para ahorrarse los numerosos cambios de nivel, pero no se quería arriesgar a encontrarse en una cabina frente a alguien que tuviera tiempo de fijarse y de acordarse de él o, peor aún, de entrar en el campo de visión de una cámara de seguridad.

Cuando Neville Desmond se presentó ante la puerta del catedrático Maximilien Köhn, se ajustó el nudo de su corbata antes de llamar a la puerta. El profesor abrió rápidamente y dio la bienvenida a su visitante, con un entusiasmo mucho más juvenil de lo que correspondería a su edad.

—¡Qué alegría volver a verlo, *Herr* Desmond! Gracias por haber venido hasta aquí tan rápido. ¿Está solo? Reconozco que esperaba que, para la ocasión, mi benefactor se hubiera desplazado también hasta mi humilde lugar de estudio...

—Su Majestad el príncipe le ruega que le disculpe, *Herr Professor*, pero sus obras de caridad le reclaman lejos de aquí. A estas horas, Su Alteza inaugura un hospital en África. Por tanto, tendrá que conformarse con mi modesta presencia, yo me esforzaré en ser su muy fiel portavoz.

—No vea en mis palabras ningún reproche. En todo caso, un chasco. Es solo que había soñado con encontrarme finalmente con él en persona. Nada más lejos de mi intención discutir su gran generosidad. He sido el primer beneficiario, pero hoy verá que su confianza, y la de usted, habrá dado sus frutos.

—Su mensaje hacía entender que había progresado mucho.

—Mucho más de lo esperado. Tome asiento, por favor.

En la minúscula habitación, con todas las paredes cubiertas de estantes desbordados de libros, carpetas y algunos paquetes de galletas, Neville Desmond tomó asiento en la única silla –chirriante– que había delante del rebosante escritorio. Solo una lámpara de banquero, con el pie de cobre, emergía de la marea de papeles. El investigador se instaló frente a él, en su sillón –que también chirriaba–, ajustándose las gafas. Abrió el cajón para sacar un clasificador, que depositó ceremoniosamente delante de él. Antes de proseguir, colocó sus manos encima, con un suspiro de satisfacción, y dirigió hacia su interlocutor una mirada febril.

—Es un gran día, mi querido señor Desmond. Porque lo he encontrado.

—Excelente. ¿Le ha hablado de ello a alguien?

—Conforme a lo que habíamos acordado, usted fue el primero al que avisé. Estaba tan impaciente por hacerle partícipe de mi descubrimiento, que aún no me ha dado tiempo de dar forma a mis conclusiones.

—Tendrá la oportunidad de hacerlo más tarde.

—Nunca le agradeceré lo suficiente el haber financiado mi investigación, y puede decirle a Su Alteza que su nombre figurará en un lugar privilegiado en todas las publicaciones que se desprenderán de mi hallazgo. La noticia puede tener gran repercusión. ¡El solo hecho de pensarlo me da vértigo!

—Estoy impaciente por escucharle.

—A lo largo de estos tres últimos años, como se convino, me he consagrado al estudio de la fascinación que los hombres sienten por el oro, desde los tiempos más remotos. ¿Cómo ha podido este metal ganarse un lugar tan privilegiado en todas las culturas, y conservarlo hasta nuestra época, tan pronta a reemplazar los iconos ancestrales? ¿Simple atracción estética? ¿Aptitudes químicas excepcionales? ¿Cómo justificar esta fiebre? Al principio, acuérdese, yo deseaba explicar por qué los hombres establecían esta relación excepcional con este metal, con el que han construido sus más bellos tesoros, sus monedas, y para el cual han inventado los lugares más seguros que existen. ¡Ni siquiera protegían tan bien a sus hijos!

—Efectivamente, había leído sus notas preliminares a este respecto.

—He estudiado la relación con su apariencia, la seducción universal que ejerce en todos los pueblos que han estado en contacto con él. Ningún otro material, ni siquiera nuestra propia sangre, goza de semejante popularidad en nuestro inconsciente colectivo o en nuestro día a día. Pensaba que podría justificar esta realidad a través de los usos culturales, de las circunstancias históricas o de las conjunciones técnicas. Estaba casi convencido de que sus particularidades físicas, su inalterabilidad, la imposibilidad de sintetizarlo o de imitarlo justificaban en ellas mismas una supremacía, que provocaba una codicia y una adoración que no han cesado a lo largo de los milenios. El oro, en efecto, no es solo un material, sino un símbolo, un ideal, un refugio, un patrón en comparación del cual cualquier cosa vale forzosamente menos. Poco a poco, empecé a dejar de pensar en el oro desde su realidad material, sino como una entidad. Los sumerios, por cierto, lo calificaban como «carne divina». Pero incluso así me encontraba lejos de su esencia. Entonces decidí buscar lo que podría haber provocado tal entusiasmo, al principio en los monarcas, después en los súbditos. Fui a la caza y captura de todo lo que podía, en la historia del mundo, más allá de su propia naturaleza, haber forjado la reputación casi mística del oro. ¿Era por ser un atributo de los poderosos por lo que se había vuelto tan codiciado? ¿O lo adoptaron los reyes porque le atribuían un poder del que tendrían conocimiento? Cuanto más buscaba, más cuenta me daba de que nosotros, los investigadores, habíamos obviado algo. Adquirí la firme convicción de que en la historia había ocurrido algo que habría colocado el oro en su pedestal, hasta el punto de marcar para siempre el inconsciente de nuestra especie. ¿Qué fue lo que convenció a los españoles para que se lanzaran en cuerpo y alma, con toda la violencia habida y por haber, a la conquista de un continente para descubrir El Dorado? ¿Por qué los alquimistas veían en el oro la materia última hacia la cual debería tender toda transmutación? La codicia y el afán de lucha no bastan para justificar semejantes motivaciones. Entonces concentré mi investigación en ese hipotético momento de la historia de la humanidad, en el que el oro se habría convertido de pronto en algo diferente a un metal precioso. ¿En qué época, en qué momento ganó su estatus de materia divina? Tanteando, atando cabos, conseguí remontarme hasta un periodo situado a más de dos mil años antes de nuestra era. Después fui progresivamente acortando, estudiando la función, las representaciones pictóricas, los usos y las presentaciones que se habían hecho del oro. Y aislé un momento crucial. En algunas décadas, pude constatar evoluciones muy claras que habían marcado una ruptura, como si hubiera habido un antes y un después. Varios indicios me condujeron a ello, entre ellos un aumento significativo de los medios empleados en la seguridad de las minas y los yacimientos; pero también la voluntad, con frecuencia agresiva, de los grandes de la época, que de golpe empezaron a hacer todo lo que estaba en su mano para apoderarse de la mayor cantidad posible de oro. Su ambición no era la de enriquecerse, porque no comerciaban con ello. El oro se conservaba con celo, almacenado, lo llevaban consigo. Su objetivo era poseerlo. El fenómeno creció primero en toda la cuenca mediterránea, allí donde primero se expandió el uso del oro; pero también, de manera más sorprendente, en otras partes del mundo. Cruzando estos y otros datos, trabajando desde esta perspectiva, mi intuición no hizo más que aumentar y confirmarse. Se hizo evidente que se había producido un cambio en la consideración que se tenía del metal amarillo. Quizá un descubrimiento, quizá un secreto desvelado, quizá los dos. En cualquier caso, algo lo suficientemente poderoso como para resonar más allá de las fronteras. Poco a poco, se constata que después, al ver a sus señores profesar el culto al oro, la población lo adoptó también como mucho más que un metal que no se oxida y que refleja como ningún otro la luz del sol. Es también después de este periodo cuando las divinidades solares se multiplican en numerosas culturas, en diferentes continentes.

Las manos de Maximilien Köhn temblaban de lo entregado que estaba en su relato. Desmond ya había tenido la ocasión de ver a otros hombres trastornados hasta ese punto por un saber que ponía en tela de juicio otras versiones aceptadas durante mucho tiempo.

El catedrático continuó:

—He analizado centenares de textos antiguos, estudiado innumerables esculturas, tablillas de barro, rodillos antiguos, bajorrelieves, cerámicas, medallas y grabados de todo tipo. Sumerios, babilónicos, egipcios, griegos... En ese momento ya buscaba un acontecimiento preciso, una celebración o un cataclismo que, entre el 2300 y 2200 antes de nuestra era, habría tenido tal repercusión, que habría «aureado» este metal extraordinario para la eternidad.

—¿Lo encontró?

El catedrático inspiró profundamente y soltó:

—Eso creo. Todo parece cuadrar.

Köhn abrió su carpeta y presentó un folio sobre el cual había trazado torpemente un eje cronológico.

—Debo precisar aún la fecha, pero ya no cabe duda. Para nombrar ese día, los sumerios inventaron la palabra que más tarde debería designar la noción de «milagro». Los griegos lo llamaron «el primer alba», los egipcios «la pólvora de los dioses», los latinos eligieron la palabra «aurora». Todo comenzó bajo el reinado del rey sumerio Ur-Nammu, en Mesopotamia. En aquella época, la ciencia estaba en manos de los sacerdotes, y las creencias formaban parte integrante del proceso de investigación. Todavía no sé exactamente si fue el padre o el hijo, Shulgi, el que convidó a los poderosos y a los sabios de su época a asistir a un experimento considerado lo suficientemente importante para atañer a todo ser vivo, más allá de las divisiones políticas. Todavía harían falta más estudios, pero estoy en condiciones de adelantar que, ante esta asamblea, el experimento que implicaba mucha luz acabó mal. Los daños ocasionados en el momento fueron considerables, y engendraron terror y muerte. Los efectos no terminaron ese funesto día. En los meses siguientes, muchos de los testigos de aquel prodigio sucumbieron, como golpeados por una terrible maldición. Si creo lo que he podido entender, parece que solo los que iban protegidos con oro sobrevivieron.

—Fascinante.

—Este drama dio cuerpo al miedo ancestral a una cólera divina que podía tomar forma de bola de fuego o de rayo mortal. El acontecimiento dio credibilidad también a la capacidad del oro para proteger a aquellos que lo llevaban. De esta forma, incluso a costa de graves pérdidas, los príncipes del Alto Egipto lanzaron sus tropas contra los hicsos, para apropiarse de sus reservas y, de paso también, de su poder. Por ello Cortés asoló América, con el fin de localizar la mítica Ciudad de Oro. Es a causa de sus supuestas virtudes que las reinas se colmaban de jarabes con laminitas de oro como elixir de juventud. Eso también explica por qué los germanos enterraban a sus jefes con una moneda de oro en la boca, y por qué, siglos antes, los faraones multiplicaban los amuletos y las máscaras de este material. En una tragedia, el oro se reveló como el único medio de escape a la cólera de los dioses. Incluso si se preservó el secreto de este drama, las lecciones de este espectacular accidente se difundieron siglos después, entronizando el oro como último escudo. Más que un bien, se convirtió en un refugio, un material que incluso las divinidades respetaban. Después, a lo largo de los siglos, el descubrimiento de las especificidades técnicas vino a reforzar su aura. Era lo único que le faltaba.

Maximilien Köhn terminó su explicación agotado, como si saliera de un trance.

—Notable, catedrático —murmuró finalmente Desmond.

—Gracias, señor. Es el primero al que le hablo de ello. ¿No siente también usted esta fiebre por el oro místico? Espero que mi entusiasmo no me haya hecho perder el hilo de mi narración.

—Para nada.

Neville Desmond estaba realmente impresionado, aunque ya conociera la mayoría de los hechos evocados por Köhn. Si bien el profesor austriaco había triunfado de manera brillante en el juego de las pistas, no había sido el primero en hacerlo. Ahora, Desmond debía hacerle la única pregunta que importaba.

—Dígame, querido profesor, ¿ha podido localizar el lugar donde tuvo lugar ese experimento, ese Milagro Original?

—Creo que sí.

El hombre se dio la vuelta, cogió un mapamundi y lo desplegó sobre su escritorio.

—Aquí —dijo, señalando el lugar—. Tengo coordenadas más precisas en mi carpeta. Espero que Su Alteza acepte financiar las excavaciones que tengo pensado realizar.

Neville Desmond se levantó de la silla y, con agradecimiento sincero, cogió la cabeza del profesor para besarle en la frente.

—Gracias, Maximilien, muchas gracias. No se puede imaginar lo que su trabajo significa para mí.

Un poco sorprendido por esta repentina familiaridad, el catedrático terminó por alegrarse tanto como su visitante.

—¿Entonces cree en mi trabajo, señor Desmond?

—Más que nunca. Ni usted ni yo podemos comprender su alcance. Por eso, lamento aún más lo que va a suceder...

17

—¿Un regalo? ¿Para mí? —El tren se precipitaba por el túnel que atravesaba el canal de La Mancha, cuando Karen depositó un paquetito con un lazo delante de Ben—. ¿Puedo abrirlo ahora?

—Puede esperar a París, si le parece más romántico, aunque existe el riesgo de que se sienta decepcionado...

Benjamin tiró del lazo y retiró el papel sin romperlo. No pudo esconder su sorpresa al descubrir la caja.

—¿Un teléfono?

—Un modelo encriptado irrastreable. Podrá llamar con total seguridad. No dé su número a cualquiera.

Adoptando inmediatamente una mirada aterciopelada, Ben levantó una ceja y esbozó una sonrisa seductora.

—¿Quiere mi número, *miss* Holt?

—¿Su número? ¡Ni siquiera usted lo sabe, soy yo la que tiene que dárselo! —Sus carcajadas se expandieron por todo el vagón. Después, de pronto seria, añadió—: Antes de salir del túnel, me gustaría que apagara su antiguo móvil, que quitara la batería y que me lo diera.

Gruñendo, Ben hizo lo que le decía y le entregó todo.

—No lo destruya —le pidió—. Cuando hayamos terminado con todo este asunto, me gustaría recuperarlo.

—¿Cree que terminaremos algún día?
—Tiene mensajes que me gustaría guardar.
—Se le hará una copia. —Después, divertida, añadió—: A propósito, creo que todas sus conversaciones ya están en la carpeta.
Ben reaccionó:
—¿Es humor de espía?
—¿Le gusta?
Ben frunció el ceño y miró por la ventana, por la que no había estrictamente nada que ver.
—Disculpe si le he molestado. No era mi intención.
—Toda mi vida está ahí dentro.
—No me irá a decir que su planta y el gato le envían mensajes...
—Me refería más bien a los de Fanny.
—Alégrese, le propongo algo mucho mejor que unos SMS: verla.
—Prefiero no pensarlo. Cuando empezaba a recuperarme, va usted y me obliga a volver a caer.
Karen dudó si abordar el tema, pero juzgó que era mejor aclarar las cosas.
—¿Una amarga experiencia?
—Mucho más triste que eso: cero experiencia. Ella nunca estuvo dispuesta a verme como algo más que un buen amigo. Mientras que yo...
No acabó la frase.
—¿Le confesó sus sentimientos?
—Quizá demasiado. Yo creo que fue precisamente por eso por lo que se marchó al culo del mundo.
—¿No ha conseguido hacer borrón y cuenta nueva?
—Peor: he comparado con lo que he conocido después y todo me recordaba a ella. La conozco como la palma de mi mano. Hemos pasado días y noches enteras trabajando juntos. Hemos compartido un montón de cosas. Ella siempre me ha impresionado. Incluso cuando estaba agotada, continuaba sin abandonar. Es muy

sencillo, durante la redacción de nuestra memoria, sin saberlo, fue ella la que me apoyó. Más que a los documentos o a los libros, era a ella a quien miraba. Me encanta todo lo que tenga que ver con ella. Pero no se puede decir lo mismo al revés. Ella me encuentra divertido, bastante bueno en lo que hago, sorprendente... Todo aquello que te convierte en un excelente colega, pero no en una pareja.

—Habla de ella maravillas.

—Se lo merece. Pero ¿para qué? Ahora vive con un americano. Es alto, cachas, con una sonrisa de anuncio de pasta de dientes. Él no necesitó a su sobrino para conseguir un triste trofeo deportivo. ¡Debe de tener cajas y cajas! Todas las chicas se giran a su paso. En cierto sentido, las entiendo, ¡porque está bueno, el cabrón! Podría tener a cualquiera, pero tuvo que elegir a mi Fanny. Lo odio.

—¿Del mundo del arte, también él?

—Ni siquiera. Un exmilitar. Se encargaba de la seguridad de la zona a la que había ido Fanny a hacer excavaciones, en África. Imagínese la caricatura: rodeada de rebeldes, ella tiembla y él que la coge en sus brazos. ¡Aúpa! —Benjamin suspiró—. Y usted, *miss* Holt, ¿por quién late su corazón?

—He vivido con mucha gente. Con algunos me habría encantado vivir otra cosa, tener tiempo para amar. Pero nuestra profesión nos lo prohíbe.

—Lo siento por usted. Menuda profesión a la que se dedica.

—Piensa que mi trabajo mata los sentimientos. Pero, desde nuestro punto de vista, son los sentimientos los que pueden costarnos la vida. —Apartó la vista y prosiguió—: ¿Desde hace cuánto tiempo no ve a la señorita Chevalier?

—Ya lo sabe. Sin duda, debe de estar en mi carpeta, junto a todo lo demás. La divisé desde una ventana hará unos meses. En cambio, ella no me ve desde hace más de un año. Le agradecería que no se chivara de que he estado rondando a su alrededor.

—Cuente conmigo. ¿Ha pensado ya en lo que le va a decir cuando la tenga delante?

—Ni idea, ya veré cuando llegue el momento.
—¿Es bueno improvisando?
—Un desastre.
—Intentaré distraer su atención para salvarle el culo.
—Eso es, cuéntele toda esta locura de operaciones, de asesinatos y de robos. Eso debería bastar para desviar su atención, mientras yo me la como con los ojos.

18

—¿Por qué ha pedido al taxista que nos deje en Notre-Dame cuando el museo está cerca de la Sorbona?

—Porque la conferencia de la señorita Chevalier no termina hasta dentro de veinte minutos, y me encanta pasear por este barrio.

Hacía un tiempo magnífico, aunque un viento glacial barriera en ráfagas el atrio. Ben se levantó el cuello y siguió a Karen, que se abría camino en medio de un rebaño de turistas guiados por sus pastores, esgrimiendo banderines. En grupos, adoptando posturas a veces insólitas, los curiosos se hacían fotos delante de la catedral mientras esperaban poder entrar.

Cuando los dos ingleses tomaron el puente en dirección a Saint-Michel, la joven paseó los dedos por la balaustrada de piedra y terminó por ralentizar el paso. Observaba el río con lo que Ben interpretó como nostalgia.

—¿Buenos recuerdos? —preguntó él.

—Algún que otro.

—Así que no siempre fue una implacable agente.

—¿Qué quiere decir?

—La imagino en los muelles del Sena, dando un tierno paseo a la luz de la luna. ¿Y por qué no después de una cena romántica en una de las callejuelas del Barrio Latino?

—Ya puestos, añada una suave melodía de acordeón, ¡y el cliché será completo! Vine para hacer unas prácticas de cooperación con las fuerzas especiales francesas. Al final de mi estancia, habían organizado una cena con sus colegas ahí detrás, en una caseta de tiro del *quai des* Orfevres. No sé exactamente por qué, pero, hacia la una de la madrugada, algunos decidieron saltar al Sena. Desde aquí mismo. —Incrédulo, Benjamin observó a la joven.— ¿No es el tipo de recuerdo que esperaba de mí?

—Pues no. Tuvieron que coger frío.

—Para nada, y eso que muchos estaban desnudos. Un gran momento. En cualquier caso, tiene razón, no siempre he sido una agente implacable.

Karen se volvió a poner en marcha, ofreciendo su cara a los beneficiosos rayos del sol. Horwood la alcanzó.

—¿Puedo hacerle una pregunta personal?

—Si quiere saber si estaba en pelotas al saltar con ellos, cacho de pervertido, la respuesta es no.

—Me preguntaba más bien por qué eligió esta profesión.

Miss Holt se detuvo y señaló la calzada.

—¿Ve esta calle? —Ben no estaba seguro de entender. Karen interpretó su cara de desconcierto como una respuesta positiva—. Ella me va a ayudar a responderle... La gente circula por ella en coche, en bicicleta, a pie; la atraviesan día y noche, en todos los sentidos, cada cual a su manera. Algunos tiran basura, a veces por descuido, la mayoría por negligencia, otros voluntariamente. ¿Me sigue hasta aquí?

—La calle, la gente, la basura. La escucho, pero no estoy seguro de pillarlo...

—Hay otras personas que recogen esa basura. Un ejército, incluso, que limpia para que esta calle permanezca viable. Para algunos, es un trabajo mal pagado que no han elegido, mientras que otros lo consideran una misión, ya que los afecta. No se trata de erigir a unos como héroes y a otros como monstruos, sino de constatar comportamientos diferentes. Algunos individuos no comprenden nunca que tirar basura es malo para la colectividad. Solo les importan sus asuntos, y se ríen de una sociedad de la que, sin embargo, se benefician. Nada vale, salvo ellos mismos. Muchos de ellos se creen más listos, superiores. Frente a ellos, hay otros que prefieren deslomarse antes de ver desaparecer la calle en un caos de inmundicias. Es cuestión de naturaleza. Usted se ofrece para encargarse de ello o, simplemente, para beneficiarse de ello. Se muestra responsable o no. ¿Por qué causas estamos dispuestos a agacharnos a recoger? ¿Por qué objetivos estamos dispuestos a combatir? Yo veo esta calle como una versión en miniatura de nuestro mundo. He elegido mi campo.

—¿Le gustan los papeles en el suelo?

—También me encanta dar patadas en el culo a los que los tiran aposta.

—¿Les enseñan este tipo de metáfora durante su formación o es cosa suya?

—Se está volviendo ofensivo.

—Perdón. En ese caso, me acaba de enseñar una preciosa verdad.

—¿Cuál?

—Una mujer que se lanza al Sena con hombres en pelotas puede también hacer cambiar tu visión de la vida.

Al ver el museo de la Edad Media perfilarse detrás de los jardines adyacentes, Ben se puso tenso.

—¿Cómo se siente?

—Mal.

—Respire profundamente. Considere este encuentro como una simple cita profesional en el cuadro de nuestra investigación.

—Ya me gustaría a mí verla a usted...

Albergando el museo, el palacio de Cluny estaba pegado a las viejas termas galorromanas de la época en que París todavía se llamaba Lutecia. En la calle de atrás, el alto muro almenado que rodeaba el patio ocultaba gran parte del museo. Franqueada la puerta, el edificio que tantas veces había sido modificado y reconstruido en un estilo clásico, aparecía con su elegante cincelado. La combinación de balaustradas labradas, ventanas geminadas, techumbres enlazadas y una torre de escaleras conferían a esta joya desconocida un brillo similar al de los castillos del Loira.

Atravesando el patio adoquinado, Karen Holt entró en la recepción del museo. Ben iba detrás, arrastrando los pies. Después de justificar su cita con una identidad falsa, fueron autorizados a llegar hasta la planta donde estaba terminando la presentación de las últimas adquisiciones.

Al subir las escaleras y atravesar una tras otra las salas de exposición, Karen pudo disfrutar del lugar, aunque estuviera poco familiarizada con este tipo de decorado. Ben, que sí estaba acostumbrado, solía sentirse totalmente a gusto. No en esta ocasión.

Pronto llegaron a la puerta de una sala, de la que los invitados y la prensa especializada empezaban a salir. Aprovechando la calma, Karen se deslizó en el interior. Pronto identificó a la joven conferenciante, que reunía sus apuntes mientras los asistentes se entusiasmaban con los objetos que ya formaban parte de la colección.

Ben también entró. Al ver a la que fuera su compañera de estudios, se quedó parado a medio camino. Hacía mucho que de ella no veía más que la silueta, y deprisa y corriendo. Se encontraba ante Fanny como ante un paisaje deslumbrante y lejano, con los pulmones por fin capaces de respirar. De golpe podía observarla libremente, impunemente. La manera de ordenar sus fichas, la gracia de sus manos, la sensualidad de sus movimientos para echarse hacia atrás su cabello claro. Ben saboreaba todo. Incluso se emocionó al reconocer el hoyuelo que aparecía en sus mejillas cuando hablaba con alguien sonriendo. Se sentía muy lejos y, sin embargo, con solo mirarla, le parecía respirar su perfume. Podría haberse quedado así horas, devorándola con la mirada a sus espaldas, sin importarle las personas que le empujaban porque entorpecía la salida.

Al enderezarse, la señorita Chevalier se fijó inmediatamente en Benjamin. Tras un segundo de sorpresa, la alegría se dibujó en su rostro y abandonó sus papeles para precipitarse hacia él. Ben vivía un sueño hecho realidad: Fanny iba a su encuentro, resplandeciente, feliz de volver a verlo.

A pesar de la solemnidad del lugar, ella le saltó al cuello.

—¡Benji! ¡Qué sorpresa!

Solo ella le llamaba «Benji», y tenía que amarla realmente para tolerar un apodo que siempre había encontrado ridículo.

—Hola, Fanny.

Se tuvo que dominar para no abrazarla como ella lo estaba haciendo. Un verdadero control sobre él mismo. El que menos muestra no es necesariamente el que menos siente.

—¿Estabas en la conferencia? No te he visto.

—No, acabo de llegar.

Con disimulo, Fanny señaló a *miss* Holt, que se mantenía apartada. Cogió las manos de Ben y le susurró:

—¡Estoy tan contenta de que hayas encontrado a alguien! Me daba mucha pena pensar que estabas solo.

No tuvo tiempo de sacarla de su equívoco: Fanny ya había ido a saludar a Karen.

—Tengo la impresión de que nos conocemos... —dijo la joven mirando con mayor atención a *miss* Holt—. ¿Hemos estudiado juntas?

—No exactamente. Pero nos vimos brevemente en el funeral del profesor Wheelan.

—¡Pues claro! ¡Mis disculpas! ¿Así que es con usted con quien tengo cita?

—Exacto.

Fanny se mordió los labios y miró a Ben con apuro.

—Entonces no sois pareja... ¡Qué lerda! Lo siento muchísimo, creía que...

—No pasa nada.

—¡Solo tú podías llegar en el mismo momento que la persona que estaba esperando, Benji! ¡Tienes el don de las coincidencias imposibles!

—No es para nada coincidencia, Fanny. Trabajo para *miss* Holt en un servicio-del-cual-no-puedo-pronunciar-su-nombre-sin-convertirme-en-piedra. Y tengo el honor de informarte de que tú vas a sufrir mi misma suerte. En pocos segundos, Karen, aquí presente, te va a anunciar que su jefe se ha puesto de acuerdo con el tuyo para que dejes todo y que te unas a nosotros. Da igual que protestes, da igual que expliques que tienes tu vida. Tus proyectos importan un bledo. Además, si eres amable, te dará un teléfono –del que esta vez tendré el número–, y todos juntos iremos a recoger basura por las calles que son como nuestro mundo.

Fanny le miró fijamente con una expresión que, por desgracia, había visto demasiadas veces y que le había costado buena parte de su credibilidad. El hecho de que Karen se echara a reír no mejoró las cosas. Se giró hacia ella.

—Así que al final mis improvisaciones no le parecen tan cutres...

—No, no es eso. Cuando era pequeña, tenía un hámster que se llamaba Benji.

No por ello Ben perdió la compostura.

—Dime, Fanny, tú que vives con un comando, ¿ya has saltado desnuda al Sena con él?

19

Ben corría lo más rápido que podía, pero no bastaba. Por mucho que pusiera toda la carne en el asador, ni sus piernas ni sus pulmones le acompañaban. El camino seguía desfilando ante él, pero cada vez lo veía más borroso. Le batían las sienes. De un momento a otro, corría el riesgo de desmoronarse. Teniendo en cuenta todos los peligros de los cuales había tomado consciencia en los últimos tiempos, nunca se habría imaginado palmarla de manera tan tonta. ¡Qué vida más perra!

—Está genial este gimnasio —soltó Fanny que, por su parte, seguía a la perfección el ritmo en la cinta de correr de al lado. Su paso era largo, regular. En la pantalla gigante instalada delante de los puestos para correr, se entusiasmaba al ver desfilar al ritmo de sus pasos el recorrido seleccionado—. Da totalmente la impresión de estar ahí, ¿verdad? ¡Uno se olvida del esfuerzo!

Ben hizo una mueca. Incluso delante del encantador panorama de aquel senderito que ascendía por las crestas de las verdes colinas, no se olvidaba de lo que estaba sufriendo. Cada contracción muscular, cada flexión de cualquier articulación le costaba. La mera idea de que alguien soliera correr grabando su recorrido, para que otros pudieran creer que galopaban sin moverse de su sitio, le dejaba perplejo.

Apartada en la sala, también Karen se entrenaba. Nada de imágenes delante de ella, solo unos cascos en las orejas. Ya se había lanzado, cuando Fanny y Horwood entraron en el centro de entrenamiento para agentes instalado en el segundo subsuelo del cuartel general de la agencia londinense.

Miss Holt corría con la eficacia de una máquina. Ninguna variación de velocidad, ningún rastro de sudor. A pesar del rebote de sus zancadas, su cabeza permanecía perfectamente estable, exactamente igual que la de un guepardo a la caza de una gacela. No había nada que permitiera deducir si su maratón había comenzado hacía media hora o solo unos minutos. El caso de Ben era muy diferente: todo parecía indicar que había iniciado su sesión hacía más de tres horas, aunque apenas acabara de empezar.

Por un instante, Benjamin se imaginó a Holt y Chevalier echando una carrera. En su calvario, la idea le hacía sonreír. Aunque le hubiera gustado ver ganar a Fanny, objetivamente, era más razonable apostar por Karen.

Fanny por fin alcanzó la cima del último relieve y se paró, expirando profundamente.

—Mañana saldré a correr por los Alpes. He visto que existe un programa sobre los contrafuertes del Mont Blanc. ¿Vendrás conmigo?

A Benjamin ya no le quedaba aire para responder. Empezó a devanarse los sesos, intentando inventar todas las excusas habidas y por haber para no tener que volver a correr, aunque fuera en compañía de Fanny, ante esas imágenes idílicas.

La joven bajó de su cinta y agarró una toalla para secarse la cara. Se encontraba muy a gusto en ese ambiente, relajada, y empezó sus estiramientos al lado de un tipo con el cuerpo de un dios griego, que llevaba una camiseta de la Sandhurst Royal Military Academy.

Ben estaba sorprendido –por no decir alucinado– por la manera en que su antigua compañera de estudios se había adaptado al universo ultraseguro del edificio oficial.

Ella lanzó su toalla a Benjamin que, todavía apoyado en la barra de su máquina, la observaba.

—Nada como una buena carrera para empezar bien el día.

—¡Lo dirás por ti!

—En París, cuando hace bueno, corro en los jardines de Luxemburgo.

Fanny pasó revista a las diferentes máquinas de musculación que había disponibles.

—¡Cómo se cuidan por aquí! Creo que voy a terminar por cogerle gusto.

La observación desconcertó aún más a Horwood. Desde su llegada, a la joven no parecía impresionarle nada, ni la serie de asombrosos robos ni el encuentro con el jefe de Karen.

—¿Que vas a cogerle gusto? ¿En serio?

—¿Por qué esconder mi agrado? Ser consejera en estos asuntos cambia mi rutina de Cluny. Francamente, me encanta mi trabajo. Tengo la suerte de viajar, estudio piezas de primer orden y conozco a gente apasionante, pero tomar un poco de distancia me viene bien.

Ben estaba a punto de contestar que él echaba de menos la rutina de su trabajo. Incluso dudó en confesarle que todas estas historias empezaban a preocuparle. Pero prefirió callarse, para no añadir otro granito de arena a su estatus de payaso.

20

Ben no se eternizó en la ducha y se aseguró bien de cerrarse el albornoz al salir del baño. Prudente, miró por todo el salón antes de desvestirse, para estar seguro de que no había nadie agazapado para sorprenderle.

Ante su escasa reserva de ropa limpia, por primera vez desde hacía mucho, se tomó su tiempo para pensar lo que iba a ponerse. Esta vez, nada de pillar lo que había encima de la pila sin pensar. Optó por una camisa que le había traído Karen.

Peinado y bien afeitado, comprobó su aspecto en el espejo del salón. Su intención no era la de tranquilizarse, mucho menos admirarse, sino más bien la de evitar lo peor, como cuando se había presentado a su primera cita con el consejo de dirección del Museo Británico, con la etiqueta de su chaqueta nueva todavía colgando de la manga. Nadie se acordaba de nada de lo que había dicho, pero todos los que después se convertirían en sus compañeros de trabajo recordaban aún su pinta y le tomaban el pelo con frecuencia. Hay que quitar siempre las etiquetas para evitar que te pongan una...

Después de colocarse el cuello, Ben se consagró al trozo de pared del que había tomado posesión. En un inmenso mapamundi que ocupaba casi toda la superficie, había clavado con chinchetas unas fichitas para localizar y sintetizar cada caso de un solo vistazo. En cada cartulina quedaba registrada la naturaleza de los objetos robados, la fecha del crimen, el eventual número de víctimas y algunas anotaciones personales. En la ficha relativa a las páginas desaparecidas del *Splendor Solis* no aparecía ninguna fecha, sino un gran signo de interrogación.

Este gran ensamblaje tenía el mérito de ofrecer una visión global de todos los casos recientes, y de evidenciar la sorprendente diversidad de estas operaciones. Los autores de esos audaces robos habían golpeado en diferentes partes del mundo, burlando fronteras, incluso en países conocidos por ser poco abiertos o muy protegidos. Es así que el Vaticano había visto como, durante una sesión de catalogación tan falsa como ingeniosa, robaban de su biblioteca un excepcional incunable.

Cuando oyó que llamaban a la puerta, un pánico digno de una película muda se apoderó de golpe de Ben. Con grandes gestos desordenados, primero se dejó caer en el sofá, intentando cruzar las piernas con desenvoltura, pero las dolorosas agujetas ocasionadas por su carrera se lo impidieron. Entonces se levantó de un salto y se precipitó cerca de la ventana, donde corrió la cortina, intentando adoptar la actitud de un hombre pensativo que observa el horizonte. Insatisfecho por su puesta en escena, optó finalmente por la mesa abarrotada con los apuntes de Wheelan, ante los que tomó asiento, sumergiéndose en la primera hoja que pilló.

—Adelante.

Se había preparado para ver aparecer a Fanny, pero fue Karen la que se dirigió hacia él, con los ojos fijos en el gran panel mural.

—¡Hala!

Ben fingió estar tan absorto en su lectura, que no pillaba el motivo de la exclamación. Levantó la nariz; después, con un tono falsamente desinteresado, comentó:

—Ah, sí... Se ha fijado en mi presentación. Pensé que sería más sencillo trabajar de esta forma, que con una pila de carpetas. ¿Qué le parece?

—Estoy imaginando la cara que va a poner el jefe cuando vea que ha puesto celo y que ha hecho agujeros por toda la pared.

Horwood no rechistó, pero le decepcionó que su trabajo no produjese el efecto deseado. *Miss* Holt se acercó a él.

—Estoy de broma, Benjamin. Es impresionante. Y esta camisa le queda muy bien. Ve como no me había equivocado de talla...

Todo rojo, el historiador volvió a sumergirse en sus papeles. Karen avanzó con paso felino hacia la presentación, y empezó a examinar las fichas. Siempre haciendo como si se interesara en su hoja, Ben espiaba cada uno de sus gestos. Sin quitar ojo del mapa, Karen preguntó:

—¿Por qué ha construido esto?

—Me parece evidente. Para ofrecernos una mejor visión de conjunto.

—Lo había entendido. No me refiero a la finalidad, me estoy refiriendo a su motivación.

—No estoy seguro de pillar lo que...

—¿Ha realizado este mural por el interés de nuestra investigación o para impresionar a la señorita Chevalier?

Lo lógico hubiera sido que Benjamin hubiera farfullado algo, pero, con un extraño instinto de supervivencia, consiguió limitar esta manifestación de pérdida de control a una simple gesticulación en su silla. La pregunta le desestabilizaba a los más altos niveles. Sin duda, porque tocaba un tema –incluso varios– extremadamente personales. Aprovechó que *miss* Holt seguía dándole la espalda para contenerse, pero de golpe se dio la vuelta, pillándole por sorpresa.

Sonrió, encantadora, su cabello suelto enmarcando su cara ligeramente maquillada. Esta expresión, supuestamente amable, le fascinaba tanto como le asustaba. Tenía la impresión de que Karen podía ahondar en sus más íntimos pensamientos. Ni siquiera el tribunal de su tesis había conseguido hacerle sentir tan sumamente incómodo.

—Me parece enternecedor, señor Horwood. Da igual la razón, consciente o inconsciente, por la que se le haya ocurrido montar el panel. Empiezo a conocerle, y con todo lo «pro» que es en el trabajo, digamos que, de alguna forma, lo es menos en las relaciones humanas... Sin embargo, he podido comprobar que cuando la señorita Chevalier está cerca, es capaz de hilar más de trece respuestas serias seguidas. Con ella, no se toma nada a la ligera.

Ben no podía ni balbucear ni gesticular. Karen Holt se le estaba encarando. Siempre podía intentar salir corriendo, pero el cíborg de bonitos ojos le alcanzaría antes de que llegara a la puerta. Así que se quedó sentado. Paradójicamente, con esta mujer se sentía rodeado. Estaba listo para rendirse, cuando unos nuevos golpes en la puerta le ofrecieron una escapatoria inesperada.

—¡Sí! —se apresuró a responder.

Fanny abrió y entró. La actitud de Ben y de Karen indicaba claramente que acababa de interrumpir un intenso intercambio. No se atrevió a dar un paso más.

—Si preferís, puedo volver más tarde...

—Para nada —dijo Ben—. ¡Pasa!

Fanny miró a uno, después a otro, y obedeció.

—¡Qué bonito! —dijo, descubriendo el panel mural—. ¿Cada una de estas fichas corresponde a un caso no resuelto?

—Eso es.

Se acercó y frunció el ceño.

—Entiendo mejor vuestra inquietud. En todos los casos, ¿son antigüedades ligadas a prácticas ocultas o esotéricas las que han desaparecido?

—No solo. Algunos artefactos tienen también valor científico.

—¿Contáis conmigo para estudiar el componente religioso o espiritual?

Karen intervino:

—No se limite a ese aspecto, si hay otras ideas que se le vienen a la cabeza. Toda información que nos aporte su experiencia es bienvenida.

—Entonces tendremos que avanzar caso por caso.

Horwood y Holt asintieron. Fanny permaneció pensativa un instante, después apoyó la mano en el hombro de Ben.

—Te queda bien esta camisa, Benji. Antes no te atrevías a ponerte este tipo de ropa.

Karen esbozó una discreta media sonrisa y se levantó.

—Los dejo trabajar entre investigadores. Tengo papeleo que hacer.

21

El 17 de octubre de 1945, en Egipto, en el antiguo emplazamiento de Abousir, a una veintena de kilómetros al sudoeste de El Cairo, una expedición de arqueólogos angloamericanos sorprendió a un grupo compuesto por una quincena de soldados de la armada del Reich y cuatro investigadores alemanes, que estaban realizando excavaciones clandestinas. Con la colaboración de las autoridades francesas, todos fueron capturados e inmediatamente aislados para ser interrogados individualmente. De manera del todo incomprensible, más de cinco meses después de la capitulación de la Alemania nazi, este destacamento, en uniforme pero sin ninguna graduación ni documentación oficial de identidad, protegía a investigadores que efectuaban planos y sondeos en las ruinas del templo solar del rey Niouserre. Este monumento, situado en el extremo norte del complejo funerario, fue construido durante la V dinastía. Su nombre significa «Aquel que alegra el corazón de Ra», dios del disco solar y creador del universo en la mitología egipcia.

En otro tiempo, el templo estuvo rodeado por una vasta muralla rectangular. A él se entraba por una puerta alta, de la que todavía se conservan algunos fragmentos del dintel y de los pilares. Una rampa de acceso de un centenar de metros conducía a diversas construcciones, como la torre monumental cuadrada, coronada por una punta piramidal. Para llegar al centro del edificio, los visitantes tenían que atra-

vesar la «sala de las estaciones», llamada así por los famosos bajorrelieves que decoraban sus paredes y que, años después, serían trasladados a Berlín, donde oficialmente fueros destruidos por los bombardeos de los Aliados.

La tropa alemana estaba fuertemente armada y equipada, especialmente con material que permitía realizar y consolidar excavaciones subterráneas. Nada permitió determinar desde hacía cuánto esta expedición se encontraba allí, ni si había excavado antes en las pirámides y en los templos vecinos. Sin embargo, parece que se realizaron significativas perforaciones en los cimientos de la mastaba de Userkaf quien, a pesar de no ser más que el responsable de las investigaciones y obras del rey Niouserre, se benefició de los mismos honores funerarios que la familia reinante.

A título oficial, ninguno de los detenidos explicó su presencia ni admitió el objetivo de su misión. No fue posible descubrir por cuenta de quién operaba este grupo, ya que el Estado Mayor alemán había sido desmantelado desde hacía meses y habían perdido la guerra. Cuatro de los soldados detenidos se suicidaron en los primeros días de su cautiverio, utilizando el mismo veneno que los colaboradores más cercanos a Hitler y Himmler.

Nota: Pedir una verificación vía los archivos del Special Operations Executive quien, según el proceso verbal francés, gestionó el caso hasta su disolución en junio de 1946. ¿Qué fue de los prisioneros que sobrevivieron? ¿Qué fue de los documentos y los bienes secuestrados?

Karen Holt apoyó el folio que Ben le acababa de entregar.
—¿Qué me dice? —le preguntó este.
—El profesor Wheelan nunca hizo mención de este episodio tan preocupante. Soldados del Reich, libres, realizando excavaciones meses después de su derrota...
—La mención a un responsable de investigación inhumado con todos los honores otorgados a sus señores, ¿no le recuerda algo?
—Sí. Al sabio al que Masato Nishimura hizo alusión, aquel

cuya tumba, digna de un faraón, fue encontrada en el Valle de los Reyes. ¿Quiénes eran estos hombres para verse reconocidos con semejantes honores en su viaje hacia el más allá?

Ben recuperó la nota de Wheelan y preguntó:

—Karen, durante la Segunda Guerra Mundial, cuando crearon su departamento, estaba ligado al SOE*, ¿verdad?

—Exacto.

—Y sin duda, tendrá forma de acceder a sus archivos...

—¿Quiere que averigüe qué fue de aquellos prisioneros alemanes y de sus objetos personales?

—Por favor. Pero antes necesito que me responda a algo. Sea franca.

—Cuente conmigo.

—Si llegara a descubrir elementos interesantes, pero clasificados como confidenciales, ¿le hablaría de ellos a este modesto civil que soy yo?

—¿Lo duda?

—No por usted, sino de cara a su jerarquía.

—No se preocupe por eso, soy la única que decide qué hacer con la información de la que dispongo. —Tras una pausa, prosiguió—: Benjamin, ya que estamos con las preguntas directas, ayer le escuché discutir con Fanny...

—¿Nos espiaba?

—Me contento con escuchar a dos investigadores que trabajan para nosotros. No parecían ponerse de acuerdo sobre la manera en que había que considerar los artefactos robados.

—Es normal no compartir siempre el mismo punto de vista. Sobre todo frente a temas tan poco habituales como estos. Pero, al igual que nosotros, Fanny también ha notado que hay dos puntos en común en la mayoría de los objetos.

---

* SOE: Special Operations Executive: Dirección de Operaciones Especiales (N. de la T.).

—En efecto, ella habló de la luz y de lo que usted llamaba «arte real». Pero me pareció entender que la señorita Chevalier no se tomaba realmente en serio la alquimia...

—No es tan sencillo. Durante nuestros trabajos con las reliquias sagradas, Fanny siempre procuró mantenerse pragmática. Adoptó una perspectiva cartesiana, sin tomar en consideración las creencias que podían asociarse a ellas.

—¿Y usted?

—Yo, sin duda, soy más intuitivo que ella. Estudiar historia me ha permitido tomar conciencia del rasgo fundamental de los humanos: todo lo más grande que han conseguido, lo más fuerte, tanto positivo como negativo, lo han hecho porque creían en algo. Estoy convencido de que es imposible intentar comprender la historia, si no tenemos en cuenta los sueños y las esperanzas de aquellos que la escribieron. Se suele decir que la fe mueve montañas. Yo me atrevería a añadir que, en mi opinión, solo ella es capaz de hacerlo. Que nazca por un dios, por una idea o una visión, la fe no es una circunstancia. Constituye el más poderoso de los motores. Sin embargo, el enfoque de Fanny no es por ello peor. Es complementario al mío. Con frecuencia su forma de aprehender las cosas se ha puesto al servicio de la objetividad. Fiel a esta lógica, Fanny siempre ha entendido la alquimia desde el prisma de los análisis oficiales que la ciencia moderna se ha esforzado en imponer: una locura esotérica, un bricolaje químico-místico reducido a imágenes simplistas. Sus detractores estaban muy interesados en denigrar el *Ars Magna* y lo han conseguido. Hoy día, sus descendientes no tienen rival.

—Entonces ¿cree en ella?

—En alquimia, creer no sirve de nada, ya que antes hay que buscar. Lleno de vanidad, el hombre se cree capaz de comprender todo, y rechaza lo que se le escapa. Es por ello que la alquimia se ha visto relegada al rango de delirio oculto, fruto de locos o charlatanes que solo sueñan con la vida eterna o con una fortuna mágica nacida de plomo convertido en oro. A mí, sin embargo, me cuesta creer que, a lo largo de los siglos, innumerables poderosos y visionarios hayan dado tanto, hayan sacrificado tanto por quimeras. Desde que es capaz de pensar, el hombre siempre se ha hecho preguntas sobre el universo y el lugar que ocupa en él. Las primeras civilizaciones observaron todo lo que estaba a su alcance, después hicieron experimentos para reproducirlo y controlarlo. Sus descubrimientos siempre fueron acompañados de la idea de que este mundo solo podía ser obra de un arquitecto superior. En su momento, cada civilización intentó personificar y nombrar a este creador. La comprensión de la vida por los arcanos no podía hacerse, por tanto, más que sometiéndose a las reglas impuestas por aquel o aquellos que nos habían creado, fueran quienes fueran. Desde las primerísimas civilizaciones y durante milenios, la idea de elevar al hombre dándole poder sobre la naturaleza se tenía en cuenta desde el respeto al Espíritu que nos había dado la vida. El saber y la espiritualidad eran, por tanto, indisociables. El progreso debía nacer en armonía. La alquimia representa la culminación de esta filosofía, de estos saberes acumulados en Asia y Oriente Medio, a lo largo de los siglos, por pensadores e investigadores que la condujeron a su apogeo en Europa, donde después sería tan denigrada. La alquimia no empuja a sus iniciados a tomarse por dioses, sino a buscar de manera pura el medio de utilizar el abanico de posibilidades para superar los límites. Y todo ello a través del descubrimiento de leyes naturales que se nos escapan. La piedra filosofal simboliza la búsqueda de una vida eterna que nos permitiría conjurar nuestra condición de mortales, dándonos tiempo para adquirir bastante conocimiento. Transmutar el plomo en oro es partir de lo «vulgar» para elevarlo a lo más alto. Solo los mediocres que quisieron ningunear un enfoque que los sobrepasaba, tomaron estas imágenes al pie de la letra. Ellos han menospreciado la alquimia, la han relegado al rango de folclore esotérico; incluso, durante un tiempo, la hicieron ser considerada como sospechosa y diabólica. Poco a poco, estos nuevos adeptos a la ciencia abandonaron lo espiritual para nunca más concentrarse en lo material. Algunos hombres terminaron así por creerse más fuertes que la naturaleza, y por tomarse por dioses capaces de mandar sobre los elementos. Estos modernos aprendices de brujo trataron a aquellos que los ponían en tela de juicio como magos satánicos. El profesor Wheelan tenía una teoría muy interesante sobre esto. Explicaba que, tras décadas de ir a la deriva, todo había tenido lugar durante la Revolución Industrial, cuando la sed de lucro se antepuso a todo ideal. Él nos solía repetir: «La espiritualidad y su hija, la moralidad, fueron asesinadas por el orgullo y su hijo, el afán de lucro».

—¿Usted también lo piensa?

—Como en todos sus estudiantes, también influyó en mí, por supuesto. Pero al igual que usted, me esfuerzo en usar la información que me lega según lo que creo. La alquimia es un camino seductor hacia el conocimiento. La manera en la que se ha practicado acarrea las limitaciones de las épocas y de aquellos que se sirvieron de ella. Sin embargo, a pesar de todas las formas que pudo tomar y lo que hayan podido decir de ella, la alquimia continúa siendo la forma de elevación más exigente para aquel que pretende acercarse a los secretos de la materia. No es magia. No es religión. Permite asociar lo que aprendimos desde hace milenios a lo más puro de nuestra consciencia.

—El tema me fascina —murmuró Karen—. Me afecta y quiero creer en él.

—El arte real suele tener ese efecto en los que lo descubren.

—Y sobre todo siento que este enfoque no pueda encontrar su lugar en el mundo actual.

—No se confunda, Karen. Ha dado en el corazón del problema. Se nos machaca con que solo el sistema vigente sería bueno para nosotros. Nos hacen creer que las verdaderas ideas y los replanteamientos ponen en peligro nuestro pequeño bienestar cotidiano. Sin embargo, nos atiborran con temas frívolos que ocupan nuestra mente, hasta el punto de hacernos olvidar lo esencial. Deforman nuestra naturaleza hasta amenazar nuestras vidas. La calle de la que se siente responsable existe solo porque mujeres y hombres supieron apropiarse de las leyes de la naturaleza sin traicionarlas. El saber más sencillo, utilizado con humanidad, constituirá siempre nuestra mejor oportunidad de supervivencia. Ninguna lección es tan poderosa como la que emana de la naturaleza. Se quiera o no, el espíritu de la alquimia está por todas partes, y sus frutos son eternos. Ninguno de los aprendices de brujo ávidos de vendernos sus supuestas proezas podrá superar al más humilde de los alfareros que, mezclando la arcilla con el agua, y después sometiendo todo al fuego, obtiene un resultado capaz de resistir tanto al agua como al fuego.

22

De pie, delante del gran mapa mural, Fanny señaló una ficha clavada con una chincheta en París, después otra en el Silicon Valley californiano.

—El hecho de que también se fijen en inventos científicos punteros nos aleja de la pista de traficantes de antigüedades.

Sentado en la esquina de la mesa, Ben comentó:

—¿Por qué? Simplemente podrían necesitar estas invenciones para estudiar su botín. Si quieren descifrar sus secretos, tendría sentido que buscaran el último grito en tecnología.

—Quizá, pero imagina que su ambición no sea coleccionar estos artefactos, sino reunirlos como un todo que se habría dispersado a lo largo del tiempo.

—Es posible en algunos casos, pero muchos provienen de épocas, civilizaciones y lugares distintos…

—Pero todos están ligados a la luz y a un saber que trasciende los siglos. Por otro lado, por lo que he podido comprobar, muchos de estos objetos son utensilios nacidos de la ciencia y no de cultos religiosos. Ninguno de ellos es sagrado, como podría serlo el santo sudario o ese tipo de cosas. Por tanto, el fetichismo parece que quedaría excluido. En mi opinión, no es lo divino lo que estarían buscando en ellos, sino una capacidad material.

—¿Por qué no? Consideremos esta hipótesis. Lo importante no sería, entonces, los objetos en sí, sino lo que permiten hacer.

—Las páginas del *Splendor Solis*, los rollos del emperador Nintoku, el códice robado al especialista español, incluso el breviario de Silvestre II robado en el Vaticano se integran perfectamente en este enfoque. Todos, potencialmente, podrían contener datos directos o indirectos sobre estos artefactos. Su descripción, sus secretos de creación, su utilidad... O incluso su localización, para aquellos que los ladrones todavía no habrían conseguido agenciarse.

Rodeando la mesa para llegar al sofá, Fanny rozó a Ben. Por un breve instante, él se encontró lo suficientemente cerca como para oler su perfume de flores. Benjamin sabía que la joven no le había rozado por diversión. Fanny era incapaz de ese tipo de maniobras. Sin embargo, le habría encantado que ella supiera lo que aquello provocaba en él, y que se lo ahorrara. O, mejor aún, que lo hiciera aposta.

Fanny se instaló en el sofá y, estirándose lánguidamente, preguntó:

—¿Te acuerdas de aquella noche, en tu cuchitril, cuando preparábamos nuestra memoria?

—Hubo más de una...

—Estábamos inmersos en nuestras búsquedas, estupefactos al comprobar el alucinante número de textos antiguos que mencionaban objetos, materias o seres capaces de llevar a cabo prodigios. Entonces discutimos sobre la definición de «milagro» a través de los siglos.

Ben se acordaba perfectamente: fue una de las primeras veces en las que se había dado cuenta de que su relación laboral y personal con Fanny se correspondía exactamente con lo que él imaginaba como la felicidad. Se acordaba de todo, de su entusiasmo compartido, del hecho de que siempre uno acabara la frase del otro... También se acordaba perfectamente de que su habitación era minúscula, y de que se veían obligados a estar muy cerca el uno del otro, entre los innumerables libros abiertos... Hizo un esfuerzo sobrehumano para no dejar traslucir lo que aquel recuerdo reavivaba.

—Ahora que lo dices, parece que me viene algo a la mente —dijo él con un tono pretendidamente indiferente—. Moló.

—Aquello nos impresionó tanto, que incluso se nos pasó por la cabeza cambiar el tema de nuestra tesis.

—Es cierto, y la verdad es que habría salido un tema excelente.

Fanny sacudió la cabeza riendo.

—Fue aquel tiparraco de Wheelan el que se negó. Que Dios le tenga en su gloria, ¡pero qué cabezota podía llegar a ser! —Después, con tono más suave, añadió—: ¿Sabes, Benjamin? Fui a su entierro porque le quería mucho, pero sobre todo porque esperaba volver a verte.

Cada vez que hablaba de ellos seriamente, Fanny ya no le llamaba Benji. Eso no pasaba con mucha frecuencia. La última vez, fue para anunciarle que vivía en pareja, y que a partir de entonces se verían menos.

Sobre todo, él no debía dejar que lo arrastraran a un terreno que no dominaba. Horwood se incorporó y se alejó de la mesa para intentar desembarazarse de los sentimientos que comenzaban a rodearle como lianas, y para poner distancia entre Fanny y él, aunque solo fueran unos metros. A veces no cambia nada. A Ben siempre le había costado controlar sus reacciones cuando lo que estaba en juego se volvía demasiado personal. Mejor no decir nada y, mejor todavía, no pensar nada. Una vez más, su salvación residía en su capacidad para limitarse a una relación estrictamente profesional.

Se concentró en las fichas, pasando una a una. Se detuvo en la relativa al casco babilónico del rey Meskalamdug, un fino tocado de oro magníficamente cincelado, que cubría por entero la cabeza, cuyo original, en el Museo de Bagdad, había sido reemplazado por una copia descubierta un año antes. Un casco que el rey llevaba incluso en sus aposentos privados, demasiado fino para protegerlo de un golpe, pero que incluso le recubría las orejas.

Ben se frotó las sienes.

—Una serie de objetos que pueden realizar prodigios... ¿Qué milagro es capaz de obrar cada uno de estos tesoros?

Intentaba imaginar un vínculo entre los diferentes artefactos, cuando Karen entró sin llamar.

—Perdón por mi intrusión, pero creo que es importante. El servicio de vigilancia acaba de entregármelas.

Ben cogió las fotos que esta le tendía: desde distintos ángulos, un globo de cristal pulido, encastrado en un pedestal de bronce piramidal decorado con numerosos símbolos.

—¿Es el que fue robado en El Cairo?

—No, y tampoco el que fue robado en el *kofun*.

—¿Nuestro ladrón estaría vendiendo el que exhumaron en la iglesia de York?

—Tampoco.

—Entonces, ¿de dónde provienen estas fotos?

—Del catálogo de una subasta que se organiza esta semana. Esta antigüedad ha sido debidamente registrada como propiedad, desde hace más de diez años, de un millonario sudafricano. Lo hemos comprobado.

Ben estudió las fotos con más atención.

—Así que todavía existe otra versión de estos extraños cristales.

—Aparentemente. Y quizá sea nuestra oportunidad. Estoy por apostar a que nuestro ladrón va a intentar apoderarse de él, sea comprándolo...

—... Sea sustrayéndolo.

—Este objeto es un excelente cebo, al cual el hombre que perseguimos no podrá resistirse.

—¿Espera atraparlo cuando él se acerque?

—Esa es la idea.

Fanny intervino:

—¿Y dónde tendrá lugar esa subasta?

—En Johannesburgo.

23

Sentadas una al lado de la otra en el *jet* que se dirigía hacia Sudáfrica, Fanny y Karen observaban cómo Benjamin dormía, con la boca abierta de par en par. Roncaba ligeramente.

—Cuando era pequeña, mi tío de Quebec tenía un mapache que hacía exactamente el mismo ruido —constató Fanny.

—En mi caso era una caldera, en mi primer apartamento. Terminó explotando.

—Espero que Benji acabe mejor...

—Tengo la impresión de que se pasa el tiempo durmiendo en el avión. ¿Me lo confirma?

—No solo en el avión. A veces, incluso pasaba que se quedaba frito en clase, delante de todo el mundo, en plena aula magna. Como un crío que se queda dormido cuando está cansado. ¡Me ponía de los nervios!

—La primera vez, me dieron ganas de llenarle la boca de bombones.

—¡Un día pensé transformarle en florero, metiéndole dentro unas flores!

Las dos mujeres estallaron en carcajadas, lo que, sin llegar a despertarle, perturbó el sueño de Ben. Cambió de posición, sin por ello cerrar la boca o dejar de roncar.

Los tres no viajaban solos. Cuatro agentes los escoltaban para asistir a la subasta y estar listos ante cualquier eventualidad.

—¿Su pareja no se ha tomado demasiado mal que haya tenido que dejar París de manera tan repentina? —quiso saber Holt.

—Él mismo suele pasar tiempo fuera por su trabajo. Aunque no siempre sea fácil de llevar, estamos acostumbrados a estar separados. —Después, con un tono más ligero, Fanny preguntó—: ¿Conoce a Benji desde hace mucho?

—Diecisiete días. ¿Y usted?

—Pronto hará quince años. Entramos en la universidad el mismo año. Pero no nos hicimos amigos inmediatamente. Al principio, lo encontraba raro. En medio de todos aquellos aprendices de erudito que se daban tantos aires, él parecía un turista feliz. Me hizo falta un poco de tiempo para darme cuenta de que, bajo su falso aire de diletante, había alguien con talento. Eso no quita que tenga su lado loco, muy atrevido.

—¿Se refiere al Benjamin Horwood, aquí presente?

Como si hubiera comprendido que hablaban de él, el interesado emitió un gruñido. Fanny bajó la voz para responder:

—Sí, sí, ese Benjamin. Sabe disimular muy bien, ¿sabe?

—Lo recordaré.

—Quizá se esté preguntando si, durante nuestros estudios, hubo algo entre él y yo...

—Según la fórmula consagrada: «esta información no entra en los márgenes de la misión que nos ha sido confiada». Se trata de su vida privada y esta no me incumbe. Pero, aun así, he de reconocer que el departamento me ha preparado fichas bastante completas de cada uno de ustedes. Las he leído con mucha atención. Si hago un esfuerzo, debería poder acordarme de a qué edad aprendió a montar en bicicleta o el nombre de su primer ligue.

—Encantador...

—Benjamin reaccionó usando la misma expresión. No se asuste, me mantendré en la más estricta confidencialidad. No le he dicho nada a él de lo que sé de usted, y permaneceré muda sobre lo que sé de él.

—Da un poco de miedo.

—Eso también me lo ha dicho él. A título personal, aprovecho que estamos solas para decirle que le deseo de todo corazón que usted y su pareja consigan tener el hijo que están esperando.

Fanny abrió los ojos como platos.

—¡Es superdesagradable estar delante de una persona de la que no sabes nada, y que te suelte todas tus historias personales!

—Nada le impide preguntarme a mí. ¿Qué le gustaría saber?

Fanny se quedó desconcertada.

—Los interrogatorios no son lo mío.

—Lo mío sí. —La agente Holt señaló a Ben con el dedo, y le soltó a su vecina—: Nunca ha habido nada entre nosotros y, por el momento, no quiero niños. Anda, Benji se está despertando. Va a tener hambre.

24

Bajo el cielo azul de Johannesburgo, rodeado de cipreses y de macizos de rododendros, el Four Seasons Westcliff intentaba imitar un palacio de la Riviera mediterránea. Su porche con columnas era típico de la arquitectura colonial de la capital económica del país.

En la primera planta del edificio, una pequeña multitud ya se arremolinaba alrededor de las vitrinas que presentaban los lotes destinados a la subasta, todos pertenecientes a la prestigiosa colección Oppenheimer. A pesar del renombre del vendedor y de la importancia de los bienes propuestos, no era ni Christie's ni Sotheby's los que organizaban el evento, sino Bonhams, más especializada en joyas excepcionales que en antigüedades.

Aunque iba a tener lugar lejos de los tradicionales puntos de subastas, la venta había atraído a potenciales compradores de todos los puntos del planeta. Asiáticos, europeos, americanos y millonarios del Golfo admiraban los fabulosos juegos de joyas, cuyas hermosas piedras salían directamente de las minas de diamantes antaño controladas por la dinastía de los vendedores.

Mientras los cuatro agentes se mezclaban con los participantes para pasar mejor desapercibidos, Fanny, Karen y Benjamin fingían interesarse en los lotes, pero sin alejarse nunca del número diecisiete.

Según el catálogo, se trataba de «una curiosidad rarísima, nacida en las primeras civilizaciones mediorientales, fechada antes de nuestra era y constituida por un cristal de roca monobloque esférico notablemente pulido, sostenido por un soporte de bronce piramidal decorado con símbolos maravillosamente grabados, provenientes de diferentes culturas. Todo ello en un excelente estado». Repartidos alrededor de los distintos lados de la vitrina, los tres observaban el objeto desde todos los ángulos posibles. A pesar de la prohibición y de la presencia de los dos guardias, Karen consiguió hacer algunas fotos.

—¿Qué opinas? —preguntó discretamente Ben a Fanny.

—Sorprendente. El cristal y su soporte están perfectamente engastados. Ni uno ni otro fueron concebidos para estar separados. El esmero puesto en la holgura no puede ser fruto del azar. ¿Y qué me dices de esos signos en los montantes?

—Una mezcla muy poco ortodoxa.

—Daría lo que fuera por tenerla a mi disposición unos días. Habría que fecharla e intentar comprender qué significan esos grabados.

—Será complicado fecharla. El carbono catorce no servirá de nada, y el estudio de la corrosión no dará nada en claro para una fecha tan lejana. Si analizáramos los grabados en el microscopio electrónico, quizá podríamos determinar con qué herramientas fueron realizados e identificar así el momento de su fabricación...

El cristal estaba expuesto entre otras tres obras antiguas: una cerámica etrusca, una joya celta y una escultura de marfil en bajorrelieve de origen indio.

—Señoras y señores, si les parece, vamos a comenzar. —El subastador no escondía su alegría al ver tanta gente presente—. Por favor, ¡tomen asiento!

En el gran vestíbulo, convertido en sala de subastas, más de una sesentena de personas ocuparon rápidamente las filas de sillas.

El hombre subió al estrado y se instaló detrás de su atril. Iba vestido como un *maître*, incluidos los guantes blancos. Mostraba una resplandeciente falsa sonrisa y, como un caballo que relincha antes de lanzarse a la carrera, tenía el tic de sacudir la cabeza cada vez que se disponía a dirigirse a la asamblea.

A su derecha, cuatro asistentes se mantenían al teléfono con los compradores que no habían podido asistir o que no querían que se los viera. A la izquierda, dos jóvenes enguantados se disponían a colocar los lotes en el expositor de terciopelo negro, grabado por una camarita cuya imagen era agrandada sobre una pantalla instalada en alto.

Ben había tomado asiento en la última fila, entre Karen y Fanny. La agente Holt iba equipada con un auricular para estar en contacto por radio con sus hombres. Horwood le preguntó discretamente:

—¿Cómo vamos a hacer con los que están al otro lado de la línea?

—No se preocupe por eso. Concéntrese en los que están alrededor.

Los cuatro agentes estaban repartidos por la sala: tres de pie, al fondo, y el último sentado en las primeras filas.

—Queridos amigos, ha llegado la hora. Bienvenidos a esta venta excepcional. Con gran emoción, les proponemos hoy algunos de los bienes más personales de la célebre familia Oppenheimer. Pilares de la economía sudafricana, filántropos, coleccionistas, es su flamante historia a la que estamos invitados a asociarnos hoy. Sin más dilación, comencemos con el número uno: un magnífico par de pendientes, diamantes montados en platino...

Las joyas depositadas sobre el terciopelo aparecieron en la pantalla en todo su esplendor. El subastador dio todos los detalles posibles, elogiando las ventajas que, en términos de imagen y de prestigio, podría adquirir el afortunado comprador. Como ocurre con este tipo de subastas, el entusiasmo de la asistencia era contenido y las pujas educadas. Los cinco primeros lotes, todos de joyas, encontraron comprador sin una sobrepuja encarnecida. Sin embargo, en cada ocasión, el maestro de ceremonias, muy satisfecho, golpeaba el atril con su mazo habiendo superado de sobra el precio de partida. Fanny no quitaba ojo de encima al lote número diecisiete. De momento, seguía cerrado en su vitrina vigilada. Ben observaba a su alrededor, examinando caras y actitudes, espiando gestos, buscando el más pequeño indicio capaz de revelar un participante sospechoso.

Durante el tiempo que duró el comienzo de la subasta, tanto los agentes como ellos tres tuvieron tiempo de hacerse una idea de la mayoría de los espectadores. Sin embargo, algunos se resistían al análisis. Las pujas se dispararon por primera vez por un collar que reunía tres piedras, cada una de ellas de más de cinco quilates. Otro momento álgido fue con el lote número doce, un bajorrelieve de marfil que desencadenó también algunas pasiones. Al final de un largo duelo, fue un competidor telefónico el que se llevó la obra, por un precio seis veces superior al de salida.

Algunos de los allí presentes todavía no habían pujado ni una sola vez, señal de que seguían a la espera de la pieza por la cual se habían desplazado. Otros ya habían abandonado la sala, al obtener —o al ver escapar— el codiciado lote.

Karen se concentró de pronto en un hombre solo, sentado tres filas delante de ella, a la derecha, sobre el que le habían alertado por el auricular los agentes. Dándose cuenta de su interés, Ben preguntó en voz baja:

—¿Qué ocurre?

—El tipo del traje azul y pelo castaño. Se ha registrado como Nicholas Dreyer...

—N. D. Si calza un cuarenta y cuatro, dos más dos...

—Esperemos a que se interese por el cristal antes de saltarle encima.

—Me parece sensato.

El subastador dio un trago de agua, hizo una señal a su asistente para que trajera el siguiente lote y sacudió ligeramente la cabeza como un pura sangre listo para salir al galope de su establo.

—Señoras y señores, ahora es un tesoro arqueológico lo que les proponemos: el lote número diecisiete.

En la pantalla apareció el cristal engarzado en su pirámide.

Iluminado por los *spots* blancos, la esfera pulida aparecía increíblemente límpida.

—De una gran rareza, esta auténtica reliquia es un compendio de arte e historia. Durante años estuvo en el mismísimo despacho del señor Oppenheimer, al que le encantaba ver cómo se iluminaba gracias a los rayos del sol poniente. Aunque su uso no haya podido ser precisado, esta obra plurimilenaria, gracias a su forma emblemática, evoca tanto la magia como los ritos de Egipto y de sus brillantes faraones. Pero no solo eso: si miran detenidamente los grabados extremadamente finos realizados en los lados que protegen el cristal de cuarzo admirablemente modelado y pulido, descubrirán figuras de orígenes muy diversos. El afortunado poseedor de esta pequeña y enigmática maravilla podrá soñar durante toda su vida con lo que en otro tiempo fue, y beneficiarse sin coste adicional de los resultados de los estudios que el señor Oppenheimer hizo realizar por los mayores especialistas en arqueología de todo el mundo. Estos datos están, evidentemente, exclusivamente reservados al comprador, una vez pagados todos los gastos. Este antiguo tesoro tiene un precio de salida de cincuenta mil dólares.

Se hizo un extraño silencio en la sala, como si nadie quisiera ser el primero en mostrar su ansia. Uno de los asistentes telefónicos levantó la mano para pujar en nombre de una persona que estaba al teléfono. Inmediatamente después, le tocó el turno a un hombre sentado en la segunda fila. Karen no quitaba ojo a Nicholas Dreyer. Un emir entró en el baile, después un hombre mayor de origen asiático que aún no había participado. En pocos instantes, la puja superaba los cien mil dólares.

El subastador hizo pivotar la pieza bajo los *spots*. Ni el interesado al teléfono ni el emir ni el asiático abandonaban. Cuando llegó su turno, Dreyer levantó la mano, la puja ya estaba por encima de los ciento setenta mil dólares. Karen se echó adelante en su silla. El hombre se dio la vuelta para evaluar a sus contrincantes y recorrió con la vista la sala. Karen consiguió girar la cara para evitar su mirada, pero Ben no. Los dos hombres no solo se habían visto, sino también evaluado. Un nuevo pujador se anunció en la sala. Una mujer en traje beis entró también en la carrera. El número de candidatos no paraba de aumentar.

—Tenemos doscientos cincuenta mil al teléfono. Ya hemos llegado a cifras dignas de esta pieza extraordinaria. ¿Quién da más?

El subastador señaló de pronto a un candidato cerca de Ben. Horwood se giró rápidamente para descubrir quién acababa de pujar. Vio, estupefacto, que Fanny tenía la mano levantada.

—Pero ¿qué haces?

—No sé qué mosca me ha picado... Suelo comprar para el museo. Un reflejo.

Dreyer se fijó en la joven. El asiático volvió a lanzar una oferta, pero fue rápidamente superada por los dos pujadores telefónicos, y después por la mujer del traje. Dreyer se volvió a manifestar. Trescientos veinte mil. El emir abandonó, pero el asiático y la mujer no estaban decididos a renunciar. Uno de los asistentes telefónicos indicó que su cliente abandonaba. Dreyer subió de nuevo. El asiático pujó hasta cuatrocientos mil, la mujer de beis hasta cuatrocientos veinte mil y Nicholas Dreyer hasta cuatrocientos setenta mil. Pero él no se lo llevó. El martillo del subastador se abatió después de la última oferta del que fuera el primero en lanzar la escalada por teléfono.

—Por tanto, es un comprador que desea mantener el anonimato el que se lleva el lote número dieciséis, por la magnífica suma de quinientos mil dólares. ¡Esto supone diez veces más del precio de salida! ¡Nuestro récord del día!

Un asistente retiró el cristal con precaución, mientras otro ya llevaba el lote siguiente.

Casi de inmediato, Dreyer abandonó la sala. Ben iba a levantarse para seguirle, pero Karen detuvo su impulso apoyándole una mano en el muslo.

—No se mueva, señor Horwood. Deje que lo hagan los profesionales.

25

En el *jet*, en la pantalla del portátil, la agente Holt había yuxtapuesto las fotos del cristal robado en El Cairo y las del que acababa de venderse en la subasta de Johannesburgo.

—Las proporciones y las estructuras son idénticas —señaló Fanny—, pero las dos piedras son diferentes. La transparencia y los matices del color varían. Mis competencias en minerales son muy limitadas, nos haría falta la opinión de un experto para identificar su naturaleza, su valor y su procedencia.

—Sé dónde encontrar un especialista —anunció Karen.

—Si nos fiamos de la pisada que habían dejado en el polvo del *kofun* y de la huella dactilar en la excavación de la iglesia de York —recapituló Ben—, de momento podemos suponer que existen cuatro objetos como estos.

—Nada nos dice que no haya más —hizo notar Fanny.

—Es posible.

—También sabemos con certeza que tres de ellos no estaban pensados para salir de los lugares donde estaban encerrados —añadió ella.

—Todos estaban muy alejados los unos de los otros —comentó Karen—. Uno enterrado en Inglaterra, otro sellado en una sepultura en Japón, y el tercero sepultado en el Valle de los Reyes. A lo mejor los estudios que encargó Oppenheimer nos enseñen de dónde proviene el suyo, si conseguimos tener acceso a ellos.

Ben se centró de pronto en una de las fotos. Había un detalle que le acababa de saltar a la vista.

—¿Os habéis dado cuenta de los símbolos grabados en los laterales? En los dos ejemplares, hay series que se parecen, aunque el orden de algunos de sus elementos varíe.

Señaló una secuencia e hizo pasar las fotos para comprobar todos los ángulos.

—Este pequeño relámpago, por ejemplo, solo está presente en una de las pirámides. En cambio, esta cruz se intercala en cada uno de los montantes, pero nunca en el mismo sitio.

—Tienes razón —asintió Fanny—. En cuanto lleguemos, realizaré una copia de los grabados para compararlos con más precisión. —Observó detenidamente las dos columnas de imágenes y añadió—: No sé si estaréis de acuerdo conmigo, pero todo parece indicar que estos artefactos son obra de los mismos creadores. Poder echarle un vistazo a los otros dos ejemplares sería muy interesante.

—Vamos a volver a contactar con la Agencia Imperial japonesa —prometió Karen—, pero apostaría que Nishimura nos lo va a volver a negar con el mismo argumento: ellos persiguen a los profanadores y no se mezclan con nuestra búsqueda. ¿Por qué compartirían un saber que consideran como un legado sagrado y secreto? Ni siquiera comprenden lo que estamos buscando.

—Tampoco nosotros... —ironizó Ben.

Él se sentó en el reposabrazos del sillón y se preguntó en voz alta:

—Hay una duda que me atormenta: ¿por qué aquellos que fabricaron estas piezas se molestaron en asociar caracteres nacidos en diferentes civilizaciones?

Después de un breve silencio, Fanny propuso:

—¿Para que todos los comprendieran?

—Y según tú, ¿qué tipo de declaración habría podido merecer

ser expandida tan ampliamente? —El historiador reflexionó un momento—. Quizá un mensaje del mismo tipo que el que mandaron los americanos al espacio con las sondas espaciales Pioneer y Voyager: una placa con pictogramas acompañados de palabras y obras pertenecientes a diferentes culturas. Desde el principio de los tiempos, los que concibieron estos cristales quizá quisieron enviar una señal de confraternidad o explicar quiénes eran.

Karen intervino:

—A no ser que se trate de un aviso, de una advertencia. A lo mejor quisieron comunicar o anunciar un peligro.

—La hipótesis no es para nada estúpida… —aprobó Ben.

—Qué amable.

—… Pero la amenaza tendría que haber sido tan fuerte, que incluso la existencia de la especie humana se viera amenazada. Ya en aquellos tiempos remotos, todo saber estaba instrumentalizado para asegurar la supremacía de un poder. Ningún monarca se habría arriesgado a compartirlo a menos que estuviera convencido de que ni siquiera él sobreviviría.

Karen razonó:

—¿Una catástrofe natural? ¿Una enfermedad? ¿Un veneno?

—O un secreto —replicó Ben—. Un secreto hoy día codiciado por aquellos que están dispuestos a todo con tal de usarlo.

Fanny lanzó una mirada de admiración a su compañero, que él no percibió. Se levantó y fue a reunirse con los agentes que, en el otro extremo de la cabina del *jet*, ponían todo su empeño en identificar a los participantes de la subasta.

—¿Alguna novedad sobre la identidad del comprador?

—Estamos en ello. La llamada del pujador ganador llegó desde un despacho de abogados de Zurich, pero eso no prueba que se encuentre allí o que resida en esa ciudad. Sin embargo, casi hemos terminado con la identificación de los demás.

Karen y Ben se unieron a ellos. El agente señaló la pantalla.

—Hemos recuperado las imágenes de las cámaras de vigilancia del hotel. Hemos tomado capturas explotables de casi todos los participantes. Hemos descartado a algunos individuos cuyos perfiles no hay posibilidad de que encajen. Nos estamos centrando en aquellos que pueden presentar zonas sombrías o incoherencias en su recorrido. Este es el resultado. —Hizo pasar los retratos, todos tomados desde arriba, en blanco y negro, y con una definición aceptable, al tiempo que explicaba—: El asiático es un marchante de arte muy reputado en su sector. Afincado en Nueva York, está especializado en objetos con connotación esotérica. Muchas veces se ha cuestionado la autenticidad de lo que vende tan caro, normalmente a pardillos ricachones. El emir es kuwaití. Colecciona todo lo que tenga que ver con la civilización egipcia. No repara en gastos, pero tampoco conserva casi nada para su placer personal. Aparentemente, se vale de estas adquisiciones para regalarlas a aquellos con los que quiere hacer negocios. La mujer del traje es brasileña, intermediaria en transacciones que realiza para grandes museos. Parece que esta vez había sido enviada por una fundación suiza.

—Sorprendente galería… —soltó Ben.

—Les he reservado los mejores para el final —retomó el agente—. Dos de los participantes nos plantean problemas. El que batalló tanto por teléfono para finalmente tirar la toalla a los trescientos ochenta mil utilizó un procedimiento de comunicación que no está al alcance de todo el mundo. Su llamada se transmitió varias veces por servidores en diferentes continentes, siguiendo una técnica que nosotros mismos utilizamos para frenar los intentos de localización. O es paranoico o tiene algo que ocultar o las dos cosas. Pero terminaremos por descubrir dónde se ha metido. Vamos a trabajar en ello, y si se pone chungo, podemos apoyarnos en los sistemas de nuestros colegas americanos.

—¿Y Dreyer? —preguntó Karen.

—Ese nos trae por la calle de la amargura. —El agente mostró las pocas imágenes disponibles—. Sabía exactamente dónde ponerse para no ser grabado correctamente por el sistema del hotel. Las búsquedas en torno a su identidad oficial no han dado nada en claro. Existen tres Nicholas Dreyer de una edad parecida, pero ninguno se corresponde con su descripción y todos se encuentran a miles de kilómetros.

—¿Alguien ha comprobado si calzaba un cuarenta y cuatro? —preguntó Ben.

—No nos ha dado tiempo —intervino otro agente—. La velocidad a la que salió pitando del hotel demuestra que no se trata de un aficionado. Este tipo es todo un «pro».

—Quizá sea muy bueno —objetó Fanny—, pero, en cualquier caso, se ha marchado sin el cristal. Y ese era su objetivo, ¿no?

Karen agrandó la menos mala de las imágenes de Nicholas Dreyer. Tres cuartos de espalda, el perfil de la mandíbula, un impecable cuello de camisa sobresaliendo de una chaqueta hecha a medida, cabello tan brillante y bien cortado que podría tratarse de una peluca.

—Si es nuestro hombre, teniendo en cuenta que ha sido capaz de llevar a cabo otros golpes, me cuesta creer que se marchara sin lo que vino a buscar. Quizá su intención no fuera adquirir el cristal.

—Entonces, ¿por qué estaba allí?

—Para saber quién era el próximo al que tenía que robar y, de paso, descubrir quién le sigue la pista.

—En ese caso —anunció Ben—, ya ha logrado su objetivo. Estoy seguro de que se fijó en nosotros.

—Lo sé —replicó Holt—. Es eso lo que más me preocupa.

26

Alrededor del 2330 antes de nuestra era, el faraón Unis, último de la V dinastía, emprendió un largo viaje cuyo destino no reveló a nadie. Al contrario de lo que era costumbre, no se hizo acompañar de su corte, e incluso redujo el contingente de su guardia personal a lo estrictamente necesario. Sus escribas, que permanecieron en palacio, mencionaron que su ausencia duró cerca de cinco ciclos lunares, es decir, alrededor de cinco meses.

Cuando el soberano volvió, no relató nada de su periplo. No trajo consigo ni fortuna ni botín de guerra ni crónica de sus hazañas, sino un sencillo cofre de piedra lisa gris que solo él estaba autorizado a abrir.

El agotamiento que le colmaba fue atribuido en un principio a su viaje, pero el reposo no cambió nada. Se reveló afectado por un mal misterioso y pidió que se le fabricara urgentemente una túnica hecha completamente de pequeñas placas de oro ensambladas, que llevó puesta permanentemente desde que estuvo lista. Aquel cuya reputación de valiente era legendaria, se pasaba las noches y los días acostado, gimiendo. Sus quejidos resonaban en los pasillos de palacio.

Su estado de salud se agravó. Meses más tarde, al cabo de horribles sufrimientos y sin haber desvelado nada más, terminó por reunirse en el reino de los muertos. Poco tiempo antes de su muerte, había ordena-

do que la sepultura, en principio destinada a su madre, fuera elevada y reforzada en forma de pirámide antes de serle atribuida. Se hizo inhumar con todos los tesoros de su reino, muchos de los cuales eran de oro; pero solo un objeto encontró su lugar en el sarcófago de granito que acogió sus restos mortales momificados: el cofre de piedra gris, que fue colocado a sus pies.

Cuatro mil años más tarde, en 1881, cuando el egiptólogo francés Gaston Maspero logró entrar en las dependencias funerarias ocultas en el corazón de la pirámide de Unis, descubrió aquello que nunca antes había sido visto en ninguna tumba: recubriendo las paredes, del suelo al techo, jeroglíficos que, hasta aquel día, constituían el corpus teológico más importante y más antiguo que se conociera. Se hicieron célebres como los primeros «textos de las pirámides». Nunca antes ningún mensaje había sido grabado a tal escala. Más de cincuenta metros cuadrados de jeroglíficos tapizaban el interior de aquel lugar, narrando la sabiduría, la historia y la gloria de los dioses, así como el castigo que reservaban a aquellos que osaran desafiarlos utilizando su magia contra su voluntad.

En la cámara mortuoria, aparece otro tema: se lee principalmente una profecía sobre los riesgos que correrían aquellos que intentaran «traer de los cielos los torrentes de luz».

Por encima del sarcófago, la techumbre a dos aguas está pintada de manera inédita, decorada en el centro con una estrella de cinco puntas de oro resplandeciente.

Nota: ¿Encontró Gaston Maspero el cofre de piedra en el sarcófago? Visto que trabajó en la creación del Museo de El Cairo, ¿es posible que lo confiara a las colecciones del establecimiento?

La mirada de Ben se apartó del folio para perderse por la ventanilla. El extraño viaje de Unis y su trágico fin daban que pensar; pero también era sorprendente que, en su lista de puntos a comprobar, Wheelan no se hubiera preguntado lo que podía contener el misterioso cofre. ¿Lo sabía?

El vehículo circulaba rápidamente por la autopista y los paisajes desfilaban. Atormentado por múltiples preguntas, Ben no miraba nada en particular. Formas indistintas atravesaban su campo de visión. Paneles, coches o camiones dobles, bosques, áreas de servicio en las que por ningún motivo debían parar. Ben se dio la vuelta para evitar que aumentara el dolor de cabeza que le taladraba el cerebro.

Sentada en el asiento de al lado, en la parte de atrás, Karen descansaba con los ojos cerrados. Era la primera vez que tenía la ocasión de observarla así.

Cuando era más joven, Benjamin solía jugar a adivinar la profesión de la gente con solo verla. ¿Qué habría imaginado de *miss* Holt de habérsela cruzado en una estación, en un restaurante, en una tienda? Sin duda, el decorado influye en la primera impresión. Quizá, lo primero que habría oído habría sido su voz o su risa, que transmitía una auténtica sensación de libertad. Discretamente, se las habría apañado para verla. Del contacto visual, habría surgido la primera sensación. Seductora como una profesora de literatura amante de los textos románticos. Apurada como una madre que se pregunta por qué sus hijos no han llegado aún. Elegante y orgullosa como una mujer que dispone de los medios para consagrarse en exclusiva a causas en las cuales cree. De inmediato, la habría encontrado segura de sí misma. Abogada, quizá. Sin duda con pareja, porque ningún hombre digno de ese nombre pasa solo al lado de semejante personalidad sin sentirse atraído. Los más estúpidos la encontrarían por lo menos atractiva, mientras que los demás leerían lo que cada uno de sus gestos deja traslucir: que ella es mucho más que eso.

Cada vez que Ben había tenido la oportunidad de verificar sus hipótesis en este jueguecito de las adivinanzas, había comprobado que se había equivocado, a veces de cabo a rabo. Tomar una vigilante por una doctora, o una directora de un instituto de belleza por una bailarina de *lap dance* le había hecho convencerse de que la investigación histórica era un dominio que le iba como anillo al dedo. En efecto, uno no encuentra ninguna «segurata» en libros iluminados, ni ninguna bailarina de *lap dance* en bajorrelieves.

De esta experiencia no había guardado ningún mal sabor de boca, sino la convicción de que la apariencia de la gente refleja muy rara vez su ocupación. Además, lo que conseguimos adivinar de los demás se suele limitar a lo que reconocemos por haberlo visto en otra parte o por lo que uno mismo es. En resumen, poco. Una vez más, esto quedaba demostrado con Karen. Cuando apareció en Borgoña, no había intentado averiguar su profesión. Simplemente se había cuestionado su simple existencia. Objetivamente, si Ben se la hubiera cruzado en un lugar menos inesperado, ni por asomo se le habría pasado por la cabeza su verdadera ocupación. *Miss* Holt se resistía a todo intento de análisis, mostrándose cada día a través de diferentes facetas, cuyo ensamblaje formaba un todo sorprendente. Por el momento, Benjamin la miraba libremente, con toda impunidad. En su fuero interno, terminó por reconocer que prefería observar a las mujeres a sus espaldas antes que hacerlo de frente. No cabe duda de que un loquero tendría mucho que decir a este respecto, pero a Ben se la traía al fresco. Sin lugar a dudas, al mirar con detenimiento la curva de la naricilla de su vecina, al concentrarse en el temblor de su piel, Benjamin tuvo la sensación de que se le esfumaba el dolor de cabeza.

—¿Necesita algo?

Como pillado in fraganti, Ben empezó a ponerse nervioso.

—¿Así que usted no duerme nunca?

—Es mi secreto y me lo llevaré a la tumba.

—No será una especie de vampiro merdoso, ¿verdad?

—No me ha respondido. ¿Necesita algo? ¿Sed, hambre, un caramelo? Mamá tiene de todo en su gran bolso.

—Odio cuando me trata como a un niño.

—Mamá se da cuenta de que Benji se está haciendo grande. Cada día. Desde que se vestía él solito, con ropa toda estrecha, hasta ahora, ha ganado una talla de camisa...

—Karen, sinceramente... Tan pronto me trata como a un

compañero de trabajo, como me trata como si fuera un crío. No me toma en serio.

—No se equivoque. En su campo de conocimiento, me impresiona, y entiendo por qué el profesor Wheelan le nombraba con frecuencia cuando evocaba aquellos candidatos a sucederle. Sin embargo, a un nivel más personal, es usted el que me debería decir quién quiere ser.

Ben no respondió. Eso no significaba que el comentario le fuera indiferente, al contrario. Con frecuencia, cuando la gente no consigue dar con la respuesta adecuada para aquellos que los cuestionan, es en su comportamiento físico donde hay que buscar la expresión de su sentimiento. En esta ocasión, Ben resopló como un búfalo antes de embestir. En el retrovisor, cruzó la mirada del chófer, al cual divertía este intercambio. El historiador consultó su reloj y gruñó:

—Está lejos. Tanto el helicóptero como el *jet* son al menos más prácticos...

—Le está cogiendo gusto al lujo, señor Horwood.

—Simplemente constato que es más rápido.

—Después de cada transporte especial, me tengo que chupar tres formularios para justificarlo. Dudo que la comisión de control acepte este tipo de gasto para un banal viaje entre Londres y Oxford.

Ben se volvió a sumergir en sus hojas, sobre todo para aislarse. Para evitar que el diálogo decayera, Karen preguntó:

—¿Encuentra información interesante?

—Todos los días. Y cuanto más descubro, más preguntas me surgen. Me doy cuenta de que el profesor no se contentaba con llevar a cabo su investigación. Buscaba otra cosa por su cuenta.

—¿Es decir?

—Al igual que nosotros, esperaba descubrir quién se había apoderado de estos artefactos. Pero está claro que también aspiraba a comprender qué querían hacer los ladrones con ellos. Muchos de sus apuntes se refieren al estudio de estos objetos, y abordan aspectos que no estaban destinados a la búsqueda de los culpables. Se interesaba en acontecimientos que ocurrieron en distintas épocas, sin relación directa con los robos. Recabó numerosos episodios históricos de los cuales yo nunca había oído hablar. Me da la impresión de que buscaba algo coherente frente a una realidad desconocida.

—¿Un complot?

—Más bien un engranaje de la historia que habría sido subestimado, o un acontecimiento que las versiones oficiales no habrían integrado. Un elemento que faltaría y que habría falseado el análisis, y del cual aquellos que están cometiendo los robos tendrían constancia de su importancia y querrían sacar provecho.

—Usted los conoce mejor... ¿De verdad cree que cientos de historiadores, investigadores y arqueólogos lo habrían podido pasar por alto?

—¿Por qué no? Hubo centenares de sabios que aseguraron que la Tierra era plana y que si se acercaban demasiado al borde, los barcos caerían a un vacío abismal poblado de monstruos. No hay que olvidar que, a pesar de todos los medios técnicos y humanos que tenemos a nuestra disposición, estudiamos la historia basándonos únicamente en lo que encontramos o en lo que creemos saber. El descubrimiento de un esqueleto en África hizo que nos replanteáramos por completo la interpretación del todo asentada de nuestra evolución. Algunas pinturas rupestres descubiertas en Francia por unos críos que jugaban han dinamitado nuestra cronología del desarrollo durante milenios. Mire hasta qué punto nos encontramos desamparados ante estas pequeñas pirámides y sus extrañas piedras cristalinas. Intentamos volver a trazar el destino de la humanidad uniendo algunos episodios transmitidos de generación en generación con un puñado de indicios salidos de las entrañas de la tierra. Pero no nos ceguemos con lo que tomamos por nuestro genio. Cuanto más nos alejamos en el tiempo, mayor es la incertidumbre. Seguimos sin saber gracias a qué técnicas fueron construidas las pirámides, ni lo que realmente hay en su interior. Ignoramos cómo aquellos que nuestros abuelos llamaban salvajes pudieron erigir estatuas monumentales en islas donde ni siquiera ellos habrían conseguido sobrevivir quince días. Para tapar todos los agujeros de nuestra historia, se hacen cábalas, se extrapola. Es un buen comienzo, pero, sin embargo, no constituye una verdad. Cuando uno ve lo que nuestra memoria es capaz de hacer con hechos que ocurrieron hace tan solo un año, ¡hay motivos para dudar de lo que puede retener y, sobre todo, restituir, cuando la cosa se remonta a siglos o milenios! Ningún historiador honesto puede afirmar que sabe sin riesgo a equivocarse. Los que se atreven a hacerlo suelen querer manipular la historia a favor de sus propios intereses. No cabe duda de que a lo largo y ancho del globo descubriremos con regularidad elementos de naturaleza diversa que pondrán patas arriba nuestra percepción. La historia se reescribe constantemente a lo largo de lo que aceptamos aprender cada día.

Karen observaba a Ben, quien, absorto en su explicación, no se percataba de ello. Exaltado, apasionado, preciso, ya no quedaba nada del hombre descarado que se tomaba todo a la ligera. Había algo diferente que se desprendía de él: una energía, una serena convicción que Karen nunca había apreciado en nadie más y que la perturbaba. Aunque ella no tuviera sus conocimientos, le encantaba discutir con él de estos temas.

—He pensado mucho sobre nuestra conversación cuando volvíamos de Johannesburgo —dijo ella—, cuando ha evocado un peligro capaz de amenazar la vida hasta el punto de aterrorizar a los poderosos.

—Yo también he reflexionado sobre ello.

—Intento imaginar una especie de arma de destrucción masiva de aquella época.

—¿Deformación profesional?

—Sin duda.

—Instintivamente —retomó Ben—, yo cada vez lo veo más como algo que habría ocurrido hace mucho tiempo, antes de nuestra era, antes de la memoria escrita, y que desde entonces habría tenido repercusiones subyacentes. Siguiendo los pasos del profesor

Wheelan, tengo el presentimiento de que él buscaba activamente la clave de la piedra angular que podría dar un sentido a estos hechos misteriosos. Un acontecimiento fundador, primordial, olvidado o escondido, y que alguien querría volver a hacer resurgir o utilizar hoy día.

—Estoy convencida de que al estudiar las series de símbolos, la señorita Chevalier nos ayudará a ver las cosas con mayor claridad. Parecía muy motivada con la idea de consagrarse a ello.

—No conozco a nadie más apto que ella para este tipo de investigaciones. Es su rollo. Si hay algo que encontrar, ella lo descubrirá.

—De verdad espero poder entregarle el modelo vendido en Johannesburgo, para que al menos pueda estudiar un ejemplar de verdad.

—Aún hace falta que las coordenadas relativas al comprador anónimo sean correctas.

—Confío plenamente en nuestro departamento.

—Si no, habremos perdido el tiempo en Oxford. A menos que la invite a cenar en un pequeño restaurante que conozco por ahí...

27

El encanto que emana la venerable ciudad universitaria está a la altura de su reputación. ¿Es el color ocre de la piedra de sus edificios? ¿Los grupos de jóvenes que animan la ciudad con una eterna juventud? ¿La influencia de esa luz particular que baña la región? Sea cual sea el motivo, cuando uno entra en Oxford, tiene la impresión de llegar al corazón de un otoño ideal.

Karen no estaba allí de turismo. Comprobaba regularmente en su teléfono los informes de vigilancia sin quitar ojo de la carretera. Atisbando los edificios del prestigioso *college* de Christ Church, pidió al agente que iba al volante que se hiciera a un lado.

—Déjenos aquí. Terminaremos a pie. Prefiero una llegada discreta.

El conductor asintió con la cabeza y desaceleró para aparcar.

El sol destemplado era prueba de recientes precipitaciones. Los adoquines brillaban bajo un sol que había vuelto a salir hacía poco. Holt y Horwood se dirigieron hacia Brewer Street, una callejuela que corría entre dos largos muros, escondiendo jardines privados, salpicados de alguna que otra *terraced house* de uno o dos pisos.

Con los interrogantes que le rondaban por la cabeza, a Ben le costaba concentrarse en su cita.

—¿Cómo ha dicho que se llamaba?

—Marcus Bender, adepto a las ciencias ocultas.

—¿Le va a disparar directamente o intento hablar con él antes?

—No cabe duda de que apreciará tratar con un especialista del Museo Británico. Así que, a usted se lo dejo. No se olvide, nuestra petición es sencilla: le garantizamos el secreto de su adquisición a cambio de que nos deje disponer por unos días de su pirámide con cristal.

—Yo en su lugar me negaría.

—Yo también. Es en ese momento cuando le dispararé.

Ben sonrió.

Al llegar delante del número uno de la calle, Horwood descubrió en la fachada una de esas placas redondas y azules que indican un pasado histórico: *Aquí nació Dorothy L. Sayers en 1893, mujer de letras y cultura.*

—¿Dorothy Sayers? Nunca había oído hablar de ella —comentó Karen.

—Escribió sobre todo un montón de novelas policiacas durante el periodo de entreguerras.

Ben se tomó su tiempo para saborear el aire tan pasmado como impresionado de su compañera.

—Se ha quedado flipada, ¿eh? Pues el mérito no es mío. Mi abuelo era fan y tenía la biblioteca llena de sus libros. Marius Branter tiene que tener un pastón para permitirse semejante apeadero.

—Se llama Marcus Bender. Procure acordarse. No vaya a ofenderle nada más abrir el pico.

Karen llamó a la puerta y esperó. Era tal la calma de la calle que se oía el canto de los pájaros al otro lado de los muros. Al no obtener respuesta, volvió a llamar.

—Es probable que no esté —supuso Ben.

Karen volvió a comprobar su móvil.

—Nuestra unidad de vigilancia nos indica que no se ha movido de casa desde esta mañana. Si hago caso a lo que indican los datos actualizados, su *smartphone* debe de estar a menos de siete metros del mío en este mismo instante.

—Ha podido salir sin llevárselo. Yo suelo hacerlo.

—Por su propia seguridad, no vuelva a hacerlo.

Sorprendido por el tono seco de la respuesta, Ben arqueó las cejas.

—¿Y si no? ¿Mamá se enfadará?

Miss Holt dio un golpe más fuerte y comenzó a echar un vistazo alrededor. Horwood se fijó en su mirada.

—Para que me tranquilice, ¿no tendrá intención de entrar sin ser invitada?

—Está fuera de discusión haber hecho este viaje para nada. Puede que el cristal esté aquí. Tenemos que ver a ese señor, y rápido.

—Imagínese que le estamos asustando y que está armado... No me gustaría que me tirotearan.

—¿Le suele pasar?

—La última vez, estando de vacaciones en Francia. Una despampanante psicópata me disparó para arrancarme de mi tranquila existencia.

—Reconozca que le gustó.

—Digamos que no me arrepiento. De hecho, ahora que me he acostumbrado, prefiero, sin lugar a dudas, que sea usted la que me deje hecho un colador.

Karen rebuscó en su bolso y sacó un estuche que podría contener un set de manicura. Extrajo dos herramientas, una ganzúa y una lima estrecha que introdujo en la cerradura.

—Pues sí que es verdad que lleva de todo ahí dentro... Si la oferta aún sigue en pie, ¿de qué sabor tiene los caramelos?

Holt se esmeraba en forzar el mecanismo.

—Se lo pido por favor, Karen, no lo haga. Estoy seguro de que nos está esperando detrás de la puerta con un trabuco.

—Yo me lo imagino tirado en el suelo, muerto, porque nuestro atracador le habría sacado de su escondite antes que nosotros para arrancarle de las manos el cristal.

—Dice eso para justificar su allanamiento y para asustarme.

—Venga, reconozca que podría ser así.

Un chasquido seco indicó que la cerradura había cedido. *Miss* Holt desenfundó su pistola y abrió la puerta con precaución.

—¿Señor Bender? —llamó—. ¿Está ahí? Disculpe la molestia, pero tenemos necesariamente que hablar con usted. Es urgente.

Un pasillo oscuro. A la izquierda, una escalera de subida. A la derecha, dos puertas, de las cuales solo la más alejada estaba abierta y dejaba filtrar una luz tamizada.

Karen posó un pie en la casa.

—¿Señor Bender? Somos del Museo Británico…

Ben olió el aire.

—Huele a polvo húmedo, a cerrado. Aquí no vive nadie. Se lo dice un ratón de museo.

Karen se adentró con prudencia por el pasillo, con el oído atento, al acecho de la más mínima señal de una presencia. Horwood iba pisándole los talones. Al llegar a una puerta abierta de par en par, lo único que se encontraron fue con una habitación vacía, con las cortinas echadas tapando las ventanas. En el centro, presidiendo la estancia, una mesa sobre la que habían colocado, juntos, un móvil y una foto del cristal Oppenheimer. Karen se detuvo y murmuró:

—No dé ni un paso más, esto apesta a trampa.

—Tenía razón, claro que su móvil estaba a siete metros. Se diría que lo ha dejado ahí aposta…

—¿Para qué toda esta patraña? Esto no me gusta nada.

El teléfono empezó a vibrar en la mesa. El zumbido que se transmitía por la mesa de madera resonó en el silencio lúgubre de la residencia vacía. Holt dudó y dio un paso al frente.

—Me acaba de decir que no me mueva y va usted y hace justo lo contrario… No vaya, Karen, seguro que es la señal que va a hacer saltar todo por los aires.

—Ve demasiado la tele. Ha llegado un mensaje.

Ben la siguió.

—¿Un mensaje?

—«*Por fin llegaron. Estaba impaciente. Me habría decepcionado que no vinieran. Estoy deseando ajustar cuentas con ustedes*».

—Ya le había prevenido. No teníamos que haber entrado. Nos esperaba. Esto es todo pero que muy siniestro...

—Si salimos de esta, soy yo la que le invita a cenar.

Holt iba a dar media vuelta para huir, cuando percibió una sombra que contrastaba con la oscuridad al fondo de la habitación. No le dio tiempo ni de avisar a Ben ni de abrir fuego. El dolor fue agudo, fulminante. Un dardo se había clavado con una fuerza increíble en su cuello. Horwood sufrió exactamente la misma suerte. El efecto fue tan fulgurante que ni siquiera vieron cómo se desplomaban en el parqué.

28

—Benjamin, ¿me oye? Se lo ruego, hábleme.

Sin duda, animado por la voz de Karen, Horwood volvió dolorosamente en sí. Al intentar darse la vuelta, se dio cuenta de inmediato de que estaba trabado y peor aún, cuando abrió los ojos, no vio nada.

—¿Ya es de noche?

—Debe de hacer al menos dos horas que el efecto del producto desapareció. Incluso hecho prisionero, no puede evitar dormir...

—Y para qué me voy a despertar, ¿para que me eche la bronca? Sin embargo, me ha encantado su voz cuando me rogaba...

—Le debería dar vergüenza.

—Tranquila, ya me han castigado. ¡Por favor, qué dolor! La última vez que una inyección me hizo tal efecto, fue una vacuna y yo tenía ocho años.

—¿Cómo puede bromear en un momento así? No hay quien lo aguante.

—Cada uno gestiona su estrés como puede. O intento quitar hierro con mis bromas o me pongo a gritar. Usted elige.

—Las dos pueden traernos unos cuantos problemas...

—Estamos vivos, ya es algo. ¡Hemos salido de esta! Entonces, ¿me invita a cenar?

—Todavía es un pelín pronto para alegrarse tanto.

—Karen, suélteme, por favor.

—Estoy atada como usted, y tengo la cabeza metida en una bolsa de papel.

—¡Así que es eso! ¡Yo también! La mía huele a pienso para gato. ¿Y la suya?

—Deje de hacer el imbécil, corremos el riesgo de que acaben con nosotros.

—¿Qué hora es?

—No tengo ni idea.

—Debe de ser tarde porque tengo hambre.

—Usted siempre tiene hambre.

—¿Dónde estamos?

—Ni idea. Pero el suelo es frío, sin duda de piedra.

—Brillante deducción. Estoy pasmado. Yo también tengo el culo equipado con sensores térmicos. Así que los dos somos superhéroes. En cualquier caso, nos ha tomado el pelo pero bien.

—¿De quién habla?

—De ese al que se supone que teníamos que sorprender. Ha caído de cabeza en su trampa.

—No he caído de cabeza en su trampa.

—Pues claro que sí. Primero, su famoso «deje que lo hagan los profesionales», justo antes de que ese payaso se librara de sus cuatro agentes con la misma facilidad que los padres de Pulgarcito. Luego llegó el turno de su gran frase: «No dé ni un paso más, esto apesta a trampa», y van y nos disparan como a pavos el día que se abre la caza.

—Cállese, oigo pasos.

—Yo oigo los ángeles de la Misericordia que entonan sus cánticos para darnos la bienvenida al paraíso. Dicho esto, no tengo muy claro que le hayan reservado plaza, visto que…

El patadón que Ben recibió en las piernas le arrancó un grito ronco.

—¿Es usted la que me ha golpeado?

—Sí, y puedo volver a hacerlo. Pare ya.

—Es inconcebible. Se supone que usted me tiene que proteger, pero estoy tirado en el suelo, atado de pies y manos, y va y me muele a palos. La expresión «No se pega a un hombre atado como un salchichón y tirado en el suelo» no le dice...

El golpe seco de la apertura de una puerta metálica petrificó a Benjamin. Unas voces de hombre se acercaban. Una lengua extranjera incomprensible. Se dirigían hacia ellos. Pasos, justo al lado. Por lo menos, cuatro individuos. De repente, unas manos los agarraron firmemente, los levantaron y se los llevaron.

—Karen, ¿está ahí?

Por toda respuesta, una bofetada brutal y un ladrido por voz. No hacía falta entender las palabras para pillar lo que decían. Ben fue arrastrado por pasillos, subido por escaleras. Acarreado como un saco de patatas, casi nunca llegaba a poner los pies en el suelo. Si la situación no fuera tan dramática, habría tenido la impresión de que estaba volando. En los giros, a veces se golpeaba con las paredes. Le dolía el cuerpo, como si se lo hubieran molido a palos. El dédalo por el cual le conducían giraba y giraba en todas las direcciones. Ya no se atrevía a decir nada.

De golpe, la reverberación de los sonidos ambientales se modificó, dándole la impresión de haber entrado en un espacio más grande. Parecía que hacía menos frío. Sin muchos miramientos, le sentaron en una silla. Una voz más mayor dio unas breves órdenes. Los colosos que le sujetaban obedecieron y aflojaron su presa. De golpe, le quitaron la bolsa que le cubría la cabeza.

Su primer reflejo fue mirar a su alrededor para buscar a Karen. Con verdadero alivio, la encontró sentada en la silla de al lado. Incluso en estas circunstancias, verla le arrancó una sonrisa. Un hombre la liberó de su capucha de papel. Se miraron. Algo fuerte ocurrió entre los dos, pero *miss* Holt no perdió tiempo. Inmediatamente comenzó a analizar el panorama para intentar comprender lo que les había pasado, con la esperanza de encontrar una forma de escaparse de allí.

Estaban retenidos en un sótano de contornos irregulares, cuyo techo de roca en bruto se sujetaba sobre pilares macizos que unían grandes arcos de ladrillo. El lugar era antiguo. Una única puerta de salida.

De pie, delante de ellos, un hombre bastante mayor los miraba fijamente, con una mirada dura. Los escudriñó de la cabeza a los pies con la mueca de asco de un entomólogo que hubiera descubierto una especie de larva venenosa. El hombre no era alto. Su bigote era tan blanco como corto su pelo. Calzaba mucho menos de un cuarenta y cuatro. Ninguna posibilidad de que fuera Nicholas Dreyer.

El desconocido se acercó a sus prisioneros. Sus hombres se mantenían apartados, listos a echarle una mano si a las larvas les daba por intentar hacer cualquier cosa.

—Estaba seguro de que terminaría por atraparlos —dijo el hombre—. Me lo había jurado. Daba igual el tiempo que me hubiera llevado. Pero al final ha sido bastante rápido. No son tan astutos.

Hablaba con un acento muy marcado, pero su conocimiento de la lengua era excelente. Como un león enjaulado, multiplicaba las idas y venidas delante de los prisioneros.

—No cuenten con sus cómplices para que los socorran. Nadie vendrá a salvarlos aquí. Este lugar no existe. No hay forma de que los encuentren.

—¿Qué quiere? —preguntó Karen.

—Les voy a proponer un trato: ustedes me confiesan todo lo que saben y, a continuación, yo les prometo acabar rápidamente con sus vidas, sin hacerlos sufrir. Cuéntenme todo. Cuanto más rápido hablen, menos las pasarán canutas.

Se acercó un poco más. Sus ojos grises rezumaban odio. Delante de *miss* Holt, que le sostenía la mirada, gruñó:

—Conozco a los gusanos de su especie. Mi abuelo luchó contra los nazis, mi padre los persiguió y yo continúo lo que ellos comenzaron.

Benjamin soltó:

—Le diré todo lo que quiera saber, pero déjela marchar.

Con un movimiento sinuoso, como una boa que toma posición delante de su víctima antes de ahogarla, el hombre se deslizó ante Horwood y clavó sus ojos en él.

—¿Quiere salvarla?

—Por favor.

—No, Benjamin —protestó Karen—, no lo haga.

Con un gesto inapelable, el hombre le ordenó que se callara y volvió al historiador.

—Le voy a hacer una pregunta. Una sola. Si es usted a quien busco, entonces será capaz de responderla y su cómplice tendrá la suerte de escapar a lo que le tengo reservado.

—Le escucho.

—¿Por qué asesinó a Maximilien Köhn?

La sorpresa borró de un plumazo el miedo en la cara de Ben. La sinceridad de su reacción descolocó a su carcelero.

—Yo no he matado a nadie —protestó Ben—. Nunca. Se lo juro. Ni siquiera sé quién es el hombre del que me habla. Solo tiene que liberar a Karen y torturarme para comprobar que digo la verdad.

El hombre dudó un instante.

—¿Me está queriendo decir que no mató al pobre Maximilien?

—Lo afirmo.

—Entonces, ¿me puede explicar qué pensaban hacerle a Marcus Bender, entrando en su casa forzando la puerta y armados?

—Es verdad que los hechos no juegan a nuestro favor. Pero nosotros solo queríamos convencerle para que nos prestara durante unos días el cristal que compró en Johannesburgo.

Esta vez, fue el hombre el que pareció sorprendido.

—¿Querían que les prestara el cristal Oppenheimer durante unos días?

—El tiempo necesario para estudiarlo en detalle.

—Pero, entonces, ¿quiénes son ustedes?

—Benjamin Horwood, especialista en Historia de la Ciencia, agregado del Museo Británico.

El hombre se giró hacia su vecina:

—¿Y usted?

—Karen Holt, agente del Gobierno británico en misión oficial. Estamos investigando una serie de robos fuera de lo común, de los que dudo cada vez más que usted sea el autor...

El desconocido juntó las manos y se quedó en silencio durante un rato. Después, se dirigió en su lengua a uno de sus esbirros, que abandonó inmediatamente la sala. Se concentró de nuevo en Ben y Karen, inspiró profundamente y declaró:

—Vamos a comprobarlo. No lo duden, mis relaciones me lo permiten. Déjenme advertirlos de que si me están mintiendo, lo pagarán caro.

29

La sala subterránea a la que Karen y Ben fueron conducidos no tenía nada que ver con la del interrogatorio. El ambiente era cálido y muy singular. Con sus cortinas rojas, colgadas como si fueran el telón de un teatro, sus tupidas alfombras, sus cómodos sillones de otra época, Ben pensó que aquello se parecía a la guarida de un pirata que viviera en el corazón de un volcán, o bien a la base secreta de un sabio retirado del mundo.

A lo largo de las paredes de piedra, entre los pilares que soportaban los arcos de ladrillo, se extendían largas librerías con las baldas cargadas de libros antiguos y de una cantidad ingente de cachivaches de todas las épocas. Al fondo, instalado delante de un retablo ortodoxo del siglo XII que representaba la Pasión de Cristo, un gran escritorio de madera oscura, macizo y sobrio, sobre el cual un globo terráqueo antiguo de cobre llamaba la atención de inmediato.

El hombre, que menos de una hora antes los amenazaba con el peor de los sufrimientos, los invitó en esta ocasión a sentarse.

—Este terrible malentendido no habría tenido lugar si no hubieran entrado en la casa como bandidos...

—Justo eso es lo que me cansé de repetirle —ironizó Ben, frotándose las muñecas todavía doloridas por haber sido atadas demasiado fuerte.

Su interlocutor se apoyó en el escritorio.

—Intercambiar información podría ser beneficioso para ambos. Yo tengo preguntas y ustedes, sin duda, también las tendrán. Vayamos por orden. Para que me perdonen por su secuestro, les dejo empezar.

Karen no se hizo de rogar y preguntó directamente:

—¿Quién es usted?

—Gábor Walczac. Ciudadano húngaro. Sesenta y dos años. Negociante internacional, como mi padre, como mi abuelo y como sus padres antes que ellos. Mi familia comenzó con dos caballos y ahora yo poseo una de las flotas de portacontenedores más importantes del planeta. Demasiado rico para figurar en las clasificaciones, demasiado astuto para evitar aparecer. ¿Le parece mi respuesta lo suficientemente completa?

—Es una buena forma de empezar.

—Ahora es mi turno: ¿por qué les interesa ese cristal?

Benjamin tomó la palabra:

—Estamos investigando a un hombre, quizá una organización, que roba objetos del mismo tipo por todo el mundo. El cristal que se puso a la venta en Johannesburgo se parece mucho a otro ejemplar robado muy recientemente en una sepultura japonesa, al igual que a otro desaparecido en El Cairo.

—Nunca había oído hablar de la versión japonesa. Sin embargo…

Walczac iba a seguir hablando, pero se detuvo. Viejo astuto, no tenía intención de regalar una respuesta que no fuera objeto de una pregunta.

—¿Quién era el hombre al que quería vengar? —preguntó Benjamin.

—El profesor Maximilien Köhn, un buen amigo, pero, sobre todo, un eminente especialista en Historia Antigua de Oriente. Lo conocía desde hace más de cuarenta años. Nuestra pasión común por las antigüedades hizo de nosotros compañeros de viaje. Desde hacía unos tres años, al margen de la Universidad de Viena, donde solía dar clase, trabajaba para un misterioso mecenas. Le habían hecho prometer que guardaría discreción, tanto sobre la identidad de su benefactor como sobre la naturaleza de su trabajo. Como Max era un hombre de palabra, no me comentó prácticamente nada. Hará ya once días, lo encontraron muerto en su despacho, con sus trabajos desaparecidos en su totalidad. El seguro concluyó que había sido una crisis cardíaca, pero yo sé que no es verdad.

—¿Cómo puede estar tan seguro? —reaccionó Karen.

—No es su turno de pregunta, pero le voy a responder. Resulta que la misma mañana de su muerte, Maximilien tenía una cita con un tal Neville Desmond, representante legal de su benefactor.

Ben y Karen intercambiaron miradas. Su anfitrión prosiguió:

—Tenía que exponerle el resultado de sus investigaciones, «un resultado en forma de apoteosis», en sus propias palabras. Como quería desearle suerte en su presentación, hablamos antes por teléfono. Estaba en plena forma, muy emocionado y convencido de que su trabajo iba a cambiar la lectura de la historia y otorgarle reconocimiento internacional. Nunca lo había oído tan entusiasta. Unas horas más tarde, me enteraba de su brutal muerte, y nadie ha encontrado absolutamente nada de todos sus años de trabajo. Ningún documento, ni la más mínima hoja de trabajo, ni en la universidad ni en su domicilio. Como si nunca hubiera existido. Inmediatamente, pedí a unos amigos de la policía que investigaran a ese Desmond, pero, como por casualidad, no encontraron huella de él por ningún lado. Max fue asesinado por aquello que descubrió, estoy seguro.

Muy conmovido, Walczac hizo una pausa. Después, retomando el hilo, preguntó:

—¿Estaban en Johannesburgo porque el cristal suponía un cebo?

Karen respondió:

—Usted lo ha comprado por el mismo motivo: para atraer a aquel que debía apoderarse de él.

—Exacto. Era mi único vínculo con el asesino. Así que le tendí una trampa, inventándome a Marcus Bender, un comprador que no pareciera un adversario demasiado peligroso. Lancé el anzuelo, pero son ustedes los que lo han mordido. Vamos detrás del mismo hombre.

—Empezamos a ser muchos los que le pisamos los talones —comentó Karen—. Durante la venta, por poco atrapamos a un sospechoso, pero consiguió escapar de nuestros agentes.

—No pierde nada por esperar. Terminaré por atraparlo.

—¿Cómo le une el cristal al asesino? —intervino Benjamin.

—Maximilien me había hablado de él. Me había mencionado la pieza que estaba en posesión de ese millonario sudafricano y la que estaba expuesta en El Cairo. Entre líneas, había dejado caer que estas antigüedades constituían las pruebas irrefutables de su descubrimiento.

—¿Le dijo en qué sentido?

—No.

—¿No le desveló nada más?

—Solo me habló de un viaje que tenía pensado hacer a Irak para confirmar su teoría. —De pronto, Walczac se ensombreció—. Pobre Max... Nunca realizará su viaje. Ni siquiera ha tenido entre sus manos la pirámide. —Levantó los ojos hacia Ben—. ¿Quiere ver el cristal?

—¿Está aquí? —El hombre asintió con la cabeza—. En ese caso, me encantaría tener el honor.

Walczac se dirigió hacia su biblioteca.

—Ni siquiera sé dónde lo puse. Debe de estar en alguna parte, entre mis recuerdos. Ya no sé ni dónde tengo la cabeza, con todo lo que ha pasado estos últimos días...

—¿No lo guarda en una caja fuerte?

—Este lugar entero es una caja fuerte, y del modelo más seguro que pueda existir: aquel del que todo el mundo ignora su existencia.

—¿Dónde estamos?

Walczac respondió recorriendo a grandes pasos sus rebosantes estanterías:

—¡Es verdad, con su exfiltración bajo sedación, no deben de tener ni idea! Se encuentran en Hungría, en Budapest.

—¿En Hungría? —dijo Karen casi sin voz.

—No les mentía cuando les decía que era imposible que los encontraran aquí. Estamos en el mismito centro de las entrañas de la ciudad vieja, en los subterráneos que se extienden bajo la colina del palacio de Budavar. Antes de que se fundara la ciudad, unos manantiales excavaron estos túneles, que fueron agrandados y acondicionados a lo largo de los siglos. Sirvieron de escondite para conspiradores y príncipes exiliados. Dieron cobijo a la población. Mis ancestros encontraron refugio aquí, y ahora yo he hecho de ellos mi cuartel general. —Mientras continuaba buscando entre la multitud de objetos, señaló una pared de piedra—. Unos metros detrás de esta roca, los turistas visitan el laberinto que hay bajo el castillo. Mis ancestros comerciaban con Asia y se establecieron en el barrio durante generaciones. Antes, todos los vecinos tenían su propio acceso desde sus sótanos a la red de galerías. Algunas de nuestras mercancías se almacenaban aquí, a salvo de las miradas indiscretas y de los cobradores de impuestos, no sé si entienden lo que quiero decir. También fue aquí donde los insurgentes se escondieron de los alemanes, después de los soviéticos. Tras los bombardeos y la reconstrucción del palacio, la mayoría de los pasajes fueron derruidos o tapiados, pero nosotros conseguimos preservar el nuestro.

De repente, el hombre emitió una exclamación de satisfacción. Alargó la mano para coger el objeto adquirido por medio millón de dólares, que se encontraba, sin más, colocado entre un viejo bote de porcelana de color crema y una reproducción metálica de un coche deportivo.

—Pobre Maximilien, esta curiosidad era un tesoro. A mis ojos, no es más que el recuerdo de un amigo muy querido, muerto por haber querido descubrir su secreto. Al comprarlo, he podido acceder a aquello que los expertos habían escrito sobre él para su anterior propietario. Nada espectacular. Se pierden en hipótesis a veces disparatadas, y no aportan ninguna respuesta. Maximilien era bastante mejor que ellos. Y lo ha pagado con su vida.

Walczac depositó la preciada antigüedad sobre su escritorio, enfrente de sus invitados. Acercó su lámpara para iluminarla mejor. El cristal era de una pureza excepcional.

—Me hubiera encantado que Max me dijera para qué podía servir esta cosa.

—A mí también —murmuró Ben.

Karen se levantó para estudiarlo desde otra perspectiva. Impresionada, susurró:

—Es más espectacular en vivo que en foto.

—¿Sabe, de golpe, a lo que me recuerda? —le dejó caer Benjamin.

—A la ilustración robada del *Splendor Solis* de la que nos habló Robert Folker, con su demonio saliendo del sol, llevando una pirámide entre las manos.

—Exacto.

Karen se incorporó.

—Señor Walczac, ¿nos permitiría que le hiciéramos una foto?

—Les puedo ofrecer algo mejor. Estoy dispuesto a dejarles el cristal para que lo estudien tanto tiempo como necesiten. A cambio, ayúdenme a echar el guante al asesino de Maximilien. Tenemos distintos motivos para ir detrás de él, pero compartimos el mismo deseo de pillarlo. Asociémonos. Sírvanse de Marcus Bender, usen mi trampa y cacemos al cabrón que mató a mi amigo. Quiero su cabeza. Si juntamos nuestras fuerzas, no se nos podrá escapar. Denme su palabra de que cuando lo tengan y haya soltado lo que ustedes quieren saber, me lo entregarán. Nadie sabrá nunca nada. Ese tipo de escoria no debe acabar delante de un tribunal, porque siempre salen mejor parados que sus víctimas.

30

Miss Holt volvió por fin del módulo de comunicación satélite, y se dejó caer en su sillón con una pierna por encima del reposabrazos, haciendo gala de una relajación que no acostumbraba.

—Es verdad que el *jet* es bastante más rápido y más cómodo.

—Lo dice porque es Walczac el que paga y porque no tendrá que rellenar sus malditos formularios.

—No solo por eso. Visto el número de cardenales que tengo por todo el cuerpo, unos sillones mullidos no me vienen nada mal. Las condiciones de transporte a la ida no fueron para nada las mismas. Si íbamos en este mismo avión, ¡sería en la bodega!

—¿A usted también le duele? —Ben se dio la vuelta y se levantó la camiseta—. Ahí, justo encima del culo, lo tengo supersensible.

—No cuente conmigo para que se lo mire. Vuelva a vestirse inmediatamente.

—O bien me dieron un golpe con una barra de hierro, o bien me usaron como disco de *hockey* durante horas.

—¿Por qué como disco de *hockey*?

—Por la forma, podría ser perfectamente. Pero también me pica, por lo que quizá podría tratarse de una piña de pino.

—Formidable, entonces nos habrían secuestrado unas ardillas que nos habrían querido cepillar en un bosque encantado. Le preguntaría si ha comprobado si tiene sus avellanas, ¡pero volvería a ponerse rojo!

—Y se supone que son los hombres los que tienen un sentido del humor más burdo... En cualquier caso, mientras estábamos inconscientes, nos tuvieron que tratar como trozos de carne.

—Tenían la intención de acabar con nosotros, ¿por qué iban a tratarnos con guantes de seda?

—Evidentemente, visto desde esa perspectiva... Hay que dedicarse a lo que usted se dedica para razonar así.

—¿Porque usted me va a decir que, visto desde la suya, la historia la conforman personas encantadoras que viven felices en un mundo en paz, y que mueren por causas naturales?

—Un punto para usted. Pues sepa que, en la Edad Media, tumbar a la gente sobre un disco de *hockey* era una tortura muy de moda.

—¿Cuántos años de estudio para eso?

Los dos se echaron a reír.

—Ha estado un buen rato hablando por teléfono. ¿Va todo bien en el departamento?

—Se sentían tan aliviados por saber que estábamos vivos, que todo el mundo quería hablar conmigo. Ha sido un trajín durante cuarenta y ocho horas. Ha traído de cabeza a todos los departamentos. La dirección estaba removiendo Roma con Santiago para dar con nosotros. Habían metido en el ajo hasta a los servicios secretos aliados.

—De esta forma, si no nos hubieran podido salvar, al menos habrían encontrado nuestros cadáveres en un periquete...

—No nos habrían matado a la vez. Habrían eliminado primero a uno para presionar al otro.

—Siempre una partida de ajedrez. Queda por saber de cuál de los dos se habrían librado primero.

—En el manual, en el capítulo sobre los prisioneros, lección número dos, está escrito: «Aquel que se identifica como poseedor de mayor información es mantenido más tiempo con vida».

—Tiene unas lecturas un tanto extrañas. Todavía quedaría por definir qué tipo de información tiene valor.

—Dudo que la receta secreta de su tía Jane le hubiera hecho llegar a viejo.

—No dirá lo mismo cuando la haya probado. Sin embargo, su pérfido comentario plantea una duda interesante. Si admitimos que sus equipos nos han localizado, si no hubieran podido salvar más que a uno de los dos, según usted, ¿a quién habrían salvado?

—Benjamin, ya en serio, ¿por qué jugar a este tipo de preguntas?

—Pura especulación. Solo por saberlo. ¿No se pregunta nunca hasta qué punto cuenta? Usted, que todo lo evalúa, ¿nunca se le ha pasado por la cabeza? Su jefe ha lanzado a todos sus sabuesos para dar con nosotros, ¿y no le encantaría saber si era más por usted o por mí?

—Usted es un chico racional...

—Depende de para qué.

—¿De verdad le gustan este tipo de juegos estúpidos? Del tipo: no hay más que una jeringuilla para dos personas que adoras, ¿a cuál salvarías?

—Estas hipótesis de niño de guardería tienen la ventaja de poner las cosas en su sitio. Así que me pregunto a quién habría elegido salvar su jefe entre usted y yo.

—No lo sé. Y por sus probabilidades de supervivencia, espero que no se dé nunca el caso. Dicho esto, estaba tan contento de saber de mí que se ha tirado un rato hablando conmigo. Nunca le había visto tan entusiasta. Casi amigable. Era extremadamente raro.

—¿Quién sabe? Con el paso de los años, quizá se vaya dando cuenta de que el cariño es más poderoso que sus inyecciones de productos químicos.

—¿Bromea? Cómo se ve que no lo conoce. Cuando solo le queden tres segundos para palmarla, todavía tendrá sus dudas sobre si encomendarse a Dios, ya que sospechará que trabaja para el enemigo. Por supuesto, también se preguntará si no está bajo escucha. Sea como sea, ha preguntado por usted. Puede sentirse orgulloso. Es una muestra de aprecio histórica. Cuando saquearon el domicilio de Wheelan, ni siquiera se molestó en preguntar por el estado en el que se encontraba el profesor.

—La gente evoluciona. Quizá no sea tan duro como intenta hacer ver.

—Sin duda tiene razón. La mejor forma para salir de dudas es hacer una prueba. En cuanto lleguemos, intente darle un beso. Prométame que esperará a que yo esté presente antes de lanzársele al cuello. Le juro que recogeré sus restos y le daré digna sepultura en una caja de zapatos.

—¿Tan horrible es?

—No es horrible, es un «pro». Cuando veo todo lo que tiene que gestionar cada día, me digo que es un tío extraordinario. Y aun así, no sé todo.

—No me ha querido decir su nombre.

—Nadie lo sabe. Es un juego que le hace mucha gracia.

—Si él y yo nos estuviéramos muriendo, y usted no tuviera más que una jeringuilla...

—Benjamin, por favor...

—¿Él o yo? Sea sincera.

La joven intentó eludir la respuesta, pero comprendió que no le serviría de nada.

—Usted lo ha querido: le salvaría a él, porque en el mundo en que vivimos, por desgracia, él es más necesario que usted.

Ben se llevó la mano al corazón con gesto trágico.

—¡Menudo batacazo! ¡Qué desesperación! Qué pena más grande. Al menos, podría haber mentido para hacerme feliz.

—No haber preguntado. Yo no sé mentir. ¡Se siente!

—Funesto destino... Ayer me golpeó cuando estaba atado, y ahora me mata porque no valgo un duro.

—Por favor, no ponga esa cara de perro apaleado. No me intentará hacer creer que se toma en serio su jueguecito.

—¿Y por qué no?

—Vale, ¿quiere jugar? Pues juguemos: la señorita Chevalier y yo estamos agonizando. Usted no tiene más que una jeringuilla...

—Tiene toda la razón del mundo, es totalmente infantil.

—Fue usted el que comenzó. Responda.

Ben entornó los ojos para hacer como que reflexionaba.

—A título preventivo, me pongo la inyección a mí mismo, porque, de nosotros tres, es a mí al que prefiero.

—Miente.

—No me hable con ese tono o será usted la que la diñe. Le recuerdo que soy yo el que decide a quién salvar.

Karen rio.

—Tiene razón —replicó ella.

—¿Sobre qué?

—Cuando algo se pone demasiado serio, lo único que sabe hacer es bromear.

—Conoce mi talón de Aquiles.

—¿Es por eso que decidió dedicarse a la historia?

—¿Cómo?

—Estudiando el pasado no corre ningún peligro. No tiene que tomar ninguna decisión dilemática, ninguna urgencia. Todos los dilemas se resolvieron hace tiempo. Ya no hay nada que salvar ni condenar. Solo sacar conclusiones al calor, al margen, al abrigo del río de la vida.

—Nunca lo había visto así.

—¿Le sorprende la imagen?

—Para nada, al contrario.

—Benjamin... Ayer, cuando nuestra vida no valía gran cosa, le agradezco que quisiera sacrificarse por mí.

—No es nada. Lo hago siempre. En realidad, lo hice sin pensar. Incluso en el supermercado, dejo pasar antes a las abuelitas.

—No rebaje su gesto tratándome de abuelita.

—Tranquila, se conserva muy bien. Supongo que si hubieran empezado a torturarme, me habría arrepentido de mi arrebato.

—Es más valiente de lo que piensa.

—¿Usted cree? Yo más bien creo que me tengo en menos consideración que a cualquier otra persona. Nunca me ha convencido eso de que los mejores se fueran los primeros. Por cierto, su manual está de acuerdo conmigo sobre este punto: cuanto más vale uno, más se le cuida y se le perdona. De golpe, tengo la sensación de que algo malo me va a pasar de un momento a otro.

Una interferencia de los altavoces interrumpió su charla. La voz del piloto se alzó:

—*Miss* Holt, una comunicación urgente. La llama su compañero.

Karen se levantó de inmediato. Como si presintiera que se trataba de algo importante, Ben la siguió. Ella se puso los cascos y se presentó. Durante largos instantes, no hizo más que escuchar. Ben la vio palidecer.

Cuando colgó, resopló como un velocista ante una prueba que lo aterroriza. Por fin, alzó la mirada hacia él.

—Benjamin, le ha pasado algo a Fanny. Cuando salía de una entrevista con un consultor, le han disparado en plena calle. Uno de nuestros agentes que se encargaba de su protección ha sido abatido. Ella ha sido llevada bajo escolta al hospital. No sabemos nada más. Lo siento muchísimo.

31

—De momento, duerme —explicó el médico—. Estén tranquilos, su vida no corre peligro. Aun así, preferimos tenerla sedada. Nada fuerte, pero debería ayudarnos a estabilizarla. Ha recibido una bala de largo alcance en el hombro. Aunque el proyectil haya salido, y a pesar de que no haya tocado nada vital, ha producido algunos daños. Ha tenido mucha suerte. Hemos tenido que reconstruir un poco, pero nada dramático. No guardará ninguna secuela, ni plástica ni motriz. En cambio, psicológicamente, sin duda hará falta seguimiento. Estaba bastante alterada cuando nos la han traído...

En el recibidor custodiado del servicio de traumatología del Queen Elizabeth Hospital, el turno de noche ya había ocupado sus puestos. Solo algunos ruidos de pasos en los pasillos y los *bips* regulares de las máquinas de las habitaciones perturbaban el silencio.

Ben soltó un suspiro de alivio.

—¿Puedo verla?

El doctor consultó con la mirada a la agente Holt antes de contestar:

—Si quiere.

—Lo espero allí —susurró Karen. Antes de que él se alejara, le apoyó una mano sobre el brazo y le preguntó—: ¿Podrá?

—Si no he vuelto en veinte minutos, es que me he desmayado.

Se lo ruego, no permita que el camillero gordo de los tatuajes me haga el boca a boca...

Karen celebró su intento de suavizar la situación, pero pronto se volvió a poner seria.

—Benjamin, tenemos que avisar al novio de Karen.
—Me parece evidente.
—¿Desea explicarle usted mismo lo que ha pasado?
—Si lo considera más conveniente, lo haré. Pero entre usted y yo...
—Entiendo. Déjelo, yo me encargo. Vaya a verla.

Benjamin dio las gracias a Karen y se dirigió a la habitación, delante de la cual hacía guardia un militar. Entró sin hacer ruido y cerró tras de sí.

La luz de la lamparita era mínima. Sobre la gran cama medicalizada, Fanny parecía diminuta. Hay que decir que, comparativamente, la última vez que Horwood la había visto tendida en una cama era la suya —sin que hubiera pasado nada—, en su habitación de estudiante, y que el colchón era minúsculo. Esa noche, Ben la encontraba tumbada sobre una sábana verdosa, los brazos estirados a lo largo del cuerpo. Si no hubiera sido por la gruesa venda de su hombro izquierdo, los catéteres y el *bip* recurrente, se habría podido pensar que pasaba una noche como tantas otras. Su pecho se elevaba ligeramente y su cara parecía sorprendentemente relajada.

Ben se acercó. Tendiendo la mano hacia la de ella, dudó en entrelazar sus dedos con los suyos, pero no se atrevió a terminar el gesto. Varias emociones contradictorias se enfrentaban en su interior: el alivio de saber que ella se iba a restablecer, la rabia frente a la violencia que tan cobardemente la había golpeado y, sobre todo, un inmenso sentimiento de culpabilidad. A pesar de los argumentos bienintencionados de Karen, se sentía responsable. Creemos que algunas decisiones son anodinas, pero a veces, años después, engendran consecuencias más allá de lo que podamos imaginar. Como si el eco de cada una de nuestras acciones escapara a toda proporción o temporalidad. Si Ben no le hubiera propuesto a Fanny que se asociaran para realizar su tesis, esta nunca se habría escrito. Nadie la habría leído y nunca habría sido reclutado por el departamento de Karen. Si él no se hubiera dejado embarcar en esta historia, no habría arrastrado a aquella con la que esperaba vivir algo diferente a lo que estaban viviendo en ese momento.

—Lo siento, Fanny. No te puedes imaginar cuánto —decía en voz baja—. Vas a salir de esta. Todo se va a arreglar. Vas a volver a París. Irás a correr a los jardines de Luxemburgo. Tu «pibón» te protegerá. Yo no soy capaz. Olvida todo este asunto y sé feliz.

Hubiera querido acariciarle la mejilla. Le hubiera encantado ser el que, legítimamente, pudiera abrazarla para reconfortarla. Pero estos gestos le parecían fuera de su alcance. De repente, Ben midió la distancia que separa un gesto de lo que le confiere su legitimidad. Se puede permitir, se puede hacer; pero si el movimiento no se basa en un afecto mutuo, solo es algo mecánico. Peor aún, no es más que una imitación del auténtico. Todos probamos un día este límite. Para Ben, esta era su primera vez.

De manera inaudita, sentía vergüenza por observar a Fanny a sus espaldas. Consideraba que no se merecía el privilegio de contemplarla. Benjamin bajó la mirada.

Encontrarse cerca de ella en aquel momento de intimidad le permitía entrever todo lo que no había vivido a su lado. A pesar de su edad y de su bagaje, en el fondo tenía muy poca experiencia en lo que a relaciones humanas se refiere. A fuerza de estudiar la vida de los demás, normalmente a través de los avances de la ciencia, se había olvidado un poco de crearse su propia experiencia y de frecuentar a los vivos.

Como era más fácil decirle lo que había en su corazón sin que ella lo escuchara, como había hecho desde lejos cuando la espiaba en la calle, se abandonó al deseo instintivo de hablarle. El sueño de la joven, al igual que anteriormente la distancia, le permitía expresarse sin tapujos.

—Un mediodía, con el grupo, aprovechamos el poco tiempo

libre que teníamos entre clases. No te acordarás. Estábamos sentados en la escalera de entrada, de donde el rector siempre intentaba echarnos. Hacía buen día. No me acuerdo de qué hablábamos exactamente, pero de golpe me preguntaste si te encontraba guapa. Tu pregunta desencadenó una auténtica situación de pánico en mi pobre cerebro. No sé ni lo que respondí, de cómo me pillaste por sorpresa y del corte que me dio. Tuve que intentar salir con algún chiste malo. Resultado: los días siguientes tenía miedo cada vez que parecía que ibas a hablarme. Afortunadamente para mí, nunca me preguntaste si te quería. Podría haberme caído redondo o haber saltado por la ventana... No sé cómo lo hacen los que están tan seguros de sí mismos. A lo mejor se hacen menos preguntas. Prueban suerte y esperan el resultado. A veces debe de funcionar. Me imagino que sí, ya que nuestra especie perdura. Sin duda tienen razón. Ignoro lo que te dijo tu comando para seducirte. En cualquier caso, sé todo lo que yo no te dije. Quizá sea mejor así. Pareces feliz. Quiero decir, lo parecías antes de que te metieran un balazo... Gracias a Dios, estás viva. Somos amigos, que ya es mucho. Espero que me perdones por haberte arrastrado a esta pesadilla. Voy a hacer lo que pueda para sacarte de ella. Y luego nos volveremos a ver de tanto en tanto. Nunca sabrás lo mucho que cuenta para mí todo lo que hemos compartido. Pues peor. Nunca se dice todo, ni siquiera a la gente que se quiere.

De repente, Fanny abrió los ojos. Ben se quedó paralizado. ¿Le había oído? Su primera reacción fue ir a buscar un médico, pero la joven lo retuvo.

—Benjamin...

—Todo va bien, estás en el hospital.

—Lo sé.

—Genial. Entonces, ningún problema.

De los dos, él era el más estresado.

—¿He dormido mucho?

—Ni idea. Llevo contigo tan solo unos minutos.

—¿Te han contado lo que pasó?

Él asintió.

—He venido tan pronto como me ha sido posible.

—¿Sabes lo que le ha pasado al agente que me acompañaba?

—Sí. Pobre...

—Han disparado para matarme. Si no se hubiera dado la vuelta, sería yo la que habría recibido el proyectil en toda la cabeza. Ya no debería estar aquí.

—Recuerda nuestras clases de historia: estás teniendo un estupendo síndrome del superviviente. Él no ha tenido suerte, tú sí. No te sientas responsable.

Ella le tendió la única mano que podía mover. Él la cogió.

—¿Te lo puedes creer? Ni siquiera sabía su nombre y ha muerto por mí, en mi lugar.

—Tú no tienes la culpa. Es triste, pero es así.

—Uno no se imagina que puedan ocurrir realmente semejantes atrocidades en una ciudad pacífica, en medio de la gente. Este horror en medio de niños que vuelven del colegio, de personas que hacen sus compras. ¿Te das cuenta? Me parecía divertido tener un guardaespaldas. Como si pudiera ser «divertido».

—Fanny, no pienses en ello. No ahora.

Ella giró la cara hacia él, con lágrimas en los ojos.

—¿Quién ha disparado, Ben?

—Todavía no se sabe, pero los vamos a pillar. Lo pagarán.

—Necesito respuestas.

—Llegarán, las encontraremos.

Fanny era incapaz de pensar en otra cosa. Cerró los ojos.

—Naces, creces descubriendo el mundo, haces tus estudios, tus proyectos. Esperas, construyes, y después, sin saber por qué, sin quererlo, te encuentras en un lugar en el que nada te predestinaba. Se te da un papel que no habías elegido, y un tipo del que no sabes nada te apunta con su pistola para freírte a tiros. No consigo borrar esa imagen de mi mente.

—Vuelve a París. Retoma tu verdadera vida. Con el tiempo, terminarás por superar este horror.

—Aunque la bala haya fallado su objetivo, he recibido de lleno su mensaje: nadie está a salvo, en ninguna parte, nunca. Todo el mundo se la juega, por lo que sabe o por lo que es. ¿Cómo se puede vivir sabiendo eso?

—No lo sé.

—Todavía noto el peso de mi ángel de la guarda desplomado sobre mi pecho. Incluso muerto, me protegió. Su sangre por todas partes, entre mis dedos, hasta en mi boca... —Benjamin estrechó la mano de Fanny, pero daba igual. La joven, con la mirada perdida, revivía la escena una y otra vez—. Ni siquiera escuché los disparos. Todo ocurrió tan rápido... Ha bastado una fracción de segundo para destruir una vida y dar un vuelco a la mía.

—No digas eso. Los servicios secretos van a ponerte a salvo. Cuentan con los medios para hacerlo. Nunca más estarás en peligro.

Él sintió la brusca presión de sus dedos.

—¿Condenada a esfumarme, a desaparecer? Eso sería dar la razón a los que han querido acabar conmigo y admitir que son más fuertes. No voy a hacerles ese regalo. No quiero que se me saque de la operación. ¿Quién te ayudaría a desencriptar los símbolos? Sabes que se me dan muy bien ese tipo de búsquedas.

—No me cabe ninguna duda de ello, pero no quiero que corras peligro.

—Tú mismo acabas de decirlo: acuérdate de nuestras clases de historia, Benjamin. Huir nunca ayuda a superar los obstáculos. Hay que afrontarlos. Me niego a ver mi vida jodida por su agresión.

La puerta de la habitación se abrió y entró el médico.

—Ya se ha despertado, señorita Chevalier. ¿No le molesta demasiado el hombro?

—No noto nada en absoluto, doctor. Estoy completamente colocada.

—Mejor. La enfermera va a comprobar si hay que cambiar la venda. —Se giró hacia Benjamin—. Le voy a tener que pedir que salga, señor. No se preocupe, está en buenas manos.

Ben se apresuró a obedecer, pero Fanny lo reclamó:

—¿Te vas sin darme un beso?

—Los franceses y su manía de los besos...

—Si tanto te fastidia, vete.

—No seas mema.

Se agachó para besarla. Ella le susurró:

—Qué gracia, mientras dormía he soñado con la universidad. Parecía tan real. Estábamos sentados con Peter y Amanda en las escaleras principales, al sol. Te preguntaba si me querías.

32

—Es tarde, intente dormir —aconsejó Karen a Ben, mientras le acompañaba a la puerta de su apartamento en la agencia.

—¡Ningún problema! Solo pienso en Fanny. Estoy preocupado por ella.

—Le aseguro que no corre peligro. Su estado de salud es satisfactorio, en las próximas horas la van a transferir a una base militar. Confíe en mí.

—Confío en usted.

Él señaló su puerta abierta.

—¿Le apetece entrar un minuto?

—Señor Horwood, ¿me está invitando a tomar algo en su casa?

—No estoy en mi casa, y su jefe, el Pequeño Poni, se ha pimplado el poco alcohol que quedaba en el bar.

—No se puede negar, sabe cómo contestar.

A pesar de todo, entró y se acomodó en el sofá.

—Así que nada de beber...

—Puedo ofrecerle agua del grifo y, si le apetece, tengo también champú de manzana.

—Estoy intentando dejarlo, gracias.

Ben no paraba quieto. Karen tenía la impresión de que no se encontraba demasiado a gusto.

—Aunque no sea su tema de conversación favorito, supongo que preferirá saberlo: el novio de la señorita Chevalier llegará para estar con ella mañana por la mañana, pronto.

—Me alegro mucho por ellos dos.

—Nos ha costado dar con él. Estaba de viaje en Madrid. Al descubrir su nombre, al principio creí que era un apodo o una coña... ¿De verdad se llama Alloa?

—¿A usted también le hace gracia?

—Casi tanto como Benji. Me parece que la expresión hawaiana se escribe diferente.

—Se lo podrá preguntar en su momento. En cambio, por las fotos que he podido ver de él, a falta de que su nombre se escriba conforme a la ortografía oficial, tiene toda la pinta de un surfista de por allí.

—Alloa West. Podría ser el nombre de un héroe de cómic.

—Yo me imaginaba más bien a un personaje de serie de televisión, el típico tío que vive bajo un cielo siempre soleado, en un palacete para millonarios con una piscina gigante alrededor de la cual lucen palmito unas chicas despampanantes que le esperan impacientes.

—¡Qué imagen más machista! En el hipotético caso de que así fuera, seguro que sería el único punto de agua de la región, donde esas criaturas irían a refrescarse. Las chicas guapas también necesitan hidratarse.

—No si tienen el privilegio de posar sus ojos sobre Alloa West, el hombre que con una única mirada puede haceros vivir o morir. Este tipo de tío es la solución a todo, el gran sueño. Viene con todos sus accesorios. Nunca desfallece, nunca se detiene. Tampoco aparca, los aparcamientos son una vulgaridad. Salta de su coche deportivo y deja que se estrelle contra un muro con una explosión, incluso para ir a comprar papel higiénico.

—Benjamin, esos hombres no compran ese tipo de cosas.

—Tiene razón. Los dioses nunca tienen diarrea. Es nuestra triste condición de mortales.

—No le gusta.

—¿Se ha encontrado alguna vez delante de alguien que consigue todo lo que usted no consigue, y que ocupa el lugar que usted soñaría con ocupar?

—Una vez, sí. Durante un enfrentamiento al sur de Bagdad. Me hubiera gustado ser el magnífico carro de combate que ocupaba la colina y distribuía generosamente ráfagas de balas allí donde yo ni siquiera llegaba a colar una.

—Me tiene que encontrar patético.

—Sabe muy bien que no.

—No lo odio. Le envidio.

—¿Piensa pasarse el resto de su vida añorando lo que no es y lo que se le escapa?

—Si no tengo nada mejor que hacer, es una ocupación como cualquier otra.

Ben se encogió de hombros y se interesó en el mapa mural.

—Mientras tanto, vamos a tener que crear una ficha para el asesinato de Maximilien Köhn. La desaparición de sus trabajos constituye, sin duda, una de las claves de esta leonera.

Buscando una cartulina en la mesa de trabajo, Benjamin se topó con las copias de los símbolos que había hecho Fanny. Fiel a su promesa, había dibujado cuidadosamente las diferentes series de signos, lado por lado. Siempre se le había dado muy bien el dibujo. Cogió las hojas, con el corazón tan oprimido como si estuviera muerta.

—Ni siquiera le he dicho que hemos devuelto el cristal.

Sin que él se diera cuenta, Karen se le había acercado y estaba detrás de él.

—Habrá que contárselo si vuelve sobre el tema. Sobre todo porque, de momento, no está disponible.

—¿Qué ha hecho con él?

—En estos momentos, está encerrado en la caja fuerte de la residencia de Marcus Bender, en Oxford.

—¿A qué irresponsable se le ha ocurrido esta descabellada idea?

—A mí. Y mal que le pese, me siento orgullosa de ella. Walczac nos ha dejado usar su trampa. No podíamos dejar pasar semejante oportunidad. En el poco tiempo del que disponíamos, hemos podido mejorar ligeramente su emboscada. Los resultados me parecen muy convincentes. Con alguna información que se ha «escapado», dos o tres arreglos y unos figurantes, hemos dado más cuerpo a su carnada. Pero el dispositivo no habría estado completo sin el verdadero cebo. A los que estamos persiguiendo no hacen las cosas a medias, tenemos que actuar igual. Así que ahora tenemos un Marcus Bender de carne y hueso que espera pacientemente a su depredador en un entorno ultracerrado.

—Los profesionales están manos a la obra... ¿Y si nos mangan el cristal?

—Plan B: dimitimos y nos vamos a criar ovejas en Kent. Yo hilaré lana adoptando una falsa identidad, mientras usted hace quesos ecológicos.

—Karen, me dolería mucho ver cómo se contagia de mi odiosa impertinencia.

—Bromas aparte, no dejaremos que nos pillen por sorpresa una segunda vez. El equipo está muy animado.

—Eso no impide que nuestros adversarios nos lleven ventaja. Hacen lo que les da la gana y nosotros nos adaptamos. Que se han llevado por delante a Fanny.

—Siento tener que contradecirle, pero no han conseguido su objetivo. Uno de los nuestros ha pagado con su vida, pero su amiga sigue viva.

—Tiene razón. Perdóneme. Cuando estoy agotado, digo lo primero que se me pasa por la cabeza.

—Eso también le pasa cuando está descansado.

Despacio, para descargar tensión, Ben estiró el cuello inclinando la cabeza.

—¿Por qué han querido eliminar a Fanny? ¿La verán como una amenaza?

—No necesariamente. En la partida de ajedrez que estamos echando, a lo mejor han querido acabar con el caballo para desestabilizar la torre. ¿Ya ha olvidado la lección número dos del capítulo sobre los prisioneros?

Ben buscó en su memoria antes de recitar:

—«Aquel que se identifica como poseedor de mayor información es mantenido más tiempo con vida». ¿Qué tiene que ver?

—Solo les han hecho falta unos días para identificar y dirigirse a la señorita Chevalier. No se equivoque, también le tienen echado el ojo a usted desde el principio. Su apartamento fue registrado en menos de cuarenta y ocho horas después de nuestro primer encuentro.

—¿Y?

—Si usted solo fuera una molestia para ellos, ya le habrían sacado de la partida.

—Gracias, me siento mucho mejor.

—Pero no lo han hecho. Así que supongo que, eliminando a Fanny, su objetivo era presionarle.

—¿Por qué tendrían que hacer eso?

—A lo mejor porque le necesitan.

—¿Perdón? ¿Para qué les podría servir yo? No estoy en su bando y, después de lo que le han hecho a Fanny, mis ganas de atraparlos toman un cariz muy personal.

—La cuestión es que no han intentado nada contra usted, mientras que no han perdonado a Fanny. A juzgar por las fichas que hay en la pared, no hacen nada gratuitamente. Hay que ahondar en ello.

—Mi tumba es la que voy a tener que ahondar. Porque cuando se enteren de que nunca obtendrán nada de mí, no doy ni un duro por mi pellejo.

—Sin duda, ha dado en el clavo.

—¿En qué sentido?

—Quizá realmente quieran el pudin navideño de su tía.

—¿Cómo puede bromear en una situación así?

—Benjamin, me encantaría ver cómo se le pega mi insoportable seriedad.

33

Hacía tiempo que la noche había caído sobre Oxford. Solo se oían, a lo lejos, los cantos de un puñado de estudiantes piripis. Incluso borrachos, lo hacían bastante bien, en ningún caso se los podía considerar responsables de la lluvia que bañaba la ciudad.

Perfectamente sincronizados, dos hombres saltaron la pared de ladrillo que rodeaba la propiedad. Cayendo en el interior con soltura, se mimetizaron inmediatamente con el macizo vegetal del fondo, provocando solo algunos crujidos. Habían elegido una estrategia de acercamiento que evitaba las calles, colándose por detrás en parques y jardines de la zona residencial histórica pija. Dos siluetas furtivas. Desde hacía algunos días, se habían encargado de ubicar bien los sitios, llegando a utilizar un dron de altitud media. Como campeones de carrera de salto de vallas, franqueaban los obstáculos con gran eficacia, persiguiendo metódicamente el ataque en dirección a la residencia de Marcus Bender.

Los sistemas de seguridad –bastante básicos– ya habían sido identificados. El modelo de caja fuerte antigua, una John Tann instalada en el salón, no iba a suponer ningún problema. Ni siquiera tendrían que forzarla. Estas antiguallas están hechas para tranquilizar a jubilados nostálgicos, no para resistir a las últimas tecnologías. El coleccionista dormía en el primer piso, solo. Las instrucciones eran dejarle dormir. En cambio, si los llegaba a sorprender, estaba prevista una opción más radical.

Las dos sombras avanzaban rápidamente, evitando las zonas despejadas. Vestidos con trajes militares y chalecos tácticos, equipados con pequeñas mochilas y con gafas de visión nocturna, los intrusos estaban notablemente entrenados. Su potente carrera no comportaba ninguna vacilación. Incluso si la misión se anunciaba sencilla, ellos la abordaban como una auténtica misión en territorio enemigo. Ningún intercambio de palabras. Ningún contacto con sus comanditarios.

Cuando el primer individuo alcanzó la casa, se pegó a la pared, ajustó sus guantes y desenfundó su arma. Enfiló una bala en la culata y volvió a colocar la pistola en su funda. Al ver acercarse a su cómplice, colocó las manos en estribo para auparlo. Sin disminuir la velocidad, el otro se lanzó de un salto para agarrarse a la cornisa de la ventana de la cocina. Ágilmente, recuperó el equilibrio en el reborde y después, con ayuda de una cuchilla flexible y de una película metálica, neutralizó el detector de robos. Forzó la apertura y se deslizó en la oficina. Su cómplice aterrizó a su lado, justo después de él.

Se colaron en el pasillo. Al otro extremo se encontraban la puerta de entrada, que daba a la calle, y la escalera de subida. A oscuras, sin hacer ruido, penetraron en el salón y se dirigieron derechos hacia el venerable mueble blindado. Macizo y negro, del tamaño de un pequeño frigorífico, decorado con motivos dorados de inspiración victoriana, este modelo, que combinaba cerradura mecánica y combinación sencilla, se parecía a aquellos que tenían los joyeros en sus tiendas a principios del siglo pasado. Los dos individuos se arrodillaron espalda con espalda, el uno iluminando con una linterna para ocuparse de la caja fuerte, y el otro montando guardia, pistola en mano. El primero sacó el material electrónico de su mochila, así como un juego de llaves maestras de varilla larga. Con gesto experto, colocó una sonda en la puerta metálica y esta mostró una imagen radiográfica del mecanismo interno en su tableta. Comenzó a girar la rueda numerada. Después de tantear, aisló las tres posiciones de rotación y se puso con la cerradura. A su espalda, su binomio, tan rígido como un robot, recorría con la mirada la habitación, listo para reaccionar al menor ruido.

El hombre encargado de la caja fuerte dedicó menos de tres minutos a dominar el sistema de cierre. Giró la manivela y tiró hacia sí del grueso batiente. Algunas carpetas, un poco de dinero, varias cajas. El hombre no se dejó distraer y localizó rápidamente lo que había ido a buscar. Tomó un saco de terciopelo cuyo tacto le tranquilizó. En él se encontraba la esperada forma piramidal. Abrió la funda y lo comprobó con sus propios ojos, pero con cuidado de no tocar directamente el objeto.

Fue entonces cuando escuchó un ruido sordo, seguido de una serie de chasquidos. Enseguida identificó pasos y un disparo de arma con silenciador. Sin ceder al pánico, metió el cristal en su mochila al tiempo que agarraba su pistola.

Sin duda, pensaba que su cómplice aún le cubría, pero se equivocaba. Una violenta descarga eléctrica le paralizó. Cayó hacia un lado. Su compañero ya no se movía. Los haces de varias linternas irrumpieron en la habitación, unas siluetas con casco y chalecos antibalas los rodearon. Con la mandíbula temblorosa, paralizado por el electrochoque, el hombre notó que le ponían una inyección en el hombro. Después, ya no sintió nada.

34

—¿Fanny? ¿Qué haces aquí?
—Hola, Benji. No me veía enclaustrada en su base. La sensación de estar prisionera e inútil... inaceptable para mi moral. Prefiero retomar el trabajo. También quería aprovechar para presentarte a Alloa...

En el marco de la puerta entreabierta, el hombre apareció detrás de ella. Ben se esforzó por no dejar traslucir ni su sorpresa ni su desagrado. El veterano le dirigió un «hola» tan titubeante como la sonrisa que lo acompañaba.

—Aunque las circunstancias no sean las mejores —añadió Fanny—, me alegra que al fin os hayáis podido conocer.
—Pues claro, has hecho bien. Adelante, bienvenidos.

La pareja pasó el umbral y Horwood se levantó a su encuentro. Besó a Fanny y después dio la mano a su novio. A primera vista, le pareció menos alto de lo que se había imaginado, lo cual suponía un motivo de alegría visceral totalmente fuera de lugar, pero real. En cambio, el tiparraco tenía tan buena planta como en las fotos recabadas en las redes sociales. Para colmo de males, mientras Ben intentaba mantener su mirada azul agua, se dio cuenta de que el atleta tenía una sonrisa realmente simpática. Es una extraña sensación cuando, a pesar de no querer a alguien, ese alguien te fascina.

Y qué decir del apretón de manos. Ben se dio cuenta al instante de que el hombre no tenía más que cerrar su torno para triturarle su manita de erudito. El eterno combate entre los brutos y los intelectuales volvía a lidiarse. En cambio, se sintió bastante satisfecho al comprobar que Míster Universo estaba condenado a pasear por las oficinas con la tarjeta fluorescente de «visitante», tachada con una infame nota que le prohibía el acceso a zonas confidenciales, haciéndole sentir como un elefante en una cacharrería.

—Buenos días, señor Horwood. Me alegro de conocer, por fin, al hombre del que Fanny habla tan a menudo.

—Muchas gracias. Supongo que si su novia y yo hubiéramos tenido la ocasión de hablar más en los últimos tiempos, ella también lo habría mencionado. Cuento con usted para que la cuide, sobre todo después de lo que acaba de pasar.

Ben recuperó su mano con todos los dedos y se volvió hacia la joven.

—¿Qué tal va tu hombro?

—No estoy colocada, así que bastante fastidiada. Pero tengo derecho a dos pastillas al día y, mal que bien, voy tirando. ¿Estabas trabajando?

—Intento tener las ideas claras antes de vérnosla con la próxima catástrofe. —Se acercaron a la mesa de trabajo—. Tus dibujos me son muy útiles —continuó Ben—. Tu manejo del lápiz es excelente. Me estoy documentando sobre cada uno de los símbolos, pero me pierdo un poco porque el significado de muchos de ellos ha evolucionado con el tiempo.

—Lo sé. Un auténtico quebradero de cabeza. Justo antes de que me dispararan, tenía una cita con un criptólogo especializado en lenguajes no verbales. Según el jefazo que organizó la entrevista, normalmente trabaja para el Gobierno. Un hombre apasionante. Se pasa la vida estudiando aquello que ni se escribe ni se pronuncia, pero que, sin embargo, quiere decir algo. Las señales de humo de los indios, la arquitectura de los templos antiguos, los gestos de los lanzadores de béisbol... Me dio algunas pistas sobre las que tendremos que debatir.

Fanny enseñó las hojas a su novio.

—Estos son los símbolos grabados de los que te hablé.

Después, dirigiéndose a Benjamin, añadió:

—Sé que él no debería estar al tanto, pero también me habla de sus operaciones de seguridad.

Ben asintió con aire cómplice.

—Mi madre tenía la costumbre de repetir: «La confianza es el cimiento de una relación». Esta memorable cita desapareció de su repertorio en un pispás, al descubrir que mi padre llevaba una doble vida.

Fanny se volvió hacia Alloa.

—No hagas ni caso, cari, ya te había advertido que tenía un sentido del humor un tanto sarcástico.

—Me gusta bastante ese espíritu. —Sonrió el turista bronceado.

Fanny alzó la vista al cielo y volvió a sus dibujos. Precisó:

—De todas formas, he avanzado bastante desde que los realicé. Focalizándome en cada uno de los símbolos, he llegado a determinar una fecha límite antes de la cual este mensaje no pudo ser creado. Se puede afirmar, sin miedo a error, que estos códigos fueron escritos forzosamente después de la aparición en la historia del más antiguo de los símbolos que aquí figuran. Lo que nos trasladaría a alrededor de dos mil quinientos años antes de nuestra era. Esto no indica con precisión su datación, pero ya es un primer tope.

—Hablas de códigos. Qué raro. En la época, este mensaje no tenía nada de críptico, incluso fue concebido con la ambición de ser comprendido por el mayor número posible de personas. Ironías de la vida, hoy nosotros nos estamos dejando los cuernos sin pillar nada. Tiene que haber, en algún momento a lo largo de la historia, una ruptura en la cadena de transmisión del saber...

Fanny señaló un circulito con un punto marcado en su centro.

—Ese de ahí me está volviendo loca. Introduce una variable suplementaria. Dependiendo de la época, ha significado muchas cosas diferentes que, según el caso, podrían modificar radicalmente el sentido del conjunto. Un círculo con un punto en el medio. El universo para los antiguos, o el ojo de los dioses para otros. Lo encontramos hasta en la alquimia europea representando el oro y el sol.

West señaló uno de los símbolos.

—Y ese, ¿es una cruz gamada nazi?

—Efectivamente, se parece —respondió Fanny—. Pero, en este caso, no tiene para nada el significado que le atribuimos. La esvástica existía mucho antes de que Hitler se apropiara de ella como emblema de su partido, y después del Reich. Este es uno de los símbolos más antiguos jamás trazados por la humanidad. Está presente en numerosas civilizaciones. Es difícil decir con exactitud cuándo y dónde apareció, pero lo encontramos en Mesopotamia, en Asia y en India, donde todavía se utiliza como un símbolo muy positivo. También aparece en ornamentos u objetos concernientes a civilizaciones precolombinas.

—¿Qué representa aquí?

—¡Excelente pregunta! —exclamó Ben—. Esta cruz, cuyos brazos se parecen a la letra griega mayúscula gamma, lo que le valió su posterior calificativo de «gamada», ya revestía numerosos significados antes de que Hitler hiciera de ella el logo de su infamia. Según las épocas y los continentes, los especialistas estiman que esta cruz pudo evocar el sol y su rotación, la convergencia de las energías telúricas o, incluso, las corrientes cósmicas que en aquel entonces suponían que transportaban nuestro mundo. Su interpretación es múltiple, pero su notoriedad es casi universal.

Fanny miraba fijamente a Benjamin con la relativa severidad de la que era capaz. No le gustaba cuando soltaba aquellas disertaciones enciclopédicas destinadas a impresionar a los neófitos. No tenía nada que ver con lo que apreciaba de él. También sabía que, paradójicamente, solo usaba esta artimaña con la gente con la que se sentía inferior. Por su parte, Alloa parecía hipnotizado ante semejante demostración de cultura.

—Apasionante —dijo este—. En cualquier caso, si lo que buscaba era la eficacia visual, Hitler no se equivocó al elegirla.

—Digamos que estaba muy hábilmente asesorado —precisó Ben—. Probablemente por Karl Haushofer, una de las principales eminencias grises del ocultismo nazi. Antiguo director del Instituto Geopolítico de Munich, Haushofer intimó con uno de sus alumnos, el horrible Rudolf Hess, quien se convirtió en uno de los cómplices más cercanos de Hitler. Haushofer fue también un miembro influyente de la Sociedad Thule, cuyo saludo característico (el brazo en alto asociado al «*Heil*») también fue recuperado por el Führer.

—Ya había oído hablar de esa especie de hermandad. ¿Una de esas sociedades secretas que situaba a los arios por encima de todo y que alimentó la doctrina nazi?

—Exacto.

Aunque el tono profesoral de Ben no le gustaba demasiado, Fanny se divertía viendo charlar a los dos hombres. A través de este intercambio parecían encontrar cierto agrado que ni uno ni otro, por diferentes razones, había previsto.

Karen irrumpió por la puerta que había quedado abierta.

—¿Ya en pie?

—Desde hace un buen rato. Incluso tengo visita, como puede comprobar.

La agente Holt hizo un leve gesto con la cabeza y soltó:

—Han mordido el anzuelo, han intentado robar la pirámide de cristal.

—¿Tenemos que huir y pasar el resto de nuestros días escondidos entre corderos?

—Por ahora no. En esta partida les hemos hecho un buen jaque mate. El jefe nos espera en la sala de reuniones. Señor West, me siento en la obligación de pedirle que vuelva a esperar en la entrada.

Fanny frunció el ceño:

—¿Tenéis el cristal? ¿Y no me habéis dicho nada? ¿A qué viene esa historia de los corderos?

35

Como si el tiempo se hubiera detenido desde su entrada en el departamento, Benjamin se encontró al jefe de Karen sentado exactamente en el mismo lugar y en la misma postura que en su primera entrevista. Sonrisa mecánica, idéntico traje, gesto perfectamente calculado para invitarle a sentarse.

Este tipo constituía tal enigma en sí mismo, que por un instante Benjamin se planteó que pudiera estar beneficiándose de tecnologías ultrasecretas para clonarse. De esta forma, una de sus versiones se quedaría siempre allí, plantado en ese sofá bajo aquella luz favorecedora, para garantizar la cita; mientras otros ejemplares se divertirían, por ejemplo, sorprendiendo a la gente cuando sale de la ducha.

—Señorita Chevalier, me alegro mucho de volver a verla en pie. Nos preocupamos mucho por lo que le pasó.

—Gracias, señor. Voy bien.

—Señor Horwood, Karen me informó de su valentía durante su rocambolesco cautiverio en los subterráneos de Budapest. Gracias por su buen propósito. Su gesto fue estúpido, totalmente irresponsable y abocado al fracaso, pero de una indudable nobleza.

Ben se quedó sin palabras. Como la primera vez, Holt se mantenía cerca de su jefe, que empezaba su discurso.

—Esta mañana, a las tres y treinta y ocho minutos exactamente, dos hombres han intentado robar la pirámide de cristal en Oxford. Mercenarios muy bien equipados y perfectamente preparados. Uno de ellos ha sido abatido cuando lo intentábamos capturar, pero el otro ha podido ser arrestado. A pesar de que el individuo conocido como Nicholas Dreyer no era ninguno de ellos, ahora tenemos detenido a uno de sus peones. El prisionero ha sido dormido y conducido a uno de nuestros centros de interrogatorios, donde no debería tardar en recuperarse. Una vez se establezca su identidad, tendremos muchas preguntas que hacerle. Quizá también tengan ustedes alguna. Piénsenlo desde ahora. Sin embargo, este suceso no es más que un primer paso. Estos dos individuos no llegaron hasta allí solos. En estos mismos instantes, mientras hablo con ustedes, nuestros agentes se han lanzado a una carrera contrarreloj para alcanzar a aquellos que los acompañaban o que los esperaban. He destinado mucha gente a esta operación: análisis de sus equipos y de sus datos logísticos, búsqueda de vehículos sospechosos en las inmediaciones, control de habitaciones y alquileres en la región y, por supuesto, control de los circuitos de seguridad de estaciones y aeropuertos. Todo ha sido analizado. Lo estamos haciendo lo más rápido que podemos para que a nadie le dé tiempo de borrar sus huellas. Estoy siendo informado a tiempo real de estas investigaciones. Otro punto positivo: la pirámide de cristal debería ser repatriada en unas horas y les será confiada para su estudio. Nos esforzaremos en poner a su disposición los medios materiales y humanos que puedan necesitar. Ya que estamos reunidos, por fortuna, sanos y salvos, aprovecho la ocasión para agradecerles muy sinceramente su implicación que, como pueden comprobar, comienza a dar sus frutos. Me imagino que lo que cada uno de ustedes ha tenido que pasar en las últimas horas los habrá convencido de la urgencia de actuar.

Fanny asintió con determinación. Ben ni se inmutó.

—Entonces, los dejo libres —concluyó el hombre—. Hemos puesto toda la carne en el asador. —Los dos universitarios se levantaron y dieron media vuelta—. Señor Horwood, por favor. ¿Puedo decirle una última cosa?

Ben volvió sobre sus pasos. Con un gesto poco protocolario, el hombre le invitó a acercarse hacia él. Cuando estuvieron bastante cerca, murmuró:

—Si me vuelve a llamar Pequeño Poni, o si vuelve a estropear las paredes del apartamento que gestiono, seré yo personalmente el que le ahogue metiéndole la cabeza en una bolsa.

—Qué decepción. Me había parecido entender que prefería inyectar productos químicos. Me estaba haciendo ilusiones. Dígame su nombre y lo usaré. No volverá a suceder este problema.

—Llámeme Jack.

—¿Seremos amigos? Es un poco pronto para considerarnos como tales. ¿Intenta sobrestimar nuestra relación? Debe de ser otra característica de los servicios secretos, aunque en el ambiente universitario somos más tímidos, véase ermitaños.

—Largo de aquí, maldito civil.

36

Febril, Fanny se enfundó los guantes de algodón y desató el saco de terciopelo para liberar la antigua pirámide. Ben la miraba oficiar.

—Qué raro —le confió ella—, me la trae tanto al fresco que este objeto pueda valer medio millón... En cambio, me da no sé qué tenerlo entre mis manos. Es una emoción casi física. Me impresiona. Nunca he tenido ni he oído hablar de un artefacto tan particular. Sería incapaz de saber en qué colección del museo clasificarlo. ¿Emblema? ¿Herramienta? ¿Obra? Escapa a toda categoría.
—Lo depositó delicadamente en una bandeja—. Pesa lo suyo. Una densidad importante. La precisión en la fabricación es alucinante. Admira la perfección de sus ángulos... No hay ni una micra de holgura entre la esfera de cristal y su soporte. El ajuste de la geometría es digno de las máquinas herramienta modernas.

Benjamin se puso en cuclillas para observar el objeto a ras de mesa, cruzando los brazos bajo la barbilla.

—Para empezar, ¿a qué examen quieres someterlo?

—Me inclinaría por un estudio de restos de oxidación, y después me dedicaría a la técnica de tallado de los símbolos. Me pregunto si fueron vaciados desde su creación o si los grabaron después. Una pasada por el microscopio electrónico debería poder revelarnos posibles restos de las herramientas de tallado y aportarnos información. También hay que someterlo a la batería clásica: mediciones magnéticas, datación radiométrica, espectrómetro de masas...

Sin tocar la pequeña pirámide, Ben colocó la punta de su dedo corazón por debajo de la cima.

—Yo intentaría ver cómo reacciona la piedra a los rayos luminosos, en plan para ver cómo interfiere. El cristal no es homogéneo. Según el ángulo de exposición, los resultados deberían cambiar. Y tú misma lo has dicho, no cabe duda de que los minerales no son de la misma naturaleza que en los otros ejemplares desaparecidos.

—Me encantaría poder estudiar las cuatro en paralelo.

—De momento, mira a ver qué puedes sacar de esta. Te recuerdo que, para conseguirla, me vi en la obligación de empaquetarme la cabeza con una bolsa de pienso para gatos.

Miss Holt entró en el apartamento.

—¿Siempre dejan la puerta abierta?

—Estoy harto de hacer de portero. Total, da igual que esté abierta o cerrada, todo el mundo se cuela. Mi refugio es como el vestíbulo de una estación.

—Fanny, ha llegado su escolta. Los están esperando impacientemente, a usted y al objeto, en el laboratorio de investigación. Por fin un conejillo de Indias digno de su ambición. Los va a cambiar.

—Gracias, Karen, salgo pitando.

—Benjamin, en cuanto acompañemos a la señorita Chevalier, ¿puedo robarle un minuto de su tiempo? Me gustaría saber su opinión sobre un asunto.

Horwood detectó una afectación inusual en la manera de expresarse.

Los tres abandonaron la habitación. Ben le deseó suerte a Fanny y siguió a Karen hacia el ascensor.

—¿Adónde me lleva?

—A una zona de nuestro departamento que usted no debería saber que existe. Necesito su opinión de experto. Las cosas están avanzando con rapidez. —Cuando estuvieron solos dentro del ascensor, Karen explicó—: Hay novedades sobre los hombres de Oxford.

—¡Genial, no han tardado nada!

—Aparte de que tienen unos veintiocho años y que son de tipo caucásico, la única confirmación que tenemos es que no sabemos absolutamente nada de ellos.

—¿Se supone que tengo que considerar una buena noticia esta falta de información? —dijo Ben, sorprendido por la diferencia entre el efecto del anuncio y su contenido.

—Más o menos. No tienen ningún signo distintivo, ningún tatuaje. Ni sus huellas dactilares ni sus caras ni siquiera su ADN aparecen en los ficheros a los que podemos tener acceso. Además, al no haberlos escuchado nunca decir ni una palabra, desconocemos en qué lengua se expresan.

—Formidable. La ignorancia da la felicidad. Bromas aparte, el prisionero terminará hablando. No tiene más que pedir a su Gran Mandamás que le ponga una inyección de suero de la verdad.

—Me temo que no serviría de nada.

—¿Por qué? ¿Están inmunizados?

—El peón que capturamos se ha suicidado.

—¿Perdón?

—No se lo he querido anunciar delante de Fanny para no preocuparla.

—Ha hecho bien, dejemos que se concentre en la pirámide de cristal y sigamos recogiendo basura de la calle. Perdone mi pregunta, pero ¿ese tipo no estaba bajo la vigilancia de sus compañeros?

—Sí, y han seguido el manual a rajatabla. El prisionero fue puesto en aislamiento después de despojarlo de todos sus efectos personales. No llevaba encima más que una camisola de tela sin tejer de tipo hospitalario. Según se ha despertado, su primer gesto consciente ha sido eliminarse. Llevaba escondida una cápsula de veneno en la boca. Ha muerto demasiado rápido para poder preguntarle lo que fuera.

—Habría jurado que ya nadie usaba ese método...

—Nosotros también lo pensábamos. Es por ello que los procedimientos ya no especifican la verificación de la boca de los prisioneros.

El ascensor se detuvo y abrió sus puertas ante un pasillo de hormigón crudo, en cuyo techo corrían todo tipo de tuberías.

—Espero que no me esté llevando a la morgue. No soporto la visión de un cadáver.

—Sin embargo, en su carpeta he leído que siente verdadera fascinación por las momias.

—No tiene nada que ver una cosa con la otra.

—Un muerto siempre es un muerto.

—Tanto los médicos forenses como los arqueólogos no podrían por menos que desaprobar esa precipitada conclusión.

—Los entiendo, pero, en lo que a mí respecta, ya tengo bastante curro con los vivos.

Karen se detuvo ante el umbral de una puerta sin picaporte, encima de la cual había empotrada una pequeña cámara.

—Karen Holt, acompañada —articuló, mirando al objetivo.

Un disparador electrónico desbloqueó la puerta. Entraron en una amplia sala inmersa en semipenumbra, en la cual se extendían varias hileras de consolas cargadas de pantallas, de señales y de comandos, delante de las cuales decenas de agentes tecleaban sentados.

Los monitores escupían un reguero ininterrumpido de datos, de parámetros, de cifras y de imágenes.

—Bienvenido a nuestro PC de seguridad y de comunicación inexistente.

—Una auténtica base espacial o, mejor dicho, un submarino.

—El término «submarino» es bastante apropiado, sobre todo si tenemos en cuenta la profundidad a la que nos encontramos. Pero le advierto, Benjamin: al más mínimo intento de espiar una de esas pantallas, me veré en la obligación de dispararle a sangre fría por alta traición.

—No me tome el pelo. Allá al fondo hay un tipo que está viendo dibujos animados.

—Entonces va a morir por culpa de un episodio de *Scooby Doo*. Y todo porque los agentes de guardia tienen acceso a la red para relajarse durante su pausa...

Compartieron una risa que no pegaba demasiado con el espíritu aplicado del lugar. La agente Holt condujo al historiador hasta un puesto donde trabajaba un hombre sorprendentemente joven.

—Le presento a uno de nuestros mejores analistas: Tyler. Este es Benjamin, investigador.

El técnico asintió con la cabeza sin apartar la mirada de la pantalla. Holt preguntó:

—¿Puede mostrarnos las captaciones de Oxford, por favor?

El joven hizo desfilar una lista de carpetas y pinchó en una de ellas. Mientras iban apareciendo vistas del jardín tomadas desde diferentes ángulos, Karen explicó:

—Los accesos a la residencia estaban sembrados de cámaras. No queríamos correr el riesgo de que nuestros invitados nos pillaran por sorpresa. Viendo los ficheros, hay algo que ha atraído inmediatamente nuestra atención, sobre todo en lo que respecta al individuo que puede observar a la derecha. —Ben miró las imágenes con atención. Después de dejarle unos instantes, Karen le preguntó—: ¿Qué me dice?

—Corre más rápido que yo, eso seguro. Parece que sabe dónde va...

—¿No le choca nada de su comportamiento?

—Sí. Pisotea las flores sin miramientos. Efectivamente, es muy chocante, sobre todo en una ciudad tan respetuosa con las tradiciones como Oxford. —Ben entornó los ojos, intentando concentrarse en no se sabe muy bien qué—. El individuo parece ligeramente más vivo que su acólito —dijo al cabo de unos segundos—, pero no noto nada más de particular. Oriénteme un poco.

—Más vivo, es la palabra. Me imagino que en el marco de sus estudios, habrá debido ver numerosas imágenes de soldados en combate.

—En efecto, más de las que me gustaría, pero las circunstancias y el tipo de tomas eran muy distintas. Es difícil de comparar. Lo siento, pero sigo sin verlo.

—Mire cómo trota. Va a ver cómo salta un murete de más de un metro sin aparente esfuerzo.

—No se lo tome a mal, Karen, pero usted corre un poco así...

—Le prometo que aun así existe una diferencia entre ese tipo y yo.

—Es verdad, él tiene mucho menos encanto que usted.

Con la nariz pegada al teclado, Tyler sonrió sin atreverse a comprobar el efecto que el comentario producía en la agente Holt.

De cámara en cámara, Ben seguía la progresión de los dos hombres por el jardín. El que parecía más rápido se apoyó en la casa sin mostrar el menor signo de fatiga, y aupó con las manos al otro antes de unirse a él de un solo salto impresionante.

—Se mueve como un *ninja* —comentó Ben.

—Es a él al que nuestras fuerzas de élite se vieron obligadas a abatir. Su comportamiento nos ha empujado a realizarle la autopsia y los análisis complementarios.

—¿Se encontraba bajo el efecto de alguna droga?

—Había tomado metedrina. ¿Sabe lo que es?

Sorprendido, Ben hizo una pausa antes de responder:

—Todos los que se interesan en la Segunda Guerra Mundial lo saben: es la anfetamina, una porquería monumental que elimina la sensación de cansancio. El sujeto es también presa de una confianza irracional en sí mismo y da muestras de agresividad. En otros tiempos, esta sustancia fue producida masivamente en Alemania bajo el nombre de Pervitin, para que Hitler atiborrara con ella a sus tropas. Los efectos psíquicos de este veneno eran tan devastadores, que ningún otro ejército del mundo la volvió a utilizar después.

—Nosotros también estábamos convencidos de ello, pero al parecer hay alguien que la está volviendo a poner de moda.

La cabeza de Ben giraba a toda velocidad. Preguntó:

—Por curiosidad, ¿han identificado el veneno que utilizó el prisionero para suicidarse?

—Cianuro, almacenado en su última muela.

—El medio preferido por los nazis.

—¿Qué piensa, señor historiador?

—Que Churchill hizo bien en crear este departamento.

37

Extracto de una presentación redactada por Heinrich Himmler, y fechada el 17 de octubre de 1939, cuando, ya al mando de las SS, acaba de ser nombrado comisario del Reich para la consolidación de la raza alemana: «El reino de Irak engloba hoy día la mayor parte de la antigua Mesopotamia. Es en su zona más fértil, a orillas de los dos ríos, el Tigris y el Éufrates, donde nacieron las primeras ciudades-estado, las mismas donde se definirán las estaciones, y donde se perfeccionó la escritura, la agricultura organizada, la monarquía, las fortificaciones, los primeros sistemas de intercambios comerciales sustentados en la contabilidad, los laboratorios para el estudio científico y muchos de los principios arquitectónicos sobre los cuales se sustentaron después la grandeza de Egipto y el poder de Grecia y Roma. Esta región es, hoy día, una prioridad estratégica por varias razones.

(...) Es en la memoria y en los vestigios de las civilizaciones sumeria, asiria y babilónica donde hay que buscar las claves de las revelaciones desaparecidas. Solo esta comprensión podrá darnos los medios para la dominación absoluta frente al caos y la decadencia, para una posición más elevada aún que la que nos prometen las futuras victorias de nuestras gloriosas tropas. Espero asignar tantos hombres y material como haga falta para esta misión, de la que yo mismo garantizo el buen desarrollo, hasta el completo éxito de las excavaciones e investigaciones». *Fin de la cita.*

Mientras se desarrolla la Segunda Guerra Mundial, Rachid Ali al-Gailani toma el poder de Irak, decidido a librarse de la influencia británica y a acercarse al Tercer Reich. Cuando estalla la guerra anglo-iraquí, en abril de 1941, Irak pide ayuda a las fuerzas de la Alemania de Hitler para resistir al intento de vuelta de toma de control.

Sin embargo, algunos desplazamientos terrestres de tropas alemanas y de materiales no responden a ningún objetivo militar estratégico coherente. El refuerzo de posiciones o la preparación de la guerra de Levante no justifican estos desplazamientos, especialmente los de la provincia de Di Car, a la entrada de la ciudad de Nasiriya. En efecto, es en esta región donde se concentran la mayoría de los contingentes humanos y mecánicos que, basándose en los inventarios parciales descubiertos, cuentan con excavadoras y parecen responder más a arqueología a gran escala que a combate.

Incapaz de cerrar los ojos después de haber leído esta nota, Benjamin se limitó a mirar el techo blanco para no recibir ninguna otra información susceptible de sumarse al caos de sus pensamientos. En su mente, las piezas del rompecabezas daban vueltas a su alrededor, azotadas por un tornado. Sentía la misma sensación que si estuviera de pie en el ojo de un ciclón, rodeado del infernal torbellino de elementos dispares volando en espiral y chocando entre sí. Mesopotamia; un conocimiento alquímico perdido; el Reich de Hitler; indicios diseminados por distintos continentes, en diferentes épocas, perseguidos por gente dispuesta a todo para desvelar sus secretos.

Con su violencia, la tempestad levantaba millones de preguntas, aunque también depositaba algunos primeros signos de respuesta. Como si distinguiera un halo de luz a través del flujo del huracán, Horwood empezaba a ver con mayor claridad.

La clasificación de los apuntes del profesor Wheelan por fin llegaba a su término. Repartidos por toda la habitación, en la moqueta, a lo largo de las paredes, hasta en el bar, se apilaban montoncitos de hojas muy ordenadas, correspondientes a las diferentes categorías definidas por Ben para los trabajos de su ilustre antecesor: «Hechos», «Comentarios subjetivos», «Especulaciones», «Investigaciones conexas», «Hipótesis consideradas y abandonadas», «Enigmas científicos», etc.

Después de filtrar la totalidad de los recortes, a Benjamin ya no le daba miedo nada, salvo una corriente de aire que volviera a revolver todos los documentos.

La mesa, por fin despejada, estaba ahora reservada a las categorías más importantes. Ben se disponía a apoyar la hoja que hacía mención a Himmler en la pila correspondiente a «Informaciones que podrían orientar las investigaciones», cuando interrumpió su gesto. Al acercar este elemento al de la naturaleza de los productos utilizados por los mercenarios de Oxford para doparse y suicidarse, no pudo por menos que ver una relación. Se levantó de golpe, decidido a compartir esta información con Karen.

No tenía costumbre de aventurarse fuera de su apartamento. En realidad, era la primera vez que se lanzaba solo por los meandros del edificio oficial de la agencia de inteligencia.

Instintivamente, tomó el pasillo en la dirección que Karen siempre seguía cuando salía de su apartamento. Buscó alguna placa que indicara el nombre de los ocupantes de los despachos, pero no encontró ninguna. Cuando las puertas estaban abiertas, echaba un vistazo con la esperanza de encontrar a su compañera, pero solo recibía miradas desconfiadas. Se cruzó con algunos agentes. Desamparado, se decidió a abordar a una desconocida.

—Disculpe, estoy buscando a Karen Holt.

La joven le sonrió con educación.

—¿Es nuevo?

—Vivo al final del pasillo. Trabajo con ella.

—¿Es el sustituto del señor mayor?

—De alguna forma.

—Lo mejor es que contacte con la agente Holt por teléfono, ella le dirá qué hacer.

—No tengo su número.

—Ya veo. En ese caso, lo único que puedo hacer es conducirlo hasta la recepción de su zona, donde la avisarán.

La joven se puso inmediatamente en marcha, presentó su tarjeta a la terminal de una puerta y, después de dejar pasar a Ben, se encaminó con paso enérgico por unas escaleras de subida. Para distender el ambiente, Ben preguntó:

—¿Usted también trabaja con ella?

—Nunca haga ese tipo de pregunta aquí.

En la planta superior, llegaron ante una esclusa de seguridad acristalada, equipada con un interfono. La joven llamó.

—Un paquete para Karen.

Avergonzado, con su hoja en la mano, Benjamin parecía un niño en la puerta del director del colegio.

Cuando la pared de cristal se apartó, el agente de seguridad le indicó que pasara. Su guía se despidió inmediatamente.

—¡Gracias! —soltó Benjamin al tiempo que ella desaparecía por la caja de las escaleras.

El historiador fue conducido hasta un espacio de la oficina colectiva, en cuyo centro, alrededor de una mesa multipuesto, Karen discutía con otros dos agentes delante de un teléfono en modo altavoz. Uno de sus adjuntos se dirigía a su compañero al otro lado de la línea:

—Desconecte inmediatamente el disco duro del resto de la unidad. Si no, son capaces de borrarlo a distancia.

—Entendido —respondió una voz masculina—. ¿Han recibido los tres elementos no encriptados?

Fue al enderezarse cuando descubrió a Ben.

—¿Qué hace aquí? ¿Algún problema? Espero que no se haya bebido su champú de manzana...

—Todavía consigo controlarme, pero no sé si podré hacerlo por mucho tiempo.

—¿A qué se debe el honor de esta visita sorpresa?

—Me he topado con una nota de Wheelan de la que querría

hablarle. No podía imaginarme que sería tan difícil llegar hasta usted. ¿Quizá llego en mal momento?

—No, al contrario. Sígame.

Una vez en su oficina, antes de invitar a Ben a sentarse, Karen despejó la silla de invitados de la pila de carpetas que la atiborraban. Él aprovechó para pasar revista rápidamente a la habitación, curioso por saber más de aquella de la que sabía tan poco. El espacio no era grande, pero estaba muy abarrotado. Un armario blindado entreabierto, aparentemente lleno de clasificadores, salvo en la parte de abajo, donde se podía distinguir una bolsa de deporte. Las paredes estaban cubiertas de mapas geográficos y de listas de datos que Horwood ni siquiera intentó descifrar para no jugarse la vida. También había una diana de tiro agujereada con cinco impactos perfectamente agrupados en su centro. Ningún trasto ni objeto personal, a excepción de tres fotos, dos de las cuales eran grandes: una, en colores desvaídos, de un perro tumbado en la hierba; otra de grupo en una boda, delante de uno de esos hoteles de la campiña inglesa para los cuales las bodas en cadena constituyen su principal actividad; y la más pequeña, pero la única que estaba sobre su escritorio, la de un hombre, un tipo majo y sonriente con el torso desnudo, sentado en un cocotero inclinado a orillas de una playa paradisíaca, sobre un fondo de cielo de tormenta.

—¿De qué quería hablarme?

—De una información que me perturba, pero que dada su antigüedad, sin duda es menos urgente que esa historia del disco duro. Su equipo de vigilancia está a tope, ¿verdad?

—En efecto. Ya le pasaré los detalles, pero nuestros agentes han conseguido localizar la casa prefabricada en la que vivieron los dos ladrones mientras preparaban su operación. Han descubierto un portátil escondido en el techo.

—Buena jugada. ¿Algún jaque al rey en perspectiva?

—No es seguro. La mayoría de las carpetas están encriptadas.

Al parecer, nuestros amigos ya estaban preparando otro golpe. Por desgracia, a la única información a la que hemos tenido acceso hasta el momento no es coherente.

—¿De qué se trata?

—Principalmente un plano a mano alzada. Pasillos, salas y, detrás de lo que podría ser una pared, una escalera que conduciría a una habitación.

—¿Para preparar otro robo?

—Posiblemente, pero no tiene sentido. La única indicación está escrita a mano y menciona el templo egipcio de Abu Simbel. Lo hemos comprobado, y el trazado no se corresponde para nada con la configuración del lugar.

—Una habitación detrás de una pared... ¿Un pasadizo secreto?

—Y que no parece tener nada que ver con lo que se visita.

La tempestad creció aún más en la mente de Ben. Karen detectó de inmediato su cambio de actitud.

—Vaya cara que está poniendo...

Él no respondió inmediatamente.

—¿Puedo ver ese plano?

38

—¿Qué es lo que es tan urgente, señor Horwood?

Ben había dispuesto solo de unos pocos minutos —el tiempo para que el jefe de Karen se uniera a ellos— para poner en orden sus ideas. Entró directamente de lleno en el tema.

—Si mi hipótesis se confirma, quizá tengamos una oportunidad de adelantarnos a nuestros adversarios en su propio terreno.

—¿Gracias a un plano que no se corresponde con nada?

—Depende de cómo se mire...

—Explíquese.

—A principios de los años sesenta, Egipto se lanzó a un plan de desarrollo económico sin precedentes. Para extender las zonas de cultivo y producir electricidad, el presidente Gamal Abdel Nasser decidió construir una nueva presa en el Nilo, inmensa, allá donde el relieve del terreno lo permitía: la presa alta de Asuán.

—¿Y qué relación guarda con nuestro asunto?

—A eso voy. En aquel entonces, en las orillas del río se erguían numerosos monumentos, entre los cuales estaban los inestimables templos de Abu Simbel, el pequeño y el grande, excavados en la ladera de un despeñadero en la orilla oeste. La construcción de la presa y, sobre todo, la creación del gigantesco embalse los condenaba a ser engullidos. Advertida, la Unesco lanzó una operación de rescate sin precedentes en la historia de la humanidad. Por primera vez, la comunidad internacional se movilizó con el fin de proteger los templos y algunos monumentos vecinos, condenados a desaparecer bajo las aguas. Esta operación fue financiada por más de cuarenta países. No recuerdo todos los detalles, pero es una leyenda para todos los amantes de la historia. No se trataba de templos construidos, sino de templos excavados en la roca. No consistía en desmontar piezas ensambladas, sino en arrancar esa obra maestra de su caparazón de piedra. Fue la obra del siglo, una hazaña técnica y logística sin precedentes. Fue a partir de este proyecto que la Unesco inventó el concepto de «Patrimonio de la Humanidad». Decenas de miles de toneladas de rocas cuidadosamente talladas, etiquetadas, transportadas y vueltas a ensamblar más arriba, a salvo del futuro lago. Es por eso que hoy día los templos están reinstalados en la meseta rocosa, al pie de la cual fueron excavados originariamente. Por cierto, yo no estoy muy seguro de que, teniendo en cuenta los medios y el tiempo limitado, fuera trasladada la totalidad del lugar. Seguramente se vieron obligados a concentrar sus esfuerzos en las piezas esenciales. Sea como sea, lo que se visita hoy día es una recreación brillantemente reconstruida en el seno de una gigantesca estructura artificial de cemento y de acero, en la que se reinstalaron las salas salvadas.

Por primera vez, Ben vio a Karen y a su jefe estupefactos.

—¿Está queriendo decir que una parte del templo permanece en su antiguo emplazamiento, ahora sumergido bajo las aguas de la presa?

—Eso es. Sería lógico que se tratara de una sala secreta no descubierta en la época.

—¿El plano interceptado se correspondería con esa sección?

—Habría que asegurarse, pero es posible.

El jefe de servicio preguntó:

—¿Sabe cómo hacer para comprobarlo?

—Es mi trabajo, es lo que hago para el Museo Británico.

—Creía que era especialista en Historia de la Ciencia.

—La metodología de investigación es la misma, solo cambia el tema.

—¿Cuánto tiempo necesitaría para encontrar la respuesta? —intervino Karen.

—Deje que lo hagan los profesionales.

El jefe se dio cuenta de la mirada llena de amistoso desafío que intercambiaron Karen y Ben. Ahora tenía otras preocupaciones.

—Si se confirma su presentimiento, eso significa que el equipo contrario cuenta con ir a recuperar no se sabe qué en los restos de un templo sumergido.

—No les queda otra.

—Lo que está encerrado ahí abajo tiene que merecer realmente la pena para intentar semejante expedición.

—Ya lo dijo Karen, y tenía razón: nuestros adversarios no hacen nada a medias.

—¿Se da cuenta de lo que supone una operación de este tipo?

—Las cosas que merecen la pena, especialmente en arqueología, rara vez se encuentran en el supermercado de la esquina.

—En lugar de tomarme el pelo, compruebe ahora mismo ese plano. Mientras que los otros ignoren que sabemos lo que están preparando, les llevaremos ventaja. No la caguemos.

39

Aquel avión era bastante menos cómodo que un *jet*. En comparación, incluso se podría calificar de espartano, siempre y cuando un calificativo antiguo pueda aplicarse a una máquina tan moderna. Mucho más grande, con motores ruidosos y asientos tan pequeños como estrechos, instalados en filas apretadas para liberar el mayor espacio posible para la bodega instalada en la cola. Ni un bombón ni un triste sándwich sobre las bandejas (de hecho, ni siquiera había bandejas). Solo militares que, a pesar de estar de operación, iban excepcionalmente vestidos de civil para no llamar la atención una vez allí.

Ben no llegaba a aceptar la situación personal en la que se encontraba después de haber confirmado la verdadera naturaleza del plano. Sentado en diagonal en un asiento abatible, se había retirado al fondo de la cabina, dando la espalda a sus compañeros de viaje. Miraba fijamente los paracaídas alineados en la pared de atrás. Para pasar el rato, no había encontrado nada mejor que hacer que imaginarse todas las situaciones catastróficas posibles que podrían obligarle a tener que ponerse uno. Ya se imaginaba las luces rotativas girando al grito de las sirenas de alarma, los combatientes ajustándose impasibles sus extrañas mochilas caqui antes de saltar valientemente por la puerta abatible, mientras él se enganchaba los pies con las correas para morir ahogado. Un final patético para un tipo supuestamente instruido, y que además habría estudiado los mayores hitos de la historia. En efecto, Ben conocía todas las maneras de morir, de las más espectaculares a las más extrañas. Siempre había sentido cierta predilección por la del general John Sedwick quien, durante la guerra de Secesión, había declarado durante una confrontación con los confederados: «A esta distancia, ni siquiera alcanzarían un elef...», y que había muerto de un balazo en el ojo izquierdo sin terminar la frase. Tantos finales históricos, injustos o merecidos, heroicos o cobardes, públicos o secretos, y ninguno implicaba la incapacidad para ponerse un paracaídas. ¿Y qué más daba, después de todo? Incluso si hubiera conseguido ponérselo, una vez en la puerta Ben nunca habría tenido las agallas de lanzarse al vacío. Solo, en aquel avión abandonado a su trágico destino, esperando que el aparato se estrellase o explotase bajo el desgarrador lamento de las turbinas, seguro que le habría encantado enviar un último mensaje a la persona que más quería.

¿A quién habría elegido? Desde que había dejado la oficina, su planta ya debía de haberla palmado y aquel estúpido gato meón no sabía leer. Su padre había muerto hacía mucho tiempo, y si escribía a su madre para decirle que estaba viviendo sus últimos instantes, sin duda le respondería: «Vale, pero no te olvides de traer pasteles el próximo domingo». Para ser sincero, su último mensaje debería llegarle a Fanny. Pero en semejante circunstancia, ¿podría seguir fingiendo que solo era un buen amigo? Con todo lo que tendría que confesarle, iba a pulverizar el récord del SMS más largo de la historia, y no le daría abasto la tarifa de su móvil. Además, ¿le estaría realmente haciendo un regalo? Ahora que era feliz con su atleta, su vida estaba más allá; mientras que la suya iba a terminar con la traca final de los primeros fuegos artificiales tirados hacia abajo, bola de fuego y un gran crac como remate.

La voz, muy real, de Karen le hizo sobresaltar.

—Le esperan delante para la sesión informativa. Luego, si le apetece, puede seguir admirando a sus nuevos amigos —ironizó, señalando las mochilas colgadas.

—Tranquilíceme: vamos a aterrizar, ¿verdad? ¿No vamos a vernos obligados a saltar?

—Un estupendo aterrizaje sin incidentes, se lo prometo.

—Karen, ¿por qué me hacen esto?

—Porque nadie sabe tanto como usted y porque necesitamos un especialista *in situ*. Benjamin, estos de aquí son expertos militares del M Squadron. Dominan las inmersiones a gran profundidad. Van a encargarse de todo, garantizar su seguridad. Pero una vez en el templo, aunque sea peligroso y se encuentre muy abajo en el agua, le necesitaremos a usted para saber qué hacer con lo que podamos descubrir.

—No se me había pasado aún por la cabeza. A decir verdad, ni siquiera había pensado detenidamente en ello. Es realmente terrorífico. Creo que voy a vomitar.

—Entonces, ¿por qué pone esa cara? ¿Qué se supone que le estoy haciendo?

—La presencia de Alloa West. ¿No le bastaba con obligarme a volver a ver a Fanny? Gracias a usted, me encuentro cada día codeándome con la mujer a la que más he amado, testigo de mi propia derrota. Soy como un diabético delante del escaparate de una confitería. Me muero de ganas, pero no tengo derecho a ello. Pero eso no era una tortura lo suficientemente cruel para usted, también tenía que endosarme a su maromo. ¿Y luego soy yo el retorcido?

Karen se esforzó en responder desde un plano estrictamente profesional.

—El único criterio que hemos tenido en cuenta es su cualificación. Su historial es excelente. West es capaz de protegerlo en estas condiciones particulares. Es su trabajo, y es lo único que nos interesa. En un nivel más personal, es verdad que es un pibón.

Benjamin se escandalizó tanto como esperaba Karen.

—Estoy de broma, Benjamin. Relájese. Se lo digo solo para chincharle, aunque es verdad que está muy bueno.

—Así que no tiene límite. ¿Nunca tiene piedad? ¿Por qué no me acompaña usted? Nos entendemos bien. Si acepta, le juro que le dejaré que me dispare a los pies con balas de verdad. O al culo, pero solo con sal gorda.

—Por tierra o por aire, me quedaría a su lado con mucho gusto; pero bajo agua, no tengo la formación requerida.

—«No tengo la formación requerida...». ¿Y yo sí tengo la formación requerida? Debe de hacer por lo menos diez años que no voy a la piscina. ¡Ni siquiera tengo bañador! Aunque ahora que lo pienso, no es del todo verdad, ya que hará como tres años, durante un cóctel pretencioso en un vistoso barco, me caí por la borda con una bandeja de pastas. No me pregunte cómo llegué hasta allí, es confidencial, y si intenta averiguarlo, me veré en la obligación de pedir que se mate a usted misma. Esa fue la última vez que pude comprobar si todavía sabía nadar. ¿Piensa que es formación suficiente para enfrentarme a lo que me espera?

—Benjamin, vamos a aterrizar pronto. Nos están esperando.

Sentados en torno a una mesa plegable fijada a la carlinga, Alloa West y dos suboficiales del Special Boat Service, la unidad de las fuerzas especiales de la Royal Navy, esperaban a que Karen y Ben se unieran a ellos. Desplegados por la mesa había alzados topográficos, fotos aéreas de las orillas del lago Nasser y un plano del interior del templo.

—¿Listo para la aventura, señor Horwood? —preguntó el comandante del M Squadron.

—Es mi primera vez.

—No se preocupe. Vamos a proceder en dos fases. En primer lugar, una primera expedición para orientarnos por el fondo del lago, asegurar el descenso e instalar los equipos. Una vez allí, los hombres comprobaran los accesos y retirarán el posible limo que pudiera obstruirlos. Cuando hayamos hecho practicable el entorno, pasaremos a la fase dos y será su turno de sumergirse. Le estamos mimando mucho: hemos pillado por ahí una pequeña maravilla que evitará que tenga que hacer las etapas de compensación y las mezclas gaseosas que vuelven loco a cualquiera. Para usted, esto será un auténtico paseo.

—Parece tan sencillo dicho así...

—¿Puede explicarnos qué debemos esperar encontrar? —preguntó uno de los suboficiales a Ben.

—He reunido algunos documentos que deberían arrojar un poco de luz. Datan del final de las obras de desmantelamiento. Deberíamos entrar en lo que queda del emplazamiento original del gran templo de Abu Simbel. Técnicamente, hablamos de un speos, un monumento excavado en la roca, en este caso en particular, en un despeñadero de gres. El lugar fue acondicionado bajo las órdenes de Ramsés II, doce siglos antes de nuestra era. Siento tener que darles una no muy buena noticia, pero la parte del plano que nos interesa concuerda con las salas situadas más al fondo, es decir, con las menos accesibles. La extracción modificó significativamente la topografía del lugar. Para que puedan hacerse una idea de cómo se debe encontrar hoy día el panorama, debo explicarles cómo se desarrollaron los trabajos.

Ben señaló con el índice el plano del templo.

—Las salas más apartadas fueron excavadas a unos sesenta metros de la entrada. Para desplazar el templo, sus paredes esculpidas o pintadas fueron cortadas en enormes bloques de veinte toneladas para las zonas interiores, y de treinta toneladas para la fachada. Cada una de estas piezas gigantescas fue serrada a mano en su cara visible y troceada mecánicamente por la parte de atrás. Cuando estos trozos fueron retirados, no quedó tras ellos más que la pared desnuda de la que habían sido separados. Dada la naturaleza de la roca, hay muchas posibilidades de que estas estructuras hayan aguantado bien la inmersión. Otra buena noticia: para recuperar los techos de las primeras salas, los ingenieros de la época reventaron la montaña, lo que abre enclaves todavía más amplios. Teniendo en cuenta la retirada de la fachada y las excavaciones realizadas para acceder a los techos, solo tendremos que recorrer una veintena de metros antes de llegar al punto que nos interesa. Deberían encontrarse directamente delante del estrechamiento que marca la entrada del último espacio antes del santuario. —Ben dio unos golpecitos en el lugar preciso sobre el esquema—. Es ahí, a la derecha del antiguo emplazamiento de la antecámara, a través de lo que queda de espesor de pared, donde tendrán que realizar los sondeos. Si el plano está en lo cierto, detrás deberían encontrar una escalera que conduciría a una habitación secreta. ¿Están equipados para taladrar la piedra a tal profundidad?

—No se preocupe por eso.

—Tengan cuidado de no estropear lo que se esconde detrás.

—No vamos allí para destruir.

Karen intervino:

—Con el pretexto de hacer controles geológicos, hemos obtenido autorización para sumergirnos en el antiguo emplazamiento. La Unesco nos lo ha encargado directamente. El verdadero propósito de nuestra visita nunca deberá ser desvelado. Conllevaría graves problemas diplomáticos, ya que Egipto es, comprensiblemente, muy sensible con el tema de su patrimonio. —Karen inició una última ronda de preguntas—. ¿Alguno de ustedes tiene aún alguna duda?

El segundo suboficial se dirigió a Ben:

—¿Tiene alguna idea, aunque sea aproximativa, de lo que estamos buscando y de lo que tenemos que subir?

—Ni la más mínima.

—No nos va a venir con un bloque de veinte toneladas, ¿verdad?

—Espero que no. Todo lo que puedo decirles es que normalmente en arqueología, cuanto más pequeño, más preciado.

—¡Recemos para que sea muy preciado!

Ben sonrió a los militares y preguntó:

—Dígame, comandante, ¿va a estar fría el agua?

—A unos sesenta metros de profundidad, seguro. Pero con su equipo, eso no le será una molestia. De todas formas, la temperatura no será nuestro principal problema.

—Qué alegría saberlo. Y entonces, ¿cuál será nuestro principal problema?

—La visibilidad. No se va a ver nada cuando estemos en el fondo. Será como la boca del lobo. No tiene claustrofobia, ¿verdad?

40

Mientras los primeros rayos de sol abrazaban la línea del horizonte, el convoy compuesto por un 4x4 de la Unesco, seguido de dos camiones todoterreno, se presentó ante la barrera de acceso técnico del complejo de Abu Simbel. A pesar de ser una hora tan temprana, no lejos de allí, los autocares de turistas empezaban a invadir el inmenso aparcamiento público, desembarcando su armada de curiosos.

Un primer vigilante salió de su puesto de seguridad. Se acercó al vehículo que iba en cabeza, en el cual Karen, única mujer de la expedición, iba al volante acompañada del historiador del Museo Británico que, oficialmente, habría ido para supervisar la operación. El hombre comprobó detenidamente el fajo de documentos acreditativos, mientras que sus compañeros inspeccionaban el cargamento de los camiones y la identidad de los «técnicos». Después de intercambiar unas palabras en su idioma con los otros agentes de seguridad, les indicó el camino con un fuerte acento:

—Siga por este carril, le conducirá hasta las orillas del lago. No se alejen del trazado. Los iremos a ver después.

—Ningún problema, gracias.

La pequeña columna se puso en marcha, abandonando el camino asfaltado y levantando una nube de polvo tras de sí. En el primer cruce, la agente Holt se desvió a la derecha, dejando al equipo que continuara solo, como estaba previsto. Aprovechando las horas que se necesitaban para la primera inmersión, Karen y Ben se habían apuntado a una visita del gran templo.

Al bajar del vehículo, Ben entornó los ojos. El sol ascendía con rapidez y él se había olvidado sus gafas oscuras. Al mirar a su alrededor, tuvo una embriagadora sensación de inmensidad. Los relieves de roca y de arena se extendían allá donde no llegaba la vista, bajo un cielo grandioso que poco a poco se iba volviendo azul. Respiró a pleno pulmón. En unas horas, el aire aún fresco de la noche se volvería abrasador bajo los rayos ardientes. Ben notó en sus mejillas esa ligera brisa que pica, y que arrastra consigo ínfimas partículas de minerales capaces de meterse hasta por dentro de la ropa si esta no está adaptada al clima. También se encontró con la odiosa invasión de minúsculos granos de arena que secan la boca y hacen rechinar los dientes. Con un gesto hábil, Karen se recogió el pelo, lo que no impidió al viento que jugara con algunos mechones que habían quedado sueltos. Ben se dio cuenta de que ese peinado dejaba ver su nuca. La joven, más previsora que él, se puso las gafas de sol que había tenido la precaución de llevar.

—Ayer por la tarde en Londres, hoy por la mañana en Egipto —comentó Ben—. ¿No se vuelve loca? He viajado más con usted en estas tres semanas, que en los diez últimos años.

—Y todo sin necesidad de saltar en paracaídas...

Horwood tuvo la tentación de confesarle que allí, a solas con ella, casi tenía la impresión de estar de vacaciones. Pero temiendo una de aquellas reacciones de las que tanto desconfiaba, se abstuvo. Karen se puso en marcha hacia los monumentos.

El gran templo y el pequeño templo, construidos uno al lado del otro, se distinguían tan claramente, que habría podido pensarse que se encontraban a una distancia razonable. Sin embargo, a medida que los dos visitantes se iban acercando, se dieron cuenta de lo que realmente pasaba: no es que se vieran tan claramente porque estaban cerca, sino porque eran inmensos. Cuanto más iban acercándose Karen y Ben, más evidentes se hacían las dimensiones de los edificios, tan colosales como fascinantes.

Para hacer frente a las oleadas de turistas venidos del mundo entero, las visitas estaban muy controladas y programadas. A Karen no le costó mucho encontrar al guía con el que se habían apuntado. El hombre de piel mate era delgado y seco, de una edad difícil de determinar, y bastante bajito, aunque hacía gala de una energía contagiosa. Ben se preguntó si todavía seguiría tan en forma después de un día entero paseando mirones. El guía condujo a su grupo enfrente del monumento y comenzó sin dilación:

—Bienvenidos al gran templo de Abu Simbel, joya del valle de Nubia, creado por el faraón Ramsés II hace ya más de tres mil años. Con esta creación monumental, Ramsés el Grande autoproclama su poder hasta los confines de sus tierras, ya que nos situamos en el extremo sur de lo que constituía su imperio. Cuando ordena la construcción de este templo, las pirámides de Guiza ya dominaban el mundo antiguo desde hacía más de mil años. Solo esta cifra demuestra la grandeza y la eternidad de la civilización egipcia. Ninguna otra cultura, ni siquiera la griega o la romana, conseguirá igualarla.

Sin haberse puesto de acuerdo, Karen y Ben se encontraron a la cola del pelotón. Horwood se acercó a su cómplice.

—Ya de pequeño, me quedaba detrás durante las visitas —le susurró—. Prefería rezagarme y mirar las cosas a mi ritmo antes que ir pegado a la tropa.

—¿No le interesaban las explicaciones? Me sorprende mucho viniendo de un futuro historiador. Yo hacía como usted, pero en mi caso tiene más lógica...

Para dar aún más teatralidad a aquel discurso tan rodado, el guía multiplicaba sus esfuerzos.

—Descubierto en 1817, bajo toneladas de tierra de las que solo emergía la cabeza, este templo está dedicado al gran dios del imperio, Amón-Ra; al dios del sol, Ra-Horajti; así como a Ptah y al mismo faraón. La fachada, orientada al este, culmina a treinta y cuatro metros de altura, dominada por un friso con veintidós babuinos. Las cuatro estatuas monumentales que ustedes pueden admirar representan a Ramsés II, y miden veinte metros de altura cada una.

El espectáculo era, efectivamente, grandioso. El lugar imponía una fuerza y una nobleza que se habían mantenido intactas a pesar de los siglos. En semejante contexto, el rumor de los diferentes grupos de visitantes hablando cada uno en su idioma parecía incongruente, casi vulgar.

—Imagínese la emoción de los que descubrieron estos monumentos... —murmuró Ben—. Ver surgir de la arena estas maravillas. Ser el primero en entrar en ellos después de siglos, en un silencio sepulcral, invadido por la admiración y el miedo ante aquellos signos entonces indescifrables...

El guía proseguía:

—Gracias a estos colosos de gres, Ramsés II innova decorando por primera vez la entrada de un speos. Estas representaciones gigantescas del soberano tenían también la función de intimidar a eventuales invasores venidos del sur. Pueden constatar que el busto de la segunda estatua por la derecha se ha derrumbado, puede que a consecuencia de un terremoto ocurrido quizá en vida de su fundador. Si les parece bien, avancemos ahora hacia el interior.

El efecto que producía la fachada aumentaba a medida que los visitantes se acercaban a ella. Producía una sensación única de vértigo. Todos estaban obligados a doblar el cuello para apreciar el friso de la parte alta, ahora iluminado por el sol. El hombre de piel mate explicó:

—El templo fue excavado en el precipicio a unos sesenta metros de profundidad. Comporta dos grandes salas puestas en fila que conducen al santuario. Encontramos, igualmente, salas laterales, también conocidas como salas del tesoro.

Antes de franquear el majestuoso umbral, Karen declaró en privado:

—Cuesta creer que todo esto no sea más que un decorado reconstruido.

Ben señaló la vista del lago Nasser.

—El emplazamiento original está ahí abajo, ciento setenta y ocho metros más lejos, y a sesenta y dos metros de profundidad, engullido. Observando aquí las paredes reconstruidas, a ver si es capaz de descubrir las huellas de corte. Imagínese a tres mil pobres diablos serrando todo esto a fuerza de brazo.

Al entrar en el templo, Karen se sintió embargada por la belleza y la riqueza del lugar.

—Es realmente impresionante.

Avanzaban en medio de la muchedumbre, pero ella hablaba con total naturalidad, como si estuvieran solos.

—Entre usted y yo, ¿qué cree que vamos a encontrar al fondo?

—Al fondo de este templo, nada, aparte de una cúpula de cemento. En el fondo del lago, no tengo ni la más mínima idea. Siento aún más curiosidad después de ver que los indicios que ya hemos recabado nos remiten a un periodo mucho más antiguo que la construcción de este templo, y que la mayoría de los artefactos parecen estar más relacionados con los sumerios que con los egipcios.

—De todas formas, he sabido que el faraón dedicó este templo a dos divinidades relacionadas con el sol.

—En realidad, a tres. Se lo explicaré una vez estemos en el santuario...

Para obligar a su grupo a permanecer cerca de él, el guía hablaba sin forzar la voz.

—La primera sala, también llamada pronaos, está sostenida por ocho pilares de diez metros llamados «osiríacos», por tener la forma del dios Osiris, aunque en este caso particular tengan la forma del gran Ramsés. En las paredes, podrán descubrir diferentes hazañas militares, en particular la sumisión de un jefe libio, la toma de una antigua ciudadela y, al norte, la representación de la batalla victoriosa llevada cabo en Qadesh contra los hititas, en la actual Siria.

De pronto, Ben se fijó en un hombre que parecía observarle a hurtadillas. Cada vez que tenía la oportunidad, el individuo no le quitaba ojo de encima. No pertenecía a su grupo, pero le seguía de manera manifiesta. Ben buscó la forma de avisar disimuladamente a Karen. Se acercó a ella y, como si fueran una pareja de turistas cualquiera, le cogió delicadamente la mano.

—¿Qué mosca le ha picado?

—Creo que nos están siguiendo.

—No señale a nadie, no me lo enseñe. Descríbamelo e indíqueme la dirección.

A pesar de esta salida tan poco romántica, ella no apartó la mano. Al contrario, le siguió el juego apoyando la cabeza en su hombro, que era lo que le faltaba a Ben para turbarle un poco más.

—Un hombre de mi altura, vestido con camisa azul claro, a las cinco. A primer golpe de vista, me ha parecido que era Nicholas Dreyer…

Fingiendo admirar los bajorrelieves, Karen se dio la vuelta para rastrear el ángulo indicado. Pero, con la muchedumbre en continuo movimiento, no identificó a nadie.

—Permanezca cerca de mí, esté atento, pero no deje traslucir ninguna señal de preocupación.

—¿Cree que los otros puedan estar también aquí?

—Le recuerdo que nosotros lo estamos porque pescamos uno de sus planos.

—Ni siquiera va armada.

—No se coma el coco. Incluso desnuda, soy peligrosa…

Mano en mano, siguieron a su grupo. A Ben le costaba concentrarse en otra cosa que no fuera el último comentario de la agente Holt.

El guía se adentró más en el templo. Tomó un pasaje estrecho, a la salida del cual abarcó el espacio con un amplio movimiento del brazo.

—Esta segunda sala, denominada naos, representa el camino del faraón en su ascenso junto a los dioses. Aparecen representadas tanto su familia como escenas cotidianas que evocan la vida de aquella época. De esta forma, Ramsés II pasa de descendiente divino a dios, y eso estando aún vivo.

Zigzagueando entre los pilares, Karen multiplicaba las ocasiones de ir dándose la vuelta para cubrir todas las direcciones; aunque aquella sala tan estrecha y la densidad de visitantes allí presentes complicaban su vigilancia.

El grupo volvió a avanzar hasta llegar a la antecámara del santuario. Ben y Karen no se habían soltado la mano. Esta vez, fue Ben quien condujo a Karen.

—Permítame que le haga de guía.

La dirigió hacia la derecha y susurró:

—Si estuviéramos en el emplazamiento original, sería detrás de esta pared donde habría que perforar con la esperanza de encontrar un acceso.

Después esquivó a un grupo de japoneses para situarse en la entrada del santuario, la última sala del templo. En la pared del fondo se alineaban cuatro estatuas.

—Empezando por la derecha —anunció Ben—, le presento a Ra-Horajti, con su cabeza de halcón coronada con el disco solar; al mismísimo Ramsés II; y después, a Amón-Ra, con su tocado de dos plumas. A la izquierda, Ptah, al cual le falta la cabeza. Le puedo contar una historia interesante sobre él. Verá que guarda relación con nuestro asunto... —Karen estaba pendiente de cada una de sus palabras—. Basándose en la parte todavía visible de la estatua, los egiptólogos consideran que aquí estaba representado bajo su forma coronada por un disco solar, encarnando el fuego subterráneo capaz de sembrar el caos en la tierra. Bajo esta apariencia, no debe nunca ser expuesto a la luz. A veces puede tomar el aspecto de un babuino, como los que decoran el friso de la fachada del templo. —Invitó a la joven a darse la vuelta y le señaló la entrada del templo en el otro extremo de las dos salas, deslumbrante desde su penumbra—. Dos veces al año, el veintitrés de febrero y el veintitrés de octubre, los rayos del sol penetran hasta aquí, iluminando tres estatuas para regenerarlas; pero Ptah permanece eternamente en la sombra, como manda la tradición.

—¿Con qué se corresponden esas fechas?

—Ya no se corresponden con las que se fijaron al comienzo, visto que los diferentes calendarios adoptados desde entonces y el desplazamiento del templo las retrasaron ligeramente. Se han barajado diferentes hipótesis, aunque yo mismo empiezo a considerar otra más personal. Se da por sentado que, por medio de este templo, Ramsés II quiso llevar los dioses y su gloria hasta el confín de sus tierras. Todo el mundo considera que su ambición y su devoción fueron los motores que le llevaron a hacerlo. Pero la elección de los dioses a los que consagra este monumento y el lugar que él mismo ocupa plantean varias dudas. Este monumento no puede explicarse únicamente como la búsqueda de la grandeza en la práctica de un culto. Su emplazamiento, su naturaleza, el hecho de que esté excavado en la roca... Y lo que es aún más importante, no era normal mezclar dioses de la luz con dioses de la sombra. ¿Por qué el soberano eligió esta extraña asociación? ¿Por qué orarlos juntos? ¿Para protección de qué necesitaba a los dos?

—Porque uno solo no le habría bastado —reflexionó Karen—. Hacía falta la complementariedad de sus poderes para satisfacer su necesidad.

—Yo también he llegado a la misma conclusión. Me pregunto si el faraón quiso honrarlos o confiarles algo. Teniendo en cuenta la naturaleza de las divinidades, aquello tendría forzosamente relación con la luz, en lo que tiene de positivo o de negativo.

—¿Así que estaríamos más ante un refugio que ante un lugar de culto?

—Excavado como una guarida en el corazón de una montaña.

—¿Para guardar un tesoro?

—Quizá un poder. En cualquier caso, algo que merecería que, lejos de todo, el hombre más poderoso de su tiempo haya transformado una montaña en palacio.

41

El lago Nasser centelleaba bajo una multitud de deslumbrantes reflejos, semejantes a mariposas de oro incandescente que batían sus alas antes de emprender el vuelo.

Encaramado al techo del camión logístico, un hombre equipado con unos prismáticos vigilaba los alrededores. Al pasar junto a él, sus compañeros le soltaban alguna pulla sobre su futuro bronceado y le recordaban que tenía el mejor puesto de la tropa, ya que los alrededores permanecían tranquilos y ningún francotirador le tomaría por objetivo.

En la orilla, tres grupos electrógenos hacían ruido, alimentando las bombas de desencalladura y la iluminación de la cantera submarina.

Ayudado por dos militares, Benjamin intentaba entrar, no sin dificultad, en una escafandra rígida para grandes profundidades, digna de una película de ciencia ficción: un traje de acero inoxidable, titanio, teflón y kevlar.

Alloa, en camiseta y con barba de tres días, bajó el talud de unas pocas zancadas.

—Acabo de hablar con Fanny. Le manda un beso.

—Qué amable. ¿Cómo va su hombro?

—Mientras no mueva el brazo, soportable. Me ha pedido que

le diga que el estudio de la pirámide de cristal va tomando buen rumbo y que ya tiene novedades para su investigación.

—Fabuloso.

—También le desea buena pesca.

Mientras le ponían la parte de arriba de su traje técnico, Benjamin se dio un fuerte golpe.

—Déjeme ayudarle —propuso Alloa—. Es un equipamiento estupendo, pero la forma de ponerlo no es tan clara.

Cuando se acercó a él para echarle una mano, Ben se dio la vuelta, manifestando claramente su voluntad de mantener la distancia. Sorprendido, West lo miró por unos instantes.

—Escuche, Benjamin, creo que hemos empezado mal. La situación no es sencilla para ninguno de los dos.

—¿De verdad?

—Ayer por la tarde, cuando a su jefe se le ocurrió asociarme a esta operación, francamente, dudé. Tengo trabajo en otro sitio, ni siquiera sé en qué está currando usted.

—Entonces, ¿qué hace aquí? —replicó Ben, deslizando las manos por los tubos articulados de los brazos.

—He venido por Fanny. Me ha dicho: «Benjamin es muy importante para mí. Te pido que lo acompañes y cuides de él. Te lo confío». Por eso estoy aquí.

Benjamin levantó la cabeza, sin preocuparle a quién tenía al lado.

—¿De verdad ha dicho eso?

West asintió y añadió:

—Suele hablar mucho de usted. Benji por aquí, Benji por allá. Incluso durante las pocas vacaciones que conseguimos pasar juntos, me cuenta lo que hicisteis vosotros. Cada vez que visitamos un monumento o un museo, solo habla de lo que tendría que enseñarle.

—Lo siento.

—Al principio, he de admitir que me cabreaba bastante. No estaba acostumbrado a que mis novias me hablaran de otro tío cuando estaban conmigo, no sé comprende lo que quiero decir. Pero con ella voy en serio. Fanny no es una chica más, así que me he acostumbrado. Usted es importante para ella. Lo acepto. A veces incluso hago la coña de que hay dos hombres en su vida. Así que preferiría que nos lleváramos bien. Digamos que lo veo un poco como a un cuñado.

Apolo no solo le había levantado a su chica, sino que encima acababa de tratarle de «cuñao». A pesar de que en su interior Ben apreciaba las buenas intenciones y el gesto de buena voluntad, iba a necesitar un poco más de tiempo para sentirse a gusto con aquel semidios.

Uno de los militares aseguró la parte de arriba con la de abajo de aquel mono lleno de cierres a presión.

—Tengo la sensación de estar dentro de una armadura —gruñó Ben.

West bromeó:

—Los tipos en armadura se ahogan cuando caen al agua, mientras que con eso, usted sobrevivirá.

Golpeando la estructura, uno de los militares añadió:

—Es una joyita, no lo solemos sacar de paseo. Fue concebido por la NASA. Con esto, nada de paradas estáticas, respire como al aire libre, en presurizado. Aunque le tire hacia abajo, saldrá.

—Esperemos que no tenga que comprobarlo…

—Me voy poniendo el mío —anunció Alloa.

La puerta del camión logístico se abrió y Karen saltó de la cabina. Conocía lo suficiente a Ben como para saber que, dado su estado de estrés, en ningún caso debía preguntarle qué tal andaba.

—¿Cómo van los preparativos?

—Mírame, me estoy convirtiendo en una lata de conservas. Cuando doblo los brazos o las rodillas, chirría.

Hizo una demostración y añadió señalando a West, que se equipaba más arriba.

—¿Lo ha visto?

—Bastante bien, sí.

—A su lado, parezco un niño enclenque que asiste a su primera clase de natación con su padre.

Karen se echó a reír.

—Si te portas bien con papá, mamá te comprará el flotador con forma de patito.

El comandante del M Squadron bajó a su vez de un vehículo y soltó:

—Han perforado el muro. La comunicación no es la ideal, pero me acaban de avisar de que, efectivamente, hay un espacio hueco detrás de la pared. Van a poder bajar.

Ben y Karen se miraron. El historiador preguntó:

—¿Han encontrado sus hombres una escalera?

—Solo han hecho un primer agujero. Ahora están preparando una abertura para que puedan pasar. Para cuando se unan a ellos, usted mismo descubrirá la respuesta.

Uno de los militares declaró:

—Señor Horwood, póngase derecho. Le vamos a conectar a la espalda su módulo respiratorio. Es un poco pesado en tierra, pero en el agua no pesa nada.

Al recibir la carga, Ben emitió un gruñido de animal herido y casi cae de espaldas.

—Un poco pesado, en efecto.

A continuación, los hombres le fijaron alrededor de la cintura un cinturón con plomos.

—Esto le ayudará a descender.

—Me voy a hundir como una piedra.

—Se lo quitaremos para volver a subir.

El comandante comprobó él mismo los equipamientos anexos.

—En su mano derecha, tiene la activación de la cámara ventral de gran angular. ¿La nota?

Ben tanteó con los dedos y afirmó.

—A la izquierda, controla sus proyectores de espalda. Enciéndalos lo más tarde posible para ahorrar batería.

Alloa volvió. Incluso con su armadura, conseguía desplazarse dignamente. Había necesitado menos tiempo para equiparse que Ben para ajustar su micrófono. El historiador se esforzó en poner buena cara delante de Karen.

—Ha llegado el momento fatídico.

Ella le ayudó a ponerse el casco y le susurró:

—Todo irá bien.

Ben se encontró encerrado en su escafandra. La voz de Karen le llegaba amortiguada a través del casco. Mientras los hombres se dedicaban a bloquear todo, él intentaba leer sus labios para no perder una palabra.

—Concéntrese en lo que está bajando a buscar. Piense solamente en ello.

Ella le deseó buena suerte y después lo abrazó. Con su grueso caparazón, Benjamin no sintió nada de su abrazo y no consiguió identificar si se trataba de un gesto cariñoso entre compañeros o de algo más personal. Por miedo a aplastarla, se quedó con los brazos bien abiertos, como un pingüino.

La voz de Alloa resonó de pronto en su oído.

—¿Todo bien, Benjamin? ¿Me escucha?

—Fuerte y claro. ¿Se dice así?

—Intente moverse.

Benjamin obedeció con la misma gracia que una mascota de fútbol americano.

—Perfecto, ya estás hecho todo un hombre.

—Con este chisme, parezco cualquier cosa menos un hombre.

—No lo olvide: respire con normalidad, hable con normalidad. Tenemos aire más que de sobra para aguantar.

Karen acompañó a Ben paso a paso hasta el borde del agua. Se sentía como un astronauta en Marte, sobre todo en ese paisaje desolado y rocoso.

El comandante le enseñó un cable que ensartó en una anilla del lateral.

—A esto se le llama línea de vida. Une sin interrupción el camión con el emplazamiento submarino. Es la que le va a guiar para descender y volver a subir, ya que, con su blindaje, olvídese de nadar. Esta línea es su seguro. No se separe de ella bajo ningún pretexto, salvo una vez abajo. Recuerde: al llegar al fondo, no verá nada. Es como puré. Por mi parte, sigo en contacto con usted y con el señor West.

Ben quiso asentir con la cabeza, pero no hizo más que golpearse con su casco.

—Se me ha olvidado ir al baño.

Pensó que se quedaba sordo al escuchar al comandante y a West estallar en carcajadas simultáneamente.

—Bienvenido a las fuerzas especiales, señor Horwood.

42

El desenrollado del cable en el anillo guía generaba un ruido agudo y continuo que resonaba en el interior de la escafandra. Benjamin era arrastrado inexorablemente hacia el fondo detrás de West, que habría camino hablando para tranquilizarle.

—Su frecuencia respiratoria es excelente, manténgala así.

A medida que se iban hundiendo, Ben notaba cómo su mente se iba acelerando. Se daba cuenta de que él solo no tenía ningún medio para quitarse su coraza. Si ocurriera cualquier imprevisto, estaría condenado a permanecer prisionero en su sobre blindado. Por los cristales del casco, no veía ningún pez y casi nada de vegetación. Se hundía en una nada nebulosa sin límites. Esperando poder tranquilizarse al percibir la luz del día, intentó mirar hacia arriba de su casco, pero la superficie del lago ya solo era un lejano techo inaccesible.

—Usted es la segunda persona a la que acompaño con este tipo de material —desveló West.

—Conque se puede salir vivo de esta…

—Evite los pensamientos oscuros, Benjamin.

—Tiene razón, reservémoslos para después. ¿Quién fue vuestro primer cliente?

—Un millonario italiano que deseaba hacer submarinismo sobre los restos de un barco que había pertenecido a sus ancestros, en el Mediterráneo. Fue mágico.

—Tuvo que llorar de emoción en su escafandra. Vamos, como para ahogarse.

Alloa no pilló la ironía y continuó:

—Conseguimos sacarle una foto de pie en la cubierta. Grandioso.

Benjamin pensó que, aunque estuviera bajando hacia un templo egipcio mundialmente conocido del cual cabía la posibilidad de que descubriera una parte secreta, solo era capaz de sentir la aprensión del momento presente. Todos sus sentidos estaban alerta y le impedían proyectarse hacia un futuro, aunque fuera cercano.

Se dio cuenta de que una segunda línea de vida bajaba en paralelo y que, con regularidad, dos o tres submarinistas se agarraban a ella con racimos de botellas.

—¿Qué hacen?

—Paradas estáticas. Tanto si suben como si bajan, tienen que esperar para que se estabilice el intercambio gaseoso de su organismo. Las botellas de aire comprimido se cambian para adaptar la composición del gas que tienen que respirar en función de la profundidad. Ellos no están presurizados. Nosotros somos unos privilegiados.

Ben tenía la impresión de estar en un ascensor, pero la bajada se efectuaba sin un punto de referencia, en un universo cada vez más oscuro y cada vez más opresivo. Intentó bromear.

—¿No le parece contradictorio estar bajo millones de litros de agua y no estar mojado?

—Espero que la paradoja dure.

La oscuridad creciente hacía el entorno más inquietante a cada instante. Ben reaccionaba a cada ruido y sus ojos buscaban con desesperación la más mínima forma. De pronto, distinguió una masa que se le acercaba rápidamente. Estuvo a punto de pegar un grito cuando unos extraños tentáculos se tendieron hacia él. Por suerte, reconoció la forma de un buzo antes de delatarse. El hombre nadaba hacia la superficie con naturalidad y le hizo una señal técnica a la que Ben respondió con un «¡cucú!» infantil.

El cable se desvió ligeramente y, como si se tratara de las vías del tren de la bruja que se adentran en el castillo fantasma de una feria, West y Benjamin lo siguieron.

—Hemos hecho un tercio del camino —indicó West—. Intente disminuir su frecuencia respiratoria. ¿No le duelen los oídos?

—Los noto, pero se puede soportar.

—Perfecto.

Se cruzaron con otros hombres en diferentes paradas estáticas. A su alrededor, Benjamin ya no distinguía nada más. Minúsculos residuos de sedimentos y de algas se deslizaban por el cristal de su casco. Sin estas partículas, habría podido creer que se había quedado ciego. El comandante no había mentido al hablar de puré.

El cable volvió a cambiar de dirección, dibujando una amplia curva. Ben rozó una cresta rocosa cuya extremidad se perdía en el abismo.

La voz del comandante se alzó en el interior de su casco:

—En este momento están entrando en la parte reventada de la montaña. El lugar no está lejos.

—Recuérdeme que pase por la tienda de regalos.

—Pasaremos —replicó West—, y me imagino que tendrá prisa por descubrir lo que se va a poder llevar.

Al fondo, más abajo, el historiador distinguió unas luces. En aquella relativa claridad, se dio cuenta de golpe de que estaba bordeando el desfiladero sumergido.

—Trece metros para la meseta —anunció el comandante—. West, empiece a desacelerar.

El suelo apareció de golpe, como emergiendo de una niebla sobrenatural, nimbado por la luz lechosa de los proyectores. Unos hombres se desplazaban lentamente, sin ruido, dejando escapar columnas de burbujas que huían hacia la lejana superficie. Algunos iban equipados con herramientas, otros trajinaban alrededor de grandes contenedores. Sus gestos eran extremadamente lentos. Esta visión revivió en Ben un recuerdo de infancia que había creído olvidar, cuando en casa de su abuelo, durante los largos domingos familiares, se pasaba horas dejándose la vista en las ilustraciones de la novela de Julio Verne, *Veinte mil leguas de viaje submarino*.

West frenó y agarró un pie de Ben para permitirle parar con suavidad. Después de una maniobra cuyo desarrollo se le escapó, Ben se encontró de pie, como un gran juguete apoyado sobre sus dos pies, un poco bamboleante.

—Me da vueltas la cabeza.

—Normal. Respire profundamente y se recuperará. Se le ha dado muy bien.

Un buzo los liberó del cable y les hizo una señal para que lo siguieran. En ese mundo irreal, Ben dio sus primeros pasos con la misma seguridad de un bebé de diez meses que, por primera vez, se suelta de la mesita del salón. Por las formas geológicas que los rodeaban, le pareció identificar los restos de la estructura de la pronaos. Nadie había pisado aquel suelo desde las obras de desmantelamiento, unas décadas antes. Andar le requería un auténtico esfuerzo. A cada paso que daba, tenía la impresión de estar empujando cuarenta kilos de acero fundido.

Se acercó a una pared, la misma que había cobijado los bajorrelieves que había admirado con Karen unas horas antes. Incluso aunque sus guantes blindados no le permitían sentir el material, acarició la roca. En aquel medio hostil, entre aquellos hombres en misión, él era el que mejor podía apreciar la importancia del lugar donde se encontraban. Le hubiera gustado tomarse su tiempo para pensar en ello, pero temiendo que pudiera alejarse, se volvió a poner en marcha.

Lo que quedaba de la antecámara del santuario ya estaba iluminado. Tres hombres trabajaban en la pared derecha, despejada de todo limo gracias a las bombas. Se había practicado una abertura en la pared. Su guía la señaló y los invitó a entrar.

—Aquí estamos —anunció West—. Al pie de la pared...

—¿Qué han encontrado ahí dentro?

Fue la voz del comandante la que respondió, entrecortada por la mala calidad de la comunicación.

—Nadie ha entrado, señor Horwood. La orden de nuestra misión estipula que debemos abrirle paso, pero que después le toca a usted.

Benjamin se acercó a la enorme boca. Ante él se abría un espacio oscuro al fondo del cual, una vez se adaptaron sus ojos, no tardó en distinguir formas horizontales. Las circunstancias particulares le impedían tomar conciencia de lo que estaba a punto de vivir.

—Benjamin —indicó West—, por razones de seguridad, se supone que yo debo pasar primero, pero prefiero dejarle el honor de abrir camino. ¿Alguna objeción, comandante?

—Yo no estoy allí abajo, usted es el único que puede juzgar.

—Acepto el riesgo —declaro Benjamin, dirigiendo un saludo de agradecimiento a su ángel de la guarda.

Encendió sus proyectores y accionó su cámara ventral. Se situó ante la abertura y se deslizó de lado para poder pasar.

—No respire demasiado rápido —atemperó West.

Al franquear la pared, Ben sintió la angustia de quedarse atrapado. Inspiró profundamente y pensó que aquellos que habían descubierto el templo, los que lo habían estudiado, incluso aquellos que lo habían desmantelado, habían pasado a menos de un metro del pasadizo secreto sin imaginarse nada.

—¡Escalones, hay escalones! —exclamó—. ¡Muchos!

Una vez pasada la pared, se encontró al pie de la escalera. Alloa no tardó en unirse a él.

—He oído decir que este tipo de lugares podía disponer de trampas... —dijo el excomando, un poco tenso.

—También cuentan que aquellos que los profanen serán después víctimas de horribles maldiciones. Pero intente evitar pensamientos oscuros, señor West.

Ben se fijó en que las paredes estaban grabadas por completo con jeroglíficos y cartuchos reales. Intentó valorar la escalera.

—Hay que subir sin perder más tiempo, Alloa. Solo los dioses saben dónde conduce este pasaje.

43

Escalón tras escalón, a costa de repetidos esfuerzos, Ben y West subían las escaleras uno detrás del otro. El pasadizo era lo suficientemente ancho para que cada uno pudiera subir mirando al frente con su poderosa escafandra. Al menor desvío en su trayectoria, sus amplios hombros redondeados raspaban las paredes.

La iluminación de Ben proyectaba círculos de luz en las paredes grabadas con símbolos. Estaba impresionado por su excelente estado de conservación. Cada paso que daba le revelaba decoraciones y textos que, por sí solos, habrían merecido ser estudiados durante días. Pero debía continuar. En aquel lugar ajeno al tiempo y lejos del mundo, él ascendía hacia la noche.

—Madre mía, nadie ha puesto los pies en este lugar desde hace tres mil años. ¿Por qué no estoy más emocionado? —se dijo a sí mismo Horwood.

—Yo sí que lo estoy —reaccionó West, que le había escuchado—. El efecto que me produce es incluso un pelín inquietante.

De pronto, Ben se detuvo. En la parte alta de la escalera había visto una extraña ondulación que devolvía el haz de sus focos. Retomó su avance con precaución, esforzándose en comprender de qué se trataba. Terminó por darse cuenta de que a medida que subía, su casco se iba encontrando progresivamente fuera del agua.

Su primer reflejo fue quedarse quieto. Incrédulo, se preguntó si no estaría siendo víctima de una alucinación. Tendió los brazos hacia delante y los vio al aire libre a través de su casco.

—¡Entramos en una cámara de aire! —anunció.

West lo comprobó cuando llegó su turno.

—Increíble. Tuvo que quedar prisionera entre las paredes. No se le ocurra quitarse la escafandra.

—No tenía intención de hacerlo.

Los dos hombres subieron un poco más y se encontraron por completo por encima del nivel del agua.

—Las presiones parecen equilibrarse —comentó West—. Con los millones de metros cúbicos de agua que hacen presión, el aire debe de estar jodidamente comprimido.

—La zona secreta tuvo que quedar impermeabilizada hasta que agujerearon la pared. Ahora entiendo mejor por qué los bajorrelieves están tan bien conservados.

Con la mayor delicadeza posible, Ben pasó la mano por el muro seco y observó el polvo que recogía su guante.

—Soy de la opinión de no rezagarse.

—Totalmente de acuerdo.

Los dos hombres subieron aún una decena de escalones, cuando los haces de los focos de Ben se perdieron en el vacío. La luz ya no desvelaba nada.

—No sé hacia dónde estamos yendo, pero ya hemos llegado —comentó Ben.

Cuando alcanzaron la parte alta de la escalera, tuvo la sensación de estar al borde de un precipicio cuya insondable profundidad le aspiraba. El hecho de no estar ya rodeado de agua le desestabilizaba, y el peso de la escafandra le dejaba sin respiración. Necesitó unos instantes para tomar conciencia de lo que los focos le estaban revelando.

—Estoy en el umbral de una sala, West. Es más grande de lo que hacía pensar el plano.

Apoyó el pie en el enlosado milenario y perfectamente seco. El ruido de sus suelas metálicas resonó, pronto redoblado por el eco de los pasos de Alloa.

Era una habitación cuadrada de unos seis metros de lado, cuyas paredes estaban pintadas con escenas de colores muy vivos a pesar de su antigüedad. En el medio de la sala, un amplio centro apoyado sobre un pilar bajo. Al fondo, bajo un fresco que representaba un disco solar enmarcado por unas largas alas, un sarcófago llamativamente alargado.

—Necesitamos gente —pidió Ben por su radio—. Comandante, ¿puede mandar a sus hombres en primer lugar con el material para las tomas?

Ninguna respuesta. West insistió:

—Comandante, ¿nos recibe?

Silencio.

—Hemos perdido la conexión, Ben. No se preocupe, esta interrupción en la comunicación no es de extrañar en semejantes condiciones.

El historiador no se sentía ansioso. Estaba demasiado absorto en lo que estaba descubriendo. Cuando se desplazaba, hacía el mismo ruido que un robot que avanzara implacable.

—Ninguna huella de combustión en el interior —dijo examinando el centro—. Debía de contener fluidos destinados a los rituales.

—Benjamin, debo ir a buscar refuerzos. Necesitamos más luz y material. ¿Se siente capaz de quedarse aquí solo?

—No creo que este solo —respondió Horwood señalando el sarcófago.

—Usted es flipante. Voy. —Cuando se disponía a volver a bajar la escalera, West dijo—: ¡El agua ha subido!

—¿Está seguro?

—Sin ninguna duda.

—No perdamos tiempo. Hay que hacer fotos antes de que el agua estropee estas maravillas.

Con sus pintas, West se dio toda la prisa que podía. Cuanto

más bajaba, menos se percibía su luz en la sala, dejando a Ben solo con sus focos en una atmósfera de penumbra.

Benjamin estaba fascinado con la sepultura y con el disco solar alado que había al fondo de la sala. A cada lado del círculo de oro se extendían unas inmensas alas magníficamente pintadas, propagando su benévola protección sobre el difunto. Ben estudió el sarcófago exterior. Apoyó sus manos enguantadas sobre él. Habría querido poder tocarlo, sentir su material, su grano, la frescura de la piedra, recorrer sus esculturas. Le habría encantado acariciar su losa maciza.

Un terrible estruendo le heló de pronto la sangre. A este le siguió inmediatamente un violento silbido que le hizo perder el equilibrio y le empujó contra la tumba. Una tormenta de aire se desencadenó, gimiendo terroríficamente. Un escalofrío de terror le recorrió la espalda, reavivando todos sus miedos iniciales. En su pánico, Ben tuvo una revelación: en su última lección, la vida le iba a demostrar que todas las leyendas referentes a las criaturas vengativas que protegen las tumbas sagradas eran ciertas. Por haberse atrevido a perturbar el descanso de un protegido de los dioses, iba a morir allí, destruido por una abominación sin nombre. Cerró los ojos con todas sus fuerzas, listo para soportar su castigo.

Los segundos siguientes pasaron como una eternidad. La respiración dantesca de su pesadilla terminó, sin embargo, por calmarse. Unos instantes después, comprobando que ningún castigo divino le había reducido a polvo, Ben se giró lentamente y no descubrió nada ni a nadie.

Todavía temblando, avanzó. Entonces se dio cuenta de que, en la escalera, unas olitas picudas agitaban el agua, y que el nivel de esta había subido brutalmente, por lo menos un metro. Sin duda, había sido el efecto sifón el que había provocado aquel ruido ensordecedor de tormenta y aquel silbido sobrecogedor. Ben podía seguir esperando que los monstruos no existieran... Pero tenía otro motivo para preocuparse. La colosal masa de agua empujaba el aire a través de las más ínfimas fisuras de las estructuras de la sala.

Aquella marea agresiva buscaba invadir la habitación y podía conseguirlo de un momento a otro. Entonces no daría un duro por su pellejo. Intentó recuperar la calma.

—Haz un esfuerzo, concéntrate en lo que estás buscando. ¿Qué dirías a Fanny si estuviera aquí? —Se giró hacia el sarcófago—. Tú también querrías saber quién se oculta ahí dentro, ¿verdad? ¿Quién descansa aquí? ¿Por qué instalaron esta tumba secreta?

—La mejor forma para saberlo es abrirla —respondió la voz de West en su casco.

Esta vez, Ben no pudo contener su miedo y gritó. West apareció en su campo de visión, sujetando un proyector y una grabadora.

—Madre mía, ¿quiere matarme? —exclamó Benjamin—. ¿No podía anunciarse?

—Me hubiera gustado llamar, pero no hay puerta. ¿Qué demonios ha hecho para que haya toda esta agua, se ha dejado el grifo abierto?

—El agua empuja el aire, y es bastante violenta. Ha saltado un escalón de un solo golpe. Dentro de poco, esta sala estará inundada.

—Pues visto que estamos en un concurso de malas noticias, tengo una que debería gustarle: vamos a tener que apañárnoslas solos, usted y yo, ya que nuestros valerosos hermanos de armas no pueden llegar hasta aquí con sus equipos. A esta profundidad tienen que quedarse en el agua, si no se dejarían el pellejo.

—Nos apañaremos. Ayúdeme a abrir la tumba.

—¿Es necesario?

—¡Pues claro, vaya pregunta!

West no las tenía todas consigo.

—Genial. Siempre he soñado con despertar a los muertos.

Encendió su linterna. Las pinturas doradas de los frescos se pusieron a brillar como no lo habían hecho desde hacía milenios.

Los dos hombres se pusieron cada uno a un extremo del sarcófago y colocaron las manos en las esquinas de la losa.

—¿A la de tres?

—Vale.

Por más que lo intentaron, la tapa no se movió.

—Haga un esfuerzo, Benjamin, delo todo.

—Hago lo que puedo. Le pido disculpas, pero mi plan de estudios no incluía musculación. El trabajo de leñador es más bien lo suyo.

—¿Perdón?

Un estruendo aún mayor que el primero explotó en la habitación, con tal fuerza que el suelo tembló. El agua se precipitó como un monstruo al acecho que pasa al ataque. El rugido del aire fue aún más poderoso y la ola llegó a golpear la base del sarcófago.

Una vez pasado el *shock* de la sorpresa, Ben constató:

—Alloa, la losa se ha movido.

Empujaron con todas sus fuerzas y, finalmente, consiguieron desplazar la piedra.

Al observar lo que contenía la tumba, esta vez Ben sí que sintió algo. Una emoción que nunca olvidaría.

44

Como si el tiempo se hubiera detenido, Benjamin y West contemplaban la caja funeraria abierta. En una disposición muy poco habitual, el habitáculo se componía de dos partes. Una momia descansaba en la más grande; pero, al contrario de lo que solía hacerse en sepulturas tan importantes, los restos mortales no se encontraban en un sarcófago secundario. El cuerpo desecado descansaba al fondo del receptáculo de piedra, vestido con una larga túnica, de la que solo sobresalían las manos y los pies. La piel apergaminada y gris, con matices oscuros, estaba retraída sobre los huesos, de los que se adivinaba cada contorno. Una máscara de oro, con incrustaciones de pedrería, recubría el rostro. Un espectacular collar compuesto de pequeños rectángulos dorados ensamblados en cota de malla se desplegaba sobre su hundido pecho. En las muñecas, pulseras del mismo metal. La forma de cada una de estas joyas era atípica. Si los materiales habían sido cincelados con gran virtuosismo, las líneas más sobrias, que asociaban motivos inéditos en la cultura egipcia, remitían a influencias extranjeras. A pesar de la delicadeza del trabajo de los artesanos, el diseño de estos ornamentos parecía destinado a tener un sentido más allá que el de impresionar. En comparación con otros tesoros egipcios ya conocidos, el resultado podía parecer más primitivo, pero paradójicamente más técnico.

El segundo compartimento se situaba a los pies del cadáver. Se presentaba como un único bloque, con cada uno de los objetos que había en su interior colocados en un espacio cavado expresamente con su forma.

—West, hay que ir a buscar los contenedores.

—Me niego a dejarlo aquí solo con el agua que puede empezar a entrar a chorros.

—Tenemos que salvar esto. Venga, se lo ruego. Cada segundo cuenta. Yo me encargo de las fotos.

—Fanny me ha pedido que lo traiga de vuelta a usted, no a las antigüedades. Es demasiado arriesgado. Si la habitación queda sumergida, vamos a pasarlo muy mal.

—Alloa, nadie, ni siquiera usted, me hará salir de aquí sin estos artefactos.

West gruñó.

—Fanny tiene razón, es más terco que una mula.

—Se lo confirmo. Así que ayúdeme, por favor.

Con el agua hasta las pantorrillas, West tomó el camino de salida, mientras el historiador comenzaba el inventario más extraño de toda su vida.

Una vez solo, se giró hacia la momia y se inclinó sobre ella.

—¿Quién eres? —le preguntó—. ¿Un sacerdote? ¿Un mago? ¿Un viajero venido de una comarca lejana? Quizá una mujer, a juzgar por la forma de tu pelvis.

Tomó algunas imágenes.

—No te preocupes, no soy un saqueador, ni siquiera un explorador. No voy a coger ninguna de tus joyas. Dentro de poco, el agua estará por todas partes. No te va a gustar. Te pido perdón, pero necesitábamos saber. Hay otros que tenían previsto venir, y no estoy seguro de que te hubieran dejado tus riquezas. Con todo el respeto, te pido que me ayudes. Permíteme hacerme con el conocimiento que pueda ahorrarnos lo peor.

Retrocedió hacia la parte baja del sarcófago y extrajo un primer objeto de su cavidad. Un tubo de piedra que contenía un rollo de papiro. Otro se encontraba en el agujero de al lado. Lo que sacó a continuación fue un sorprendente cubo de metal cubierto de graduaciones y de trazos geométricos. Su embalaje de tela cayó convertido en polvo.

Un nuevo estruendo sacudió la sala. Ben se agarró a la tumba. El silbido tomó esta vez la forma de un lamento que hacía pensar en un monstruo agonizante. Las paredes y el techo se sembraron de fisuras, agrietando los inestimables frescos. Ahora, el disco solar estaba partido. Extrañamente, no caía nada de polvo por los intersticios. El aire a presión, expulsado desde las entrañas de la tierra, se llevaba consigo en su huida hasta la más mínima partícula. Fuerzas físicas titánicas se enfrentaban en esta sala. El caudal había vuelto a subir, decidido a conquistar su espacio. La cámara de aire le hacía resistencia, pero ¿por cuánto tiempo? El agua llegaba ya hasta media altura del sarcófago. Las olas agitadas lamían las paredes, cada vez más arriba. A pesar de las sacudidas, Ben no se desconcentró.

—Te lo suplico —murmuró al cadáver—. Quien quiera que seas, haré lo que pueda para honrar tu memoria. Muéstrame. Dime. Dame.

Sacó otros tesoros de su estuche de piedra: un pequeño cilindro grabado, una caja rectangular gris y una gran copela de bronce redonda con el interior dorado.

Ahora a Benjamin le llegaba el agua hasta la pelvis. La aparición de una luz proveniente de la escalera le anunció la vuelta de West. El hombre emergió en su escafandra.

—Joder, esto se está poniendo feo, Benjamin. Tenemos que largarnos de aquí.

—Deme las cajas, rápido. Ayúdeme. Hay que poner todo en un lugar seguro.

Al descubrir las dos pequeñas cámaras, Ben exclamó:

—¿Solo tiene esto para empacar todo?

—Ya me las he visto y deseado. Ni de coña vuelvo a hacer otra ida y vuelta.

—¡Qué mala pata! Vamos a tener que decidir qué llevar.

A Horwood le tocaba elegir entre piezas inestimables. La peor situación posible. ¿Qué abandonar? ¿A qué renunciar? ¿Qué objetos podrían responder a sus preguntas? ¿Y si corría el riesgo de equivocarse?

—Benji, ¡dese prisa!

—Por favor, no me llame Benji, lo odio.

El historiador abrió un contenedor cerrado herméticamente y colocó a toda prisa los objetos en su interior.

Pensando que así lo ayudaba, West intentó retirar la máscara de oro de la momia.

—No, Alloa, no la toque. Cojamos solo lo que está a sus pies.

—¿Por qué dejarla? Estoy seguro de que ni siquiera Fanny ha visto algo tan bonito en ningún museo. Aquí no le sirve a nadie.

—Se lo pido por favor, confíe en mí. He dado mi palabra. Ayúdeme mejor a recoger esto.

Sacó otros objetos, dando prioridad a aquellos cuya naturaleza desconocía, esperando así descartar los más comunes.

Un silbido lúgubre comenzó a expandirse por la habitación. Instintivamente, Benjamin cerró el primer contenedor, que West bloqueó de inmediato. El sonido se amplificó hasta el punto de volverse físicamente doloroso escuchar. Ben recogió aún algunos artefactos que depositó a toda prisa en la segunda caja. Toda la sala empezó a temblar. Ya no se podía hablar de fisuras, sino de brechas por las cuales se insinuaba el agua.

—Benjamin, esto corre el riesgo de ser violento.

—A lo mejor ahora sí que tengo derecho a un pensamiento oscuro. ¿Qué me dice?

—Está como una cabra, venga…

—Si no saliera de esta, cuide de Fanny. Sean felices. Dígale de mi parte que, sin duda, tiene dos hombres en su vida.

—¿La ama?

A través de sus cascos, los dos hombres intercambiaron una

mirada. Con mano firme, Ben cerró el segundo cofre de transporte.

El bramido se convirtió en grito. La ola los levantó como corchos y los proyectó contra el fresco. En el último asalto del agua, Ben creyó ver cómo la momia se incorporaba. Le tendió la mano pero, fueran cuales fueran sus poderes, ella no lo ayudó.

45

Cada existencia es un hilo con el que se teje la tela del mundo. Comparables a fibras, las vidas fluyen y ondulan entre altos y bajos, se doblan, se unen, resisten y, en ocasiones, se usan hasta rasgarse. Todos los seres viven en esta tracería sin fin, donde los destinos se cruzan, se tejen unidos unos a otros por un telar que lleva en funcionamiento desde la noche de los tiempos, añadiendo sin interrupción su labor del día al infinito tapiz de nuestra historia. Unas veces rugoso, otras veces de seda, este tejido universal y sagrado se muestra más fuerte que la muerte misma.

Algunos futuros están cogidos por un único hilo, y nadie sabe lo que le dará fuerzas para resistir o hará que se rompa. En la cámara mortuoria del sepulcro, Benjamin había salido despedido como una marioneta desarticulada. Pero, por esta vez, el Gran Tejedor había elegido no seccionar sus hilos.

Tendido en su cama, con la cara parcialmente cubierta por un vendaje, Horwood se agitaba presa de movimientos incontrolados. Aunque profundamente dormido, revivía todo lo que su mente no había logrado aprehender en tiempo real. Después de haber captado y experimentado apresuradamente, el cerebro trabajaba para analizar lo vivido mientras el cuerpo se recuperaba. Repetir la escena para comprenderla mejor, revivirla hasta no sentirse sobrepasado por su violencia, reconstruirla hasta que ningún detalle permanezca confuso. A veces, algunos segundos vividos, sublimes o traumáticos, pueden engendrar material de reflexión durante mucho tiempo. El tiempo necesario para estudiarlo minuciosamente, clasificarlo e integrarlo. El tiempo para descubrir si aquello nos empuja a vivir o a morir.

En el caso de Ben, su encuentro con la desconocida del sarcófago había sido tan mágico espiritualmente, como doloroso físicamente. Muy pocos humanos han tenido el privilegio de vivir una experiencia tan intensa, y mucho menos de sobrevivir a ella. Normalmente, lo que nos fascina y apasiona hasta tal punto, también nos mata, como una traca final o una sobredosis. Y si no sucumbimos, incluso un córtex agudo necesita tiempo para analizar y lidiar con todo lo que se deriva de ello. Mientras dura ese proceso, el cuerpo se mueve, como si cabalgara tras los sentimientos que hacen que exista. Benjamin se encontraba ahí.

Su mano se crispó en el vacío, se puso a gemir como un animal herido y sus piernas se estiraron. Se arqueó con todas sus fuerzas y su corazón se aceleró hasta el punto de hacer saltar la alarma del electrocardiograma al que estaba unido.

La verdad de los seres se esconde con frecuencia en lo más profundo de sus sueños. Su clave se desvela cuando por fin pueden actuar libremente, como si se sintieran realizados a la luz del día pero, paradójicamente, sin testigos y sin arriesgarse a sufrir la más mínima consecuencia. En este espacio íntimo, en los meandros de la mente, nadie puede espiar o juzgar, la edad ya no tiene valor legal y el tiempo está abolido. Libres de ataduras físicas y sociales, los sueños son el teatro de lo que de verdad cuenta: los verdaderos miedos y las verdaderas esperanzas. Solo lo que importa perdura. Solo entran en escena los que están convidados, solo se representa lo que es esencial. Como un demiurgo absoluto inconsciente de su desmesurado poder, el que duerme escribe su vida con total impunidad con una autenticidad exenta de compromiso. La noche, las mentiras y la indiferencia no existen. Las mayores alegrías y las peores desgracias sí.

Benjamin siempre se había considerado afortunado. A lo largo de su vida casi nunca había tenido pesadillas. Le divertía el hecho de que cuando se despertaba, todavía se acordaba de lo que había soñado. Ambientado en lugares que le habían marcado, modificado según su fantasía, se perfilaba según un guion recurrente: iba en busca de alguien.

De esta forma, había errado mucho tras los pasos de su abuelo, primera figura de su infancia cuya brutal desaparición le había enseñado la ineluctable temporalidad de aquellos que queremos. Durante años, en diferentes versiones del mismo sueño, Ben había quedado con su abuelo James en plena madrugada de verano, siempre en el mismo sitio, en la barca en la que solían ir a pescar. A pesar del afecto manifestado en tantísimas ocasiones, el buen hombre, cuya risa de caballo aterrorizaba a los niños y avergonzaba al resto de la familia, rara vez había respondido «presente» a la llamada de su recuerdo. Casi treinta años después, Ben volvía a esperarle.

De esta forma, había buscado a mucha gente —a su padre, a su perro Power—, pero a la persona que más había esperado, aquella que había perseguido en todos los escenarios posibles y aquella que siempre desaparecía ante sus ojos cuando intentaba acercarse a ella era, sin duda alguna, Fanny Chevalier.

Benjamin entreabrió los párpados. Su venda no le dejaba ver más que por un ojo. Solo distinguía una forma imprecisa, que le dominaba a contraluz. No se preguntó ni dónde se encontraba ni qué le había pasado. Toda su atención se concentraba en esta silueta que, instintivamente, percibió como protectora.

—¿Fanny?

Una mano cogió la suya. El calor de la piel. Una vida que se conecta con otra.

—No, soy Karen.

Benjamin no se sintió decepcionado. El papel también le iba a la perfección a *miss* Holt, así que no sintió ninguna pena. Se agarró a sus dedos y, con la poca fuerza que le quedaba, intentó girarse hacia la joven.

—No intente moverse. Voy a avisar al doctor.

—Quédese.

—Es solo un minuto.

—No me deje, Karen, ni un minuto. Por favor.

Cuando estuvo seguro de que ella no iba a alejarse, Ben se relajó expulsando el aire de sus pulmones. Incluso respirar le hacía daño. Cerró los ojos. Le daba miedo volver a abrirlos. Quizá, todo lo que había creído vivir no fuese más que una ilusión. En ese caso, Karen solo sería un agradable sueño en su purgatorio. ¿Y si la mano que apretaba fuera todavía la de una desconocida de tres mil años, en medio de un maremoto subterráneo? Con los ojos cerrados, preguntó:

—¿Estoy vivo?

Karen soltó una risita.

—Tiene la mayoría de los síntomas.

—Por un momento, la he tomado por una momia.

—Dados sus gustos, lo consideraré como un cumplido.

En la aturdida mente de Horwood, varias imágenes potentes aparecieron a fogonazos. La aterradora masa de agua desencadenada. Los frescos iluminados cuyos motivos dorados se iban desprendiendo. La terrorífica mirada de la máscara funeraria y los brazos tendidos de la misteriosa difunta.

—¿Dónde está West?

—En la habitación de al lado.

—Supongo que si aún formo parte de este mundo, es gracias a él.

—Luchó como una fiera para sacarle de aquel agujero.

—Genial. A partir de hoy, le debo la vida al hombre que más me apetecía odiar. Tendré que llevarlo lo mejor que pueda. Y el caso es que tiene pinta de ser un tío majo.

—Y, además, guapo...

Holt suspiró, juntando las manos en una postura de jovencita enamorada.

—Karen, ¿habría alguna posibilidad de pactar una tregua? Soy un gran aficionado de nuestros intercambios cargados de ironía, pero ahí...

—Tregua acordada. De todas formas, necesitaré un justificante médico que la apoye. A mí también me gustan mucho nuestros intercambios, señor Horwood, cargados de todo lo que usted quiera. Cuando creí que no volveríamos a tenerlos, me sentí mal. Muy mal. Lo odié. Puede presumir de ser el origen del mayor temor de mi carrera.

—Afortunadamente, pequeña suertuda, sigo vivito y coleando, y a mi carita de ángel no le pasa nada.

—Espere a mirarse al espejo, Míster Presumido. Veo que su ego se recupera rápidamente.

—No lo sobrestime, se está esforzando mucho porque usted está aquí.

Karen se esmeró en colocarle bien la sábana. Evitando la mirada de Ben, reconoció:

—Cuando perdimos la conexión audio, por primera vez en mi vida entré en pánico. No era demasiado profesional, yo misma me sorprendí, pero no conseguí mantener la sangre fría. Tuvieron que pasar trece largos minutos antes de que los chicos nos confirmaran que habían vuelto a ver a West y que parecía que todo se desarrollaba correctamente. Viví el peor cuarto de hora de mi vida.

En su estado, Ben no estaba en condiciones de interpretar sus palabras. «No era demasiado profesional..., pero no conseguí mantener la sangre fría». ¿Karen quería decir que había técnicamente faltado a su rigor o, más bien, que un sentimiento personal había dictado su reacción? Ben decidió confiar este interrogante estratégico a su cerebro, que lo añadió en un pispás a la pila de carpetas complejas pendientes de analizar.

Para comprobar su movilidad, giró la cabeza hacia un lado y después hacia el otro.

—Madre mía, no siento ni los brazos ni las piernas...

—Los médicos han dicho que habrá que esperar. Su cuerpo ha sufrido un gran daño, aunque, por fortuna, las pruebas no han mostrado ninguna lesión neurológica. Los matasanos creen que debería recuperar sus facultades rápidamente.

—¿Fanny está junto a su héroe?

—La señorita Chevalier se ha quedado en Inglaterra. Quería venir, pero por razones de seguridad no se le ha autorizado. Yo la mantengo personalmente al corriente de su estado.

—¿Cuál es el diagnóstico? ¿Espachurrado en una lata de conservas?

La joven hizo un esfuerzo para recordar todo el listado.

—Torcedura de muñeca, dos costillas hundidas, esguince de rodilla, hematomas un poco por todas partes…

—¿Y Alloa?

—El mismo tipo de menú.

—¿Pensará que soy estúpido si le pregunto por quién preguntó primero Fanny?

—Me niego a responderle.

—Eso quiere decir que preguntó primero por Alloa.

—Esto es surrealista.

—Genial, su reacción demuestra que primero se preocupó por mí.

Karen le apartó la mano con viveza, dejando traslucir su irritación.

—¿Cuántos años tiene? ¿Y qué cambia? ¿Vamos a jugar también a adivinar a cuál de los dos salvaría si no tuviera más que una jeringuilla? ¿Eso es todo lo que le importa? ¿Su ambición se resume a ser su preferido?

—Mi ambición era ser amado. Aunque le pueda parecer infantil, el hecho de que me prefieran puede constituir un primer paso. Pero tiene razón, ya no es eso lo que más me preocupa. En cualquier caso, mi deuda con West me condenaría a ponerle yo mismo la inyección que me habría sacado del paso. ¡Menuda broma del destino! En mi tumba, le pido que graben: *Algunos vivieron felices y comieron perdices… Él no.*

—Demasiado largo.

—Tiene toda la razón. Conténtese con escribir: *De puro bueno, era gilipollas.* Así, incluso muerto, podré servir de lección a mis sucesores.

—¿Espera entrar en el panteón con un epitafio tan ridículo?

—En el estado en que me encontraré, poco me va a importar dónde entre. Por cierto, ¿dónde estamos?

—En una clínica privada de El Cairo. No nos hemos querido arriesgar a trasladarle más lejos.

—¿Desde hace cuánto?

—Cuatro días.

—¿Cuatro días grogui? He tenido suerte de encontrarla plantada a mi lado justo en el momento de despertarme.

—No me he apartado. —Ben miró fijamente a Karen con su único ojo abierto. Ella reaccionó al instante—. Ni se le ocurra preguntarme por cuál de los dos, West o usted, me he preocupado más, ¡o le rompo el brazo!

Horwood sabía que esta amenaza era solo el escudo de una conmovedora bondad. Le gustaba esta timidez.

—¿Le ha contado West lo que descubrimos allí abajo?

—No estaba en condiciones. No olvide que el final de la expedición fue un poco movidito...

—¿Pudieron salvar los contenedores con los objetos recogidos?

—Fueron subidos.

—Hay que protegerlos. Cueste lo que cueste. No cabe duda de que los otros van a intentar recuperarlos.

—Relájese, los contenedores no corren ningún peligro. Han sido trasladados a un lugar de máxima seguridad del Defence Science and Technology Laboratory. Fanny ya ha empezado a estudiar su contenido. Sus sistemas de captación de imágenes también han sido enviados junto a lo que quedaba de sus escafandras. A pesar del lamentable estado del material, esperamos que se puedan utilizar las imágenes. Su chapuzón nos va a costar millones. Desde aquí veo la pila de formularios que habrá que rellenar... Ya puede ponerles una buena vela a los que inventaron esos equipos, y a los hombres del Special Boat Service que los subieron a la superficie.

Benjamin intentó incorporarse, pero Karen se lo impidió.

—Quédese tumbado. Voy a avisar a las enfermeras para sus curas.

—No quiero que me curen, quiero hablar con usted.
—¿De qué?
—De lo que he visto, Karen.

Muy a su pesar, Benjamin notaba cómo las lágrimas corrían por sus mejillas, como si el exceso de emociones y de tensión hubiera esperado a que se hablara de la inmersión para salir al exterior.

—Tengo que compartirlo, es demasiado increíble para mí solo. Era magnífico. El plano decía la verdad. Al otro lado de la pared se escondía una tumba. Ignoro quién reposaba en ella, pero espero descubrirlo. Se lo debo.

—Habla en pasado...

—Ya no queda nada. La irrupción violenta del agua devastó todo. Ni siquiera nos dio tiempo a volver a cerrar el sarcófago para proteger el pobre cadáver... —Pasó su muñeca vendada por su frente perlada de sudor—. Es terrible. Nunca más se podrá volver a bajar a aquella tumba. Nosotros habremos sido los primeros y los últimos en contemplarla. Permaneció sellada durante más de tres mil años para proteger a una desconocida y a su extraña colección. Y ha bastado una sola visita para que aquella cantidad de agua redujera todo a la nada. Qué pena...

—¿Una desconocida? ¿Piensa que se trataba de una mujer?

—Tengo esa corazonada. Y es probable que bastante joven. Las proporciones del cuerpo me empujan a creerlo. Pero ¿cómo confirmarlo? Ni siquiera puedo volver a su lecho...

—¿Estaría dispuesto a volver a sumergirse después de lo que ha vivido?

—Sin pensármelo dos veces. Karen, ¡si simplemente hubiera podido verlo! No era un museo. No se trataba de una reconstrucción o de un decorado. Estábamos en medio de una realidad sagrada. Los últimos que pisaron aquel suelo fueron sus creadores. Lo que allí dejaron representa lo más noble, lo más puro y lo más logrado de su tiempo. Allí depositaron sus creencias, su espíritu, sus esperanzas en una vida más allá de la muerte. Nosotros hemos sido testigos de una fe, de un saber, de un poder intactos. Nos hemos podido acercar a ellos, tocarlos directamente y sin filtro alguno. He caminado a través de los siglos. Es una sensación que supera todo, que trasciende la condición de hombre. Se penetra en una realidad que nos supera a todos. Comprendo a los exploradores que han evocado un sentimiento de eternidad. Yo lo he sentido. Está en mí. Se codea con lo que constituye el verdadero milagro de nuestro mundo, el genio puro de los que investigan frente a las leyes del universo que se nos escapan. Una vida por una búsqueda que ningún muerto podrá interrumpir.

—Habla como un alquimista.

—¿Los que desean aprender no son todos iguales frente a lo que he visto? Me sumergí para encontrar respuestas, pero también he vuelto con preguntas.

—No se emocione demasiado. Tengo muchas ganas de que me cuente todo con detalle, pero de momento tiene que descansar.

—¿Descansar? ¿Con mi cabeza bullendo de esta manera? Va a ser complicado. ¿Quiere que le cuente lo más sorprendente, Karen?

—Dígame.

Ella volvió a cogerle la mano, pero, perdido en su exaltación, él no se dio cuenta.

—En el fondo, aunque me estuviera aventurando en lo desconocido, a pesar de la amenaza que suponía el agua, nunca tuve miedo. Me sentía en mi sitio. Nunca antes había sentido algo parecido.

—Me hubiera encantado estar junto a usted.

Ben arqueó una ceja.

—Qué pena que no tenga la formación.

La joven gruñó:

—Me las pagará por esta pulla graciosilla. Que conste que ha sido usted el que ha roto la tregua.

Benjamin sonrió y, finalmente, sintió la mano de Karen. Después, como si aquellas emociones felices hubieran bastado para agotar las pocas fuerzas que aún le quedaban, se quedó dormido.

46

Cuando se despertó, Ben buscó inmediatamente la silueta al lado de su cama.

—¿Karen?

Una voz masculina le respondió:

—La señorita Holt ya no está.

—Estaba aquí hace unos minutos.

—Sus «unos minutos» han durado más de tres días. Me habían advertido de que era un dormilón, pero no hasta este punto... No obstante, me alegro mucho de su recuperación.

Con dificultad, pensando encontrarse con un médico, Ben se dio la vuelta hacia su interlocutor.

Le esperaba una sorpresa.

—¿Jack?

—Qué confianzas... A pesar de sus afirmaciones condescendientes, ¿será que al final los universitarios son tan facilones como los agentes de inteligencia?

—¿Prefiere que le siga llamando «Mi Pequeño Poni»?

—Es la segunda vez que abre la boca, y ya me está poniendo de los nervios. Cuando pienso en la alegría que me dio saber que había sobrevivido...

—¿Qué hace aquí?

—Eso mismo me pregunto yo, sobre todo teniendo en cuenta la cantidad de asuntos que me esperan en Londres.

—Reconózcalo, estaba que no le llegaba la camisa al cuerpo. Estoy emocionado.

El jefe de servicio dudó si contestar, como si su pudor estuviera siendo cuestionado.

—Es verdad que me preocupé mucho por usted. Pero no es por el placer de ver a estas señoritas intentar volver a darle forma humana y cambiarle sus vendajes que he hecho este viaje.

—¿Estaba aquí cuando las enfermeras se ocupaban de mí?

—Efectivamente, y solo les deseo tal espectáculo a mis peores enemigos.

Benjamin estaba escandalizado.

—Se supone que tienen que mandar salir a los extraños durante las curas.

—Todo depende del extraño. Todo depende del enfermo. Pocos están tan protegidos como usted.

—¿Usted, que ni siquiera es de mi familia, me ha visto el culo?

—Tiene unos comportamientos extraños, señor Horwood, sin duda ligados a las culturas primitivas que tanto fascinan a la gente de su círculo. Por mi parte, le diré que enseñar el trasero no constituye en ningún caso una señal de pertenencia a un clan. Yo nunca he viso el vagón de atrás de la mayoría de mis familiares. Dios me libre. Si conociera a mi horrible tía Abigail, lo entendería.

Ben abría los ojos de par en par, sobre todo el izquierdo, debido a su vendaje.

—Tranquilíceme, no ha venido hasta El Cairo para admirar mi anatomía, ¿verdad?

—Por supuesto que no, aunque tengo que reconocer que nunca había contado tantos moratones en un solo cuerpo. Pero tiene razón, son otras las cuestiones que me traen hasta aquí.

De repente, Ben pareció preocupado, como si un hecho importante se le hubiera vuelto a pasar por la cabeza.

—¿Podríamos hablar de ello mientras comemos? Mi estómago,

que también se ha despertado, me indica que me estoy muriendo de hambre...

—También me habían hablado de su metabolismo infantil, que pide ñam-ñam después de una larga siestecita...

—No se lo permito.

—Si se pone tontorrón, no tendrá ñam-ñam. Hace horas que Pequeño Poni espera que se despierte la Bella de la Escafandra Durmiente, así que le agradecería que me respondiera antes de pedir su pitanza. No nos llevará mucho tiempo. —Benjamin se quedó mudo. El hombre continuó—: Tengo dos preguntas cruciales que hacerle. Son tan importantes, que no he delegado en nadie la responsabilidad de tomar nota de las respuestas. En primer lugar: en la tumba, ¿identificó qué era lo que andaban buscando nuestros adversarios? En segundo lugar: ¿encontró elementos susceptibles de desvelarnos el verdadero valor de las antigüedades robadas? Estoy pensando, obviamente, en las pequeñas pirámides.

—No puedo darle ninguna respuesta satisfactoria. Tiene derecho a sentirse decepcionado. Ignoro lo que nuestros adversarios pudieran codiciar. De hecho, ni ellos mismos deberían saberlo. La tumba era virgen de toda intrusión y nadie conocía su contenido. Si no nos hubiéramos adelantado, se habrían encontrado como nosotros, explorando y extrayendo lo que pudieran. Por otro lado, en relación a lo que nuestra recolecta pueda desvelarnos, vamos a tener que esperar a su estudio. Algunos elementos descubiertos *in situ* me parecieron prometedores, pero no tuve la oportunidad de evaluarlos. Lo tendremos más claro cuando los hayamos analizado en detalle. La agente Holt me ha dicho que Fanny ya está en ello.

—¿Le tengo que recordar que jugamos contrarreloj?

—Soy perfectamente consciente de ello.

—Y sin embargo ha dormido durante tres días...

—Me encanta esta implacable mala fe que yo también me gastaría si estuviera en su lugar. Solo tiene que descontar de mis vacaciones los días que he estado en coma. Bromas aparte, lo que viví en la tumba me ha dejado pero que muy claro hasta qué punto cada segundo cuenta. En este sentido, tengo que precisarle que durante el poco tiempo del que dispusimos al lado del sarcófago y de su contenido, me vi en la obligación de elegir. Había mucho más para llevar de lo que pudimos coger. Intenté hacer una selección lo más juiciosa posible, pero las circunstancias eran particulares y yo no soy egiptólogo.

—Lo ha hecho lo mejor que ha podido, que ya es mucho. Hemos hecho nuestra jugada, nos las apañaremos así. ¿Qué tal se portó el señor West?

—Por motivos personales, al principio me turbó un poco su presencia...

—Ya me lo han contado.

—... pero sin su ayuda, no solo no estaría ante usted, sino que no habríamos recuperado nada en absoluto. Es a él a quien se debe el éxito de esta operación.

El hombre miró con atención a Benjamin.

—Es usted un individuo sorprendente, señor Horwood. Tiene un mal genio tremendo, un humor que dan ganas de dispararle, ningún respeto por las jerarquías, pero es de una honestidad apabullante.

—Gracias. Es el mejor cumplido que jamás me haya hecho un pequeño poni. En cuanto a lo de las jerarquías, si estuvieran ligadas a una escala de competencias y no a ruines consideraciones políticas, no me supondrían ningún problema.

El hombre se rio sarcásticamente.

—Querido Benjamin, tenemos algo en común.

—¿También odia obedecer a cretinos?

—Mucho peor que eso. He descubierto su secreto.

—Lo sabía, las enfermeras tenían que haberle mandado salir...

—Lo digo en serio. Conozco su secreto, porque también es el mío. Le gusta mostrar una gran indiferencia que impresiona a todo el mundo. Nada parece importarle. Usted mismo reconoce que blande la ironía como un escudo contra la existencia. Ha entrenado su manejo hasta niveles de deporte de competición. Yo también la practico. Pero entre usted y yo, admitámoslo: no es más que fachada. Lo suyo, como lo mío, es pura pose. Nada nos sujeta, nada nos asusta. Observamos los caprichos de la vida con esa distancia que nos permite burlarnos de ellos. Si la vida no tiene efecto sobre nosotros, es por una razón bien sencilla: ya no esperamos nada de ella. Tenemos muy poco que perder y muy poco que ganar. De todas formas, no nos gusta depender de nadie. No sé cómo será para usted, pero yo me suelo preguntar qué hago aquí, con este traje, en este puesto que a veces tengo la impresión de usurpar, en medio de este circo tan fabuloso, tan desolador. Pero porque estoy vivo y atrapado en este jodido planeta, mejor funcionar según mis propias reglas, sin concesiones. Ceder a mis deseos no es lo ideal. Incluso es un modo de vida que considero extremadamente vulgar e indigno de nuestra especie. Ningún animal es tan egoísta e irresponsable como algunos de nuestros congéneres. A mis ojos, el mayor lujo no consiste en hacer lo que queremos, sino lo que creemos. Lo demás no interesa. Sin duda, estas palabras hacen eco en usted, ¿verdad?

Ben y Jack intercambiaron una de esas miradas raras a través de las cuales cada uno leyó exactamente el pensamiento del otro. Horwood murmuró:

—Cuando todo lo que cuenta para ti se te escapa, ya no te quedan ganas de nada. Desprenderse de todo constituye, quizá, el único camino hacia la libertad. La ausencia de intereses personales te ahorra tomar partido. Como ya nada importa, no tienes que hacer como si tal y te atreves a reaccionar ante lo que el mundo intenta imponerte. Como un prisionero al que ningún indulto salvará y que puede permitirse gritar la verdad.

—Conozco bien ese sentimiento, pero déjeme regalarle mi modesta experiencia. Yo ya llevo un poco más de camino andado. Me voy a atrever a hacer un juicio personal: se equivoca. Su indulto no está por llegar, porque no está condenado. No es demasiado tarde para usted. Su cabeza aún está por encima del agua. Tiene el horizonte ante usted. Dice que no le apetece nada. Es mentira. No hay más que ver la energía que pone en su trabajo. A ver si tiene el valor de decirme que no quiere saber lo que son esos extraños objetos. Intente hacerme creer que no desea plantar cara a los que los están robando. Su vida le espera, y solo depende de usted disfrutarla. No se encierre en los limbos malditos donde yo estoy obligado a errar. Es demasiado culto para ignorar que existen, pero es todavía demasiado inocente para tener la fuerza de escapar de ellos. Un día, saldrá a bailar. Un día, sacará de paseo a sus hijos por el parque. Se lo deseo de todo corazón. Entonces, dese una oportunidad. Los periodos más oscuros suelen ser una ocasión para aquellos que necesitan revelarse y tomar las riendas.

Los dos hombres se quedaron un momento en silencio.

—Gracias —terminó por decir Ben.

—Para servirle. No pierda el tiempo. Aunque el mundo no lo sepa, nos necesita.

—Haré lo que pueda. Si he respondido a sus preguntas, ¿puedo pedirle un favor?

—No cuente conmigo para darle de comer.

47

—Se supone que no debe dejar su habitación sin el permiso de los médicos, ni siquiera salir de su cama.

—No necesito una conciencia, sino que me echen una mano.

En el pasillo de la clínica, Jack sostenía a Ben, que estaba totalmente decidido a llegar hasta la habitación de West.

Bajo la mirada dubitativa de los agentes que vigilaban esa sección de la planta, el cojo con la cara medio vendada se apoyaba en el gran jefe, y a la vez le arrugaba su elegante traje oscuro totalmente inadecuado para el clima egipcio.

Al llegar a la puerta, Horwood descansó en el marco.

—Gracias por su ayuda. Me las apañaré para entrar solo.

—Entonces me vuelvo a Londres. Le espero allí.

Los dos hombres se despidieron y Benjamin entró en la habitación.

Arrastrando la pata, avanzó hasta la cama donde West, dormido, se encontraba tumbado en chándal.

—Alloa, ¿está dormido? —preguntó en voz baja.

El excomando volvió del reino de los sueños con dificultad. Cuando descubrió a Benjamin, primero reculó asustado, para después pasar, sin transición alguna, a una expresión de franca alegría.

—Tengo que decir que nunca había causado tal efecto en nadie —comentó Horwood—. Perdón si lo he despertado.

—Es su cabeza con ese vendaje. Al principio acojona, pero después da risa. Parece una momia…

—Pues sí que os da miedo.

—Al menos yo no les pido ayuda.

Los dos supervivientes se evaluaron sin animosidad. Por primera vez desde su incursión en la tumba, se encontraban cara a cara.

Alloa se levantó sin muchos miramientos. No llevaba bien ofrecer una imagen débil de sí mismo. Fue hasta el cuarto de baño y se llenó un vaso de agua, cruzando su reflejo en el espejo.

—Aunque no lleve vendajes, mi aspecto no es mucho mejor que el suyo —constató—. En cuanto a las agujetas… Nunca había sentido nada igual. Tengo la sensación de haber estado dando vueltas dentro de una hormigonera durante una semana.

Benjamin no sabía muy bien cómo llevar la conversación hacia donde él quería. Tarde o temprano, tendría que pasar de la cháchara. Mientras dudaba, West volvió, apoyó su vaso en la mesilla y se dobló bruscamente hacia el suelo, estirando los brazos hacia los pies y curvando la espalda. Empezó a practicar una serie de estiramientos gruñendo. Después se apoyó en la barra de los pies de la cama para efectuar unos movimientos que Ben ni siquiera los creía posibles para un ser humano.

—Parece ya muy recuperado —señaló este—. ¿Le molesta si me siento?

—Adelante.

Ben tomó asiento en el sillón, descubriendo, de paso, la existencia de nuevas zonas doloridas. Buscó una posición aceptable mientras hacía una mueca.

—Voy a volver a Inglaterra —dijo—, esta tarde o mañana.

—Yo también me tengo que pirar. Ya he dejado colgado un contrato y voy con retraso con el siguiente. —Alloa dejó sus ejercicios y se dio la vuelta para hacer frente al historiador—. Hemos tenido mucha suerte, Benjamin.

—Sí, y es por eso por lo que quería verle antes de que cada uno siga por su camino. Quería agradecerle haberme sacado de allí. Le debo una.

West agachó la cabeza en señal de aprecio.

—No pasa nada, para eso estaba.

—Nunca olvidaré lo que vivimos juntos, allá abajo.

—Yo tampoco. No se preocupe. Cargar con usted creyéndole muerto, mientras que aquel pobre cuerpo reseco parecía agarrarse a mí, resultó mucho más difícil que el peor de mis raides. En la instrucción no nos forman para este tipo de situaciones. Seguro que voy a tener pesadillas hasta el fin de mis días.

Ben se levantó y le tendió la mano. West la estrechó sin dudar.

—Muchas gracias, Alloa.

—Cuando todo haya terminado, pásese por París. Tomaremos una copa.

—Con mucho gusto.

—Antes de despedirnos como auténticos veteranos, hay un punto que, sin embargo, me gustaría aclarar.

—Por favor.

—Cuando estábamos cerca del sarcófago, justo antes de la tempestad, no respondió a mi pregunta.

Ben identificó de inmediato el problema. Aunque sabía pertinentemente que no iba a servir de nada, intentó ganar tiempo.

—No estoy seguro de pillarlo.

—¿Ama a Fanny?

—¡Se refiere a esa pregunta! Sí, ya me acuerdo. Fuimos interrumpidos por el diluvio.

Con un gesto circular, Alloa indicó el espacio que los rodeaba.

—Aquí no nos amenaza el agua. Tómese todo su tiempo pero, de hombre a hombre, creo que es importante aclarar la situación.

Aunque muy incómodo, Ben se sentía por fin aliviado de poder reconocer la verdad.

—Desde el primer día, siempre la he amado.

Podría haber explicado por qué, incluso en detalle, pero se abstuvo para no agravar su situación. West opinó mascullando.

—Me lo temía. A veces, cuando la oigo hablar de usted, me digo que también ella le ama.

—Se equivoca. Ella me quiere, pero no lo suficiente como para vivir conmigo lo que comparte con usted. Antes de que se conocieran, intenté ser algo más que su amigo. Le prometo que lo intenté por todos los medios. Pero el límite que me impone no da lugar a dudas. He necesitado tiempo para admitirlo. Ella me quiere como amigo. Ella le quiere como pareja. Lo respeto. No tiene nada que temer de mí.

—Aprecio su sinceridad y lo siento por usted.

—No lo sienta. Usted es su elegido. Para mí era más fácil echarle la culpa a usted que aceptarlo. No me ha importado odiarle cordialmente. No se lo tome como nada personal, era una especie de terapia.

—¿Cree en esa clase de historias?

—Realmente no, pero cuando a uno le va mal, hace lo que sea. En la actualidad, sé que Fanny seguirá siendo uno de los sueños inalcanzables de mi vida, pero usted me cae bien.

—Sin rencor.

—No del todo. Usted es guapo, no soporto su sonrisa perfecta de americano y, además, consigue tocarse los pies sin doblar las rodillas.

—Si quiere, puedo enseñarle a tocarse los pies.

—Creo que una vez lo logré, en la tumba, cuando aquella ola merdosa me dobló en seis...

Los dos hombres estallaron en carcajadas, pero Horwood fue el primero en volver a ponerse serio.

—Alloa, ya que he abandonado, no le diga que hay dos hombres en su vida. Solo le tiene a usted.

—Entonces, ¿acepta el grado de cuñado?

—Alegremente.

Sin preverlo y sin dejarle otra elección, el excomando cogió a Ben entre sus brazos y lo abrazó como tanto les gusta hacer a los americanos. Entre los besos de los franceses y los abrazos de los yanquis, Ben no sabría decir qué le incomodaba más. Apretándole contra su corazón, West le hundió sus doloridas costillas, le torció la muñeca y le apretó al menos una decena de moratones.

48

Al volver a su habitación, Ben tenía dos buenas razones para sentirse satisfecho: iba a guardar un excelente recuerdo de su conversación con West y, a otro nivel, se daba cuenta de que, a pesar de sus contusiones, por fin conseguía andar sin demasiadas dificultades.

Impresionado por la energía que su «compañero de batalla» empleaba para recuperarse, Benjamin pensaba imitarle comenzando por una buena ducha y algunos estiramientos, aunque no tuvieran nada que ver con aquellos de los que había sido testigo. Franqueó la puerta seguro de sus decisiones, pero su mirada fue inmediatamente atraída por un rectángulo blanco que había en su cama. Un sobre a su nombre. *A la atención del señor Horwood. Personal.* Al principio, Ben se imaginó que podía tratarse de su alta hospitalaria. Abrió la carta y se sorprendió al reconocer el papel marfileño con finas líneas rojas en el que el profesor Wheelan tenía costumbre de tomar apuntes. Se sentó en la cama.

Rudolf Hess fue uno de los colaboradores más cercanos de Adolf Hitler desde los inicios de su ascenso. Antes de convertirse en su adjunto y en uno de los hombres fuertes del régimen nazi, fue nombrado secretario particular del que iba a ser el Führer desde su llegada a la dirección del Partido Nacionalsocialista. En 1933, Hitler le presenta varias veces como su sucesor, y es Hess quien le asiste durante la firma del armisticio con Francia el 22 de junio de 1940, en Rethondes.

Es por mediación de Hess que Hitler descubre el concepto de «espacio vital», desarrollado por Karl Haushofer, que le servirá para justificar el expansionismo nazi. Hess y Hitler entablan una relación tan cercana, que provocará los celos de otros dignatarios, tales como Heinrich Himmler o Joseph Goebbels. Hitler es el padrino del único hijo de Hess, nacido en 1937.

El 10 de mayo de 1941, a las 17:45 hora local, Rudolf Hess despega de la base de Augsburgo, en Baviera, a bordo de un caza Messerschmitt Bf 110 E-1/N con el número de serie 3869. Pilota solo, vestido con un uniforme de la Luftwaffe que no corresponde ni a su grado ni a su uso. El aparato no está equipado con bombas, sino con dos depósitos de carburante suplementarios que amplían su radio de acción a cuatro mil doscientos kilómetros. En la noche del diez al once de mayo, a las 23:09 exactamente, Hess salta en paracaídas y su avión se estrella en Escocia, a unos doce kilómetros al sur de Glasgow. En su caída, se rompe el tobillo. Aunque algunos afirman que no consiguió realizar un aterrizaje forzoso, es más probable que fuera alcanzado por las balas de la DCA* cuando entraba en el espacio aéreo británico. Es capturado por los ingleses, curado en el hospital militar de Drymen, y después, del diecisiete al veinte de mayo, y por petición de Churchill, encarcelado en distintos lugares, entre ellos la Torre de Londres. Esto hará de Hess el último prisionero en ser encarcelado allí.

Varios historiadores sostienen la tesis de que Rudolf Hess habría realizado este periplo por petición directa de Hitler, con la misión de negociar por separado la paz con Gran Bretaña, para permitir al Reich consagrarse con más calma a la ofensiva alemana en el frente del este. Se ha dicho que Hess habría quedado con el duque de Hamilton,

---

* DCA: Siglas de «Defensa contra aviones». Artillería antiaérea compuesta, fundamentalmente, por cañones y ametralladoras (N. de la T.).

por mediación del cual contaba llegar a oídos de los miembros del gobierno inglés. Si bien es cierto que Hamilton poseía una propiedad no lejos del lugar del accidente, también era de dominio público que no se encontraba allí y que era imposible para un avión aterrizar en aquel lugar. Ninguna otra escala era posible fuera de Glasgow, donde uno se puede imaginar sin problema la acogida reservada a un avión de combate alemán en tiempos de guerra. Si, y a pesar de todas las reservas, esta pretendida negociación fuera el verdadero objetivo de este viaje secreto, esta no conducirá a nada. Rudolf Hess no se encontrará con ningún oficial británico y pasará el resto de la Segunda Guerra Mundial en prisión. Poco tiempo después del accidente, Hitler dejará de solidarizarse con él y asegurará que Hess se había vuelto loco y había actuado bajo iniciativa propia, llegando incluso a proclamar que se había sentido traicionado por «este indigno acto de deserción».

Al término de la Segunda Guerra Mundial, Rudolf Hess será juzgado en los juicios de Núremberg, y reconocido culpable de complot y de crímenes contra la paz. Durante el juicio, dirá sentirse orgulloso de haber servido a Adolf Hitler. Condenado a cadena perpetua, será enviado a la prisión de Spandau, al oeste de Berlín, hasta convertirse en el único y —también en esta ocasión— último interno, así como uno de los prisioneros más costosos de la historia. Poco después del juicio, haciendo referencia a su vuelo a Escocia, declaró: «Nadie sabrá nunca lo que se estaba preparando. El futuro de mi Führer estaba en juego y yo jugué el papel que me había sido asignado. Poco me importan los juicios, poco me importan las condenas. Yo me he arriesgado. De cara a la historia, no repruebo a Adolf Hitler por las atrocidades cometidas a inocentes, porque todo genio lleva en su interior un demonio».

El 17 de agosto de 1987, Hess, a la edad de noventa y tres años, fue encontrado ahorcado en la sala de lectura habilitada en su prisión. Un buen número de historiadores respetables y de miembros de la familia de Hess cuestionan la tesis oficial del suicidio, señalando numerosas incoherencias.

Nadie a día de hoy ha podido establecer las verdaderas razones de su viaje secreto a Escocia.

Nota uno: Si el avión no se hubiera estrellado, su autonomía le hubiera permitido alcanzar cualquier parte de las Islas Británicas y volver después a Alemania.

Nota dos: Si su intención era la de negociar la paz, ¿por qué no se encontró ningún documento consigo ni en el aparato?

Nota tres: en 1985, en una entrevista de la cual varios empleados de la prisión de Spandau fueron testigos, Hess afirmó que Adolf Hitler y él habían seguido manteniendo relación a pesar de este hecho, y que el Führer había tenido la ocasión de mostrarle su gratitud y su amistad. Sin embargo, oficialmente, los dos hombres nunca se volvieron a ver ni a hablar entre la noche de la captura de Hess y el suicidio de Hitler en su búnker, rodeado por las tropas rusas, el 30 de abril de 1945.

Como una mano demoníaca te agarra para destrozarte, Benjamin sintió cómo el dolor le reventaba el cráneo. Lo que menos necesitaba su cerebro era ese documento. Por sí sola, esta simple hoja engendraba demasiadas preguntas. Por su contenido, pero también por la forma en la que había llegado hasta su cama. ¿Qué lugar podía ocupar el viaje de Hess en aquel rompecabezas? ¿Por qué se había escapado esta nota a su clasificación? ¿Quién la había dejado allí? ¿Se le habría olvidado a Jack dársela en mano? A Ben le hubiera encantado creerlo, eso le hubiera tranquilizado, pero su instinto le empujaba a pensar en otras hipótesis. Fueran cuales fueran las explicaciones que se planteaba, se sentía en peligro.

49

Incluso atenuado por los cristales ahumados, el sol de primera hora de la mañana era demasiado intenso para los ojos cansados de Ben. Seguía a Karen por las oficinas del Defence Science and Technology Laboratory intentando no dejar traslucir los dolores que tan alegremente se hacían sentir a cada paso. Aunque a la agente Holt le estuviera costando encontrar el camino, no por ello aminoraba su marcha. Después de dudar ante las múltiples líneas guía del suelo, retomó su camino hacia la zona roja, consultando su teléfono.

—En este mismo momento estoy recibiendo los resultados del documento encontrado en su habitación de Egipto. —Abría el informe al tiempo que se lo contaba—. Ninguna señal de huellas dactilares, aparte de las suyas... El documento ha sido visiblemente «limpiado». El papel es idéntico al de las otras fichas de trabajo y la escritura es la misma que la del profesor Wheelan.

—Lo contrario me habría sorprendido. Queda por saber gracias a qué milagro se nos ha podido escapar este texto y quién lo ha hecho aparecer justo ahora en un lugar teóricamente inaccesible.

—Se trata claramente de un fallo en nuestros procedimientos de seguridad. Trabajamos activamente para aislar el o los puntos débiles, con el fin de resolver estas disfunciones.

Ben gruñó.

—Me asusta, Karen. Empiezo a conocerla. Cuando usa ese tono oficial y esas fórmulas huecas dignas de un comunicado de prensa del ministerio, significa que está perdida.

La joven no intentó salirse por la tangente.

—Es verdad, estamos completamente perdidos. Y eso me vuelve loca. No tenemos ni pajolera idea de cómo esa hoja pudo llegar hasta usted. Sea cual sea la explicación, es inaceptable. O bien tenemos infiltrados, o bien somos unos incompetentes. A lo mejor incluso las dos cosas. De momento, en lo que a mí respecta, lo único que puedo hacer, a la espera de descubrir lo que realmente ha pasado, es tener lista mi arma y no dejarle ni a sol ni a sombra.

Karen se dio cuenta de que Ben estaba sin resuello. Ralentizó.

Desde su regreso de Egipto, habían partido inmediatamente hacia una anodina aldea situada a menos de un centenar de kilómetros al sudoeste de Londres. Allí, camuflado en unos locales de oficinas con aspecto de empresa agroalimentaria, era donde se encontraba el cuartel general de la unidad encargada de la vigilancia tecnológica estratégica del Reino Unido. Siempre con discreción, el emplazamiento había sido igualmente equipado con un complejo que reagrupaba diferentes células de estudio capaces de llevar a cabo, confidencialmente, investigaciones científicas de alto nivel por cuenta del gobierno.

Cuando la agente y el historiador se presentaron en el puesto de control de la sección de física aplicada, Ben soltó:

—Si no le parece mal, evitemos alarmar a Fanny con esta historia del «fallo de seguridad».

—Estoy de acuerdo.

En un tono mucho menos seguro, añadió:

—Karen, por favor, entre usted y yo, ¿puedo preguntarle qué pinta tengo? Dígame la verdad...

La agente Holt comprendió su preocupación. En su reencuentro con Fanny, Horwood no quería echar a perder su entrada. La joven dejó de lado sus sentimientos personales y lo miró con el mismo ojo crítico de un médico que examina a su paciente.

—Veamos... No está peinado, tiene un ojo morado, se diría que ha dormido con la ropa puesta... Diagnóstico: parece un colegial que se ha peleado para proteger su merienda y que, obviamente, no lo ha conseguido.

—Qué graciosa.

Karen le sonrió, le colocó el cuello de la camisa, le enderezó los hombros de la cazadora y, con movimientos suaves pero vivaces, le repeinó.

Contempló el resultado y concluyó con una sonrisa:

—Está perfecto. Menudo donjuán esta hecho este Benji...

La sorpresa que le produjo aquella familiaridad tanto física como verbal hizo que Ben no luciera su aire más espabilado cuando el controlador les abrió.

Holt y Horwood fueron conducidos hasta la sala asignada al estudio de su proyecto. En medio de un amplio espacio, Fanny, con el pelo recogido y en bata blanca, se esmeraba en tomar apuntes en torno a una gran mesa. Los objetos que habían subido de la tumba estaban dispuestos delante de ella en una bandeja iluminada, cada uno en una de las casillas numeradas de una gran cuadrícula.

—¡Por fin estáis aquí! —exclamó.

Saludó a Karen y abrazó a Benjamin, golpeando, de paso, varios de sus moratones.

—¡Estoy tan contenta de veros! Por lo poco que Alloa pudo contarme, comprendí que no tuvo que ser fácil. Me ha prometido que tú me lo contarías todo. —Se tomó un tiempo para mirar al historiador—. Tienes aspecto cansado. En cambio, ese ojo morado y la barba de tres días te dan un aire de chico malo muy sexi...

Sin duda, Ben habría apreciado más este comentario si Karen no hubiera sido testigo.

Atraído por aquellos artefactos como un amante, se acercó a la mesa. Al contemplarlos, notó una extraña sensación, como si al encontrarse con ellos en ese ambiente aséptico hubieran sido despojados un poco de su magia. Parecían desnudos, perdidos lejos de su casa, huérfanos.

—Estoy tan contenta de que estéis aquí —les confesó Fanny—. Ya estaba hasta las narices de descubrir cada día cosas flipantes y no poder contárselo a nadie por aquello de que es confidencial. ¡Ni siquiera tengo sueño, de las ganas que tengo de avanzar! Cada información, cada descubrimiento abre un nuevo campo de investigación. ¡No hay tiempo para comer ni para dormir! Estos tesoros me han convertido en un zombi del saber. Teníais razón al comparar este asunto con un rompecabezas. A golpe de sorpresas, las piezas van encajando...

—¿Están bien las fotos que tomaron *in situ*? —preguntó Karen ansiosa.

—Se ve que fueron hechas deprisa, pero el resultado es aceptable. El lugar debía de ser magnífico. ¡Qué emoción! He mandado imprimir algunos positivados, pero otro departamento se está encargando de ordenarlos para preparar una reconstrucción 3D de la tumba. Basándose en las diferentes tomas, se debería obtener un modelo virtual con el cual poder movernos por la imagen. Me han prometido que todo estaría listo en dos días.

Desde su llegada a la sala de estudio, Benjamin no había pronunciado palabra. La contemplación de las reliquias acaparaba su atención. Se puso un par de guantes de algodón. Instintivamente, el primer objeto que cogió fue el cubo de metal con las caras cubiertas de esquemas geométricos y de señales de medida. El objeto ni siquiera estaba oxidado y la finura de los grabados superaba la de las joyas más preciosas.

—¿También a ti te fascina ese? —dijo Fanny acercándose—. He hecho su dibujo. Sobre todo encontramos fórmulas ligadas a las proporciones de las pirámides. Reglas de cálculo que habrían podido inspirar a Tales y Pitágoras.

Benjamin observó cada uno de los lados del extraño dado.

—Tuviste que vivir un momento excepcional en el fondo de aquel lago —añadió Fanny—. Aunque la expedición no fuera un paseo por el campo, cualquier arqueólogo habría dado diez años de su vida por estar en tu lugar.

—Estoy convencido de que incluso algunos habrían matado por estar. Especialmente aquellos a los que les mangamos el plano.

—¿Eres consciente de la suerte que tienes?

—¿De haber ido o de haber vuelto?

—De las dos cosas.

—Poco a poco, me voy dando cuenta.

Ben había cambiado, Fanny lo notaba. Desprendía algo diferente. Su actitud, su mirada más precisa. Incluso su voz, calma y grave. ¿Se debía al cansancio? ¿Al poder de lo que había vivido? ¿Era la emoción de volver a encontrar aquellas reliquias? La joven aprovechó que Karen estaba ocupada observando la colección al otro extremo de la mesa para murmurarle:

—Si hubiera podido, habría salido corriendo para estar a tu lado, pero no me han dejado.

—Lo sé. No pasa nada. No te preocupes. Alloa se ocupó de mí extraordinariamente bien. Te agradezco que le convirtieras en mi ángel de la guarda.

—Cuando me dijeron que estabais heridos, que ni siquiera era posible una llamada de teléfono, me volví loca de preocupación.

—Eras más útil aquí.

—¿Por qué nunca me dijiste que odiabas que te llamara «Benji»?

Horwood apartó la mirada del cubo y la fijó serenamente en Fanny.

—Hay muchas cosas que nunca te he dicho, pero da igual. Lo único que cuenta es lo que estamos compartiendo en estos momentos. Cuando estaba en el fondo de aquella tumba, sin saber si algún día volvería a salir, tuve la ocasión de pensar en lo que realmente me importa. Tú, definitivamente, te encuentras al mismo tiempo encima y aparte. No es un descubrimiento, pero nunca antes lo había visto tan claro.

Miraba a Fanny con tal intensidad, que esta se sintió desconcertada. Nunca antes había tenido la ocasión de escuchar a Ben expresar sentimientos tan fuertes, tan íntimos y, sobre todo, con tal naturalidad. Ella, a la que solía hacerle tanta gracia la falta de seguridad que él mostraba en lo referente a temas afectivos, fue desestabilizada por el autocontrol del que daba muestras. Por primera vez, fue ella la que no supo qué responder.

La impaciencia de hacerle partícipe de sus descubrimientos le ofreció una que ni pintada. Delicadamente, le quitó el cubo de las manos y lo apoyó en su sitio.

—Espero que tus neuronas estén conectadas, porque tengo unas cuantas cosas que contarte, y son fuertes...

Hizo un gesto para que la siguiera hasta un puesto instalado a lo largo de la pared de la sala. Bajo un cubo de plexiglás, Ben reconoció inmediatamente la pirámide de cristal que les había prestado Gábor Walczac.

—Comencemos por el principio. He avanzado mucho en lo referente a esta pequeña maravilla. Las pruebas que hemos realizado nos han permitido obtener algunas evidencias. Como sugeriste, hemos sometido el cristal a la luz para estudiar su interacción. Agárrate: si sobre tres de sus ejes refracta el rayo como cualquier otro material traslúcido heterogéneo, sobre el cuarto, en cambio, lo concentra con una eficacia notable. El efecto lupa es extraordinario. No se debe a la forma del mineral, sino a su misma estructura. Este trozo no ha sido modificado o tallado expresamente, sino que ha sido elegido por su particular capacidad para densificar y focalizar un rayo de luz. Eso explica por qué está encastrado con tal precisión en su montura. La más mínima desviación de su posición en su soporte habría podido plantear problemas en dicho efecto. Este artefacto es, por tanto, una herramienta, y estoy por apostar que sus hermanos gemelos también lo son.

—Así que las cuatro pirámides está relacionadas...

—Y eso no es todo. No he parado mientras tú y mi chico chapoteabais en el agua. Los exámenes también han revelado que el objeto es radioactivo. Sin embargo, esto no es algo inherente ni a la naturaleza del metal ni a la de la piedra. Según los ingenieros, el análisis de la superficie indica que el objeto habría adquirido esta característica al ser expuesto a un bombardeo masivo de radiación. Basándonos en la evolución de los índices de radiactividad en el tiempo en relación a los modelos conocidos, han llegado a la conclusión de que la irradiación fue, sin duda, violenta; y que tuvo lugar en un periodo muy breve hará, aproximadamente, unos cuatro mil años.

—Incluso sin ser demasiado precisos, eso nos remitiría de nuevo al tiempo de los sumerios.

—Exacto. Además, sabemos más cosas de los símbolos grabados. El estudio de su técnica de tallado ha demostrado que fueron esculpidos tras la exposición a la radiación.

—¿Has averiguado algo más sobre su significado?

—Realmente no, pero ya ha quedado demostrado que los jeroglíficos datan del primer periodo egipcio, del más antiguo. También he descubierto que las volutitas imbricadas son una réplica exacta de los motivos que se encuentran en las piedras sagradas del túmulo megalítico de Newgrange, en Irlanda, construido tres mil doscientos años antes de nuestra era.

—Otro origen geográfico más...

—O un destino. Porque si cotejamos esta información con la obtenida de los objetos que subiste, verás que los hechos van encajando curiosamente bien y que se perfila una hipótesis.

Fanny se dirigió hacia otro puesto de trabajo equipado con una gran pantalla. Tecleó un código y aparecieron una serie de fotos de la tumba. Karen se acercó.

—Cuando observé las fotos del interior del sarcófago —retomó Fanny—, me sorprendió inmediatamente la manera en que estaba dispuesta la momia.

—Yo también me sorprendí al abrirlo.

—Como no soy especialista, pregunté a unos colegas del Louvre. Claro está, sin desvelarles nada del lugar o de las verdaderas intenciones de mis preguntas. Me respondieron por unanimidad que el amortajamiento no se correspondía con ningún ritual egipcio de la época en la que fue construido Abu Simbel. Esta forma de inhumar es mucho más antigua, más próxima a las tradiciones mesopotámicas.

—Sumeria, una vez más.

—Aún queda el misterio que envuelve la identidad de ese cuerpo supuestamente femenino. Es un enigma. Sus joyas, que también son muy poco habituales, quizá podrán ayudarnos a determinar quién es. También me he fijado en las fotos en la máscara mortuoria. Excepcional. ¿No tuviste la tentación de subirla?

—No había ni sitio ni tiempo ni, sobre todo, ganas.

—¿Ganas?

—Habría tenido la impresión de estar robando... —Ben señaló en la pantalla el cadáver—. Espero que podamos averiguar quién descansaba allí desde hacía tanto tiempo.

—Tu colecta ya nos está aportando algunas respuestas...

Fanny invitó a Benjamin y a Karen a volver a la mesa. De pronto, la cara de Horwood se ensombreció.

—Falta un objeto. Un amplio cuenco de bronce dorado con los bordes levantados, una especie de plato hondo muy pesado y calcinado en el centro.

—¡Siempre me ha encantado tu perspicacia! —Se entusiasmó Fanny—. Cuando algo te interesa, no se te escapa una. Efectivamente, la pieza de la que hablas ya no está aquí. Fue transferida a un centro de estudios especializados en análisis nucleares. El equipo que ha estudiado las radiaciones de la pirámide de cristal se está ocupando de ella en estos momentos. Porque tengo que decirte que cuando desbloqueé tus contenedores, los sistemas de seguridad antirradiación del laboratorio se activaron de inmediato. Al momento, aislamos e inspeccionamos las antigüedades una por una, y este plato se reveló tremendamente radiactivo. Su irradiación era del mismo tipo que la detectada en la pirámide, pero mucho más intensa. Los científicos del centro ya me han prevenido de que en su parte central quemada y ennegrecida, el recipiente contiene partículas de una materia desconocida relacionada con la fuente de la radiación.

—Una vez más, un indicio que sugiere un experimento.

Fanny señaló dos tubos de piedra rotos.

—Estaban intactos cuando los saqué —hizo notar Ben.

—Ya no lo estaban cuando abrí las cajas. Todo estaba patas arriba, como si hubierais jugado al fútbol con ellos.

—El agua se ocupó de ello. Te prometo que no tuvimos tiempo de hacer paquetes de regalo...

—Recuerdo muy bien cómo hacías tus maletas... Los papiros que contenían estas fundas siguen en proceso de traducción, repartidos por varias secciones para que ninguno de los especialistas que se ocupan de ellos pueda comprender el conjunto.

—¿Cuánto tiempo va a hacer falta para poder leer el resultado?

—No lo sé, pero tranquilo, tenemos de qué ocuparnos. Algunos objetos ya han desvelado su secreto.

Fanny cogió un cilindro de unos centímetros de largo y algo más ancho que su dedo, tallado en una piedra azulada. Era el más pequeño de los objetos que habían recogido.

—Las fotos me han permitido entrever todo lo que te viste obligado a dejar por la prisa. Hiciste muy bien en pillar estos.

—Tenemos algunos bellos especímenes de ese tipo en el Museo Británico.

—¿Qué es? —quiso saber Karen.

—Un sello —explicó Ben—. A primera vista, este de aquí parece de lapislázuli, una piedra azul utilizada desde los tiempos más remotos. Está grabado en hueco. Cuando lo giras sobre arcilla húmeda dibuja en relieve una escena o un mensaje. Los reyes sumerios utilizaban esta herramienta para autentificar sus escritos oficiales en la época en la que estaban consignados en tablillas.

Karen admiró el objeto.

—La primera firma infalsificable de la historia... Es notablemente ingenioso.

Ben se volvió hacia Fanny.

—¿Has realizado una impresión? ¿Se sabe a quién pertenecía?

La joven se desplazó hasta un tercer puesto, en cuya pantalla apareció otro tipo de imagen. En ella se distinguía un pequeño bajorrelieve impreso en arcilla con la ayuda de un rodillo.

—Fíjate en la inusual delicadeza de los perfiles y de los paños del personaje central. La presencia de los sables cruzados hace pensar en las armas de la ciudad de Ur. Podría tratarse de uno de sus reyes, Ur-Nammu, y de su hijo Shulgi.

—¿Qué hacía un sello sumerio en una tumba egipcia construida a miles de kilómetros de allí?

—Quizá la respuesta se esconda en este otro objeto que trajiste.

Fanny volvió a la mesa y en esta ocasión cogió la cajita de piedra pulida gris.

—¿La abriste antes de decidir traerla?

—No tuve tiempo.

La investigadora levantó con precaución la tapa. En su interior había una plaquita recubierta con un mosaico oscuro y mate, que representaba a un hombre en toga ante una pila de la que salían unas líneas que podrían parecer rayos.

—¿No te recuerda a nada su técnica de ejecución? —preguntó Fanny.

—Sí: al estandarte de Ur, la pieza sumeria conservada en el Británico. Se diría que esta plaquita fue realizada por los mismos artesanos.

—¿De qué están hablando? —intervino Karen.

Ben respondió:

—El museo posee una de las más excepcionales antigüedades pertenecientes al periodo sumerio: el estandarte de Ur, descubierto en la necrópolis real de la ciudad. Se trata de una estrecha caja de madera de unos treinta centímetros de alto y unos cincuenta de largo, decorada con incrustaciones sobre una base de betún, como las de esta plaquita. En una de las dos caras principales, se puede ver un ejército en torno al rey, y en la otra lo que parecen ser escenas de la vida cotidiana. El estilo de los mosaicos es muy comparable a este. La calidad de su realización era muy avanzada para la época.

El estandarte de Ur está considerado como uno de los objetos más emblemáticos de la historia de la humanidad, todavía más valioso si se tiene en cuenta que data de un periodo en el que no se solían realizar semejantes obras maestras. Extrañamente, nadie ha podido averiguar su utilidad. ¿Decoración? ¿Enseñanza? ¿Ilustre homenaje? No tenemos respuesta. Esta plaquita prueba que aquella técnica de decoración no era tan exclusiva como se pensaba.

Ben levantó con delicadeza la pequeña tablilla y descubrió que escondía otra detrás.

—La caja contiene tres —precisó Fanny—. Dos escenas cortesanas y otra que parece el plano de una ciudad, pero que está deteriorada.

—Podrían parecer postales —constató Karen.

—Esta cajita pone en tela de juicio muchas teorías —comentó Benjamin.

Fanny ordenó las miniaturas de mosaico y apoyó la caja en su casilla.

—Estoy totalmente de acuerdo contigo. Desde hace diez días tengo el cerebro a punto de explotar por culpa de estos objetos. Tengo la sensación de que todo lo que he visto o leído anteriormente, que todo lo que nos han enseñado no es nada en comparación con lo que nosotros estamos sacando a la luz.

50

Apoyada en la pared del salón, con los brazos cruzados y el ojo puesto en el segundero de su reloj, Karen esperaba a que Benjamin saliera, por fin, del cuarto de baño. Ella misma llevaba lista desde hacía más de diez minutos. Cuando dejó de oír correr el agua, preguntó desde la puerta:

—¿Y si se tratara de una trampa?

—¿Quién me habla? ¿La voz de mi conciencia? ¿Uno de esos seres malvados que merodean por apartamentos supuestamente privados? Aun así, usted por lo menos tiene la amabilidad de esperar al otro lado de la puerta, mientras que su jefe...

—Benjamin, no estoy de broma.

—¿Una trampa? No me imagino al bueno del señor Folker tendiéndome una trampa.

—¿Por qué no se vuelven a ver en la British Library, como la última vez?

—Seguro que tendrá sus razones. Además, no me ha dado opción. El hecho de quedar conmigo en un lugar público debería tranquilizarla.

—En los últimos tiempos, nada me tranquiliza.

—La entiendo.

—Usted, en cambio, parece bastante relajado.

—Sin duda a consecuencia de mis miedos egipcios. Después del chapuzón y de la nota en mi habitación, hace falta mucho para que me preocupe.

—Tenga cuidado de no acostumbrarse al peligro. Es entonces cuando uno baja la guardia y, por lo general... ¿Qué sensación le ha dado Folker por teléfono? ¿Su voz delataba ansiedad, vacilaba de manera inusual?

—No he notado nada extraño. Tenía prisa para que habláramos. Ha insistido en que era urgente y muy importante. De todas formas, pronto saldremos de dudas.

Ben abrió repentinamente la puerta y sobresaltó a Karen, que no se lo esperaba. Mientras buscaba sus zapatos por el salón, terminó de abrocharse la camisa y se la remetió en los pantalones. Había optado por una ropa que aún no se había puesto. Elegida por Karen, la camisa se alejaba todavía más de sus gustos que las precedentes: bastante ajustada, oscura, con motivos geométricos en el mismo tono. Y eso que no estaba previsto que hoy fuera a encontrarse con Fanny.

Ben se echó un rápido vistazo en el espejo.

—No solo ha tenido ojo con mi talla, sino que, además, tiene gusto. Me encanta. ¿Y a usted?

Desconcertada por el nuevo aplomo de Ben, Karen no supo por primera vez qué responder. Finalmente, Ben encontró sus zapatos.

—Dese prisa —dijo agarrando su cazadora—. Vamos a terminar por llegar tarde.

Karen saltó como un resorte:

—¿Cómo tiene el morro de salirme con esas?

—Mire, es muy sencillo. Basta con abrir la boca y expulsar el aire de los pulmones haciendo vibrar sus cuerdas vocales. —Hizo una demostración—. Mué-va-se. Sorprendente, ¿no? Estoy seguro de que, con un poco de entrenamiento, usted también podrá conseguirlo.

—Tenga cuidado, tengo una pipa y está cargada.

—Me encanta cuando me amenaza, me entran escalofríos por todo el cuerpo. ¿Conoce el Sky Garden?

51

En el corazón de la City, una torre de cristal de arquitectura depurada dominaba los edificios inteligentes del distrito financiero. De base rectangular, iba ensanchándose hasta abrirse en una forma protuberante y redondeada que albergaba el Sky Garden, el jardín más alto de Londres. Edén aéreo, aquel lugar no había tardado en ganarse la fama de atracción de primer orden.

Para que la autorizaran a subir armada con su protegido, Karen se había visto obligada a identificarse oficialmente y a coger unos ascensores distintos a los reservados a los turistas.

Una vez llegados a la planta treinta y cinco, a más de ciento cincuenta metros de altura, la joven y Horwood desembocaron en un gigantesco invernadero, en cuyo centro se alzaba un restaurante y un bar acondicionados como terraza, rodeados de un inmenso jardín en pendiente orientado hacia el sur. El lugar combinaba el diseño futurista con el ambiente natural, formando un gigante refugio luminoso, poblado de árboles de gran tamaño y de frondosos parterres, en cuyos huecos habían dispuesto rincones equipados con bancos.

Ben se acercó a los ventanales de cristal. La panorámica de la capital inglesa era sorprendente. No había nada que escapara a la vista a decenas de kilómetros a la redonda. Desde aquella altura, las avenidas parecían simples cintas grises sobre las que los autobuses rojos parecían modelos en miniatura. Atravesando el Támesis por puentes de cerillas, los metros y los trenes de cercanías pasaban como juguetes eléctricos a toda velocidad.

—¿Le precisó dónde le esperaría? —preguntó la agente Holt, a la cual el encanto del lugar no distraía del motivo de su visita.

—Relájese, Karen. Disfrute un poco. Después de pasar semanas encerrado en laboratorios, apartamentos confinados y templos subterráneos, ver a tanta distancia, descubrir un horizonte despejado y rodeado de estas plantas que exhalan aromas frescos me hace un bien increíble. ¿A usted no? Uno no se imagina que los placeres de este mundo puedan seguir existiendo cuando está de problemas hasta el cuello.

—Envidio su entusiasmo. Por mi parte, nunca olvido que, incluso en esta clase de sitios, las sombras acechan esperando su momento. Ayúdeme a localizar a Folker.

—Me avisó de que esperaría en un banco entre las flores. Subamos dando una vuelta, terminaremos por encontrarlo.

Se mezclaron entre la multitud de visitantes que pasaba el rato en este paisaje improbable. Muchos se hacían fotos delante de la vista panorámica o de las plantas más espectaculares. En el momento de inmortalizar el recuerdo, algunos exhibían una sonrisa perfectamente controlada, otros se besaban o hacían gestos extraños con los dedos. Hay códigos y símbolos por todas partes. Siempre alerta, Karen cribaba la multitud con atención extrema.

Fue al bajar por el lado este cuando, desde arriba, Ben percibió la silueta y reconoció la melena blanca del antiguo auxiliar de investigación. Echó a correr para alcanzarlo.

—¡Señor Folker! Qué alegría volver a verlo. No llego tarde, ¿verdad?

—Soy yo el que he llegado antes de tiempo. Hola, Benjamin. Gracias por mostrar su disposición tan rápido.

Le señaló un cubo de madera que hacía de asiento.

—Siéntese cerca de mí, tenemos poco tiempo.

La presencia de dos hombres había aumentado brutalmente el nivel de alerta. Nerviosa, Karen rastreaba el lugar al acecho de cualquier actitud sospechosa, manteniendo la mano discretamente en la culata de su automática.

Ben se dio cuenta hasta qué punto Folker estaba tenso. Para tranquilizarlo, se permitió coger entre sus manos las manos temblorosas del hombre, en un gesto de cariño.

—Todo va bien, Robert. Estoy con usted y la agente Holt nos protege. No corre absolutamente ningún peligro. ¿Por qué ha querido que nos viéramos aquí?

—Le encanta a mi nieta. Es con ella con quien vengo. Dice que este lugar es «un planeta puesto en el cielo». Para mí es un lugar asociado con la felicidad. No hay muchos como este... Además, hay mucha gente, y en estos momentos prefiero no estar solo.

—¿Qué es lo que le preocupa?

—Va a pensar que chocheo, pero, desde hace un tiempo, tengo la impresión de que me vigilan. Incluso en la Library tengo frecuentemente la sensación de que alguien está con el oído puesto. Detecto miradas de gente que nunca había visto. Me observan a hurtadillas, estoy casi seguro. En los pasillos desiertos de las plantas de estudio, incluso he llegado a sentir presencias y a tener miedo. Intento razonar, echarle la culpa a la paranoia de un viejo al que ha hecho daño la soledad y al que el asunto del *Splendor Solis* ha trastocado. Pero no sirve de nada.

—Simplemente está cansado. No se agobie. Si vuelve a necesitarlo, no dude en llamarme.

—Es lo que he hecho. Le quería poner al corriente de lo que he descubierto en relación al *Splendor Solis*, en caso de que me suceda algo malo.

—Dígame.

—Después de nuestra charla sobre las páginas robadas, seguí con mis investigaciones. Un poco por placer, lo reconozco, pero sobre todo porque me sentía cada vez más intrigado por las numerosas ilustraciones que asociaban elementos esotéricos y escenas figurativas. Como hiciera Ronald antes que yo, se me metió en la cabeza ir a la caza y captura de la información oculta que estas pudieran contener. Probé a leer en los vestidos, en las sombras, en la hierba, en las nubes. ¡Horas –qué digo horas– noches dejándome los ojos con lupas! Intenté descubrir el código de los colores y de las formas, descifrar la simbología. También analicé los paisajes, los montes y los valles, los meandros de los ríos, los pueblos, incluso los elementos arquitectónicos pintados, para intentar descubrir al menos indicaciones de localización.

—¿Y qué ha descubierto?

—Nada. Ni la más mínima semejanza entre las ilustraciones y cualquier otra realidad que no se conozca ya.

Ante el aspecto tan sorprendido como decepcionado de Benjamin, Folker se apresuró a añadir:

—Pero una casualidad nocturna me desveló mucho más... —De repente, Folker se animó y Ben reconoció la auténtica sonrisa de niño que el antiguo ayudante de investigación exhibía cuando estaba contento por haberle gastado una buena al profesor Wheelan—. Me imagino perfectamente la emoción de Ronald si le hubiera podido comunicar lo que se me desveló... He aquí toda la historia: una noche, cuando había estado trabajando hasta altas horas y el personal había dejado ya sus oficinas, por fin me decidí a volver a casa. Como de costumbre, apagué las lámparas que iluminan mi encimera, pero Nancy había olvidado apagar las suyas. Estas proyectaban una luz sesgada que llegaba hasta mi puesto. Todavía no había cerrado el volumen cuando me quedé sorprendido al comprobar que la página que estaba estudiando –aquella del «Viejo rey y joven rey»– parecía reaccionar a esta iluminación particular. Algunas partes de la ilustración brillaban de manera anómala. Bajo este ángulo, la luz hacía aparecer detalles del vestido del joven monarca, pero también algunas zonas de la decoración que encuadra la página y que normalmente no se perciben. Como se podrá imaginar, a pesar de mi cansancio, ¡ni se me pasaba por la cabeza volver a mi casa a descansar! Miré desde más cerca. Pasé revista a todas las páginas y me di cuenta de que, bajo una primera apariencia, el códice encierra una lectura secreta que hasta ese día nunca nadie había descubierto. En todas las páginas ilustradas, tanto en los dibujos como en las inscripciones y leyendas, pude constatar que algunas letras y detalles habían sido particularizados. No dije absolutamente nada a nadie, y esperé a la noche siguiente para profundizar en mis investigaciones. Necesité un microscopio para darme cuenta de que no todas las partes doradas habían sido tratadas con la misma técnica. Algunas fueron simplemente recubiertas con pan o polvo de oro, mientras que otras habían sido retocadas con un pigmento difractante especial que brilla bajo una luz rasante. Se lo voy a enseñar. —Folker sacó su teléfono del bolsillo y abrió la carpeta de imágenes—. Evidentemente, no se ve tan bien en foto como en vivo, pero, en cualquier caso, se va a dar perfectamente cuenta.

Abrió la imagen de una página poco iluminada que representaba la «Pareja real». Algunas letras de la presentación de la escena, pero también otras escritas en las cintas rojas y azules portadas por los dos dignatarios, destacaban bajo el brillo de un destello nacarado.

—Fascinante —susurró Ben.

—El fenómeno se repite en todas las ilustraciones. He hecho fotos de cada una. No son de una excelente calidad, pero me permiten guardar un recuerdo y que usted no me tome por un viejo loco.

—Nada más lejos de mi intención, señor Folker. ¿Puede enviarme las fotos?

—¿Enviárselas?

—Sí, desde su teléfono.

Folker le entregó su aparato.

—Hágalo usted mismo. Mi nieta sabría cómo hacerlo, pero yo no entiendo nada. Estas tecnologías son de su época, no de la mía.

Benjamin seleccionó toda la serie y se la envió a su número.

—No he dicho ni pío a nadie —precisó el anciano—. Me fastidia mucho. ¿Qué puedo hacer con este descubrimiento? ¿A quién confiárselo? Es una responsabilidad enorme. Ronald habría sabido qué hacer.

—No se preocupe. Nosotros vamos a ayudarle.

—Este tratamiento selectivo no es para nada casual, Benjamin. No se trata ni de una gracia del artista ni de un accidente. Tengo pruebas.

—Explíquese.

—Sin duda, yo no soy el más indicado para resolver estos enigmas, pero al menos en dos páginas he podido comprobar que estas letras diferenciadas forman por sí solas palabras hasta ese momento disimuladas en el texto que las esconde. —Folker volvió a coger su teléfono e hizo aparecer las imágenes—. En la ilustración que representa al «Caballero del Arte Real» de pie sobre las fuentes de oro y plata, la cita inscrita en su escudo, e iluminada de esta forma, desvela una referencia que nos reenvía a un texto en particular de Hermes Trismegisto.

—¿Uno de los padres de la alquimia?

—El mismo. Ya conoce su importancia.

—No soy más que historiador de formación, pero, si no me equivoco, Trismegisto es una figura del ocultismo y del hermetismo.

—Además, es de su nombre de donde proviene el adjetivo «hermético».

—También sé que el Arte Real se designa igualmente bajo el nombre de «ciencia hermética», pero mi cultura sobre este personaje no va mucho más allá.

—Déjeme explicarle.

Folker hizo pasar sus fotos y presentó la página del «Filósofo alquimista», ataviado con un vestido drapeado de estofa roja y azul.

—¿Se acuerda de esta ilustración?

Ben reconoció la cinta que se escapaba del frasco por encima del sabio como si fuera humo.

—Usted nos enseñó el original durante nuestra visita a la British Library.

Folker prosiguió:

—Se puede afirmar sin riesgo a equivocarse que esta pintura es una representación del mítico Hermes Trismegisto. Su existencia no está comprobada, pero a él se le atribuyen la mayoría de los textos fundadores sobre ocultismo y alquimia. Desde la Alta Antigüedad, los más grandes autores le citan como referencia. Su genio se extendía por la medicina, la magia, la alquimia, la filosofía, la astrología e, incluso, la teología. Es difícil decir en qué época pudo vivir. Los egipcios equipararon sus trabajos a los del dios Thot, que con los griegos tomaría la forma de Hermes. El dios Thot simbolizaba la luna por oposición al sol y, según la creencia, habría inventado la escritura y la lengua de Ptah —el Verbo de Dios—, quien da origen al universo. La civilización griega se apropió de esta ilustre figura y contribuyó a su renombre. Platón también menciona a «Theuth», y le atribuye el dominio de las enseñanzas secretas. La etimología de su nombre basta para definirlo. La palabra «Trismegisto» significa «tres veces muy grande» —y deriva a su vez de la lengua egipcia y de otras más antiguas—, a la cual se uniría el nombre «Hermes», el mensajero de los dioses para los griegos. Así, reforzado por la admiración que las sucesivas culturas mostraron por sus trabajos, Hermes Trismegisto ganó el estatus de maestro de la mística alquímica. Durante más de dos mil años, se le evoca y cita con regularidad, y los escritos que se le atribuyen gozan de gran celebridad hasta la edad de oro de la alquimia en Europa. Innumerables leyendas, poderes y milagros le son atribuidos. Al igual que la alquimia, el apellido de Trismegisto perderá su valor, para después ser denigrado por los repetidos ataques de los autoproclamados espíritus racionalistas. Pero aunque le hayan privado de luz, nunca lograrán enviarle a la oscuridad del olvido. Algunos de los textos que se le atribuyen son revolucionarios incluso a día de hoy. Además, muchas de sus enseñanzas se encuentran en el florilegio del *Splendor Solis*.

—¿De verdad piensa que haya existido?

—¿Quién soy yo para responder? A falta de la verdad, puedo

confiarle mi modesta opinión, aunque conviene ser prudentes. Sabemos muy poco sobre los tiempos de las primeras civilizaciones que le habrían visto nacer. Apenas conocemos el nombre de los reyes. Por tanto, ¿qué se va a pretender saber de un erudito desaparecido hace milenios? El profesor Wheelan pensaba que Trismegisto solo era la encarnación soñada por los adeptos de la alquimia del tan esperado profeta.

—Si no es más que una cristalización imaginaria, ¿cómo explicar la riqueza de sus enseñanzas?

—Por la profusión de aquellos que han querido creer en él y que, para entrar en su leyenda, recurrieron a él.

Mientras escuchaba a Folker, Ben se encontraba transportado a un universo a años luz del panorama que los rodeaba.

—Benjamin —dijo gravemente el anciano—, yo ya no tengo ni la edad ni la fuerza para lanzarme a semejante investigación. Usted, sí. Usted tiene la energía y las capacidades necesarias. No conozco a nadie más apto que usted. Busque lo que se esconde en estas ilustraciones, encuéntrele un sentido. Estoy seguro de que es este secreto lo que están buscando los que han robado las páginas.

Benjamin esbozó una sonrisa medio divertida, medio escéptica.

—Su confianza me honra, pero dudo estar a la altura.

—Tenga fe en usted.

—Hace un momento mencionaba una referencia oculta en el texto del escudo del Caballero…

—Lo comprobará usted mismo en las fotos. Gracias al mensaje descubierto en las ilustraciones, efectivamente, he identificado el pasaje de las obras de Trismegisto al que remite.

—¿Se acuerda del tema que aborda?

—Me acuerdo de mucho más que eso. Lo llevo grabado en mi interior al pie de la letra. Desde que leí el pasaje, cada palabra resuena en mi pobre cabeza como unas notas de las cuales, por desgracia, no conozco la melodía. Busco, pero no encuentro. Escuche, y prométame que me confiará la clave si la descubre.

—Tiene mi palabra.

Folker se inclinó hacia Benjamin, con la boca a pocos centímetros de su oreja. Con voz calma y muy articulada, murmuró:

—«La experiencia necesita siglos para crecer. Las ideas necesitan sencillez para alcanzar lo esencial. Ninguna creación animada o inerte se puede separar del resto. No se emprenderá nada sin una razón. Ninguna química, ninguna obra del pensamiento o del corazón debe ser considerada inferior a la mirada de las esferas más puras. Montañas y abismos, hielo y brasas, día y noche, oro y barro, rey y mendigo están para siempre unidos en el brillo celeste. Solo el poder de la luz puede crear o destruir. Solo los sabios tienen el espíritu lo suficientemente noble para recibir el conocimiento de los arcanos, y es a ellos a quien se transmite el gran secreto, vida tras vida. Si aventura, corrupción o traición mancillan el propósito, como el veneno contamina el agua, la luz de Dios se convertirá en la del diablo, erigiendo irreversibles peligros ante nuestros destinos. Antes de que el alba de los traidores sobrevenga, los iniciados sellarán el eterno olvido de las Verdades. Que las sepulten en los confines y las preserven en recuerdo de los testigos del Milagro Original. Que permitan la ofrenda del porvenir».

Aunque no tuviera todas las claves, aunque no supiera con exactitud a qué hacía alusión este pasaje, Benjamin lo comprendió. Intuitivamente, íntimamente, captó su profundo significado. Se sintió tan cercano a las palabras, que tuvo la sensación de reconocerlas. Como si volvieran a ocupar un lugar en su interior, recuperando en su mente una clarividencia que se encontraba enterrada allí desde siempre.

En ese instante, el encantador decorado de aquel lugar de descanso y paseo en el que se encontraba se esfumó. Ya no veía más que sombras que merodeaban por nuestro mundo a la espera de que llegue su hora.

52

En las oficinas de la agencia, Benjamin permanecía apostado en el umbral de su apartamento, tan tranquilo como podría haberlo estado en el rellano de su propio inmueble. Esperaba una visita tardía. Aunque los servicios secretos funcionaban día y noche, los pasillos estaban claramente menos frecuentados a final de la tarde. Para hacer tiempo, miraba los dedos de sus pies descalzos, que tamborileaban a un buen ritmo. Se alegraba de volver a verlos capaces de realizar aquellas formas y proezas que no sirven absolutamente para nada.

Vivir en medio de las oficinas provocaba un auténtico desfase. Allí, nada de saludos cordiales a los vecinos, nada de esa música que se oye de un piso a otro, nada de la encantadora abuelita que te encuentra guapo y a la que puedes preguntar cómo le va, nada de olores de cocina ni de vecinos que bajan al buzón en bata, ningún globo multicolor pegado a las puertas para anunciar los cumpleaños de los niños felizmente escandalosos. Hacía semanas que Ben no veía a nadie volver de la compra con bolsas rebosantes de comida. Sería como para llorar de emoción la próxima vez que viera una cesta cargada de productos lácteos, bayetas y tomates... Ese día a día banal, al cual no se presta atención hasta que uno se ve privado de él, era lo que echaba de menos. Incluso se sorprendió sonriendo al recordar las agudas risas entrecortadas por las palabras hipócritamente indignadas de la joven de al lado, cuando su novio se mostraba atrevido.

Benjamin empezaba a comprender a Jack cuando mencionaba otra visión del mundo distinta a aquella que tiene la gente que vive al margen de determinados problemas. Ante su puerta no veía pasar ni parejas ni niños ni ancianos. Solo mujeres y hombres bastante jóvenes, vestidos con un estilo neutro, apagado y sobrio, pero todos armados hasta los dientes y capaces de matar. Lo necesario para influir en tu percepción de la civilización.

El tintineo del ascensor anunció la llegada de la cabina. Fanny salió de ella. No vio inmediatamente a Benjamin, que la esperaba en el pasillo. Esos breves instantes dejaron tiempo a Horwood para comprobar hasta qué punto parecía agotada, justo antes de que volviera a ponerse su máscara de eterno dinamismo. Fanny siempre se había comportado así. Por educación con los demás, al tiempo que para protegerse con una armadura, siempre se había atrincherado detrás de una imagen de felicidad y de ligereza. Siguiendo más o menos la misma lógica, Horwood había elegido el humor. Cada uno se protege como puede.

Solo una vez, Ben había sido testigo de la desesperación de su amiga. Una noche, Fanny no había tenido la fuerza suficiente para maquillar sus tormentos. Unas semanas después de celebrar su titulación, la joven se había visto obligada a decidir la conveniencia del mantenimiento de los cuidados prodigados a su padre, que en ese momento se encontraba en fase terminal. Ninguno de sus amigos había sabido que estaba enfermo y ella nunca había expresado lo que esta situación le había supuesto durante la realización de sus estudios. En su momento, ella había elegido la opción más valiente —pero también la más difícil—, con el fin de ahorrar un sufrimiento inútil a su único familiar aún vivo, sacrificando de paso un poco de su propia inocencia. Por el bien de su padre, había decidido desahuciarlo y acompañarlo hasta su último suspiro. La noche después, del crepúsculo al alba, había llorado, había contado sus recuerdos, y había gritado su rabia y su dolor. Aquella noche, solo Ben había estado allí para abrazarla y consolarla. Al día siguiente, nada en la cara o en la actitud de Fanny delataba por lo que estaba pasando. De aquella noche, Ben guardaba un recuerdo ambiguo, una mezcla inestable de sincera compasión hacia aquella que tanto quería, y un monumental orgullo reforzado de alegría egoísta por el hecho de que ella hubiera ido a refugiarse en él y en nadie más.

Fanny alzó la mirada. Al ver a Ben plantado ante su puerta, desplegó rápidamente su mejor sonrisa.

—¿Te han avisado de que subía?

—No ha hecho falta, veo a través de las paredes.

—Si miras a través de mi vestido, te doy una torta. —Le dio un beso y añadió—: Gracias por haberme esperado hasta tan tarde.

Él habría podido responderle que lo llevaba haciendo desde hacía diez años, pero ¿todavía era verdad? La invitó a entrar mientras ella le soltaba:

—Debes de estar deseando irte a dormir.

—Como tú, me imagino.

Al entrar en el apartamento, Fanny fue inmediatamente asaltada por una duda. Ella, que siempre había conocido aquel lugar tan iluminado y reservado al trabajo, lo encontraba ahora bañado por una luz tenue, digna de un café parisino para enamorados noctámbulos. Fanny esperó de todo corazón que Ben no hubiera malinterpretado las razones de su visita nocturna.

—¿Te sirvo una copa? Aprovecha, las fuerzas especiales han vuelto a guarnecer el bar a costa del Gobierno.

—No, gracias, por el momento nada.

—No te quedes de pie, ponte cómoda.

Ella se quitó la gabardina y tomó asiento en el sofá, mientras Ben se servía un zumo de tomate.

—Me encanta el zumo de tomate —comentó—. Tiene gracia, cada vez que lo bebo, me pongo supercontento; pero cuando tengo que pedir algo, nunca pienso en él.

Incluso él mismo encontró su comentario de una lamentable

vacuidad. Le echó la culpa de ello al cansancio. Se instaló en su sillón y alzó su vaso a la salud de Fanny, añadiendo:

—Me alegra encontrarte en otro sitio que no sea un gabinete de crisis.

—Sean cuales sean las circunstancias, siempre es agradable verse.

—He leído tus últimos informes. Tu sentido analítico es aún más increíble que en la época de nuestra memoria. Has realizado un trabajo impresionante. La traducción del primer papiro responde a un montón de preguntas. Con algunas salvedades, comparto tus conclusiones. Las piezas del rompecabezas empiezan a encajar.

—Mejor.

Benjamin notaba que la joven no se comportaba como de costumbre. Menos espontánea, y también menos cercana. Su actitud solo podía manifestar la voluntad de mantener la distancia. Señaló el salón con un gesto etéreo.

—¿A qué se debe este ambiente tan romántico?

Fanny no era la típica que evitaba los temas delicados. Esta, por cierto, era una de las cualidades que a Ben más le gustaban de ella.

—Si esa fuera mi intención, habría asegurado la jugada pidiendo que me echara una mano uno de esos cantautores que tanto te gustaban. Nunca te has podido resistir.

El comentario tranquilizó a Fanny.

—No te has olvidado de mis gustos.

—No he olvidado nada.

Fanny no quería aventurarse en aquel terreno. No esa noche. No con lo que iba a anunciarle.

—Qué elegante, tus calcetines viejos apoyados en la lámpara para tamizar la luz.

—Me las apaño con lo que tengo... Pero si la señorita esteta se dignara a levantar la vista hacia el techo, vería que dibujan un dragón con la boca abierta de par en par.

—¡Fabuloso! —comentó ella sin creérselo lo más mínimo.

—Cuando era niño, habría bastado esta sombra para aterrorizarme durante toda la noche.

—Ya no necesitamos eso para tener pesadillas.

—Exacto, hemos mejorado. La realidad es mucho más terrorífica que los cuentos de niños.

—¿No me preguntas para qué he querido verte esta noche?

—Me imagino que para preparar la reunión de mañana... Habrá gente importante, oficiales. Nos vamos a encontrar como cuando defendimos nuestra tesis delante del tribunal. ¿Quieres que confrontemos nuestras teorías históricas antes de presentarlas?

—No solo. Sobre todo, quería tratar dos temas importantes contigo. Solo nosotros dos.

A Benjamin le pareció que eso de «tratar dos temas importantes» tomaba un aspecto muy solemne, que el «solo nosotros dos» hacía saltar en pedazos.

—¿Tengo que preocuparme?

—No, más bien al contrario. Quiero hablarte de dos mujeres y, antes de que se difundan sus historias, no quiero compartirlas con nadie más que contigo.

—Me intrigas...

Ella hizo una pausa antes de lanzarse:

—Benjamin, he visto las imágenes grabadas por tu cámara durante tu exploración de la tumba. Te he seguido paso a paso. El pasaje abierto en la roca, la escalera con las paredes grabadas, tu entrada en la cámara de aire y, por supuesto, el descubrimiento de la sala. He percibido tu respiración.

Sorprendido en su intimidad, Horwood bajó la mirada.

—He oído lo que decías —prosiguió Fanny—. Creo haber adivinado los sentimientos que te han conducido en tu periplo. Me he sentido trastocada. He tenido realmente la impresión de estar a tu lado. La sensación de encontrarte como te conozco, pero diez veces más concentrado.

—Así que has venido para sacarme los colores.

—Cuando pienso en el impacto que estas imágenes han tenido

en mí, no logro imaginar lo que pudo suponer para ti vivirlas. Se me pone la piel de gallina con solo pensarlo. Ninguno de los exploradores que descubrieron este tipo de lugares aportó imágenes de tal intensidad. Has realizado una grabación en bruto de un interés científico y humano excepcional. Pero no es eso lo que más te distingue de los demás. Te voy a dar mi opinión: la que se encontraba en el sarcófago ha tenido mucha suerte de que fueras tú el que la descubriera. Hace falta todo lo que tú tienes para vivir un momento semejante sin olvidarse de ser humano. Me ha conmovido que le hablases, me han emocionado las palabras que le has dirigido…

Fanny dudó si seguir.

—Sé que te sueles dirigir a la gente que duerme…

Benjamin palideció.

—… A veces, incluso he tenido la sensación de oír tu voz cuando estaba sola en mi apartamento de París. Pero ya hablaremos de esa extraña sensación en otro momento. Ahora, te mueres de ganas de saber más sobre la desconocida del sarcófago, ¿verdad? Cuando volviste de Egipto, noté inmediatamente hasta qué punto querías saber quién se escondía detrás de la máscara mortuoria. Ahora estoy en condiciones de responderte.

—¿Así que es una mujer? —preguntó Ben con un nudo en la garganta.

Fanny asintió.

—Tu corazonada era cierta. He recuperado los diferentes segmentos del segundo rollo de papiro. El documento le está consagrado por entero. En él se desvela su historia, un poco de su vida y, lo más importante de todo, su secreto. Se llamaba Ankhti. No era de ascendencia egipcia, ni siquiera provenía de la nobleza. Una extraña broma del destino la conduce lejos de la tierra de sus ancestros, lo que le confiere su rango y su estatus cuasidivino. Ni su función ni su título eran oficiales. Varios indicios incitan a creer que su verdadera identidad se mantuvo confidencial durante toda su vida. Ankhti era una mensajera, una guardiana, un vínculo de unión. Era la descendiente de un sabio sumerio que Shulgi envió junto a los primeros faraones egipcios siglos antes. Porque, por lo que se ve, las civilizaciones no eran tan impermeables entre sí como algunas conclusiones históricas nos lo cuentan hoy día. El erudito sumerio era portador de un saber secreto que debía transmitir a los poderosos de la civilización egipcia, con el fin de evitar una nueva catástrofe parecida a la que su país había conocido o, incluso, provocado, según la interpretación que se dé al texto. A lo largo de las dinastías faraónicas, los descendientes de este hombre perpetuaron su misión, hasta llegar a Ankhti, que fue la última iniciada. Ella es el último eslabón de una cadena que, de generación en generación, enseñó algunas reglas ocultas del universo a los maestros de Egipto. El texto precisa que esta transmisión fue inaugurada por un sabio que se autoexilió junto a su hijo, que a su vez la confió a su propia hija, y así sucesivamente; hasta que la joven Ankhti, casi mil años después, aprendió de su padre la historia del Milagro Original y de los efectos devastadores que este desencadenó. Por desgracia, parece que ella no consiguió pasar el relevo. Murió sola, protegida hasta el punto de ser recluida, sin haber dado a luz ni haber encontrado a quien poder transmitir su carga, poniendo fin a este linaje de la sombra. Según el papiro, el mismo gran Ramsés habría dicho de ella que se había hundido en la noche porque conocía demasiado bien el secreto del sol.

Ben no pudo evitar asociar el descubrimiento de la historia de Ankhti con el texto de Trismegisto que evocaba a los poseedores del gran saber.

—¿Te acuerdas de la caja gris que contenía los tres pequeños mosaicos? —retomó Fanny.

—Claro.

—Se trata del único tesoro personal que los miembros de esta familia se transmitieron entre sí. Tres recuerdos, tres imágenes reproducidas con toda la maestría de la que eran capaces en aquella época. El primero representa una escena de despedida, cuando el rey que decidió ver más allá de su propio poder se separó de su científico para proteger mejor el porvenir. El segundo muestra al sabio con sus asistentes y su hijo. El tercero dibuja el lugar donde se produjo el acontecimiento destructor «donde solo el oro consiguió salvar algunas almas». A la muerte de Ankhti, según los acuerdos sagrados alcanzados por las dinastías sumerias y egipcias, el último poseedor de este saber oculto que no hubiera podido transmitirlo debería ser inhumado con todas las reliquias, permaneciendo en un lugar que los dioses guardarían a salvo de los hombres.

—Por eso fue construido el templo. Excavado en lo más profundo, lejos de todo.

—Para servirle de residencia eterna, rodeada de todo lo que poseía relacionado con el Milagro Original. Pero el relato parece distinguir un objeto aún más importante que los demás en el seno de la colección.

—La gran copela dorada que se ha desvelado radioactiva...

—Eso es. Se la califica como «central», sin que el contexto permita precisar mejor el sentido de la palabra. El relato insiste en el hecho de que en su eternidad, Ankhti fue inhumada lo más cerca de estos objetos para evitar que cayeran en manos indignas, lo que habría desencadenado de nuevo la cólera de los dioses.

—Por tanto, ¿los artefactos a sus pies no eran ofrendas, le habrían sido confiados para su protección?

—¿Te das cuenta de lo que eso implica, Ben? Existe un saber secreto que encuentra su fuente el día del Milagro Original. Todo comenzó en Sumeria. La historia de Ankhti constituye la prueba de que los reyes de aquel entonces superaron sus divisiones y olvidaron sus diferencias para intentar controlar aquello que los aterrorizaba y sobrepasaba.

La mente de Ben se encendió al entrever lo que esta información permitía deducir y barajar. Pero un sentimiento más profundo le invadió de pronto. Cerró los ojos y pensó en aquella que él había sido el último en tocar.

—¿Sabes qué edad tenía Ankhti?

—Sin duda no tuvo que pasar de los veinticinco años.

—Esta pobre mujer murió aplastada por el peso de una herencia que siglos de tradición la condenaban a portar sola. No encontró a nadie que la comprendiera, sin duda muerta de vergüenza por la idea de haber fracasado en su deber de transmisión...

Benjamin resopló con despecho y enfado. Soltó con la voz ronca:

—Y yo he surgido en su eternidad, destruyendo todo...

—No, Benjamin. Tú la has liberado. Tú la has librado de la carga adueñándonos de ella. Hoy día tenemos los medios para portar este saber y protegerlo.

—¿Estás segura? Hay otros, aparte de nosotros, que intentan apoderarse de ello. Aunque no sepamos quiénes son, sabemos lo suficiente como para estar seguros de que sus intenciones no son tan buenas como las de los reyes de Sumeria. En la época, los que ahora nos permitimos juzgar como «primitivos» tuvieron la sensatez de aprender la lección de su temeridad y de proteger lo que podía conducir a reproducir aquellos efectos. Hoy día, mientras estamos convencidos de ser los más listos, al igual que niños irresponsables olvidamos las enseñanzas de estos precursores, con el consiguiente riesgo de desencadenar una catástrofe. A eso se le llama jugar con fuego o tentar al diablo. Nunca estas expresiones han tenido tanto sentido.

—¿Crees en la cólera de los dioses?

—Esta cólera quizá no sea más que una ilusión. Pero provenga de donde provenga este poder, puede destruirnos. Eso es lo que está en juego. Experimento científico o manifestación divina, este Milagro Original nos amenaza. En aquel momento, los hechos incomprendidos, maléficos o benéficos, solo podían ser vistos como la cólera de los dioses. Hoy día, es muy diferente: muchos están convencidos de ser más astutos que cualquier dios.

—Benjamin, podríamos perfectamente no desvelar nada de lo que hemos descubierto. El secreto de Ankhti se mantendría a salvo.

—Es demasiado tarde, Fanny. La tumba se ha abierto. Las pirámides con los cristales están casi reunidas. Desde el momento en que se sabe algo, el hecho de que se conozca y sea explotado no es más que cuestión de tiempo.

—No es demasiado tarde. Todavía tenemos la sartén por el mango.

—Lo dudo mucho. Karen tiene razón. Jugamos una partida de ajedrez. No son un rey o una reina los que acaban de hacer su entrada en el tablero de juego, es un movimiento inédito, una modificación de las reglas que ya no solo implica la confrontación de una pieza con otra. Si se hace ese movimiento, si alguien aplica esa regla oculta, todo el tablero saltará por los aires y no habrá ningún ganador. Me cuesta creer que, durante tantas generaciones, los descendientes del sabio exiliado demostraran una perfecta lealtad. Lo lógico sería pensar que al menos uno hubiera sacado provecho de ello para su propio interés personal.

—Entonces, ¿por qué no ocurrió?

—Porque, al escuchar el relato de lo que pasó en boca de su padre o de su madre, me imagino que tuvieron que asustarse tanto, impresionarse tanto, que se olvidaron de su propio interés. Fanny, la historia de la humanidad nos lo ha demostrado en numerosas ocasiones: cuando un individuo descubre que su propia vida ya no vale nada, acepta sacrificarse por su especie. Está en nosotros. Es lo que nos hace humanos. Es lo que nos permite sobrevivir a lo peor desde la noche de los tiempos. —Hizo una pausa—. Gracias por haberme confiado la historia de Ankhti. Me siento mejor desde que sé quién era.

—Pareces afectado.

—Lo estoy. Pero si mi memoria no me falla, al comienzo me habías hablado de dos mujeres. ¿Cuál es la otra historia que querías contarme?

—Por fin, ahora sí que quiero una copa. Nada de zumo de tomate. Sírveme algo fuerte y tómate tú lo mismo, lo vas a necesitar.

53

Al primer trago de *whisky*, Benjamin se atragantó. Fanny se bebió el suyo de un trago, como si se tratara de un elixir capaz de darle todo el coraje que necesitaba. Con un golpe seco, apoyó su vaso vacío en la mesita, como haría un jugador de ajedrez que coloca su pieza. Con voz ligeramente ronca por el alcohol, declaró:

—La otra mujer es mucho menos importante que Ankhti. Se trata de mí.

Horwood mostró su sorpresa.

—¿Esperas contarme una historia relacionada contigo que no conozca?

—Sí. Una historia de la que formas parte.

—Pero…

—Por favor, no me interrumpas —dijo ella levantando la mano—. No es nada fácil…

Se levantó para sentirse más segura.

—Mañana, después de la reunión oficial con los tipos del Gobierno, me marcharé por un tiempo. Yo no lo he querido, Benjamin. Es el director quien me lo ha ordenado. Dice que necesito un descanso, por lo del atentado y por la herida de mi hombro, entre otras cosas. No cabe duda de que tiene razón, aunque trabajar a destajo con las reliquias de la tumba me haya venido muy bien. De repente, nos envía a Alloa y a mí a descansar al campo, no sé dónde, en una de sus direcciones secretas, al sol, lejos de todo, para que descanse a salvo. Pero cuento con volver pronto para ayudarte a continuar con la investigación.

Ben no rechistó.

—¿No dices nada?

—Me has pedido que me calle.

—Sí, pero ahora podrías reaccionar.

Él hizo como que reflexionaba.

—¿Qué reacción esperabas? Me alegro mucho por vosotros dos. Échate crema antes de ponerte al sol y, si vais a una isla, no obligues a tu chico a hacer submarinismo, creo que está vacunado contra ello durante un tiempo. Acuérdate también de enviarme una postal.

—Estoy embarazada, Benjamin.

Algo violento ocurrió en el cerebro de Horwood. Un cortocircuito, una explosión, un incendio en los archivos. El fuego se propagó rápidamente, atizado por ráfagas de sentimientos. Las llamas alcanzaron todas las plantas. Cundió el pánico por todas partes, hasta en el servicio de coordinación de movimientos. Iba a hacer falta más de una caserna para poder controlar este siniestro.

Las mujeres son perfectamente capaces de hacer que a un hombre estable se le vaya la olla. Solo una habría podido arreglar el problema de Ben aquella noche. Ankhti y su destino ya habían minado el terreno, pero la noticia del embarazo de Fanny abría los depósitos de productos inflamables. Ningún hombre puede encajar este tipo de seísmo sin que se agrieten sus estructuras.

Al ver la cara que ponía, Fanny comprendió que Benjamin no estaba en condiciones de reaccionar de manera coherente. Esperó a que dejara de hacer aquel ruido de neumático deshinchándose para añadir:

—Alloa todavía no está al corriente. Tenía pensado darle la noticia cuando estemos tranquilos. Quería contártelo antes. Seguramente será una idiotez, pero para mí este anuncio en primicia es una especie de regalo que tengo el placer de hacerte. Te lo debo.

Benjamin movilizó todos sus recursos para intentar poner buena cara.

—¿Sería posible hacer como que no he oído nada? ¿Podemos quedarnos con lo de Ankhti por esta noche, y volver a hablar de lo otro con la cabeza más despejada a tu vuelta?

—Alguien a quien quiero muchísimo me dijo hace poco: «Desde el momento en que se sabe algo, el hecho de que se conozca y sea explotado no es más que cuestión de tiempo».

—Vale. Hablemos de ello.

—¿No te alegras de que esté embarazada?

—¡Pues claro que sí! Pero me siento bastante incómodo por saberlo antes que el padre.

—Él lo entenderá. Sabe lo que significas para mí. Por cierto, espero que aceptes ser el padrino de nuestro niño. Para nosotros, los franceses, es muy importante. No se le pide a cualquiera. Así, seremos un poco como de la misma familia.

—Muchas gracias. —Benjamin buscó las palabras—. El honor me conmueve. Disculpa por no ser más entusiasta, pero es demasiado de golpe.

—Todavía no he terminado, Ben. Y te pido perdón por adelantado.

—¿Esta vez sí que me debo preocupar?

—Conociéndote, tienes todo el derecho.

Él se echó para atrás en su asiento y se terminó su copa de un trago, sin toser.

—Viendo el vídeo de tu cámara, también me interesé por el momento en el que te encontraste solo en la cámara funeraria, justo antes de la vuelta de Alloa y de la apertura del sarcófago. Te asustaste del estruendo del agua. Después, para tranquilizarte, te pusiste a hablar como si hubiera alguien contigo. Se te oye claramente decir: «Tú también querrías saber quién se oculta ahí dentro...». A lo mejor piensas que soy una creída, pero me imaginé que podía ser yo la que estabas proyectando en el papel de cómplice. Después me dije que también podía tratarse de Karen. —Ben iba a explicarlo, pero Fanny le hizo una seña para que guardara silencio—. Por favor, no me quites la ilusión y, si no quieres estropearlo, no hagas ninguna broma sobre el tema. Sobre todo porque después miré los vídeos de la cámara de Alloa... Incluso detrás del cristal de tu escafandra, vi claramente la emoción de tu cara cuando desplazasteis la losa de piedra y descubristeis lo que escondía. También asistí a cuando la ola rompió brutalmente y te propulsó contra la pared como si fueras un saco. Por fortuna estás aquí, ante mí, porque si no pensaría que nunca habrías salido de esa. ¡Qué horror! Es un milagro que hayas sobrevivido. La cólera de los dioses quizá no sea más que una entelequia, pero cuando te veo casi intacto ante mí después de aquel infierno, por todo lo cartesiana que sea, me veo obligada a creer en su bondad. Alloa también jugó un papel importante a tu lado. Hizo todo lo posible por sacarte de allí. Luchó, Ben, te prometo que se deslomó. Nunca antes había escuchado a un hombre gritar de rabia contra los elementos. Tuvo que dejarse la piel. No se rindió. No creo que vuelva a tener en su vida la ocasión de entregarse de aquella manera...

—Lo espero por él. Sé lo que le debo. Nunca habría pensado que un día diría esto de él, pero es mi héroe. Podría parecer una broma, pero es verdad.

—Le hizo muchísima ilusión que le dieras las gracias. Pero la historia no termina ahí, Benjamin. Porque, para mí, la verdadera tempestad y el verdadero maremoto se desencadenaron antes de los provocados por el agua. Ocurrió durante la conversación que mantuvisteis Alloa y tú, cuando sacabas los últimos objetos a toda prisa. Hablasteis de hombre a hombre, y eso me impactó tanto como tu ola. Te debo disculpas. Me doy cuenta de que se me da mejor interpretar fragmentos de vasijas romanas que las palabras de aquellos que quiero.

—¿De qué hablas?

—Hace años, cuando quisiste salir conmigo, hice todo lo posible por evitarlo. Tuve que hacerte mucho daño. En aquella época, yo solo tonteaba con chicos con los que duraba poco. Iban detrás de mí, a veces yo me dejaba querer. Pero, sinceramente, tenía un don especial para atraer a los casos perdidos...

—Las chicas guapas siempre atraen a los imbéciles.

—¡Vaya, se te olvida que tú también ibas detrás de mí!

—Nunca tuve la intención de ser astuto.

—El caso es que era incapaz de imaginarme algo serio. No se me pasó por la cabeza que entre nosotros pudiera nacer algo que no fuera una aventurilla sin futuro. A ti sí. Me dio miedo que al pasar a un plano más íntimo, se arruinara nuestra relación, esta relación única que compartimos y que tanto quiero. Así que hui. Hice como que no entendía. Peor aún, me fui con el primero que pasaba para que ocupara tu lugar. Ni siquiera me acuerdo de su nombre... Una vergüenza total. Fue al descubrir tu mirada cuando Alloa te preguntó si me querías, cuando comprendí hasta qué punto había sido una idiota. Vi tus ojos. Detuve la imagen, volví atrás y di a la pausa. De repente, lo vi todo claro. No había calculado hasta qué punto ibas en serio. Lo siento. Espero que me perdones algún día.

Fanny se había quitado su máscara de eterno buen humor y Benjamin no tenía fuerzas para gastar una broma. Esperó varios segundos antes de responder.

—¿Sabes, Fanny? Creo que tuviste razón al recular. Incluso si no fue fácil para mí, no hay duda de que salvaste nuestra relación.

—Dices eso para que no me sienta mal.

—Evidentemente, y cuento con tu eterna gratitud ante tanta generosidad. Pero, en el fondo, es verdad.

—¿No crees que entre nosotros podría haber funcionado?

Horwood evitó la mirada de la joven.

—¿Y qué más da? Ahora estamos disfrutando de la relación que yo esperaba. Siendo objetivos: podemos decirnos lo que queramos, que nunca nos divorciaremos. Nos veremos solo cuando nos apetezca. No tendré que soportar tu colección de zapatos en la entrada de mi casa. Así está bien.

—Me convenceré de ello cuando te vea feliz con otra.

—¿Te hablé ya de un border collie con el que viví una historia muy intensa?

—No, especie de pervertido, pero vi cómo te volvías majareta por aquella estatua del Victoria and Albert Museum.

—Veo que tú tampoco te has olvidado. ¡Madre mía, qué curvas tenía aquella Afrodita! Una pena que fuera de mármol.

—Karen no es de mármol. Ni en el sentido estricto de la palabra ni en el figurado.

Ben se levantó para no tener que contestar.

—Necesito otra copa —dijo.

—¿Me sirves otra?

—Ni lo sueñes. Para ti, nada de alcohol mientras yo sea tu padrino. Estás embarazada, y de otro que no soy yo, todo sea dicho de paso. Por tanto, no tengo ninguna obligación de compartir contigo este excelente *whisky* que tanto necesito.

Se sirvió una copa y saboreó ostensiblemente su trago bajo la mirada incrédula de Fanny.

—Sádico.

—Guarra.

54

Benjamin se volvió de golpe en su cama. Tenía el sueño inquieto. Alargando un brazo, apartó las almohadas, que se fueron escurriendo haciendo ruido hasta caer del colchón. Con la cara crispada, parecía presa de una intensa inquietud. Respiraba con pesadez, como alguien que, a pesar del miedo, moviliza sus fuerzas antes de pasar a la acción. Sus piernas cobraron vida. Todavía estaba inmerso en el sueño, el mismo que se repetía casi cada noche desde su visita a la tumba de Ankhti. Sus crepúsculos se habían convertido en citas.

Ahora conocía el nombre de la joven, pero seguía sin ver su cara. Sentía su presencia. Existía a su alrededor la burbuja de energía común que une a las verdaderas parejas. Con los primeros reflejos del alba, se cogían de la mano al pie de la fachada monumental del templo de Abu Simbel, solos. Los dos iban vestidos con una larga túnica de tela en crudo. Detrás de ellos, el raudal natural del Nilo corría libremente, como al principio del reinado. El viento, ya caliente, barría el valle, llevando consigo el grito de los pájaros ocupados en su pesca.

Entraron en el templo. Conocían el lugar, pero esta visita no se parecía a ninguna otra. Atravesaron las salas bajo la mirada de los dioses y de los faraones que parecían acompañarlos. Cuanto más avanzaban, más se atenuaba el ambiente sonoro de la ribera del río. Se colaron detrás de un biombo y avanzaron por la escalera secreta.

Mientras subían los peldaños, el eco de sus pasos sincronizados resonaba en el silencio. En el umbral de la cámara mortuoria, Ankhti se detuvo. Comenzó a hablar. Ben oía su voz, pero no comprendía su idioma. Ella soltó su mano para avanzar sola.

En la losa del sarcófago abierto, agarró uno a uno los objetos alineados. Después los depositó en sus huecos respectivos, contando lo que eran. Benjamin escuchaba. Le hubiera gustado entender lo que explicaba. Sabía hasta qué punto era importante. Sin embargo, se le escapaba el significado y solo retenía el particular timbre de voz de su compañera. En la tenue atmósfera de la sala subterránea, las palabras de la joven llenaban el espacio como una melopeya. A veces, ella terminaba sus frases en un murmullo.

Ankhti acababa de colocar la gran copela de bronce dorado. Solo le quedaba colocar un objeto: la piedra marrón hinchada del tamaño y la forma de una naranja. Encajaba exactamente en el receptáculo excavado para ese fin. Ella la señaló y añadió unas palabras, sin duda inconsciente del hecho de que aquel al cual se dirigía permanecía ajeno a su mensaje.

Al terminar este último ritual, se giró hacia Benjamin. Él cogió sus manos con ternura. Quizá intercambiaron una mirada, quizá la besó. No se atrevió a abrazarla. Ella era más que una reina: era la última.

Benjamin contuvo la respiración. Ankhti se volvió a entregar. Él seguía sin comprender una palabra, pero su voz lo tranquilizaba. A pesar de su carga, a ella todavía le quedaban fuerzas para reconfortarle. Acercó las palmas de las manos de Ben y las posó en sus frescas mejillas.

Después llegó la separación. Trepó por el escabel y subió al sarcófago. Resignada, pero digna, se acostó en su interior. Se extendió como habría podido hacerlo ante un sueño cualquiera. Sin embargo, no se tumbó sobre un lecho de algodón, sino sobre la piedra desnuda. Su noche duraría hasta el fin del mundo.

Con cuidado, la joven arregló los pliegues de su túnica y la posición de su amplio collar. Pidió su máscara de oro y de pedrería. Ella misma se volvió a cubrir la cara. Benjamin estaba emocionado.

Por última vez, vislumbró el brillo de una mirada que echaría de menos más que nada en este mundo. Cuando se puso el adorno, apaciblemente, Ankhti cruzó los brazos sobre su pecho y no volvió a pronunciar palabra.

Encima de la sepultura, las largas alas pintadas se desplegaron y se extendieron, protectoras. El disco solar, y después todo el oro presente en la sala, en la pared y sobre Ankhti, se puso a brillar con un resplandor fabuloso que inundó progresivamente de luz la habitación, hasta obligar a Benjamin, cegado, a cerrar los ojos tan fuerte como pudo. Entonces, el sueño se detuvo.

Después de cada uno de estos sueños irreales, Benjamin se despertaba sobresaltado. Su corazón latía a toda velocidad. Se acordaba de todo y no tenía la impresión de haber soñado. Le pareció sentir aún la mano de la joven en la suya. El perfume del polvo de piedra flotaba a su alrededor, a veces sustituido por las fragancias de cítricos y de mirto. Se frotaba los ojos deslumbrados por la claridad ya inexistente.

Poco a poco, la realidad del lugar donde se estaba despertando se apoderó de él. Pero el espejismo no había dejado solamente un recuerdo. Casi cada vez, al finalizar su alucinación, una idea o una respuesta se imponía en su mente, misteriosamente depositada en el umbral de su conciencia. Como un regalo, como el don de un recuerdo que buscara guiarle, un elemento inédito vino a iluminar sus reflexiones.

Cada una de estas revelaciones aparecidas durante su sueño le ayudaban a comprender el rompecabezas. Con todas se había preguntado si una parte de su cerebro habría seguido trabajando mientras se evadía en su imaginario, o bien si Ankhti utilizaba sus sueños para comunicarse con él. Propias o venidas del más allá, fruto de un proceso natural o de una visión romántica que rechazaba la muerte, estas respuestas siempre eran pertinentes. Fuera cual fuera su importancia, su evidencia se imponía de manera natural.

La que descubrió Benjamin aquella mañana era excepcional, y se preguntó por qué ningún otro historiador la había tenido antes en cuenta.

55

Aún bajo el efecto de la noche inquietante de la que acababa de emerger, Benjamin pudo comprobar que la agente Holt había cuidado especialmente su aspecto. Vestida con una chaqueta corta sobre una blusa plisada muy elegante, había subrayado su mirada con un maquillaje ligeramente más intenso de lo que acostumbraba. El resultado merecía la pena. Invitó a Horwood a tomar las escaleras.

—¿Castigarme sin ascensor forma parte de mi programa de reeducación?

—Ya no forma parte de él. «Apto para el terreno», como decimos nosotros. Me permito añadir que los kilitos que ha perdido en sus desventuras le vienen muy bien.

—Le prohíbo que me eche el ojo, su jefe ya se encarga de ello.

—Siento mucho ser un jarro de agua fría para sus esperanzas, pero las pocas veces que le he visto interesarse por la anatomía de alguien fueron siempre en la sala de autopsias y por necesidades de una investigación.

Cuando pasaron la puerta de la planta de abajo, el historiador se sorprendió:

—¿No vamos a la sala de reuniones de siempre?

—Es para uso exclusivo del departamento. Por razones de seguridad, cuando recibimos visitas externas, sobre todo de una posición tan elevada, utilizamos otra más grande y aislada en el primer subsuelo.

—Entonces, ¿quiénes son estas visitas tan importantes para que se ponga tan guapa?

Karen no respondió al comentario sobre su apariencia.

—No estoy autorizada a comunicarle su identidad. No se ofenda. Cuando hay este tipo de reuniones, la discreción es lo aconsejable. No se harán presentaciones, aunque ellos sepan exactamente quién es usted. Todos han recibido su nota conceptual y la han leído. El jefe me ha dicho que se espere preguntas.

—No responderé. No hablo con desconocidos.

—No sea niño. Habrá miembros del despacho del primer ministro, peces gordos del Estado Mayor, compañeros de Defensa y del Intelligence Corps.

—La *jet set* se interesa en nuestro asunto. No nos conviene ser malos.

—Totalmente de acuerdo con usted. Ya hemos solicitado muchos medios para nuestras operaciones. Todo el mundo nos ha seguido el juego. Servicios secretos, fuerzas armadas. Incluso el servicio de fondos especiales de Downing Street, que ha pagado, entre otros, sus calzoncillos. No obstante, por el momento todo lo que les hemos devuelto a nuestros socios ha sido dos estupendas escafandras costosísimas para tirarlas a la basura. Nadie más nos concederá una ayuda sin darles cuentas.

—Si su objetivo era meterme presión, lo ha conseguido.

—Mejor. A propósito, ya que estamos hablando de ello, ¿dónde están sus apuntes?

—¿Mis apuntes?

—Las hojas de la presentación.

—Lo tengo todo en la cabeza.

—¿Bromea? ¿No las tiene Fanny?

—No necesito chuleta. Ya debería saber hasta qué punto soy bueno improvisando.

—Cuando pienso que me trató de irresponsable... Alucino. ¿Sabe delante de quién va a tener que explicar nuestro asunto?
—¡Chitón! No me lo diga. No quiero saberlo. La discreción es aconsejable en este tipo de reuniones. Para ayudarla a hacer que se respete el anonimato, estoy dispuesto a ponerme una bolsa de pienso para gatos en la cabeza con dos agujeros para los ojos.

Con los nervios a flor de piel, como si desenfundara su arma, la agente Holt presentó su tarjeta en el lector óptico de la puerta del primer subsuelo. Abrió el batiente con una brusquedad que decía todo sobre su estado de nervios. Avanzó por el pasillo intentando tranquilizarse para calmar su estrés.

—Estoy segura de que la señorita Chevalier habrá guardado sus apuntes. Ella es una mujer seria. Menos mal que los dos se han estado preparando esta noche.

Horwood se detuvo, repentinamente suspicaz.

—¿Cómo sabe que estuvimos trabajando ayer por la noche? ¿Se lo ha dicho Fanny?

—No es el momento de ponerse a discutir. Concéntrese en su presentación.

Ben sabía que cuando Karen adoptaba un tono oficial o fórmulas pomposas, había gato encerrado. Insistió:

—Respóndame: ¿cómo sabe que estuvimos currando con las carpetas? ¿Nos espió?

—Benjamin, no se ponga nervioso antes de esta reunión.

Él entornó los párpados.

—El apartamento está sembrado de micrófonos, ¿verdad?

Karen intentó el mutismo, pero comprendió rápidamente que él no se movería hasta haber obtenido su respuesta. Suspiró.

—Teniendo en cuenta los invitados que suele albergar, me parece bastante lógico.

—Entonces, escucha todo. A lo mejor incluso hay cámaras...

El silencio de Karen valía más que mil palabras.

—Espero que no haya tenido la poca vergüenza de escuchar la parte personal de mi conversación con Fanny.

—No he escuchado nada, señor Horwood. Dormía. Por respeto a ustedes, he mandado clasificar como «*top secret*» el registro de la grabación y el informe que se ha hecho. Seguirá siendo su momento.

—Así que no lo ha escuchado, pero ha leído el resumen. Es escandaloso.

—En mi defensa, ¿puedo recordarle que ya sabía que merodeaba bajo sus ventanas y que nunca dije nada?

—Hay que estar realmente mal para atrincherarse tras ese argumento...

—No debería decírselo, pero también sabía que estaban intentando tener un niño.

—No diga nada más, estoy por apostar que supo que estaba embarazada antes que la propia interesada.

—Por favor, Benjamin, muéstrese a la altura en esta reunión, camélelos, y después podrá hacer conmigo todo lo que quiera.

El comentario le hizo reaccionar de inmediato. Alzó una ceja.

—¿Todo lo que quiera?

Karen dudó, pero terminó por asentir, arrepintiéndose de sus palabras.

—Acuérdese de que la idea ha sido suya. Luego no se queje.

Se puso de nuevo en marcha con paso decidido, sonriendo como no lo hacía desde hacía mucho tiempo.

56

En un ambiente sorprendentemente distendido, una pequeña tropa de guardaespaldas charlaba delante de la sala de reuniones, cuyas esquinas macizas recordaban las de un búnker. Algunos hombres llevaban uniformes militares, otros trajes oscuros con auriculares. El lugar, efectivamente, pintaba lleno de *jet set*.

Sin dejarse impresionar, Karen se abrió paso entre los cancerberos, blandiendo su tarjeta mientras los saludaba. Ben la seguía, comprobando que todos le sacaban una cabeza.

Una vez franqueada la cámara con doble puerta aislante, ningún sonido exterior llegaba al recinto. El historiador descubrió una respetable mesa de conferencias oval sutilmente iluminada, alrededor de la cual, de pie o ya sentados, una docena de personas conversaban en grupitos y en voz baja. La acústica del lugar silenciaba el menor eco, creando una atmósfera clínica.

Sin estar familiarizado con este tipo de conciliábulos, Ben tenía la sensación de haberlo visto antes, especialmente en el cine, en películas de alto presupuesto. Es generalmente en este tipo de decorados donde improbables expertos anuncian a presidentes de opereta que el fin del mundo les va a explotar en la cara dentro de un cuarto de hora. Sin embargo, esta vez, lejos de esas puestas en escena caricaturescas, Ben constató que los participantes no tenían el aspecto de figurantes, y que se podía palpar su tensión.

Con una prisa apenas contenida, Jack fue a su encuentro. La discreción con la que se dirigió al historiador no le impidió expresar su irritación:

—Llegan tarde. ¿Ha vuelto a quedarse dormido en la ducha?

—El tiempo necesario para tener las ideas claras después de una noche complicada.

—No vaya a cagarla, señor Horwood…

Fanny se metió entre los dos y, sin más, besó directamente a Ben.

—¿Estás bien?

—Tan en forma como tú, me imagino…

El director alzó la mirada al cielo.

—La mitad del cuerpo de seguridad del Estado está aquí, y ellos se besan…

Recuperó su actitud oficial volviéndose hacia la pequeña asamblea.

—Como ya no falta nadie, los invito a tomar asiento. Vamos a comenzar. Disculpen este ligero retraso debido a la actualización de los últimos datos.

Una vez instalado el auditorio, el jefe del departamento declaró con voz docta:

—Señora secretaria, señora directora, señores presidentes de comisiones, señor representante del gabinete, general, coronel, queridos colegas, gracias por haber respondido a mi invitación. Desde que ocupo este puesto, nunca había tenido que reunirlos a todos. El informe que han recibido les ha presentado, en líneas generales, el asunto que nos trae hoy aquí. Me temo que se habrán quedado sorprendidos por muchos aspectos, pero ya nos conocemos. Saben que nunca los hubiera molestado si esta historia no fuera seria. Prefiero reunirme con ustedes antes de que se vuelva peligrosa. Para que se hagan una idea de la situación en la que me encuentro esta mañana, voy a compararme, muy modestamente, con *sir* Winston

Churchill –a propósito, fundador de nuestra unidad–, cuando tuvo que informar y convencer a sus autoridades de tutela de que los nazis poseían armas revolucionarias que pensaban utilizar para ataques inminentes. Nadie lo tomó en serio, mientras que él, al contrario que nosotros, identificó perfectamente al enemigo y a su arsenal. Algunos días después, los primeros V2 se abatían sobre nuestra capital, infligiéndonos las pérdidas humanas y materiales que ustedes ya conocen. Espero que hoy nos entiendan y que elijan apoyarnos.

Juntó las manos y comenzó:

—Hará ahora cosa de un año fuimos alertados –incluso por algunos de sus departamentos– de un sorprendente recrudecimiento de robos audaces cuyo objetivo no parecía ser el dinero. En cada crimen se habían robado objetos de un gran valor histórico, así como elementos de alta tecnología que, ha quedado comprobado, estaban relacionados con la arqueología. Nuestra vigilancia reforzada nos permitió descubrir que estos saqueos eran, de hecho, mucho más numerosos de lo que en un principio habíamos imaginado, y que nada parecía poder impedirlos. Ninguna institución, ningún lugar en ningún continente estaba a salvo. Los maleantes no robaban al azar. Se dirigían hacia un botín en concreto y organizaban verdaderas operaciones comando, basadas a veces en brillantes maquinaciones para conseguirlo, dándose el lujo de renunciar a otros tesoros que tenían a mano y que habrían podido suponerles una fortuna en el mercado negro. Por tanto, nuestra actividad se estructuró en torno a dos ejes: por una parte, identificar a los ladrones; y por otra, comprender por qué se esfuerzan tanto en apropiarse de estos objetos en particular. Con el fin de precisar el valor de los artefactos desaparecidos, así como el vínculo que podía unirlos, recurrimos a uno de nuestros más eminentes profesores de universidad: el profesor Ronald Wheelan. Con él, al principio barajamos la hipótesis de que el autor fuera un riquísimo coleccionista que deseara fundar un museo ideal; pero la envergadura de los medios empleados, así como las víctimas sembradas en los allanamientos, nos disuadieron rápidamente de seguir esta pista. Al morir el profesor Wheelan en un trágico accidente, incorporamos los servicios de uno de sus mejores alumnos, el señor Benjamin Horwood, aquí presente, especialista en Historia de la Ciencia en el Museo Británico; y de la señorita Chevalier, experta en evaluación y adquisición de antigüedades en el museo parisino de la Edad Media de Cluny. Ellos son autores de una tesis notable sobre la fascinación de ciertos tiranos por las reliquias esotéricas. Se les ha remitido una copia de esta memoria, junto a los documentos preparatorios para nuestra reunión. Quiero precisar que los dos, la señorita Chevalier y el señor Horwood, han sido físicamente amenazados, con intención de matarlos, y que nos hemos visto en la obligación de ponerlos bajo el máximo nivel de protección posible. Durante este tiempo, los robos han continuado y nos han llevado a investigar por todo el mundo, pero también en nuestro propio territorio.

Hizo una pausa antes de continuar:

—Por ahora, no tenemos ni idea de la identidad de los que están orquestando estos abusos. Los medios y el conocimiento logístico desplegados nos incitan a pensar en una organización muy potente. Ninguna de las que conocemos parece ser la responsable. Sin embargo, hemos focalizado nuestra investigación en un individuo sospechoso, quizá uno de los cerebros de este vasto proyecto o, en todo caso, uno de sus principales ejecutores. Pensamos que sea el autor de, al menos, tres muertes. Actualmente, le tenemos identificado por sus iniciales, su talla de calzado y por un particular modo de operar. Este resultado –bastante limitado, lo reconozco–, no debe, sin embargo, enmascarar algunos verdaderos éxitos. A falta de capturar a los culpables o de desmantelar su red, hemos logrado hacernos antes que ellos con algunos elementos esenciales sobre los que ya estaban listos para echarlos el guante.

Un hombre de cierta edad cortó al director:

—Si estos energúmenos no actúan ni por afán de lucro ni por fetichismo, ¿cuáles pueden ser sus motivos?

—Es una de las cuestiones que más nos preocupan —respondió el director—. Y para intentar responderla, cedo la palabra al señor Horwood, que será más competente que yo.

Hizo una seña a Benjamin para que continuara. El historiador saludó a los asistentes con un movimiento de cabeza y se lanzó sin mayor dilación:

—La clave de la motivación de los ladrones se encuentra en la propia naturaleza de los bienes robados. Como ha explicado el director, lo que comenzó como una investigación de robos internacionales, rápidamente se convirtió en investigaciones sobre la naturaleza de los artilugios desaparecidos. No se trata de reliquias místicas, sagradas o religiosas. Aunque el campo de investigación sea inmenso, algunos serios indicios y algunos cotejos nos han permitido extraer una teoría que se tiene en pie. Esta se apoya no solo en elementos arqueológicos inéditos, sino también en la relectura de diferentes hechos históricos vistos desde otra perspectiva. En este estadio, todo concuerda, e incluso si subsisten algunas zonas oscuras, ante nosotros se abre una vía nueva e increíblemente coherente. Los que están robando los objetos son, por supuesto, conscientes de ello, lo que explica su determinación. Me ocupo ahora de algunos hechos descubiertos tan recientemente que no figuran en el resumen que han podido leer: los análisis y estudios llevados a cabo nos conducen a creer que todos los artefactos forman parte de un experimento científico extremadamente importante que habría tenido lugar dos mil años antes de nuestra era.

Una mujer de pelo corto, y traje elegante y clásico, intervino:

—He leído sus conclusiones. Pensaba en un concepto de ciencia más reciente.

—Está lejos de mi intención darle una clase, pero permítame que lo intente explicar.

—Para eso estamos aquí.

Benjamin ordenó sus ideas y comenzó:

—Desde el alba de los tiempos, los seres humanos siempre han observado el mundo que los rodea. Nuestra especie comprende su medio como cualquier otro animal, pero su capacidad de abstracción y de imaginación superior le ha llevado más lejos. Mucho antes de ser nombrada, esta curiosidad se volvió una forma de práctica de la ciencia. Los hombres ya no se contentaban con ser espectadores, sino que intentaban reproducir o influir en los fenómenos de los cuales, hasta ese momento, solo habían sido testigos: la diferencia entre esperar que la lluvia riegue las plantas y habilitar una reserva de agua para irrigarlas. Este proceso espontáneo se desarrolló a medida que tomaban conciencia del interés de los resultados obtenidos, hasta convertirse en una verdadera aptitud por el estudio y por el desarrollo. Desde entonces, hemos intentado domesticar todas las reglas que rigen la vida y los fenómenos naturales de nuestro mundo, para utilizarlos a nuestro favor. Este proceso encuentra un espectacular florecimiento combinándose con otro, más circunstancial. Algunas de las primeras sociedades estructuradas vieron la luz en Mesopotamia, región que se sitúa mayoritariamente en el actual Irak. Es en este crisol natural, adecuado para la vida por un clima equilibrado y una fertilidad de la tierra propiciada por dos ríos, donde se desarrollaron grupos humanos que superaban el tamaño de las tribus habituales. Con el aumento del número de individuos, la especialización y el reparto de tareas necesarias para la supervivencia, poco a poco se fueron estableciendo, acompañadas de una jerarquización de sus actores. En este contexto favorable, a lo largo de los siglos y después de milenios, aparecieron los primeros trazados urbanísticos, la comprensión y la explotación de los ciclos agrícolas ligados a las estaciones, la elaboración de equipos pioneros de irrigación ascensional, los primeros atalajes que permitían explotar la fuerza animal y, entre otros, el torno alfarero. Cada uno de estos inventos provocó una verdadera revolución en el modo de vida, permitiendo a la población crecer y pasar a una etapa superior. Es así que, acto seguido, nació la noción de fortificación, de soldado, la enseñanza reglada, los tribunales. Pero también la astrología, la medicina y los rudimentos de los intercambios comerciales. Estos últimos entrañaron la necesidad de llevar cuentas y, por tanto, de dejar constancia, lo que engendró las primeras escrituras.

En estas sociedades nacieron los cultos divinos originarios y tantísimas formas artísticas. En este precursor caldo de cultivo humano y cultural se fundaron los primeros signos de gobiernos, hasta la llegada de las ciudades estado, cuyo modelo no dejara de servir de inspiración, incluso después de su caída. Estas civilizaciones, sumeria, asiria y babilónica, hoy día están injustamente menospreciadas, porque el tiempo ha borrado sus huellas físicas. Allí donde Egipto, Grecia y Roma nos ofrecen aún una verdadera herencia visible, Sumeria solo nos procura colinas golpeadas por el viento, donde la tierra no entraña más que ladrillos milenarios, vestigios de monumentos gigantescos dislocados u objetos demasiado raros. Por tanto, es del todo lógico que los primeros historiadores, en ocasiones más ávidos de descubrir que de comprender, se interesaran en los egipcios, griegos y romanos, más accesibles, colocándolos en lo más alto y en el corazón de nuestra percepción de la Antigüedad. Pero la verdad es que las civilizaciones mesopotámicas constituyen la verdadera cuna de nuestros orígenes y el auténtico decorado de nuestros primeros pasos en la mayoría de los ámbitos del conocimiento. Si hoy día este pasado, este patrimonio material, intelectual y artístico está subestimado, no es menos cierto que fue en él donde se apoyaron todos los que vinieron después para fundar su grandeza. Para darles un ejemplo concreto, Sumeria estaba en su máximo esplendor más de mil años, ¡diez siglos!, antes del apogeo de Egipto.

—¿Todos los objetos robados son sumerios? —preguntó el general.

—Muchos nos remiten a este periodo. No les voy a hacer recuento de todos los indicios descubiertos y de las investigaciones llevadas a cabo por la señorita Chevalier, algunos laboratorios del Reino Unido o yo mismo. Ustedes han contribuido a organizar la expedición a los vestigios del templo de Abu Simbel, del cual hemos traído elementos de primer orden. Por otro lado, hemos podido estudiar una pieza esencial: una pequeña pirámide de bronce que encierra una esfera de cristal que no deja de sorprendernos.

Más que contarles el relato, sin duda apasionante, de nuestro recorrido, prefiero llevarlos allá donde nos conduce: la interpretación acumulada de diferentes elementos nos permite afirmar que, alrededor del 2300 antes de nuestra era, un experimento llevado a cabo por sabios al servicio del rey sumerio Ur-Nammu o de su hijo Shulgi, provocó una grave catástrofe. Esta experimentación marcaba, sin duda, la culminación de trabajos anteriores. Los monarcas de Sumeria, sin duda con la intención de afianzar su prestigio, habían invitado a sus homólogos venidos de otras regiones, en algunos casos lejanas. Pensaban ofrecerles el privilegio de asistir a la primera demostración de su control sobre un poder que se presentaba como divino. Por primera vez en la historia de la humanidad, todos los jefes, reyes y señores viajaron desde los confines del mundo para ser testigos de un poder nuevo. Pero el acontecimiento terminó en drama. Un fenómeno desconocido e inesperado aconteció. Se habla de un rayo, de un relámpago, de una luz destructiva. El accidente mató a más gente que ninguna otra acción humana conocida hasta el momento. Claro está, conviene encuadrar este récord en su contexto. La cuestión es que sobre este aspecto hemos hecho grandísimos progresos... Se puede estimar, razonablemente, que varias decenas de personas murieron de golpe. Pero la relativa importancia de este episodio engendró un temor que los supervivientes divulgaron y expandieron una vez de vuelta a sus respectivas tierras. Este terror se vio reforzado cuando algunos de los presentes que se consideraban indemnes terminaron por sucumbir a horribles sufrimientos de síntomas desconocidos. No podía tratarse más que de un castigo divino. Incluso es posible que, después de haber empujado a los hombres a creer en un dios, este drama les hubiera revelado la existencia del diablo. A día de hoy, al analizar las crónicas, es evidente que estas muertes posteriores se debieron a una fuerte radiación.

Un murmullo recorrió la sala.

—Sobre el propio experimento —continuó Benjamin—, sabemos que implicó luz solar, aparentemente concentrada en haces con la ayuda de, al menos, cuatro cristales pulidos que habrían actuado como lentes. De esta forma, la luz densificada habría intervenido sobre la materia hasta el punto de transmutarla. La enorme presencia de rastros de radiactividad en los artefactos indica que la reacción desestabilizó técnicamente la estructura del elemento químico, hasta engendrar una deflagración de tipo nuclear.

Las reacciones de la asamblea se dividían entre sorpresa, incredulidad y curiosidad.

—¿Habla de un experimento nuclear desencadenado gracias a la simple luz del sol? —Se sorprendió un asistente.

—Todo parece indicar que fue lo que ocurrió.

—¿Sabe que, incluso a día de hoy, necesitamos tecnologías y equipos exorbitantes para conseguirlo?

—Nos ha sorprendido tanto como a ustedes, pero la totalidad de los hechos consignados acredita esta versión. Yo no soy físico, pero conozco un poco la historia. Nuestra ciencia se inspira con frecuencia en la vida, aunque la primera generalmente recurre a procedimientos violentos y costosos para acercarse a lo que la naturaleza consigue por sí sola. Estos investigadores, quizá, encontraron una vía por inadvertencia.

Otro participante preguntó:

—¿Usted cree, de verdad, que estos «científicos» habrían podido descubrir el secreto de la energía con sus medios rudimentarios, mientras que los ingenieros del mundo entero, beneficiándose de las herramientas más sofisticadas, apenas consiguen acercarse?

Fanny subió a la tarima:

—No tenemos respuesta para esa pregunta. Nuestro objetivo no es cuestionar los trabajos y conclusiones de nuestros compañeros científicos. Pero, al menos, estamos seguros de algo: si nos atrincheramos detrás de convicciones condescendientes, nunca descubriremos la verdad. Nuestros resultados hacen que se tambaleen nuestras referencias. Tenemos que mostrarnos abiertos y considerarlos con pragmatismo para distinguir entre lo verdadero y lo falso. Es toda la filosofía de la ciencia: admitir que no se sabe todo, para tener la oportunidad de aprender.

Benjamin insistió:

—¿Puedo hacer notar, con todos los respetos, que fueron algunos de esos supuestos científicos los que afirmaron que la Tierra era plana, cargándose, de paso, a aquellos que no compartían su punto de vista y que, sin embargo, tenían razón? Una vez más, fueron sus semejantes los que, tiempo atrás, probaron gracias a sabios cálculos que era absolutamente imposible que un humano sobreviviera a un desplazamiento llevado a cabo a una velocidad superior a los treinta kilómetros por hora. Todavía más recientemente, en plena Revolución Industrial, los mismos juraron que las ruedas de acero para trenes no tenían ninguna posibilidad de moverse por raíles del mismo metal a causa de la «no adhesión probada de los materiales».

No se oía ni un ruido en la sala. Benjamin continuó:

—La cuestión es que estos objetos nos aportan información y conocimientos que no teníamos. Sería arriesgado apartarlos o intentar rechazarlos cuando otros se esfuerzan manifiestamente en sacar provecho de ellos. Tenemos que tener en cuenta lo que estos artefactos revelan, con la misma seriedad de aquellos que llegan a matar para hacerse con ellos. No se nos ocurre pensar que los sumerios descubrieran el secreto de la energía. Pero afirmamos que, al menos por medio de una de sus tentativas científicas, fueron testigos de su poder. Llamémoslo azar, como el que condujo a Marie Curie a descubrir la radiactividad, como el que hizo que se cayera la manzana sobre la cabeza de Newton, como el experimento fallido que permitió a Charles Goodyear inventar el proceso de vulcanización del caucho. La lista de experimentos azarosos, ver dolorosos, que han conducido a la humanidad a hacer grandísimos progresos es larga: Alfred Nobel y la dinamita, Röntgen y los rayos X, el microondas, el teflón, el pegamento cianoacrilato, el kevlar... En el tiempo de los sumerios, el azar tenía la cara de un dios. Y cuando fueron testigos de los espectaculares efectos de su experimento, lo achacaron a la cólera divina. El acontecimiento permaneció en la memoria, espantoso, poderosísimo, bajo el nombre evocador de «Milagro Original». Asustados por la amplitud y la naturaleza de la catástrofe que habían provocado, los sumerios tomaron la decisión de dispersar todos los elementos que lo habían hecho posible, con el fin de impedir que pudiera reproducirse. Es así que las pirámides con los cristales, los datos geométricos y todos los elementos implicados fueron enviados a diferentes rincones del mundo, lo más lejos posible los unos de los otros. Fueron confiados a guardianes que, secretamente, debían perpetuar la memoria de este drama y garantizar que nunca se repitiera. El recorrido de cada objeto está ligado a las vicisitudes de la historia que, en unos cinco milenios, son numerosas. Pero los hemos localizado en Japón, en Inglaterra, quizá en Irlanda y, por supuesto, en Egipto y en Grecia. Ignorábamos su existencia, pero todos testimonian este drama convertido en legendario, cuyas consecuencias forjaron las mentalidades, las creencias y los miedos, hasta pasar a formar parte de nuestro inconsciente colectivo.

Un hombre con dicción seca blandió una carpeta.

—En su informe afirma, igualmente, que la fascinación por el oro podría venir de este milagro original...

—Efectivamente. Es uno de los aspectos actualizados por nuestras investigaciones. Parece ser que en la época se dieron cuenta de que los supervivientes de la catástrofe tenían en común que iban engalanados con oro. Los participantes, poderosos y de orígenes diversos, dedujeron así el poder protector de este metal. Lo adoptaron, elevándolo a rango de materia divina —al principio para su propio uso—, antes de que se extendiera entre su gente y se convirtiera en símbolo de riqueza y en una forma de talismán amuleto. Todavía no hemos tenido tiempo de profundizar en este aspecto, pero es indiscutible históricamente que el entusiasmo por el oro se manifiesta con una intensidad inédita a partir de este periodo y de manera simultánea en culturas en ocasiones muy alejadas geográficamente.

—¿Cómo se pudo perder el recuerdo de semejante acontecimiento?

—No se perdió, mi estimada señora. Se transmitió en secreto.

Ante los allegados de aquellos que asistieron al drama en un primer momento, pero luego cada vez más ampliamente a lo largo de los siglos. Aprovechando el desarrollo de intercambios, de las migraciones geográficas, en el entorno de los guardianes, este conocimiento, quizá modificado o alterado por la oralidad, se propagó gracias a los portadores del secreto y a sus descendientes. Hemos encontrado rastro incluso en Europa.

—¿En Europa? —Se sorprendió otra mujer.

—Júzguenlo ustedes mismos. ¿Quién busca reproducir el tesoro protector «cuyo brillo es de oro»? ¿Quién pretende alcanzar el secreto de una piedra absoluta que simboliza todos los poderes y todos los saberes, hasta el punto de ser llamada «filosofal»? ¿Quién practica las ciencias ocultas orientadas hacia la química? ¿Quién sueña con transmutar la materia?

La mujer respondió:

—La alquimia.

La audiencia volvió a murmurar.

—Exacto. Y las coincidencias son demasiado numerosas para ser fortuitas. La mayoría de los textos fundadores relativos a la alquimia tienen su origen en esta antigua región. Hemos descubierto, hace apenas unos días, un texto hermético que remite de manera inquietante a nuestra teoría. Nos hará falta investigar mucho más para tenerlo más claro, pero estoy seguro de que estamos a las puertas de descubrimientos que, lejos de toda fábula, van a contribuir a replantearnos la percepción que tenemos de la historia de la humanidad.

Uno de los militares preguntó:

—¿Han identificado la materia que reacciona a los rayos de luz?

—Por el momento no. Pensamos tener con nosotros el recipiente que la contenía en el momento del experimento. Pero los restos de residuos todavía presentes son microscópicos y están mezclados con otros elementos que se fundieron durante la reacción.

—Se imaginará que el análisis de este reactivo es de una importancia capital. Se trata de una apuesta estratégica de primer orden. ¿Qué medios necesitan para aislarlo y definirlo?

—En mi humilde opinión, nuestros medios deben, en principio, concentrarse sobre un aspecto de un problema mucho más peligroso. Los que persiguen estos objetos sin duda están también muy interesados en esta materia desconocida. Disponen, claramente, de los medios para conseguir lo que quieren. Y nos sacan una clara ventaja. Estoy dispuesto a apostar que, reuniendo los artefactos ligados al Milagro Original, buscan averiguar el secreto para adquirir la capacidad de reproducirlo. Temo lo que puedan hacer si les damos tiempo. Es a ellos a los que debemos parar antes.

57

De puntillas, la agente Holt se acercó hasta el canapé para apoyar una pila de ropa nueva. Mientras se deslizaba por el salón, observaba a Benjamin, que se había quedado frito en la mesa con la nariz pegada a sus apuntes. Dormía profundamente, con la cabeza apoyada en un brazo doblado, sujetando aún la hoja que consultaba cuando el sueño le había vencido.

Demasiado ocupada mirándolo, la joven tropezó con la pata de la mesita. El golpe lo despertó.

—¿Karen?

—No quería molestarlo. Váyase a la cama y vuelva a dormirse.

—¿Qué hora es?

—Casi mediodía.

Él se incorporó, estirándose.

—Ya no es hora de dormir.

—Sin embargo, no tiene un aspecto muy fresco. Se pasa las noches trabajando.

Benjamin se frotó vigorosamente la cara y comenzó a poner orden en lo que tenía delante. Reagrupó sus folios y después volvió a cerrar los libros esparcidos con esa delicadeza característica de la gente que los respeta y que está acostumbrada a manejarlos. Karen dudó si hacer una pregunta, pero no pudo evitarlo:

—¿Es para no pensar en Fanny que se mata a trabajar en sus investigaciones?

A Horwood le cayó la pregunta como un jarro de agua fría. Alzó la cabeza.

—Extraña pregunta... Exige una rectificación: no me mato a trabajar, me obstino. De cualquier forma, gracias por preocuparse por mí, pero todo va bien en lo referente a Fanny. Ella no me quita el sueño. En cambio, profundizar en nuestros recientes descubrimientos, sí. Por cierto, me gustaría exponerle algunas ideas y escuchar su opinión.

—Estoy a su disposición.

—Espero llegar a algo más estructurado antes de compartirlo con usted. Estoy cerca, pero todavía doy palos de ciego. Tengo la impresión de avanzar sobre arenas movedizas. A veces tengo miedo de que toda esta información me engulla. Ayer por la noche, en una de las fotos tomadas por Folker a los elementos nacarados del *Splendor Solis*, otra vez creí identificar una alusión a la ciudad sumeria de Ur, feudo de Ur-Nammu y Shulgi.

—¿Me voy haciendo a la idea de que nos va a tocar una excavación arqueológica?

—De momento no. Además, no estoy seguro de que allí fuéramos a encontrar gran cosa. La reconstrucción del palacio monumental, el zigurat, seduce sin duda más a los turistas que a los arqueólogos; y la necrópolis real ha sido excavada regularmente desde el siglo XI. Además, la inestabilidad política de la región lo complica todo.

—Razón de más para que usted descanse. Aproveche la tregua que nos han dado nuestros adversarios.

—¿Está segura de que se trata de una tregua?

—Hace días que están tranquilos, mientras que nosotros avanzamos a grandes pasos. Sin duda, vieron cómo nos zambullíamos en Abu Simbel y, por supuesto, deben de estar al corriente de que hemos conseguido una de las pirámides. No son estúpidos, sospecharán que estamos sacando provecho de lo que tenemos. Teniendo en cuenta que no acostumbran a cedernos la iniciativa, me pregunto en qué momento van a contraatacar.

—¿Qué cree que están tramando?

—Ni idea, pero no me apetece que ni usted ni yo nos llevemos un tiro. A no ser que nos estén dejando avanzar porque les venga bien a ellos...

—¿Cómo?

—Al fin y al cabo, les seguimos un poco el juego.

Karen se fijó en su sorpresa.

—Cuando planteé que ellos podrían estar utilizándolos a ustedes, me aseguró que nunca lo conseguirían.

—A lo mejor estaba equivocada. Imagínese que hayan tramado todo para que echásemos el guante al plano del templo. A fin de cuentas, les hemos ahorrado una inmersión para la que no tenían por qué tener forzosamente los medios técnicos. Con ayuda de las fuerzas especiales y de nuestro material puntero, jugándonos el pellejo, fuimos amablemente a recoger los objetos en lugar de ellos. Solo tienen que esperar tranquilamente el momento adecuado para mangárnoslos, lo que es mil veces más sencillo que ir a por ellos al fondo de un lago...

—El director estaría orgulloso de un razonamiento tan retorcido, pero a mí me cuesta creerlo.

—Piénselo objetivamente. ¿No le parece sospechoso que algunas informaciones lleguen en el momento justo para permitirnos avanzar? Primero el famoso plano, después la nota de Wheelan aparecida como por arte de magia en su habitación. Sin hablar de las revelaciones de Robert Folker sobre los elementos ocultos en las ilustraciones...

—¿Nos estarían manipulando?

—Es una pregunta que deberíamos plantearnos.

—¿Incluso Folker?

—Me inclinaría a pensar que no está en el ajo, pero es una duda legítima.

—Tenga cuidado, Benjamin, va a acabar aún más paranoico

que el jefe. Además, ¿a razón de qué nuestros adversarios estarían perdiendo el tiempo con estas artimañas? ¿Adónde nos llevaría?

—Aún lo ignoro, pero mientras esperamos, intento no dejarme distraer por lo que se nos planta delante de los ojos para mantenernos ocupados. Oriento mi atención hacia otro lugar que no sea donde nos empujan a hacerlo.

Se desperezó de nuevo, se levantó y contempló el mapa de la pared. De repente, preguntó:

—¿Tenía la costumbre de espiar a Wheelan tanto como a mí?

El tono directo perturbó a la agente Holt.

—Su comentario es injusto. Pedí personalmente que todos los sistemas de escucha del apartamento fueran desactivados para respetar su intimidad.

—Aprecio el gesto, aunque llegue un poco tarde. Vuelvo a formular mi pregunta: ¿tenía la posibilidad de rastrear al profesor, aun cuando no estuviera usted con él?

—Por su propia seguridad, sí.

—¿Incluso durante el último periplo?

—Claro.

—¿Es posible echar un vistazo al listado de desplazamientos que precedieron a su accidente?

—Sin ningún problema. ¿Qué espera encontrar?

—No lo sé. A lo mejor una oportunidad para que demos un paseo usted y yo.

Ben volvió al centro de la habitación. Al ver la pila de ropa, se acercó y pasó revista a camisas, polos y otros.

—¿Los ha elegido para mí?

—He dado algunas directrices, por encima.

—Gracias.

Horwood sabía que la joven infravaloraba expresamente su implicación. La notaba reservada en este tema, casi frágil.

—Debo volver a mi oficina —se excusó ella, dirigiéndose a la salida.

En pocos pasos, Horwood llegó a la puerta antes que ella. Se apoyó de manera despreocupada en el marco y, con una voz exageradamente suave, declaró:

—*Miss* Holt, no hemos tenido la ocasión de volver a hablar de nuestro asuntito.

—¿Perdón?

Ben disfrutaba jugando al gato y al ratón, sobre todo porque, en esta ocasión, él tenía las de ganar.

—¿De verdad que no se acuerda?

—Refrésqueme la memoria.

—La reunión con los jefazos. Me pidió que los convenciera. ¿Diría que estuve a la altura?

—Sin duda.

—¿Diría que los dejé con la boca abierta?

—Es verdad que...

—¿Que estuve brillante?

—Dígale a su ego que no se pase, incluso aunque esté de acuerdo.

Al descubrir la enorme sonrisa que se dibujaba en la cara de Horwood, Karen comprendió adónde quería llegar. Ella intentó eludir el tema:

—¿No se tomaría en serio aquel trato ridículo?

—Una promesa es una promesa, *miss* Holt. «Podrá hacer conmigo todo lo quiera». Son sus propias palabras.

Para salir de aquella, Karen dudó entre varias opciones: dispararle una bala en la rodilla; salir pitando, presentar su dimisión y desaparecer por siempre jamás; o negociar su inmunidad a cambio de no divulgar informaciones embarazosas relacionadas con su adolescencia. Estaba dispuesta a todo, pero lo único que se le ocurrió responder fue:

—Benjamin, por favor, sea bueno.

58

Era bien entrada la noche. Mirando fijamente la página ilustrada que representaba a un hombre desmembrado, Robert Folker fue inclinando progresivamente la cabeza para determinar el ángulo que más se adecuaba a su búsqueda de los símbolos escondidos. A pesar del esfuerzo que aquello suponía para sus ojos cansados, se veía obligado a trabajar en penumbra para no perder el efecto revelador. Insatisfecho con el resultado, gruñó y se levantó para ir a modificar la orientación de la lámpara que lo iluminaba desde el puesto de al lado. De repente, le pareció oír un chasquido apagado proveniente de la entrada de la sala.

—Nancy, ¿es usted?

Su voz resonó en el laboratorio oscuro y desértico, sin obtener respuesta. Volvió a su sitio arrastrando los pies.

Concentrado en su estudio, con una iluminación por fin eficaz, no tardó en soltar una exclamación de satisfacción. Acababa de descubrir dos nuevos signos, que se dispuso a reproducir y listar en su cuadernillo.

Cada noche, hasta el agotamiento, se consagraba con entusiasmo a descifrar las ilustraciones del *Splendor Solis*. Ya no había nada más que le interesara. Era incapaz de apartarse de los signos y las palabras que iba descubriendo con la embriaguez de un buscador de tesoros. Sus descubrimientos le obsesionaban. Se pasaba el día contando las horas, esperando a que el equipo de manuscritos volviera a casa para encontrarse por fin solo en su investigación.

Una especie de breve carraspeo le obligó a levantar la nariz del códice. A juzgar por lo que su viejo oído permitía deducir al venerable conservador, el sonido parecía provenir de un pasillo a la derecha.

—¿Hay alguien ahí? Soy Robert Folker, no se molesten en llamar a seguridad. Saben que trabajo hasta tarde.

Se quedó un instante escuchando, pero todo parecía en calma. Volvió a sumergirse en su trabajo. Pronto terminaría de cribar la imagen del hombre descuartizado, cuya violencia le incomodaba vagamente. Era la ilustración más sangrienta de la obra. Al ritmo que avanzaba, esperaba haber terminado el examen completo del volumen en dos semanas. Y entonces contaba con entregarle el fruto de su trabajo a Benjamin.

—Buenas noches, señor Folker.

Un escalofrío de terror le recorrió la espalda. La voz se oía terriblemente cerca, espantosamente calma. Sintió una presencia encima de su hombro, pero no se atrevió a darse la vuelta.

—¿Quién diablos es?

—El profesor Wheelan tenía razón, usted es mucho más que un auxiliar de investigación. Le felicito por su inestimable hallazgo.

—¿Qué quiere?

—Lo mismo que usted, señor Folker: saber.

El anciano cerró los ojos. El visitante surgió de la nada y se acercó más. Ahora el conservador podía sentir su respiración en la nuca.

—Quien quiera que sea, no puedo ayudarle en nada. No sé nada.

—Se subestima. No es justo con usted mismo, y yo no aprecio la injusticia.

Una mano pasó por delante de Folker y, sin la menor dificultad, hojeó su cuaderno.

—Ha avanzado mucho. Es excelente.

Folker se encogió aún más. Quería evitar a toda costa encontrarse de cara con el desconocido. Una mezcla de instinto y de ingenua superstición le susurraba que, evitando verle, crecían sus posibilidades de salvarse.

—¿Qué le han enseñado estos símbolos?

—Por el momento, no gran cosa, están codificados. Cuento con descifrarlos más tarde.

—Miente.

El miedo paralizaba a Folker. La presencia reculó ligeramente.

—¿Quiere a su pequeña Laureen?

—¿Mi nieta? ¡Déjala tranquila!

—¿Qué años tiene ya? ¿Diez? Qué razón tiene al repetirle que no se asome al borde del muelle.

Folker no soportó que se atrevieran a amenazar a aquella que llamaba su «pequeña felicidad». Se volvió bruscamente, indignado. La penumbra y su mala vista le impidieron distinguir con precisión con quién estaba tratando. El hombre era bastante alto, pero le resultaba imposible averiguar su edad o sus características físicas. Un brillo iluminó sus ojos, haciéndole aún más espantoso y frenando en seco el impulso de rebelión del conservador.

—Lo necesito, señor Folker. Solo le haré esta oferta una vez. Cuénteme todo y le prometo que usted y su familia no se arrepentirán de nada, más bien al contrario.

El conservador agachó la mirada.

—Máteme, pero deje a Laureen y a mi familia tranquilos.

—Nunca es tan sencillo, y usted lo sabe bien. He aquí el trato que le propongo: confíeme lo que ha descubierto sin omitir nada y, a cambio, en nombre de la amistad que sentía hacia usted el profesor Wheelan, y aunque haya visto mi cara, lo dejaré con vida.

59

Benjamin aceleró para adelantar una fila de camiones. Le gustó la fuerza con la que reaccionaba el motor. Siempre concentrado en su conducción, lanzó una breve mirada a Karen:

—¿Sabía que el profesor no tenía familia en el norte de Escocia y, a pesar de ello, su excursión no le llamó la atención?

—Estaba de vacaciones. Tenía derecho a ir donde le diera la gana. Nunca dijo que fuera a ver a sus parientes.

—Tres días en la costa norte, en medio de la nada, sin moverse. ¿No le parece extraño?

—¿Qué quiere que le diga? Yo no estaba en su cabeza. A lo mejor algún recuerdo de su mujer, la vista, la playa, el mar...

—¿Conoce Escocia?

—Fui de excursión con unos amigos cuando era más joven. El West Highland Way. Sublime, pero agotador.

—¿No le gusta el senderismo?

—Sí, pero no me gusta ducharme ocho horas al día en pleno verano. Todo el tiempo empapada. Hacer fuego era toda una hazaña. Hasta los ciervos nos miraban con compasión, imagínese. De alguna forma, fueron mis primeras prácticas de comando.

—Con mis padres, tuve la oportunidad de ir de *camping* por Escocia. Fuimos al este, al oeste, normalmente nos quedábamos a lo largo de la costa. Guardo muy buen recuerdo. Sin embargo, solo subimos al extremo norte una vez, y nunca pusimos los pies allí. Una pesadilla en medio de espléndidos paisajes: al caer el sol, nubes de *midges* pasaban a la acción. Estos dichosos insectos nos tomaban por un bufé libre. En cuanto a las playas... El agua está helada, y un viento que doblaría molinos hace que te lleves un trastazo en la cara con todo aquello que no está sólidamente atado. Jirones de algas, salpicaduras de olas, espumas y fragmentos de turba seca. ¡Una talasoterapia exprés con envolvente! Una vez, incluso me llevé un cangrejazo en la cabeza. La bahía donde nos alojábamos llevaba el evocador sobrenombre de «Caldero del infierno». No hacía falta quedarse mucho tiempo para darse cuenta de hasta qué punto el nombre estaba justificado. Así pues, a no ser que se tratara de una apuesta perdida, que no era lo suyo, la idea de que Wheelan pudiera pasar tres días en este espectáculo wagneriano me hace dudar.

Horwood volvió a acelerar. Karen se crispó.

—Benjamin, debería ir más despacio. Lleva conduciendo desde Londres y hemos debido de hacer unos setecientos kilómetros. Si está cansado, puedo ocuparme yo del volante...

—De eso nada. Ya ha salido bastante bien parada. Cuando pienso en lo que había imaginado hacerle, debería considerarse afortunada de dejarme conducir esta pequeña bomba. ¿Habría preferido tener que estar despotricando todo el día bajo mis órdenes?

—¿Alguna vez ha recibido una paliza de una «perraca» cinturón negro?

—Sucio animal.

Al llegar al final de la autopista M6, continuaron hacia el norte y Glasgow. Al circunvalar la ciudad por el este, Ben comentó:

—Estamos solo a unos kilómetros del lugar donde Rudolf Hess se estrelló con su avión.

—Procure no terminar como él, este coche no es un cohete y ya no vamos por el carril rápido...

Después de pasar los suburbios del norte, continuaron hacia

Sterling, donde no tardaron en divisar el castillo encaramado en su espolón rocoso.

A lo largo de los kilómetros, el paisaje se volvía cada vez más montañoso y salvaje. Era mejor no ir a toda velocidad, aunque Benjamin no se sentía frustrado. Las carreteras serpenteaban a través de vastas extensiones de landas y de bosques. Ver desfilar sin interrupción estos paisajes redefinidos por las variaciones de luz y por el relieve cambiante le relajaba. El país desprendía una fuerza serena. Allá donde fuera, daba la impresión de encontrarse en el corazón de un refugio bondadoso, protegido en el horizonte por murallas de suaves colinas por las que se deslizaban las sombras de las nubes. A Ben le encantaba conducir por este decorado en compañía de Karen. Por segunda vez desde que se conocían, tenía la sensación de estar con ella de vacaciones. La idea le gustaba.

Horwood había decidido llegar hasta Inverness, su final de etapa, atajando por Newtonmore. Sin embargo, Karen insistió para que hicieran una pausa. Ben terminó accediendo al llegar a Aviemore, una animada aldea que marca la entrada al parque nacional de Cairngorms.

La estructura del pueblecito recordaba el lejano oeste: todos los comercios se alineaban a lo largo de una única calle principal. La arteria central, las tiendas y las terrazas de los bares estaban invadidas por deportistas llegados de toda la región para hacer senderismo, remar con zagual, montar en bicicleta o escalar. El espectáculo de esta efervescencia campechana producía un extraño efecto en Karen y Ben.

Encontraron una plaza de aparcamiento enfrente de la pequeña estación y dejaron su vehículo. Sin decir palabra, Holt señaló el *pub* que le pareció más auténtico. Ben aceptó. Sin duda debido al cansancio de la carretera, aunque indudablemente también por el ambiente, los dos se sentían diferentes frente a aquel contexto estival. Atravesaron la calle, en guardia, como si temieran que un pistolero saliera del *saloon* para retarlos a duelo.

Al entrar en el *pub*, la sensación fue aún más chocante. El guirigay de las voces y de las risas, el tintineo de los cubiertos y el entrechocar de los vasos creaban un territorio extraño: el de la paz, el de la libertad, el de la despreocupación.

Una joven los acompañó a una mesa y les indicó la pizarra de los menús, colgada de la pared entre banderas y una colección de billetes de múltiples países. Karen no conseguía concentrarse en la lista de platos, demasiado larga para su gusto. Por defecto, optó por un poco imaginativo *fish and chips*. Ben se apresuró a imitarla, sin ni siquiera haber consultado qué más proponía la casa. La agente y el historiador experimentaban en ese momento un curioso sentimiento de irrealidad, al encontrarse en este ambiente en las antípodas de sus preocupaciones. Miraron a su alrededor preguntándose qué hacían allí, prisioneros de una película que escenificaba unas vidas normales. A su derecha, una mesa de amigos que se reunían a tomar una copa después de vivir su aventura campestre. Enfrente, una pareja que, extendiendo unos mapas, se preguntaba lo que harían al día siguiente. Justo al lado, dos jóvenes se besaban, importándoles un bledo el lugar donde se encontraban. Holt y Horwood comieron rápidamente, sin intercambiar una palabra. Ninguno de los temas que habrían podido abordar debía evocarse en un lugar público.

60

Ya había caído la noche cuando llegaron al *bed and breakfast* que habían reservado al norte de Inverness, una especie de pequeña mansión de piedra gris, a la que se accedía por un caminito de pizarra. La orilla del Dornoch Firth estaba tan cerca que se podía oír la resaca. La propietaria, encantadora, lo sintió mucho cuando supo que sus dos viajeros no podrían disfrutar de su «increíble desayuno» a la mañana siguiente.

En las escaleras de subida, una moqueta tan espesa como florida ahogaba los pasos. La recargada decoración combinaba figuritas *kitsch* de porcelana con guijarros pintados, sin duda, por niños muy pequeños o no demasiado hábiles.

Karen y Ben se encontraron delante de la puerta de sus habitaciones contiguas.

—¿Se va a dormir ya? —preguntó la joven.

—Volveré a leer unos apuntes, pero no me voy a tirar mucho rato. Estoy agotado.

—Debería haberme dejado conducir. Le habría quedado un poco de energía para volver a salir y que pudiéramos intercambiar ideas.

—¿*Miss* Holt está invitándome a tomar una última copa?

La joven sonrió, pero no insistió. Se retiró a su habitación.

Ben entró en la suya. Se tomó un minuto para contemplar el lugar, tan recargado como el resto de la residencia. Cortinas de cretona con grandes motivos coloridos. Cojines en la cama, cojines en el sillón, cojines en el banco que debería estar destinado a las maletas. Benjamin odiaba los cojines. Su abuela materna le había creado esta aversión. Nunca le permitió lanzarlos por los aires ni revolcarse sobre ellos. Solo servían para estar apoyados cogiendo polvo.

Se acercó a la ventana y se dio cuenta de que se abría a un balcón. De noche, ya no se distinguía la frontera entre la tierra y el agua. Algunas luces aquí y allá en la oscuridad, las luces de los barcos amarrados o de las casas en la orilla opuesta.

Ben sacó sus documentos, pero el cansancio pronto le impidió concentrarse. Con la esperanza de despejar la mente, se dirigió hacia el exterior. Inspiró profundamente y se fue a apoyar en la barandilla de madera con la pintura descascarillada.

—Se supone que iba a trabajar o a dormir.

Karen también había salido al balcón de su habitación. Sorprendido, Ben no supo muy bien cómo responder a su comentario.

—¿Está tomando el aire? —dijo él.

—Ya que estamos condenados a pasar aquí la noche...

—Lo siento mucho, Karen. No soy muy buen compañero de viaje. Tengo la cabeza hecha polvo...

—No se preocupe, no importa. Es solo que, después de la comida en el *pub*, me había imaginado que podríamos pasar un momento más distendido.

—¿Estaría en condiciones? Por lo que a mí respecta, no lo tengo tan claro.

Inspirando, cada uno intentó mantener la compostura haciendo como que buscaban las escasas estrellas visibles en el cielo nublado. ¿Qué podían hacer? ¿Cuál de los dos había sido el primero en refugiarse en aquella postura?

Karen volvió a entablar de nuevo la conversación. No eligió un tema anodino.

—¿Sigue teniendo su sueño egipcio?

—Cada noche más preciso.

—Con tanto soñarlo, ¿ha logrado entender las palabras de Ankhti?

—Todavía no. Además, estoy convencido de que cuando haya comprendido lo que ella intenta decirme, no me volverá a visitar.

—¿Lo que intenta decirle?

—Si ese no fuera su objetivo, ¿por qué volvería a repetírmelo de esta manera?

—Se diría que la idea de faltar a su cita le entristece.

—Un poco. Sé que los momentos pasados con ella no son reales. Sin embargo, forman parte de mi vida. —Hizo una pausa—. Karen, ¿cree usted en la reencarnación?

La joven se tomó su tiempo antes de responder.

—Aunque sea deprimente, supongo que no tenemos más que una vida.

—Antes de este sueño, sin duda yo también habría respondido lo mismo que usted. Pero ya no sé qué pensar.

—Lo que vivió en el fondo del lago bastaría para hacer que se le fuera la olla a cualquiera. La impresión fue tanto física como psicológica. Sin duda, su mente está intentando encontrar, a su manera, un sentido a todo lo que experimentó.

—Es posible. La otra noche Fanny me confió que, después de haber visto las imágenes de aquello a lo que sobrevivimos en la tumba, ella misma, normalmente tan cartesiana, sentía la tentación de creer en la bondad divina.

—Está hecho un romántico, señor Horwood. Merodea por las ventanas de las mujeres a las que echa de menos, otras vienen a visitarle cada noche en sus sueños…

—… Mientras que otra rebusca en los archivos confidenciales de mi carpeta para contrastarlos con lo que le haya podido confiar, y así intentar pillarme. Voy a terminar por pensar que usted se interesa en mí desde un plano no estrictamente profesional… Hasta el punto de usar espionaje, micros y todo ese tipo de cosas.

—Teniendo en cuenta lo poco que dicen los hombres y las trampas que nos tienden, toda mujer debería poder disponer de este arsenal para descubrir a qué atenerse.

—Antes de comprometerse.

—Exacto.

Dándose cuenta de lo que acababa de soltar, Karen se mordió los labios. Intentó juzgar con discreción la reacción de Benjamin, y se dio cuenta de que él la miraba burlón. La pálida luz que escapaba de su habitación bastaba para revelar su sonrisa.

La agente se propinó un estupendo tortazo.

—No se mortifique —comentó sobriamente Ben—. Comprendo su punto de vista. Yo también la espío a usted.

—No me mortifico. Me acaba de picar un minimosquito.

—Un *midge*. La peor especialidad del lugar. Malas noticias: él es solo el primero de la jauría.

Karen se explotó otro en la frente, después en el cuello.

—¡Duele muchísimo!

—Tienen fama de ello.

Ella se frotó la cabeza, despeinándose por completo. El contraste entre los dos balcones era sorprendente: en uno, una joven pegaba saltitos, debatiéndose como una loca; en el otro, un hombre la miraba con las manos en los bolsillos.

—¿Por qué a usted no le pican? —protestó Karen.

—Tienen gusto, la prefieren. Yo en su lugar también me lanzaría sobre usted.

—¿Me toma el pelo?

—Pues claro. En realidad, localizan a sus presas por el calor. Debe de estar ardiendo.

—¿Perdón?

Karen se debatía en medio de lo que ahora sería razonable llamar una nube de bichos.

—No me voy a quedar en este balcón para que me coman.

—Sobre todo, porque cada una de sus picaduras deja un círculo rojo bastante grande. Mañana tendrá la cabeza como una *pizza*.

—¿Cómo me puedo librar de ellos?
—Intente amenazarlos con su arma, nunca se sabe.
La agente Holt se batió en retirada a su habitación.
—Abandono. ¡Buenas noches! —soltó ella, encerrándose.
—Igualmente. Estoy muy contento con nuestra conversación.

De vuelta a su habitación, a través de la pared, a Ben le pareció oír cómo Karen repartía algunas tortas complementarias.

Murmuró para sí: «No se mortifique, yo también la espío».

61

El coche circulaba a toda velocidad por la carretera desierta, bordeando la irregular costa rocosa.

—Si hace el más mínimo comentario sobre mi cara, no respondo de mis actos.

—Entendido. En cualquier caso, espero que se las haya hecho pagar al mosquito infame que le ha picado justo en la punta de la nariz.

—Benjamin...

—Cualquiera entendería que haya intentado torturarlo.

—Creía haber sido clara.

—A propósito, ¿conoce la historia, bastante enternecedora, del renito con la nariz roja...?

—Cállese.

—No se le puede decir nada. ¿Al menos podemos hablar del tiempo sin arriesgarnos a un conflicto diplomático?

—Estaría mucho mejor.

—Que así sea. Allá va el consejo del día: disfrute de este sol mañanero que desaparecerá en diez minutos, pero que volverá después del aguacero, antes de volver a desaparecer tras un cielo apocalíptico, para volver a brillar de nuevo hasta que los *midges* lleven a cabo su segunda oleada de asaltos. Este ha sido el parte meteorológico. Bienvenida a Escocia.

Karen giró la cara para sonreír.

Pasado el pueblo de Crosskirk, el paisaje cambió para volverse aún más duro. La carretera subía con regularidad, acompañando la progresiva subida con acantilados costeros excavados con profundos cortes. En las landas de brezo golpeadas por el viento, los pocos arbustos que habían conseguido sobrevivir tendían desesperadamente sus ramas hacia la tierra, como brazos suplicantes.

Horwood comprobó el GPS del coche.

—Nos estamos acercando —anunció—. Estoy deseando descubrir adónde se dirigió Wheelan.

En la pantalla del aparato de localización, el sencillo dibujo del encaje de la costa bastaba para hacerse una idea de los alrededores.

Al divisar el principio de un camino de tierra que se dirigía hacia el acantilado, Benjamin ralentizó.

—Incluso si este paso no está cartografiado, me inclinaría a intentar seguirlo. ¿Qué me dice?

—Que intente frenar antes de llegar al precipicio.

—¿El coche está alquilado con un seguro a todo riesgo?

—Visto el estado en el que usted devuelve el material, lo he preferido.

Ben redujo la velocidad y se metió por el camino apenas transitable.

Era difícil saber si era el viento o las rodadas los responsables de las sacudidas que sufría el coche. El trazado se reducía al dibujo de los neumáticos, que seguían los relieves del suelo más favorables, evitando los desniveles rocosos. Los pájaros pasaban volando a ras de suelo para escapar de las borrascas. En este ambiente tan hostil, y al abrigo del más mínimo relieve, habían podido crecer aulagas.

—¿De verdad desea ir más lejos? —preguntó Karen—. Está claro que no hay nada más que ver por estos parajes. Demos media vuelta antes de que se nos rompa un eje.

—Ya que hemos hecho el viaje, déjeme llegar hasta un punto en concreto. No estamos muy lejos.

El coche siguió avanzando con esfuerzo, cada vez más maltratado por aquel suelo tan rocoso. Había grava por todas partes. Pronto, un bloque ineludible obligó a Benjamin a renunciar. Ante el obstáculo, tiró del freno de mano y cortó el contacto. Casi habían alcanzado el extremo de un brazo del acantilado que apuntaba hacia alta mar. Dentro del coche, silbaba el viento, que se metía por las más ínfimas ranuras.

—Voy a dar una vuelta. Quédese al resguardo.

Karen no se hizo de rogar. Benjamin abrió su puerta sujetándola con dos manos para que el viento no la arrancara. Una vez fuera, con la cabeza hundida entre los hombros y con el cuello de la camisa levantado, hizo un gesto a su compañera de equipo parecido al que hacen los submarinistas —con el pulgar y el índice formando una «o»— para indicarle que todo iba bien.

Desequilibrado por las borrascas, avanzó hacia el precipicio. Trepó a una pequeña meseta de granito y, de pronto, la vista se abrió ante él. Se sintió inmediatamente embargado por la amplia y sobria belleza del paisaje. Las landas de distintos tonos de tierra cubrían los acantilados vecinos que dominaban el mar. A sus pies, la superficie aborregada ondulaba hasta perderse a lo lejos, en las brumas del horizonte. En su superficie de un gris metálico, huían las manchas de luz, deformándose sin cesar. La alianza de estos movimientos rápidos que acariciaban la inmensidad inmutable creaba la sensación de que, allí, la eternidad iba deprisa y los instantes despacio.

El viento era tan fuerte que a Benjamin le costaba permanecer inmóvil. Le lloraban sus ojos ahora secos. Sin duda, se encontraba en el mismo lugar donde había estado Wheelan en su último viaje.

—Madre mía, ¿qué demonios viniste a hacer aquí?
—Es más fuerte que usted. Tiene que cotorrear con los muertos.
Benjamin se sobresaltó.
—¿Es que ya no puede vivir sin mí?
—No me apetece que se caiga.
—¿Ha tenido cuidadito con la puerta del coche al salir?

Karen no respondió. Estaba embelesada con el paisaje.

Arrastrado por el viento, Horwood se acercó al borde y lo costeó. Karen protestó, pero las ráfagas proporcionaban a Ben una excelente excusa para hacer como que no oía. La más mínima roca modificaba la exposición a las corrientes de aire de manera espectacular. Mientras se asomaba para intentar divisar la pequeña bahía que había abajo, algo inesperado atrajo de golpe su atención.

Hizo señas a Holt para que se acercara a él.

—Eche un vistazo ahí abajo. No tenga miedo, yo la sujeto.

Karen no tardó en atisbar lo que había sorprendido a Ben. Preguntó:

—¿Qué pinta un barco como ese en un sitio como este, en un muelle que no aparece en ningún mapa?

—No lo sé. Lo mejor será ir a ver.

62

Karen y Ben no tardaron en distinguir la escalera tallada en el flanco del acantilado que descendía a la apartada bahía. Una gruesa cadena oxidada hacía las veces de barandilla, corriendo por anillos corroídos por el aire salino.

A los pocos escalones, se encontraron a salvo del viento. Protegidos de su soplido, la percepción del entorno se volvía tranquila. El redoble de las olas batiendo a los pies de las paredes rocosas subía en un suave eco. Dominando la rada, Karen observaba el barco. Dos miembros de la tripulación trabajaban en el muelle.

—No parece un arrastrero —comentó Horwood.

—No es un barco pesquero. Es un barco guardacostas, un remolcador de salvamento.

Cuando llegaban al rellano, un alcatraz enfadado salió volando de su nido pegando gritos. Karen pronunció en voz alta la pregunta que tanto le rondaba la cabeza:

—¿Cree que Wheelan pudo aventurarse hasta aquí?

—Tendría más sentido que quedarse allí arriba durante días viendo el paisaje.

El perfume yodado del mar se volvía más penetrante a medida que bajaban. Al llegar al último escalón, Ben se dio cuenta de hasta qué punto era alto el acantilado. Desde abajo, aunque gris y encapotada, la porción de cielo todavía visible era cegadora. En este paisaje en bruto, blanco y negro, algunos pájaros describían círculos gritando.

Karen avanzaba por el largo espigón que se extendía hasta desaparecer en el mar en una ligera pendiente. El cemento estaba tan estropeado que dejaba asomar los hierros del armazón hinchados por la herrumbre. El flanco de la obra estaba tapizado por algas y conchas. Dos marineros en uniforme trabajaban en torno a unas marras. Karen los saludó:

—Buenos días, señores. —Apenas respondieron, sin interrumpir sus maniobras. Ella se acercó más y les mostró su tarjeta de agente del Gobierno—. ¿Podría disponer de su atención unos segundos? Estamos investigando la desaparición de un hombre.

Uno de ellos comprobó el documento. Señalando el acantilado con un movimiento de barbilla, declaró:

—Si se ha caído desde ahí arriba, hay pocas posibilidades de encontrar algo. No hemos traído ningún cuerpo en los últimos tiempos.

—Aun así, quizá lo hayan visto.

Comprendiendo que no iban a salir de aquella con la primera respuesta que se les ocurriera, el más alto de los dos se decidió:

—Voy a buscar al capitán.

—Gracias.

Cuando llegó, el grado se dirigió al tándem desde su borda.

—Muy buenas. ¿Qué puedo hacer por ustedes? Me informan de que están buscando a un desaparecido...

—En efecto.

Karen le tendió la tarjeta, aupándose sobre la punta de los pies.

—Llegan en mal momento —retomó el capitán—. Estamos a punto de zarpar para patrullar las islas.

—Solo queremos hacerle una pregunta.

Karen le enseñó la foto del profesor que había hecho aparecer en su móvil.

—¿Le suena esta cara?

El capitán se inclinó para estudiarla. Al descubrir la foto, reaccionó de inmediato:

—Me acuerdo muy bien. Estuvo aquí hace dos o tres meses.

Ben comentó:

—Qué buena memoria, aunque es verdad que no deben de ver muchos excursionistas por estos lugares...

—No era un excursionista.

—¿Cómo?

—Había venido expresamente de visita.

—¿Habló con él?

—Mucho mejor. Nos habían avisado de su llegada. Un mandamás de la Maritime and Coastguard Agency de Inverness nos había pedido que lo embarcáramos para llevarlo.

Ben y Karen se miraron.

—¿Llevarlo? ¿Adónde?

—Su hombre quería a toda costa llegar a una isla del archipiélago de las Shetland, a la bahía de St. Magnus, para ser más precisos. Quería ir a hacer unas fotos a unos pájaros raros que anidan allí.

—¿Pájaros? —Se sorprendió Ben.

—Ya no me acuerdo del nombre de la especie, era un rollo de especialista, en latín. Nos explicó que era ornitólogo. ¿Le ha pasado algo?

—Murió en un accidente. Sin duda, usted tuvo que ser de los últimos que lo vio con vida. Era testigo en una de nuestras investigaciones. Estamos intentando reconstruir su agenda los días que precedieron a su muerte.

—Pobre hombre. Me pareció un amable abuelito, aunque con un fuerte carácter también. Pocas veces he visto a alguien con semejantes mareos, y miren que en este trabajo se ven muchas cosas...

—¿Así que lo llevó?

—A veces pasa que embarcamos «paquetes», que hacemos de taxi para pasajeros especiales ajenos a nuestro ferri. Así que para hacerle el favor a nuestro colega de Inverness, aceptamos.

—¿Podría decirnos el nombre del responsable que le pidió ese favor? —preguntó Karen.

—Debería encontrarlo. Pero si tienen que cantarle las cuarenta, hagan el favor de olvidar precisar de dónde sacaron la información.

—Entendido.

Ben se sentía realmente trastocado al descubrir que Wheelan había hecho aquella travesía de la que no sabía nada, haciéndose pasar por un ornitólogo. Odiaba no entender nada. Sin pensárselo dos veces, preguntó:

—¿Sería posible que nos llevara adonde le llevó a él?

El tono tan directo de la pregunta sorprendió al capitán, que se incorporó adoptando una postura más oficial.

—Es complicado. Tenemos que seguir una hoja de ruta. Nos haría falta una petición de un alto...

Comprendiendo el valor que ese periplo tenía para Horwood, Karen decidió apoyarlo inmediatamente:

—Capitán, usted sabe lo que eso significa... Pasar por la vía jerárquica nos llevaría días. No tenemos tiempo. Nos ayudaría mucho dejándonos embarcar. Es importante. Por favor.

63

Embutido en un chaleco salvavidas, Ben, hipnotizado, observaba el vaso de café que, a pesar del fuerte oleaje, se mantenía perfectamente horizontal en su soporte giroscópico.

—¿Le sirvo uno? —propuso el capitán.

—No, gracias.

La cabina bailaba en torno a Horwood, que se agarraba con fuerza a una barra vertical de acero inoxidable. Siguiendo su ciclo regular, el barco se alzaba por los aires antes de volver a caer en medio de altas olas. Cada vez que el estrave cortaba uno de aquellos altos muros de agua, se oía cómo los motores subían de marcha para conseguir pasar a través de ellos. A salvo, detrás de los cristales azotados por montones de salpicaduras, el piloto verificaba con regularidad su rumbo.

—Tienen suerte, el mar está bastante bien esta mañana.

—Mejor. No quiero ni pensar cómo puede ser cuando está mal...

—Si todo va bien, estaremos en Papa Stour en unas dos horas.

—¿Es esa la isla donde acompañó a nuestro hombre?

—Depositado y recogido.

—¿Allí solo hay pájaros?

—Es una reserva natural, así que, por fuerza, tienen que estar tranquilos. También hay algunos vestigios neolíticos, pero, aparte de eso, no hay gran cosa. Un puñado de habitantes aguantan en el oeste, en la vertiente más resguardada, pero no son muchos. Hay que echarle ganas para vivir ahí. Desde otoño, cuando hay mar gruesa, pierden el contacto con el mundo. Ni provisiones ni teléfono, ni siquiera móvil. Tienen que apañárselas con total autonomía. ¡Solo un ornitólogo iría a jugarse el pellejo en semejante roca!

—O agentes obligados a investigar sus últimos días...

Karen se había aislado en el interior de la cabina, acomodada en uno de los soportes de sujeción que permiten a la tripulación permanecer de pie para vigilar las maniobras, incluso en medio de la tempestad. Para llegar hasta ella, Ben se dejó llevar por la pendiente del barco.

—No se la ve demasiado bien que digamos... ¿Va todo bien?

—Recuerde, no estoy formada para el agua... En cualquier caso, me quito el sombrero ante usted. Ya me había parecido que había abusado de su conciencia profesional llegando al final de aquel acantilado, pero ahora se está superando. Subirnos a este barcucho, así, sin más, hacia una isla perdida...

—¿No le parece sorprendente que Wheelan quisiera hacer este viaje?

—Pues claro que sí. En realidad, es por eso por lo que me sacrifico acompañándolo. Lo que me sorprende aún más es que pudiera organizar esta travesía sin que nosotros estuviéramos al corriente.

—¿Es posible que alguien de su departamento hiciera la petición vía asuntos marítimos?

—Imposible. Me hubieran avisado. También tendremos que retomar esa pista.

—Wheelan tenía, sin duda, una buena razón para lanzarse a este periplo.

—Sobre todo en secreto.

—Al menos, eso demuestra que no le contaba todo.

—Eso parece...

—¿Decepcionada?

—Digamos que no me sorprende. ¿Qué espera encontrar, yendo tras sus pasos contra viento y marea?

—El capitán nos ha hecho una interesante observación: la isla posee algunos monumentos que se remontan a la prehistoria.

—¿El profesor habría ido por una tumba?

—O por un lugar antiguo de culto.

—¿Recuerda algún pasaje en sus apuntes que hiciera mención a ello?

—Para nada. Pero en la pirámide de cristal, Fanny identificó motivos de espirales imbricadas parecidas a las que están grabadas en la entrada de un emplazamiento funerario irlandés. No nos encontramos lejos. Las islas rebosan de este tipo de lugares sagrados. Se implantaron incluso monasterios, y realizaron importantes túmulos. Es posible que alguno de ellos interesara a Wheelan.

—¿A lo mejor seguía la pista de otro artefacto?

—Lo comprobaremos *in situ*.

—Le prevengo de que si tiene intención de excavar, no llevo ni navaja ni linterna.

Viendo a la joven cada vez más pálida, uno de los miembros de la tripulación se acercó:

—Señora, debería mirar fijamente al horizonte. No mire al suelo, si no va a acabar mal... Respire profundamente.

Sintiendo compasión por ella, le tendió una bolsa de papel.

Decidido a encargarse de Karen mientras se lo permitiera su reflexión, Ben se deslizó en el soporte vecino. Él le sugirió:

—Sin duda, no es el mejor momento, pero ya que estamos hablando del túmulo, me gustaría aprovechar el descanso que nos ofrece este encantador crucero para compartir con usted mi teoría. ¿Me permite?

—Hace días que espero... —respondió ella con malicia. Por un instante, Ben se preguntó si Karen se estaba refiriendo solo a sus investigaciones arqueológicas. La joven añadió—: No se ofenda si de golpe me pongo a vomitar como una posesa. A veces pasa que mi cuerpo hace lo que le da la gana, aunque mi cerebro esté fascinado...

Ben prefirió evitar la mirada de su vecina para no desconcentrarse.

—Gracias por la información. Hasta este momento —precisó—, mis hipótesis nunca han hecho vomitar a nadie. Pero reconozco que esta es especial. Es la primera vez que la comparto y me alegra que sea con usted.

Mientras el barco se metía en una nueva serie de montañas rusas, Karen se sintió un poco reconfortada con la idea de ser la primera en escucharla. Ben arrancó:

—Todo ha nacido de una de esas ideas que se forman en mis sueños. Esta reflexión me pareció evidente de inmediato, como aquellas verdades que parecen caerse por su propio peso dependiendo del instante en que se toma conciencia de ellas. Después me ha resultado imposible pensar en nuestra investigación sin tenerla en cuenta, de lo bien que encajaba. Desde entonces, he buscado algo que pudiera cuestionarla, preguntándome por qué no se le había ocurrido antes a nadie. He reflexionado mucho sobre esas inmensas sepulturas que aparecieron después del Milagro Original. Porque, efectivamente, fue justo después cuando empezaron a brotar pirámides en toda la parte oriental de la cuenca mediterránea. —Se aseguró de que Karen le seguía antes de continuar—: La hipótesis comúnmente admitida en relación a los más titánicos monumentos funerarios, egipcios, pero también asiáticos, indios e, incluso, sudamericanos, nos los presenta como testimonios del poder del difunto más allá de la vida terrenal. Estas tumbas espectaculares no serían más que la expresión de un orgullo excesivo. Ahora bien, tengo motivos para creer que no es verdad. La experiencia vivida en la parte secreta del templo ya me había empujado a cuestionarme esta visión. Pero lo que ha aparecido en mi sueño, definitivamente, me ha convencido, proporcionándome las primicias de otra explicación. El templo de Abu Simbel no fue creado ni para impresionar ni para asustar. Fue excavado para contener, esconder y proteger.

Fue pensado como un santuario destinado a recibir lo que tuviera que ver con el Milagro Original, depositado al lado de aquella que debía guardarlo hasta el más allá. La hipótesis que presenta las pirámides como fastuosas demostraciones de grandeza es, por tanto, errónea. Si, por ejemplo, las pirámides de Keops, Kefrén y Micerino no fueran más que titánicos mausoleos, entonces que me expliquen por qué otros faraones mucho más célebres y poderosos que ellos no se hicieron construir otras más grandes...

Karen estaba tan atenta a la explicación del historiador que no se percató de la vertiginosa bajada que efectuó el barco hasta la base de una enorme ola.

—Antes del Milagro Original —retomó Ben—, reyes y dignatarios eran enterrados en un valle secreto, a salvo, con el propósito de asegurarles una paz eterna sin ninguna clase de ostentación exterior. Si construir tumbas gigantes fuera una simple evolución de sus costumbres, entonces la de Cleopatra habría sido la mayor de todas. Y sin embargo, su sepultura permanece inencontrable a día de hoy.

—¿Y adónde nos conduciría esto?

—Tengo el convencimiento de que estas tumbas son, en realidad, enormes cajas fuertes, escudos de varios miles de toneladas destinados a aislar las reliquias del Milagro Original. Tienen la doble misión de protegerlas del mundo, pero también de proteger al mundo de su poder, considerado destructivo. Todos los indicios apuntan en esta dirección, empezando por la forma de estos monumentos, que se inspira en la de las pirámides con los cristales. Las pirámides serían la versión gigante de estas herramientas que permitieron canalizar la luz durante el experimento realizado en Sumeria. La conclusión se impone por sí misma.

—Interesante...

—Y no es todo. En efecto, ¿cómo se explicarían los laberintos y los pasadizos secretos que protegen el corazón de estas construcciones? ¿Por qué, para proteger a aquellos difuntos, no se contentaron con entregarse a los dioses, como hacían normalmente? ¿Por qué movieron montañas e idearon gran cantidad de estratagemas, hasta ese momento inéditas, para darles cobijo y confinarlos? Se tomaron demasiadas molestias para que sus esfuerzos se justifiquen únicamente con la búsqueda del fasto y la grandeza. Movilizaron a miles de obreros, utilizaron técnicas de construcción que todavía hoy nos dejan perplejos. Llegaron tan lejos en la concepción de estos santuarios que, incluso con los medios tecnológicos que disponemos hoy día, las pirámides de Guiza no nos han revelado aún su secreto. Los estudios más recientes demuestran la existencia de salas aún inexploradas, formalmente localizadas, pero no tenemos ni idea ni de cómo acceder ni de su función ni de lo que puedan encerrar en su interior. Nuestra ciencia no llega a controlar los principios creados hace más de cuatro mil años para proteger aquello que debía permanecer inaccesible a los profanos. Estas tumbas particulares constituyen las últimas residencias de aquellos que asistieron al Milagro Original o las de los descendientes que recibieron el secreto y la custodia de los elementos dispersos del experimento. Es posible que su forma fuera copiada posteriormente, pero nunca con la misma amplitud ni el mismo imperativo de inviolabilidad.

La voz de Benjamin se hizo más grave para la conclusión:

—Estoy seguro de que estas tumbas eran lo que mejor se les ocurrió a aquellos hombres para apresar el mayor y más peligroso poder al que se habían enfrentado.

Karen y él se miraron a los ojos. Ella se había olvidado por completo de su mareo. Su mente iba a toda velocidad, sin que pudiera imaginarse adónde corría el riesgo de que le llevara aquello. Ben tenía razón en algo: una vez que esta idea entraba en tu cabeza, ya no era posible ignorarla.

64

La imponente forma terminó por emerger de las aguas, un guion largo de roca oscura imperturbablemente puesto entre la agitada inmensidad marina y las nubes gris pizarra empujadas por el viento. El único elemento inmóvil en un horizonte en movimiento que se perdía de vista: la isla de Papa Stour se perfilaba por fin.

Para alcanzarla lo antes posible, el navío de Coastguards se había enfrentado a todo lo habido y por haber, mientras que Karen pasaba por todos los colores del arcoíris que se atisbaba a lo largo de las Orcadas. Desafiando violentos aguaceros y crestas de olas muy activas, era imposible saber si el agua que se abatía sobre los cristales del puesto de pilotaje provenía del cielo o del mar.

El capitán anunció:

—Vamos a dejarlos cerca de Aesha Head, en el antiguo espigón instalado durante la guerra. Siempre permanece accesible, independientemente de la marea.

—Muchas gracias por su ayuda.

Uno de los miembros de la tripulación ofreció chubasqueros y botas a los dos pasajeros. Ante su reacción indecisa, el capitán se burló de ellos:

—Deberían aceptarlos. Su bonita ropa urbanita no durará mucho una vez fuera...

Ben y Karen obedecieron y se pusieron los equipos. Mientras acababa de abrocharse su chaquetón, Horwood preguntó:

—¿Sabe en qué sector de la isla se encuentran los vestigios neolíticos?

—¿Los vestigios?

—Sí. Si tuviera un mapa, sería perfecto. ¿Hay que andar mucho para llegar hasta allí?

El capitán pareció sorprendido por la pregunta.

—Me había parecido entender que querían ir donde se dirigió su ornitólogo.

—Eso es.

—A él no le interesaban los monumentos, que se sitúan al otro lado de la isla. Le dejamos al pie de los acantilados del oeste, lo más cerca posible de las grutas que dan al mar.

—¿De verdad?

—Dijo que sus pájaros anidaban ahí. Es allí donde quería dirigirse.

—¿Grutas en los acantilados?

—Una red de arcos y cavidades inmensos a los cuales, incluso con mis treinta años de experiencia, no me acercaría con mi embarcación. Demasiados arrecifes. Hasta el islote de Fogla, más al norte, solo es un dédalo de rocas que te revienta el casco en menos que se lo cuento. ¡Una auténtica guarida de piratas! De toda la vida, son muchos los barcos que han encallado por acercarse demasiado. Las tempestades también han arrojado allí a un buen número de desgraciados. Ya nadie se arriesga.

—Estoy ansioso por llegar...

—Es un lugar realmente especial. Al comienzo de la Segunda Guerra Mundial, el almirantazgo se había planteado transformar el enclave natural en base naval secreta para luchar contra los ataques de los submarinos alemanes que acosaban y hundían los convoyes de abastecimiento que venían de América, pero las obras resultaron ser demasiado difíciles de llevar a cabo. Prefirieron instalar baterías de cañones un poco más al norte, en islas más accesibles.

De esa época solo quedan el espigón y algunos cambios hechos en el interior de las grutas.

—De las grutas... —repitió Benjamin incrédulo, al tiempo que la versión del periplo de Wheelan se desvanecía.

El segundo de mando anunció:

—Punto de amarre a la vista.

El capitán retomó el timón.

—Prepárense. Vamos a extenderles la pasarela, pero no hay que perder el tiempo desembarcando, esto se mueve un poco. Después iremos a llenar el tanque a la isla principal y pasaremos a recogerlos, digamos que a eso de las cuatro de la tarde. Es el límite para volver sin problemas antes de que se haga de noche. Procuren estar a la hora.

—Sin falta.

—Sean prudentes. Ese sitio tiene fama de ser bonito, pero peligroso. Hay marea creciente, no se dejen engañar. Algunos nunca volvieron. Circulan todo tipo de leyendas sobre esas cavernas. En la época de los naufragios, de la cual no hace tanto, comerciantes y pescadores contaban que el diablo se escondía para salir solamente cuando tenía demasiada hambre, decidido a cosechar algunas almas perdidas.

—Punto de amarre a tres minutos —lanzó el segundo de mando.

Un marinero quitó el cerrojo de la puerta cerrada de la cabina. Hizo una seña a Ben y a Karen para que lo siguieran por el puente exterior, y los enganchó a una línea de vida antes de dejar que dieran un paso. En cuanto estuvieron expuestos, el viento se encargó de ellos. Karen se había recogido el pelo lo más apretado posible, pero la ráfaga lo despeinó, soltando mecha a mecha.

Enfrente de ellos, en un paisaje dantesco, se alzaban los acantilados de la isla. Tres inmensos arcos se recortaban. Un acerado caos rocoso surgía de las aguas, bloqueando el acceso. Las olas rompían contra los oscuros picos, dispersándose en espuma. Al mínimo rayo de sol, el mar se vestía de un color esmeralda paradisíaco, pero, un segundo después, negras y pesadas nubes le devolvían su apariencia infernal.

El navío se desvió antes de llegar a las aguas burbujeantes. Ganó el lado más calmo del emplazamiento. El espigón se extendía, acariciado por las olas.

El marinero colocó el pórtico con aparejo para dirigir la pasarela por encima del flanco del barco.

—A la señal del capitán, uno tras otro, avanzarán hasta el extremo y saltarán al muelle. No se fíen de las algas, son resbaladizas.

A medida que el barco iba realizando su acercamiento final, las cavernas iban adquiriendo toda su dimensión.

—Así que es para ver esto por lo que Wheelan vino hasta aquí... —comentó Ben, pensativo.

Karen se maravilló:

—Se podría esconder un edificio pequeño en cada una de esas aberturas.

—No sé qué es lo que el profesor esperaba encontrar en este infierno del fin del mundo, pero al menos una cosa está clara: dado el esfuerzo que supone el trayecto, llegar aquí debía ser extremadamente importante para él. ¿No?

—Eso seguro. Hay otra cuestión sobre la que podemos estar seguros.

—¿Cuál?

—Se la traían al fresco los pájaros.

La voz del marinero resonó en el acantilado, ahora muy cercano:

—Prepárense.

El capitán invirtió el empuje de los motores para frenar la inercia de navegación, y puso en marcha los propulsores de proa para afinar la posición. Cerca de la costa, las olas eran menos virulentas, pero el oleaje no ayudaba a estabilizarse.

Ben se acercó. A la señal, se lanzó.

65

—Usted fue la última en salir, así que era a usted a la que le tocaba coger las llaves.

—Lo siento, ni se me pasaba por la cabeza que nos fuera a dar por embarcarnos hacia esta isla perdida.

—Si a la vuelta nos encontramos sin coche y sin red para pedir ayuda...

—... entonces haré autostop y todo se arreglará.

—No dudo que, al verla al borde de la carretera, cualquiera pararía. Pero hace falta que pase alguien...

Emocionada por lo que interpretó como un discreto cumplido, Karen tanteó:

—¿Usted se pararía para ayudarme en medio de la nada?

—Pues claro, igual que si viera un border collie o una estatua de Afrodita.

—¿Ha visto alguna vez a una estatua hacer autostop?

—Le sorprende que una estatua haga autostop, ¿pero no que lo haga un perro?

—No es lo mismo.

—Sin embargo, tiene un innegable punto en común.

—¿Cuál?

—Búsquelo y avíseme cuando lo haya encontrado.

Mal que bien, Benjamin y Karen avanzaron saltando de roca en roca, con los brazos estirados para mantener el equilibrio. Tenían cuidado de bordear el pie del acantilado, alejándose lo suficiente del borde para evitar las superficies empapadas o invadidas por las algas.

De pronto, a la vuelta de una columna de rocas hechas pedazos por las miles de embestidas marinas, la entrada de la primera de las grutas apareció ante ellos, con sus impresionantes proporciones. La fuerza del espectáculo los paró en seco.

—Una guarida de gigantes —soltó Karen.

—El antro del demonio —ironizó Benjamin.

La inmensa roca basáltica parecía capaz de tragarse el mar. Abalanzándose sobre la enorme abertura, el viento que soplaba del mar se transformaba en un rugido sobrenatural.

A lo largo de la pared rocosa, un pasaje aéreo tallado toscamente se adentraba en la oscuridad del fondo de la gruta. Todavía se podía observar la huella de las barrenas de percusión en la piedra bruta.

—Saber que Wheelan pasó por aquí me causa un efecto extraño —confesó Ben.

Karen sacó su linterna e iluminó.

—Yo siento lo mismo. Continuemos con los ojos bien abiertos.

Cuando franquearon el umbral, el viento se hizo más violento. En el interior, el agua ya no tenía nada de paradisíaca; se parecía a un lago oscuro de las profundidades, del cual, en cualquier momento, podían surgir criaturas monstruosas. Después de la luminosidad exterior, los ojos debían adaptarse a la relativa penumbra. Cada paso dado bajo esta catedral de piedra revelaba sus dimensiones. La bóveda se elevaba a decenas de metros, cubriendo el agua a veces levantada por una ola rompiente venida desde el exterior. El lugar habría podido servir de escenario para una novela de Julio Verne. De él se desprendía una sensación de gigantismo, una impresión de mundo olvidado y de misterio. Cuando Karen iluminó el punto más alto, el reflejo de su haz se perdió en la inmensa cúpula rocosa, mostrando la trayectoria de las gotas de agua infiltradas que caían por las aristas. Libre del acoso del viento, Karen volvió a poner orden en su pelo y se lo recogió con cuidado.

Adentrándose aún más, Ben no tardó en descubrir que las tres grutas que se veían desde el mar se comunicaban entre sí a través de titánicos pasadizos. Las cavidades formaban una red subterránea en la cual resonaba el incesante impulso de las olas. Cuanto más avanzaban en la caverna, más húmedo y penetrante se volvía el aire.

—¿Qué vino a buscar aquí?

En la pregunta de Ben resonaba un eco diferente. La agente Holt y él escrutaron las paredes, esperando descubrir una señal o un pasadizo susceptible de atraer su atención.

Al fondo de la gruta, la estrecha cornisa habilitada en el flanco de la pared desembocaba en una estrecha playa de arena negra cubierta de fragmentos arrancados de barcos y empujados hasta allí por las olas.

Karen paseó su linterna sin percibir nada sospechoso. Para continuar con su exploración, al tándem se le presentaban dos opciones: seguir a lo largo de la playa y pasar a la siguiente gruta, o aventurarse por el estrecho túnel que parecía hundirse en las entrañas de la roca.

—¿Qué le dice su olfato?

Karen iluminó más en detalle las inmediaciones y señaló la zona seca de la playa, más allá de aquella lamida por las aguas.

—Más que mi olfato, siento la tentación de seguir esas pisadas. Los visitantes no deben de ser demasiados. Podría ser, perfectamente, que las hubiera dejado nuestro querido profesor.

Los dos exploradores se volvieron a poner en marcha, agradeciendo de todo corazón al capitán que los hubiera convencido para coger las botas...

Por momentos, el fragor de las olas que rompían contra los pilares de la entrada de las grutas llegaba hasta el fondo de las cavidades con un estruendo poco tranquilizador. Evaluando el espacio que lo rodeaba, Benjamin comentó:

—La idea de establecer aquí una base secreta no era ninguna

tontería, pero es verdad que habría requerido unas obras tremendas. Hay mucho curro.

La segunda gruta, más pequeña y estrecha, no revelaba nada más. En su extremo, el camino tallado en el flanco de la pared tomaba dirección hacia la tercera.

—Me da la impresión de que el agua de esta caverna es mucho más profunda —anunció Karen—. Parece aún más oscura...

El antiguo camino de ronda serpenteaba abrazando la pared, hasta desaparecer en las tinieblas, en las cuales la linterna estaba lejos de iluminar los límites.

—¿Qué haremos si no encontramos nada? —preguntó ella.

—Tendremos que hacer el camino de vuelta prestando todavía más atención. Aún nos queda por inspeccionar el túnel de la primera gruta. También puede ser que Wheelan no encontrara lo que estaba buscando.

Karen avanzó, apuntando lo más lejos posible delante de ella. De golpe, le pareció percibir una forma cuya silueta no tenía nada de geológico. Su corazón empezó a latir más rápido. Aceleró el paso hasta correr.

—Benjamin, ¿ha visto eso?

Horwood también se había fijado en ello y se precipitó hacia allí. La débil luz les desveló progresivamente una estructura imponente. Cuando estuvieron en grado de comprender de lo que se trataba, se quedaron parados sin poder creerlo.

Ante ellos, en la oscuridad de la gruta, se erguía un estrave característico, tan alto como afilado, uniformemente oxidado. Estaba tan alto que el haz de la linterna no conseguía abarcarlo por completo. La gigantesca forma recostada contra la pared se prolongaba sobre buena parte del largo de la caverna.

—¡Madre mía! —exclamó Ben.

—Se diría que por estos parajes solo hay barcos encallados. ¿Desde cuándo estará aquí este monstruo?

Ben identificó sin problema el tipo de submarino. Dio algunos pasos al lado para echar un vistazo.

—Data de la Segunda Guerra Mundial.

—¿Cree que pudieron abandonarlo aquí, cuando la Navy se planteaba construir una base?

—No creo. Este sumergible no es nuestro. Es un U-Boot alemán, aparentemente de tipo VII C. Una terrorífica máquina de guerra nazi.

66

Impresionada por el monstruo de acero, Karen apoyó la mano sobre su proa cuidadosamente perfilada. El metal frío y rasposo, cuya pintura había sido atacada por la herrumbre, dejó en la palma de su mano un polvillo de óxido marrón. La joven acarició la chapa como si fuera la quijada de un caballo salvaje al que estuviera intentando amansar, aunque con precaución ante sus coces. Siempre hay que desconfiar, aunque la bestia parezca dormida.

Era fácil imaginar este estrave ofensivo surcando las aguas en la peor de las batallas, con los torpedos saliendo despedidos por las bocas laterales como perros al ataque. La joven no daba crédito.

—¿Qué pinta escondido un submarino nazi en el fondo de una gruta, en el extremo norte de las islas británicas?

La inmensa máquina de guerra, de la que solo el tercio anterior emergía del agua, reposaba acostada contra la pared rocosa. Su ligera inclinación le daba el aspecto de un titán cansado que, después de librar su último combate, habría buscado apoyo. La parte del casco liberada por la marea todavía baja estaba salpicada de conchas.

—Karen, ¿me permite que coja su linterna?

Benjamin iluminó el lado visible del sumergible, esperando descubrir un número de identificación; pero, con el paso del tiempo, lo que quedaba del marcaje ya no era legible. Horwood inspeccionó las paredes soldadas. Regularmente, las olas llegadas desde lejos venían a morir contra el flanco de la máquina. Cuando el historiador se fijó en la escalera del casco, no se lo pensó dos veces.

—Benjamin, tenga cuidado, está todo oxidado.

—Tengo que asegurarme.

Ben agarró los barrotes encastrados en el grosor de la doble pared. Sobre el metal oxidado, se fijó en unas huellas frescas de abrasión, como si alguien hubiera estado allí antes que él. Escaló el casco hasta lo más alto, llegó a la plataforma superior del submarino e inspeccionó a su alrededor, poniendo atención en dónde ponía los pies. En la parte delantera, identificó los restos de las célebres cuchillas cortacabos. Después subió hasta el kiosko, en el cual aún subsistían los tubos del periscopio, aunque el más alto estuviera torcido. El cañón instalado al pie estaba bloqueado por la corrosión, apuntando hacia un enemigo hace tiempo victorioso. En los haces de luz, la noche de la gruta revelaba sus secretos.

—Suba, Karen —lanzó Ben—. Tiene que ver esto.

El eco de su voz se perdió en el lejano ir y venir de las olas. La joven no tardó en llegar hasta donde estaba. Él le dio la bienvenida tendiéndole la mano.

—Merece que se le eche un vistazo.

Bajo el efecto del movimiento de las aguas, la estructura oscilaba muy ligeramente. Agarrándose a los equipos desgastados por la brisa marina, Benjamin se desplazó por el monstruo inclinado. Se dirigió directamente hacia la escotilla de entrada.

Karen se mantenía alerta. Se sentía como una liliputiense escalando por un dragón dormido, al cual la marea marcaba el ritmo de su respiración. Sintió una especie de alivio al ver a Ben incapaz de maniobrar en la escotilla de acceso. Extrañamente, no parecía decepcionado. Bajó de la torreta y se interesó por una trampilla que desbloqueó a patadas.

—¿Qué hace?

—Los U-Boot estaban equipados con un sistema de cierre que

podía ser desbloqueado desde el exterior gracias a un mecanismo secreto. Este detalle fue añadido entre la Primera y la Segunda Guerra Mundial para poder socorrer a la tripulación que no estuviera en condiciones de abrir desde el interior.

—¿Cómo sabe eso?

—Este detalle solo lo conocían los tripulantes de los submarinos alemanes, pero después de la guerra la técnica fue desvelada. —El historiador se puso en cuclillas, deslizó la mano hacia el interior de la cavidad y tiró de la palanca—. ¿Sabe quién me lo contó?

—¿Uno de sus profesores de historia?

—No cualquiera.

—¿Wheelan?

—Eso es.

Ben se empecinó con el mecanismo que se resistía. Un chasquido sordo, que resonó en la gruta, le provocó una franca sonrisa. Volvió a subir hasta la escotilla y, esta vez, consiguió abrirla.

—¿No tendrá intención de meterse ahí dentro?

—Deme una buena razón para no hacerlo.

—Porque este trasto corroído por todas partes es inestable, porque con el tiempo puede que se inunde, porque su dosier indica claramente que no tiene al día sus vacunas, y porque nadie sabe dónde estamos.

—Karen, está fuera de discusión que me vaya sin intentar saber qué hace aquí un U-Boot.

—Ben, le recuerdo que el diablo vive por estos lares y que está jugando en un submarino.

—Ni usted ni yo somos almas perdidas. Si aparece por aquí, dispárele.

Horwood le guiñó un ojo y se coló por la abertura.

67

Al apoyar el pie en la pasarela de operaciones, Benjamin sintió cómo un escalofrío le recorría la espalda. Estaba galvanizado por una excitación casi juvenil y por un ansia voraz de comprender. ¿Por dónde empezar? Salvo por el olor acre a cerrado y por la pátina de polvo que cubría todo, el haz de su linterna revelaba un interior de submarino casi intacto. Ninguna huella de humedad o de vía de agua. Ben se detuvo en los *racks*. Las series de vúmetros y las herramientas de navegación estaban en perfecto estado. Limpió el cristal de un indicador de voltaje eléctrico graduado y le dio unos golpecitos. La aguja reaccionó débilmente a la sacudida. Las palancas de mandos de los timones de inmersión y de dirección estaban alineadas, listas para la próxima partida en misión. Incluso las correas de los taburetes giratorios colgaban como si la tripulación fuera a volver a atárselas de un momento a otro.

Ben se coló entre los equipos, y se entretuvo ante la barra del periscopio. Buscó la placa de identificación de la máquina y terminó por encontrarla. Frotando enérgicamente con su manga para retirar la capa verdosa que le impedía descifrarla, consiguió leer el código *U-296, K VII C/41*, así como lo que debía corresponder a la fecha de lanzamiento del submarino –el 5 de septiembre de 1943– y, sin duda, el astillero donde había sido fabricado, *Bremes Vulkan-Bremen-Vegesack-Deutschland*.

Al iluminar a su alrededor, de pronto se dio cuenta de que no quedaba nada, ni en las repisas ni en los armarios. Ningún objeto, ningún documento. Todo lo que no estaba pegado o formaba parte de los equipos integrados en el sumergible había desaparecido. Ni mapas ni reglas en el centro de estudio, ni una sola hoja pegada al panel de órdenes, ningún listado de la tripulación, ningún arma o munición en el armero cerca de la escalera de escotilla. Intrigado, abrió el primer cajón que tenía a mano, y resultó estar vacío. Inspeccionando más adelante, se agachó para comprobar un armario, pero una vez más habían sacado de él su contenido. Solo quedaban los estantes vacíos.

Al volverse a levantar, Ben tropezó. Una sombra acababa de irrumpir ante él. Ahogó un grito y reculó, chocando violentamente con la puerta de la sala de máquinas.

—Madre mía, Karen, en mi apartamento o en el submarino, siempre lo mismo... ¡Va a hacer que me dé algo!

—Usted me ha dejado tirada ahí arriba sola en la oscuridad, y no responde cuando se le llama...

Benjamin la invitó a mirar, iluminando a su alrededor.

—Si nunca ha estado en una clase de historia, he aquí una bonita ocasión para empezar...

Siguiendo el curso del haz, la joven se giró sobre sí misma. En su movimiento, lo exiguo del espacio la obligó a apretarse contra Horwood. Se encontró con la espalda contra su pecho. Estaba demasiado ocupada para prestar atención, pero él sí que se dio cuenta.

—¿Ningún cadáver?

—No he tenido tiempo de explorar, pero estaría por apostar que no. Han hecho limpieza. Iba a inspeccionar las cabinas. ¿Viene?

Cuando atravesaban la pasarela, el mastodonte fue desestabilizado ligeramente por una ola, sin duda más fuerte que las otras. El submarino se movió suavemente, emitiendo un largo chirrido lúgubre que se propagó por toda la estructura.

—Odio ese tipo de ruido, Benjamin. No nos quedemos mucho tiempo aquí.

—Este montón de chatarra lleva atascado aquí desde hace al menos setenta años. Todavía puede quedarse unos minutos.

Se adentró por el pasillo y abrió la puerta de la sala de radio. Cada aparato estaba en su sitio, pero los casilleros y los planos de escritura estaban vacíos. Ningún informe, ninguna lectura. Incluso los mensajes de tiza en el pequeño panel de pizarra habían sido borrados con cuidado. Ben accionó el interruptor general de los sistemas de comunicación. Con un clic seco, esperaba ver cómo se encendían los pilotos, pero no ocurrió nada.

—Daría lo que fuera por tener la lectura de las últimas conversaciones...

La puerta siguiente daba a la cabina de los suboficiales. Dos literas superpuestas, con las camas impecablemente hechas, pero el interior de los armarios evaporado. El contenido del botiquín de emergencia tampoco estaba allí. En la pared, una bandera nazi.

—Tengo la extraña sensación de que el tiempo se ha detenido. —Se estremeció Karen.

—La cuestión es saber precisamente en qué momento y por qué...

Ella cogió la punta de la bandera. Apenas la tuvo entre los dedos, la tela cayó de inmediato hecha jirones.

—En la época, la habrían fusilado por semejante afrenta al Reich —ironizó Ben.

—En la época, no me habría contentado con rasgarles una bandera...

La siguiente cabina era la del capitán. Una sola cama con sábanas polvorientas perfectamente estiradas. En su escritorio y en las estanterías vecinas ningún registro, documento de archivo o efecto personal.

El submarino volvió a chirriar.

—¿Qué fue de la tripulación? —preguntó Karen.

—Si fueron capturados, deberíamos poder encontrar su huella en los archivos de guerra, pero dudo que corrieran esa suerte. El estado en el que dejaron su embarcación me sorprende. Si los hubieran detenido, nadie les habría dado tiempo para vaciar todo y dejar su submarino tan cuidado.

Entrando en la cabina de enfrente, Ben reculó con violencia. Un hombre le miraba fijamente, severo. En su uniforme, Benjamin lo reconoció de inmediato. Cualquier persona en el mundo sería ahora capaz de identificarlo. Muy moreno, con aire austero, con aquel mechón y bigotillo tan característico.

Al ver reaccionar a Ben, Karen había desenfundado en el acto su arma.

—Inútil dispararle —ironizó el historiador—, ya está muerto.

—Adolf Hitler...

La cabina estaba llena de retratos del Führer, de todos los tamaños y en diferentes actitudes: saludando a sus tropas con el brazo estirado, mirando fijamente al cielo en actitud marcial o, incluso, rodeado de niños de radiante pelo rubio en medio de los cuales él parecía casi incongruente.

—Encantadora colección —constató Ben.

La puerta de la cabina siguiente se resistía. Al principio, Ben creyó que la edad era el motivo del bloqueo, pero comprobó que el batiente había sido soldado. Gruñó contrariado. Al ver su cara, Karen se rio.

—Lo conozco. El solo hecho de que le impidan pasar, triplica sus ganas de hacerlo.

—¿A usted no le pasa?

—Evidentemente, pero soy sensata. No han dejado ninguna herramienta por los alrededores y solo tengo una navaja. Puerta 1 - Visitantes 0.

—¿Así que me aconseja aceptar mi suerte y abandonar este submarino sin descubrir qué pusieron tanto empeño en encerrar ahí dentro?

—Me da miedo. —Karen miró su reloj y añadió—: Sobre todo porque si queremos ser puntuales a nuestra cita con los guardacostas, debemos emprender el camino de vuelta sin más dilación.

—Karen, por favor, préstame su cuchillo.
—No nos servirá para abrir este compartimento.
—Si se lo estropeo, haga conmigo lo que quiera.
La agente Holt echó una mirada desafiante a su compañero.
—¿Lo que quiera?
—Le doy mi palabra.
—Hecho. Usted lo ha dicho.
Le tendió lo que él pedía.

68

Karen se sentía más tranquila al conducir. Mejor aún, se sentía feliz. Se sentía mucho más a gusto en tierra firme. Cuando había caído la noche, el coche devoraba los kilómetros, cada vez menos zarandeado por el viento según se alejaban de la costa. La niebla le tomaba el relevo, cubriendo la región con mantos cada vez más espesos. Ben volvió a intentar marcar el número en su teléfono.

—Todavía sin red.

—No se queje, ya bastante suerte hemos tenido de encontrar el coche.

—Tenemos que avisar lo antes posible de lo que hemos descubierto. Yendo a esa isla, Wheelan no investigaba las reliquias, sino a los que las roban.

—¿Está pensando en sus apuntes sobre el Tercer Reich?

—Solo pienso en ello. Me cuesta creer que el viaje secreto de Hess a Escocia no tenga relación con la presencia de este U-Boot.

—¿Qué relación podría tener?

—Se me ocurren tantas hipótesis que me sale humo de la cabeza.

—¿Quizá el profesor intentó encontrar los resultados de las excavaciones realizadas por los nazis? Las que llevó a cabo Himmler y que continuó aquel grupo de soldados una vez terminada la guerra.

—Es posible, pero eso no explica cómo llegó hasta allí ese submarino... Si simplemente hubiera red, al menos podría comprobar lo que dicen del U-296. ¿Fue oficialmente hundido? ¿Desapareció de los radares? ¿Y cuándo?

Cada uno permaneció absorto en sus interrogantes, hasta que Karen hizo notar en un tono más ligero:

—No me ha devuelto mi cuchillo...

Ben rebuscó en su bolsillo y se lo entregó.

—Está en perfecto estado. Ni el más mínimo rasguño. No podrá hacerme nada. Estoy seguro de que, en el fondo, lo lamenta...

—Ya tendré otras ocasiones. Si hubiera sabido que era para cortar aquellos dos retratos de Hitler... ¿Por qué le ha dado por traerlos?

—Son los únicos objetos que hemos encontrado en ese submarino. La tripulación no dejó nada tras de sí, salvo esta colección de lienzos improbables. Sin duda, su estudio nos será de utilidad.

—¿Se imagina la cara del capitán de los Coastguards si los hubiera visto cuando volvíamos?

—No se fijó en lo que llevaba bajo la cazadora, eso es lo importante.

—Ya le ha oído mientras nos traía, nos ha encontrado tan amorfos como a Wheelan.

—Observar pájaros siempre causa ese efecto... Bromas aparte, creo que el profesor también descubrió el submarino, y que se tuvo que quedar en el mismo estado que nosotros. No hay duda de que impresiona.

Mientras la carretera se adentraba en el bosque, Ben añadió:

—No se fíe, con esta niebla, si un animal salvaje cruza...

—Confíe en mí y deje de apretar ese freno imaginario que hay bajo su pie. En cuanto a la conducción, le recuerdo que sí que estoy formada...

—Vaya noche... Un ambiente ideal para hacerse abducir por los extraterrestres...

A la vuelta de una curva, Ben estiró de pronto los brazos para señalar una pequeña aldea. Solo una casa estaba iluminada.

—¡Mire, es un *pub*! Tienen que tener teléfono.

—Me ha asustado.

—Aparque y salgo pitando a avisar a los camareros.

Karen desaceleró y, tomando una curva digna de un campeón de *rally*, entró en el aparcamiento desierto habilitado delante del establecimiento.

Una claridad difusa escapaba de las ventanas a pequeños cuadrados. En la fachada de granito, el rótulo solo estaba iluminado por unas bombillas. *Crosskirk Inn*. El dorado de las letras estaba tan descascarillado como el fondo negro sobre el que estaban escritas.

Al dejar el coche, Benjamin se subió el cuello de la camisa para protegerse de la humedad del aire. Karen le soltó:

—Dese prisa, dejo el motor en marcha. ¡Mi ducha caliente me reclama urgentemente!

Benjamin aceleró el paso entre las mesas del exterior. Las pocas casas que había cerca parecían abandonadas o con las luces apagadas.

Al empujar la puerta, Ben se encontró de inmediato inmerso en el ambiente de esos pequeños *pubs* típicos de Escocia que tanto contribuyen a su reputación. Si no hubiera tenido tanta prisa, no le habría importado invitar a su compañera. Luz cálida, repertorio de canciones recientes adaptadas a gaita y, detrás de la barra, profusión de botellas de *whisky* y de *drambuie* casi vacías. Había algunos clientes en las mesas, normalmente solos, delante de una pinta de cerveza. Ben no se esperaba encontrar tanta gente en un lugar tan perdido.

—Buenas tardes —lanzó a los presentes, sin obtener mayor respuesta que algunos monosílabos soltados maquinalmente.

El historiador notó que todos los clientes eran hombres y que, por lo que podía juzgar, la mayoría eran más jóvenes que él. ¿Qué hacían en aquel lugar perdido de la mano de Dios? Detrás de la barra, un tipo alto en delantal secaba vasos.

—Buenas tardes. Necesito hacer una llamada urgente.

El hombre pareció no comprender. Miró a Benjamin de una forma rara.

Imaginando que su acento inglés podía no ser bien visto por aquellas tierras gaélicas, Benjamin repitió su pregunta, multiplicando las fórmulas de cortesía y articulando más. El camarero se mantuvo en su mutismo, aunque una voz se apoderó de la sala.

—Buenas noches, señor Horwood.

Benjamin se dio la vuelta. Todos los clientes lo miraban, salvo uno. Un hombre con gorra de *tweed*, que levantó lentamente la cabeza.

—Lo esperaba. Tenemos mucho que contarnos.

Al reconocerlo, Ben ni se sorprendió ni se asustó. No le dio tiempo. De pronto encajaban demasiadas piezas del rompecabezas.

69

Ben era incapaz de pronunciar palabra. El profesor Wheelan le hizo un gesto al patrón para que trajera una segunda copa a su invitado. Horwood miró atentamente a su antiguo mentor, apenas más viejo de lo que recordaba, con el cabello blanco perfectamente peinado enmarcando esa cara noble tanto tiempo temida. Puede que ligeramente más delgado, con las mejillas hundidas. El anciano historiador se volvió a poner las gafas y se esforzó por sonreír, juntando las manos como cada vez que tenía un mensaje importante que transmitir.

—Siéntese, muchacho. Le debo algunas explicaciones.

Ben permaneció de pie. Su exprofesor se percató de aquel gesto fatalista, pero no se ofendió.

—Enhorabuena, Benjamin. Me siento muy orgulloso de usted. No me equivocaba al apostar por su talento. Sabía que sería capaz de comprender lo que yo ya había terminado y de prolongarlo. Era el único en poder conseguirlo. Ya durante sus estudios, aquella mezcla de intuición y de inteligencia transversal hacía maravillas. Se ha mostrado a la altura. Salvo en un aspecto: debo reconocer que su ausencia en mi entierro me entristeció.

—Estaré en el próximo.

—Comprendo su enfado. Pero intentemos superarlo. Sin duda,

debe de tener muchas preguntas que hacerme. Estoy aquí para responderle.

—¿Por qué fingió su muerte?

Wheelan replicó sin dudarlo:

—¡Para por fin ser libre! Para actuar en conciencia, libre de este sistema que nos utiliza para su propio interés. Estoy seguro de que usted mismo, a pesar de su juventud, tiene ya esta sensación. La sensación de que haga lo que haga, diga lo que diga, no cambiará nada. Así que ya me he cansado de ver cómo se repite la historia sin que nadie aprenda sus lecciones. ¿No se siente fascinado por lo que ha aprendido desde que se ocupó de mis carpetas? ¿No le abren horizontes inescrutados esos maravillosos conocimientos actualizados? ¿No le apetece borrar de un plumazo esos cuentos corrompidos que se empeñan en repetirnos, para ir hacia una mayor verdad?

—¿Trabaja para los que están robando las reliquias?

Wheelan se echó a reír.

—Qué placer volver a encontrarse con su estilo directo. Sin embargo, la realidad es más compleja que su tajante conclusión. Trabajo para aquellos en los que creo. Nadie me obliga. Al estudiar ese Milagro Original del que ahora usted ya conoce la existencia, se me abrieron los ojos sobre múltiples aspectos. He aprendido a relativizar las supuestas certezas tan generosamente difundidas. A decir verdad, mi erudición solo me sirve para medir hasta qué punto nos confunden.

—¿Qué hace ese submarino en la gruta?

—Tendrá su respuesta. Tendrá todas las respuestas.

El camarero dejó el *whisky* en la mesa y se retiró rápidamente. Con un gesto, el profesor invitó a Ben a beber y le preguntó:

—¿Ha leído mis apuntes?

Benjamin decidió no responder y dejar el *scotch* donde estaba. Wheelan encadenó:

—Conociendo a los agentes del Gobierno, estoy seguro de que se los han entregado y, si no me equivoco, que usted los habrá consultado con suma atención. Sin embargo, tuve la precaución de apartar algunos... Pero ese fue un momento complicado. A partir de hoy, compartiré con usted todo lo que sé. Estoy seguro de que también usted tiene mucho que enseñarme. ¿Ha recibido los resultados de las muestras tomadas en aquella adorable iglesia de York? También estoy impaciente por escuchar el relato de su visita al *kofun* o, mejor aún, el de su inmersión en Abu Simbel. Ha debido de vivir momentos extraordinarios. Yo hubiera sido incapaz físicamente, pero da un poco igual, ya que lo ha hecho usted. ¡Reconozca que es divertido! El alumno y el maestro se vuelven a encontrar para unir sus fuerzas.

—¿Quién le dice que le vaya a ayudar?

—Vamos, Benjamin, usted es inteligente. Los hombres de nuestro temple nunca permanecen indiferentes a los hechos y a los buenos argumentos. Tengo motivos para convencerlo sobre todos los planos: el histórico, el humano y el científico. Ha sabido aceptar lo que ha descubierto sin cernirse al discurso oficial de aquellos que se supone que saben. Va a tener más ocasiones. No se puede imaginar el poder de aquellos que operan en la sombra. ¿No ha adivinado la mano que, a veces, había detrás de quien lo guiaba?

—Lo suficiente como para desconfiar. Aquellos con los que usted colabora intentaron matar a Fanny.

—Un desafortunado error. ¿Quién no los comete? Lo importante es admitirlo.

—¿Cómo sabía que iba a venir aquí?

—No tenía ninguna seguridad, pero lo esperaba. Exactamente igual que usted, a la vuelta de aquella isla perdida paré aquí para hacer una llamada urgente. Un hombre me esperaba, sentado precisamente donde estoy yo esta noche. ¿Quién sabe? A lo mejor le toca a usted esperar a nuestro próximo miembro para convencerlo de unirse a nosotros.

Ben notaba en él la mirada de Wheelan como las garras de un águila aferrando a su presa. Esperaba que a Karen le pareciera que estaba tardando en volver y que terminara por aparecer de improviso con su energía desbordante y con su arma. Ya se la imaginaba tomando el control de aquella situación absurda. La idea de saber que estaba cerca le devolvió el valor.

—¿Qué espera de mí, profesor?

—Quiero que compartamos nuestros descubrimientos. Quiero que podamos continuar nuestros trabajos juntos. Desearía también presentarle a la gente que le facilitará los medios para cargar junto a mí con la ambición de los sabios de Sumeria; hombres que, desde el respeto al espíritu puro de los antiguos, continúan su investigación y su aprendizaje. Ellos no desprecian ni el saber de los inicios de la ciencia ni la alquimia. Con ellos podrá progresar hasta donde usted quiera, con total independencia, lejos de los dictados de este mundo corrompido por el afán de lucro.

—¿En nombre de qué luchan esas personas tan excepcionales?

—En nombre del porvenir. Por lo mejor. Por ideales. ¿Quién es aún capaz de eso hoy día?

Benjamin echó un rápido vistazo en dirección a la ventana. Wheelan se dio cuenta.

—A propósito, ¿cómo se encuentra nuestra encantadora *miss* Holt? —Horwood no respondió—. No ponga esa cara de indignación, yo la conocí antes que usted. Una persona notable. Si lo desea, ella tendrá un sitio a nuestro lado.

Una sonrisa fría se dibujó en la cara arrugada de Wheelan. Era uno de esos rictus que Ben tanto odiaba cuando era estudiante, los aires de suficiencia de quien sabe más que tú, teñidos de una pizca de ironía.

Seguro del efecto causado, el profesor declaró:

—Yo, en su lugar, no contaría demasiado con la intervención de su encantadora guardaespaldas. Mientras hablamos, ella ya está en otra parte, camino del lugar donde usted tiene una cita con la historia.

La idea de que Karen pudiera estar en peligro desencadenó en Ben una ira instantánea. Sin pensárselo, se lanzó contra el profesor; pero antes de que pudiera agarrarlo, tres hombres que había tomado por clientes le detuvieron. El resto de los «consumidores» desenfundaron sus armas y apuntaron sobre él.

Ben se encontró de inmediato aplastado contra el suelo e inmovilizado a la fuerza. Con calma, Wheelan se levantó y se inclinó sobre él.

—Benjamin, no sea estúpido. Usted sabe demasiado. Si decide seguir adelante con nosotros, sería una oportunidad. Si no, sería su maldición. Espero su respuesta.

70

Karen yacía sobre una cama, inconsciente. Benjamin había pasado la noche pendiente de ella, preocupado por la señal de inyección que tenía en el cuello. Aunque cerca de ella, se sentía ausente, lejos. Rara vez había odiado tanto esa sensación. Para matar el silencio y estar más cerca de ella a pesar de todo, le había hablado durante largo tiempo. Aunque este intercambio en un único sentido hubiera resultado frustrante, por lo menos su monólogo le había permitido comprender hasta qué punto la joven contaba para él. Le había hablado de todo –incluso de él mismo–, con una libertad que, por primera vez, no estaba teñida de nostalgia o de arrepentimiento. Sin embargo, en el fondo él no sabía nada de ella, ni de su pasado ni de los que conformaban su vida. Con demasiada frecuencia en su relación, tenía la sensación de que la joven se limitaba a su deber de confidencialidad de agente gubernamental; aunque más allá de las convenciones detectaba en ella otra cosa.

Cuando por lo alto del muro, por la inaccesible rendija horizontal que hacía las veces de ventana, se filtraron los primeros rayos del día, la joven todavía no había vuelto en sí. Ben recibió la llegada del alba como un tortazo: había pasado toda la noche y todavía ningún signo de mejora. La angustia lo invadió. Se puso histérico, pidió ayuda, aporreó la puerta; pero el eco de su escándalo se perdió en el dédalo de esa fortaleza desconocida sin que nadie viniera.

Él ya había visto dormir a Karen, pero todavía no la había visto inerte. No percibir su energía, esa mezcla de profunda convicción y de voluntad, le inquietaba a más no poder. Echaba de menos todo lo que conformaba la personalidad de la joven, empezando por su voz y su mirada, tan brillantes como su mente. Aceptando mal su impotencia para socorrerla, había llevado a cabo el único cuidado que era capaz en tales circunstancias: tomarle el pulso. Eso le había permitido comprobar si su corazón latía con regularidad, pero, sobre todo, sentir el calor de su brazo y tranquilizarse. Esta ridícula distracción médica le había calmado. Incapaz de soltar su mano y de alejarse hasta su propia cama, seguía sentado en el suelo, pegado a la pared, al lado de su cómplice, acariciando sus finos dedos.

Miró por enésima vez a su alrededor. Le había dado tiempo a analizar la celda. Una puerta de acero, un baño sencillo, un mobiliario minimalista de hierro empernado al suelo y pintado del mismo gris que las paredes.

De golpe, en el hueco de su mano, los dedos de la joven se movieron. Fue embargado por el entusiasmo e intentó sacarla de su sopor.

—Karen, ¿me oye? Soy Ben. Se lo suplico, despierte...

Ella gimió, extendió un brazo que chocó contra el hombro del historiador. El contacto la hizo reaccionar.

—Por fin, ya está otra vez aquí —murmuró Horwood—. Madre mía, lo mal que lo he pasado por usted...

Tranquilo, le acarició la frente. Varias expresiones se dibujaron en su cara antes de que ella abriera lentamente los ojos. Karen lo miró como si lo viera por primera vez. Ben la encontró de una luminosa belleza, aunque todavía pareciera que seguía sin reconocerlo. De pronto temió que hubiera perdido la memoria. Ella esbozó una sonrisa.

—¿Estaba soñando o he oído cómo me hablaba? Adoro su voz cuando me suplica...

Ben comprendió que la agente Holt no había olvidado nada de nada. Ella se incorporó con dificultad.

—Tengo sed —dijo simplemente.

Horwood se lanzó al baño y le llevó una taza de aluminio llena de agua. Ella bebió a pequeños sorbos, descubriendo su prisión.

—¿Dónde estamos?

—Ni idea, me vendaron los ojos al salir del *pub*. Solo sé que me metieron en un helicóptero. El vuelo no duró mucho y, al llegar, el viento soplaba en ráfagas. Me ha parecido notar salpicaduras. Quizá la costa o una isla.

—Tenía razón ayer.

—¿Sobre qué?

—Era una noche para que nos abdujeran los extraterrestre.

Se frotó el cuello donde tenía el pinchazo e hizo una mueca.

—Los *klingon** no me habrían hecho tanto daño... En cualquier caso, la próxima vez seré yo la que elija los *pubs* donde parar a llamar por teléfono.

—Ya que estamos con pérfidos reproches, la próxima vez llamaré a profesionales si tengo que identificar un cadáver, porque Wheelan está vivito y coleando.

Esta revelación terminó por sacar a Karen de su letargo.

—¿Cómo es posible? Yo misma validé la identificación de sus restos mortales en la morgue. Todo concordaba, incluso las impresiones dentales.

—Se ve que nuestros adversarios son aún mejores de lo que pensábamos. La cuestión es que hablé con el profesor ayer por la noche. Por cierto, está en plena forma. No comentó nada sobre los que lo han adoctrinado, pero una cosa está clara: está convencido de haber tomado partido por los mejores.

La joven se fijó en el atuendo de Ben.

---

* *Klingon*: principales enemigos de los protagonistas de las primeras entregas de la serie *Star Trek* (N. de la T.).

—¿Qué hace en mono militar?

Ben señaló lo que ella llevaba.

—Usted lleva lo mismo...

Karen bajó la vista hacia su propio atuendo caqui y preguntó inmediatamente con tono suspicaz:

—¿Quién me ha vestido?

—Me han obligado a ponerme el mío al llegar aquí, confiscándome de paso los trapos que me había regalado el Gobierno, mi reloj y mi teléfono. ¿A usted no?

—Estaba drogada. No sé quién me ha puesto esto...

Ben alzó las manos para disculparse.

—Yo no he sido. Nunca me atrevería a desvestirla sin su permiso.

—Por lo general, usted suele soltar ese tipo de bromas pesadas en situaciones desesperadas...

—La situación es grave. Pero no es broma, nunca le habría quitado...

Inmersa en sus pensamientos, Karen ya no lo escuchaba. De pronto, soltó:

—Está claro, nos van a matar.

El comentario dejó helado a Horwood.

—¿Por qué dice algo tan horrible?

—Sea realista. Como agente, soy una amenaza para ellos. El simple hecho de saber que Wheelan todavía sigue vivo me condena. Por cierto, ¿por qué cargarían conmigo? Solo lo necesitan a usted. Yo soy el peón, usted el caballo. No voy a durar mucho. El manual es claro, el que sabe más sobrevive más tiempo. El otro solo sirve para hacer presión sobre el primero.

—A lo mejor no han leído ese manual...

—Ríase, pero mientras tanto, ellos siguen sus instrucciones al pie de la letra. Nos retiran nuestros efectos personales, nos aíslan, nos privan de todo punto de referencia temporal y nos dejan aquí para que nos comamos el coco.

—Casi echo de menos a aquellos brutos que trabajaban para el bueno de Walczac. También echo de menos mi bolsa de pienso para gato...

—Benjamin, no cabe duda de que me van a utilizar para meterle presión. No debe ceder. Hagan lo que me hagan, no se deje manipular.

—Todavía no hemos llegado a ese punto.

—Pero llegaremos rápidamente. Ya verá. No se detendrán ante nada.

—No me gusta oírla hablar así.

—Pero es necesario. Tenemos que vérnoslas con mucho más que profesionales. Los que se me echaron encima cuando lo esperaba en el coche eran claramente expertos en este tipo de operaciones. Soldados, sin duda hechos con el mismo molde que los que intentaron robar la pirámide en Oxford. Esos tíos están entrenados y, todavía peor, están motivados. Están dispuestos a todo con tal de asegurarse el tanto. Los mercenarios no se suicidan como lo hizo el prisionero de Oxford. Estos tipos actúan por una causa en la que creen. Esos son los peores enemigos.

—Ayer por la noche, cuando el profesor me anunció que ya la habían hecho prisionera, quise romperle la cara. No me había dado tiempo a plantarle la mano encima, cuando ya tenía tres tipos rodeándome.

—¿Quiso romperle la cara? Qué mono.

—Eso, ríase de mí.

De pronto, Karen observó la habitación con suspicacia. Susurró:

—¿Por qué nos han dejado juntos? Lo lógico sería que estuviéramos separados.

Ben iba a responder, pero ella se lo impidió poniéndole el índice en los labios. Con uno de esos movimientos que solo ella era capaz de hacer, se sentó delicadamente en el borde de la cama. A continuación, deslizó suavemente su mano por detrás de la cabeza del historiador para acercarlo a ella. Este gesto casi tierno, por no decir íntimo, tenía algo de incongruente, sobre todo en el contexto de su cautiverio. En otras circunstancias, podría haberse tratado de la expresión de un sentimiento amoroso. La confusión se apoderó de Horwood cuando Karen se inclinó para murmurarle al oído:

—Nos están espiando. Esperan grabar nuestras conversaciones.

A pesar de la sencillez de esas dos frases, Ben no comprendió ni la mitad de lo turbado que estaba. Sentir la mejilla de Karen rozar la suya, el contacto de su piel mientras su aliento le calentaba el cuello le impedían pensar. Nunca sus caras habían estado tan cerca. Estaban tan juntos que su pelo se enredaba.

Ben se apartó ligeramente para volver en sí. Karen, por su parte, pensó que él iba a hacerle una confesión, pero este se contentó con darle un beso en la comisura de los labios, susurrando:

—A veces sucede que mi cuerpo actúa por libre, aunque mi cerebro esté cautivo.

Al cruzar la mirada con la de la joven, Benjamin comprendió de inmediato que, en el mejor de los casos, ella no estaba receptiva, y, en el peor, que estaba sorprendida. Reculó y cambió rápidamente de tono:

—Lo siento, no sé lo que me ha pasado. Mi comportamiento es del todo inapropiado. Le ruego que me perdone. Me contentaré con seguir soltando pullas. Siéntase libre de pegar su cabeza a la mía para murmurarme lo que quiera, le prometo que mantendré una actitud completamente profesional.

Una vez pasada la sorpresa, Karen le dedicó una resplandeciente sonrisa, acompañada de un guiño.

—No tiene derecho a jugar conmigo —protestó Ben—. Es cruel.

Ella le señaló la abertura en lo alto del muro y se volvió a acercar a él.

—Abráceme, señor Horwood... Y aúpeme para que suba a ver lo que podemos descubrir. —Después, sujetándole con delicadeza la cara entre sus manos, añadió—: ¿Así que solo le interesan las momias, las estatuas y los perros?

Horwood se esforzó en contener el ciclón que recorría su cuerpo. Se tensó para bloquear toda manifestación de emoción y, volviendo a levantarse, vacilante, recuperó la compostura con la misma gracia que un artista de circo borracho como una cuba.

Con media sonrisa, Karen apoyó el pie en el hueco de las manos de Ben y después se aupó hasta encaramarse en sus hombros. Se puso de puntillas para ver mejor, haciéndole polvo con ello. Ben apretó los dientes de dolor, pero no era cuestión de quejarse.

Cuando volvió a bajar, a Benjamin le dolía, pero se rio. De manera bastante poco responsable, se sentía mucho más feliz haciendo acrobacias con Karen –a quien aquel mono le iba francamente bien– que pensando en los peligros que corrían. Ella casi se pegó a él para murmurarle:

—No he visto gran cosa, aparte de rocas y aves marinas. Sin embargo, la forma de la ventana y el espesor del muro me hacen pensar en un blocao.

El ruido de la apertura de los cerrojos de la puerta no les dejó tiempo para seguir hablando.

71

En el corazón de un paisaje escarpado y salvaje, el estrecho sendero subía dominando el mar. Bajo un cielo resplandeciente, la extensión azul estaba moteada por innumerables puntas de inmaculada espuma. A medida que el viento se iba calmando, el olor de la turba se mezclaba con los perfumes de alta mar. Entre los soplos de brisa, Benjamin sentía los rayos del sol calentarle la cara. Delante de él, un hombre encabezaba la marcha.

—Disfrute de este tiempo magnífico, señor Horwood. El encanto y la fuerza de este lugar único están sujetos a su meteorología: unas veces es el paraíso y otras el infierno, y así varias veces al día. Nunca da tiempo a acostumbrarse. Siempre hay razones para ponerse a cubierto o salir, para temerlo o para maravillarse. Estas tierras vírgenes nos ofrecen sin cesar las dos emociones más extremas que existen. Es un entorno demasiado exigente para aquellos que aspiran a una vida fácil, pero un excepcional crisol para aquellos que están convencidos de tener algo que hacer con su existencia.

—¿Dónde me está llevando?

—Allá donde podrá comprender.

Benjamin seguía a su guía observándolo exactamente desde el mismo ángulo que durante su breve encuentro en la subasta de Johannesburgo. Tres cuartos de espalda, ofreciendo la misma visión de aquel pelo tan brillante y bien peinado que podría tratarse de una peluca. En esta ocasión, el hombre ya no llevaba un traje de excelente corte, sino un espeso jersey de lana con coderas de cuero y un pantalón de pana que le proporcionaban el aspecto rústico de un *gentleman*-granjero. Tenía que estar jodidamente seguro de sí mismo para ir solo y, aparentemente sin arma, en compañía de Benjamin, que podía moverse libremente. A falta de atacarle, Horwood se planteó escapar si el terreno se volvía más favorable.

La pendiente ascendente se acentuó, el sinuoso trazado del camino se deslizó entre relieves de granito y bellas extensiones de brezo.

—¿Piensa reclutarme como ha hecho con el profesor?

—Eso espero. Su pericia nos sería muy útil en nuestro grupo, pero soy realista. Su formación y su recorrido no le han preparado para nuestro encuentro. Lo sé y lo respeto.

—¿Secuestra de esta forma tan brutal a todos aquellos por los que siente respeto?

—¿Me habría escuchado de no ser así? Tenemos que aprender a conocernos, a socializar. No se trata de forzarlo. Sin duda debe de tener preguntas, quizá quiera expresarnos sus condiciones. Nosotros estaremos para escucharle.

—Cada hombre tiene su precio, ¿no es así?

—Prefiero pensar que cada hombre tiene sus razones. El dinero nunca es un fin en sí mismo, salvo para los imbéciles, que no es su caso.

El sendero se bifurcó, ofreciendo un panorama completamente cambiado. Benjamin soltó:

—¿Cómo podría yo trabajar con alguien del que ni siquiera conozco el nombre?

El hombre se volvió de inmediato y lo miró a la cara, sereno. Todavía más en este entorno duro que en el refinado de la sala de subastas, su mirada límpida resultaba impresionante, casi intimidatoria. Ben y él debían llevarse solo algunos años.

—Me llamo Kord Denker —anunció, tendiéndole la mano.

Ben no la apretó y, mirándole directamente a los ojos, enumeró con calma:

—Nathan Derings, Nikolai Drenko, Nies Debner, Nino Daelli... ¿Por qué este nombre debería ser más auténtico que los otros?

—Porque el profesor me ha prevenido de que ser honesto con usted era la única manera de convencerlo.

—¿Por qué todos sus nombres falsos empiezan por las iniciales N. D., al contrario del que se supone que es el suyo?

—Cada uno otorga a sus afecciones el lugar que puede en su vida. Suelo tener que necesitar asumir todo tipo de identidades, pero al utilizar las iniciales de mi madre, me gusta la idea de rendirle homenaje, al tiempo que continúo fiel a mí mismo.

No sin afán de provocar, Ben preguntó:

—¿Se siente orgullosa de lo que usted hace?

El hombre respondió con calma y seguridad:

—No tuvo la ocasión de ser testigo. Ella se sacrificó para que yo pudiera crecer y seguir a nuestra familia, a la que calificaría, sencillamente, de disfuncional. Ella fue mi escudo, mi filtro entre la parte infernal de nuestra herencia y la fabulosa oportunidad que esta suponía. Es en su honor que elegí llevar su nombre y no el de mi padre. Pero, para responder a su pregunta, creo que ella aprobaría mis elecciones.

—¿Incluidos los medios violentos que no duda en utilizar?

—¿Es a un historiador al que tengo que recordar que incluso las intenciones más nobles causan siempre, por desgracia, algunas víctimas inocentes? —Denker se tomó su tiempo antes de añadir—: Sin embargo, en lo que a mí respecta, no dudo ni por un instante que su madre debe estar muy orgullosa de usted. Espero que vuelva a verla pronto. ¿Sigue viviendo en esa encantadora casa cubierta de glicinias, cerca de Watford?

Benjamin se esforzó en controlarse. Denker volvió la mirada hacia alta mar y le confió en un tono más íntimo:

—Le envidio por poder abrazarla todavía. Le deseo con todo corazón que pueda hacerlo por mucho tiempo. Su madre, como la mía, se casó con un hombre por amor, y se dio cuenta más tarde de que no era como parecía ser. Yo aprendí la lección. Me imagino que usted también...

Denker se volvió a poner en marcha, dejando a su invitado perdido en sus pensamientos. Ben estaba dividido entre los sentimientos paradójicos que le inspiraba aquel individuo. El hombre desprendía un innegable carisma, y su intelecto podía seducir. Pero cuando Benjamin pensaba en todo lo que este posible cerebro de operaciones comando criminales sabía de él y de su familia, no se imaginaba hasta qué punto corría el riesgo de que pudiera utilizarlo. Ben le dejó tomar un poco la delantera para observarlo mejor. Vestido como un hombre de cierta edad, pero caminando con la elegancia felina de un deportista perfectamente entrenado. Un tono ponderado y un absoluto dominio de su vocabulario; pero una entonación y una mirada que traicionaban su energía interior, incluso su rabia. Como mínimo, se podía decir que Denker escapaba a los estereotipos.

Aunque el sendero continuaba, el amo del lugar se volvió para esperar a aquel que, a pesar de las buenas formas, seguía siendo su prisionero.

—Sé que ha tenido una noche corta. Tranquilo, no estamos muy lejos. En lo que respecta a su hospedaje, voy a dar instrucciones para que *miss* Holt y usted estén alojados de la manera más cómoda posible.

Aunque se expresaba con una dicción cuidada que probaba su excelente educación, el hombre no daba muestras de ninguna afección, de ningún manierismo. Ben aceleró el paso, decidido a abordar directamente el tema.

—¿Para qué quiere todas esas antigüedades?

—Ahorrémonos las circunvoluciones inútiles, señor Horwood. Sabe perfectamente que me interesa el Milagro Original.

—Perfecto, ahorremos tiempo. ¿Por qué está poniendo tanto empeño, hasta el punto de ocasionar algunas «víctimas inocentes»?

—En nombre de un sueño. Para retomar el control de un mundo que se pierde. Necesitamos el secreto de aquel milagro para llevar a cabo otro, y para combatir a los que nos están ahogando y nos están conduciendo a nuestra perdición. El experimento de los sabios sumerios nos brinda esta oportunidad. Gracias a ese poder, garantizaremos que el progreso ya no sea únicamente una fuente de lucro. Gracias a esa fuerza, podremos impedir que las empresas y que los gobiernos esclavicen cínicamente a aquellos a los que se supone que deberían ayudar. Gracias a esa energía, detendremos a los que destruyen para producir siempre más. Es necesario, porque el tiempo vuela. Estamos a la espera. Nuestro medio ambiente se degrada más rápido de lo que progresan las mentes. Si nadie hace algo, desapareceremos antes de haber corregido los errores que algunos persisten en cometer por puro egoísmo. Para que un futuro sea posible, deben imponerse otras fuerzas. Es necesario que ellas superen las malas excusas y las promesas vanas. Ante la potencia de este milagro, los que se ocultan detrás de los ideales, para pervertirlos mejor, deberán doblegarse.

—Reconozco que siempre he tenido debilidad por los ideales. ¡Menudo programa! No me disgusta, aunque sin intención de ofenderle, lo encuentro un pelín ingenuo.

—¡Y qué importa! Cada uno puede pensar lo que quiera, eso no me impide eliminar a aquellos que se cruzan en mi camino y continuar avanzando. Tengo los medios.

—¿Quién le financia?

Denker soltó una carcajada sincera.

—El profesor me había prevenido de que usted podía ser muy directo.

—Nada de circunvoluciones entre nosotros, señor Denker, usted mismo lo ha dicho. Sus espectaculares operaciones y los hombres tan entrenados que emplea deben de costarle una fortuna. ¿Quién paga?

El hombre volvió atrás para acercarse a su interlocutor. Como si compartiera un secreto, murmuró:

—El diablo, señor Horwood. El diablo me paga todo lo que quiero. Un día de estos, si es bueno, le llevaré a su tumba.

72

Al llegar al punto más elevado, la vista era sorprendente. Para abarcar el paisaje, Benjamin giró lentamente sobre sí, con la sensación embriagadora de descubrir un nuevo continente.

—Bienvenido a la cima de mi humilde reino —bromeó Denker con énfasis asumido.

—¿Estamos en una isla?

La esperanza de escapatoria de Horwood se fue a pique, en el sentido literal de la palabra. Aunque a lo lejos se perfilaran otras tierras, realmente estaban demasiado lejos como para que pudiera pretender alcanzarlas por sus propios medios.

—Crecí aquí —explicó Denker—. Los primeros diez años de mi vida sin salir de estas costas. No me quejo. Por estos senderos corría con mi perro. En estas aguas tumultuosas aprendí a nadar y a pescar. En las cavidades de aquellas jugué al escondite. En los bosques que vislumbra ahí abajo aprendí a no tener miedo de la oscuridad. Aquí, aprendí a perderme y a volverme a encontrar. Aquellos con los que vivía me formaron, me entrenaron, mientras que mi madre me protegía con su afecto. En contacto con ellos, descubrí lo dura que es la vida, su verdadera belleza, y lo que tenía en el vientre.

—¿Nunca una sesión de cine con amigos o un restaurante con la novia? Le compadezco.

—Quédese su piedad. Nosotros teníamos nuestra propia sala de proyección y yo no era el único alumno de esta fabulosa colmena. Puedo asegurarle que no me han faltado ni camaradas ni novias, ¡y bien guapas que eran! Pensándolo bien, nunca me he sentido tan libre como en esta isla. Pronto tuve la ocasión de comparar mi pequeño universo con su vasto mundo, y no tiene nada que envidiarle. Sus campeones no me impresionan.

Benjamin intentaba situarse geográficamente.

—Estamos frente a Escocia, ¿no? Al oeste o al norte. A no ser que su posición sea secreta...

—Nos encontramos en el archipiélago de las Shetland, en una isla privada que, oficialmente, alberga un laboratorio de biología marina y una reserva natural. Suficiente para mantener a los inoportunos a una buena distancia. —La sinceridad de la respuesta sorprendió a Horwood. Apuntando al horizonte, Denker señaló—: Tan solo ayer, usted se encontraba a unas millas náuticas más al sur, en otra de esas islas olvidadas por los hombres.

—¿Nunca ha dejado de vigilarnos?

—Si usted hubiese tenido los medios, habría hecho lo mismo.

Más abajo, subió el estruendo, rápidamente amplificado por el eco. Un helicóptero despegaba del flanco de la isla. No muy lejos del lugar donde se estaba elevando la máquina, Ben divisó un conjunto de edificios discretamente integrados en los relieves naturales. Algunos parecían fortificados, como lo había supuesto Karen. En una colina vecina, ovejas, poco impresionadas por el ruido del aparato, avanzaban tranquilamente en diagonal, esquilando metódicamente sus prados. Más allá, en un camino que bordeaba un murete de albarrada, una formación de una docena de hombres corría en ropa deportiva. La isla ofrecía cantidad de decorados de una sorprendente variedad, de los que era imposible percibir las zonas más altas. Un paraíso protegido. Recorriendo la vista, Horwood se fijó más abajo en un espolón sobre el que se alineaban algunas lápidas frente al mar. El helicóptero ya no era más que un punto en el horizonte.

—No me extraña que nunca hayan conseguido localizarlo —comentó—. Ha habilitado una verdadera base lejos de toda civilización.

—¿Está seguro de que el mundo del que usted proviene se merece todavía el nombre de «civilización»?

—Sería un duro debate. Empiezo a comprender por qué se lleva tan bien con Wheelan. Me contó que su primer encuentro con usted tuvo lugar justo después de que descubriera el submarino oculto en las grutas de Papa Stour. Exactamente como yo. Me cuesta creer que fuera el azar. ¿Qué relación hay entre usted y ese U-Boot alemán?

—Tengo que reconocer que me ha impresionado en ese sentido. Yo conduje al profesor para que lo descubriera, pero no tenía previsto que usted lo consiguiera por sí solo.

—No ha respondido a mi pregunta, señor Denker. ¿Es usted descendiente del Reich?

—Desde un punto de vista ideológico, en absoluto. Pero no puedo negar lazos de sangre. Mi familia llegó aquí gracias al sumergible que usted ha descubierto.

Horwood se puso tenso.

—¿Usted es alemán?

—Tan británico como usted. —Ben estaba desconcertado. Denker se dio cuenta y no se lo pensó dos veces—: Parece sorprendido. Para encajar en la idea que había empezado a hacerse de mí, quizá debería marchar con el paso de la oca, hacer el saludo nazi y hablar con ese acento ridículo que caricaturiza a los alemanes según el cliché en el que los encerraron finalizada la guerra.

—No he pensado nada de eso. Mi profesión y algunas experiencias recientes me han enseñado a desconfiar de las ideas preconcebidas. Primero estudio los hechos, y después saco mis conclusiones.

—Mejor. Entonces es capaz de mantenerse al margen de las mentiras que la versión elaborada por los «vencedores» difunde sobre el Reich.

—No me intente convencer de que los nazis constituyen una

raza superior, que Hitler era un visionario incomprendido y ese tipo de chorradas. No olvide que he leído unos cuantos libros, incluidos algunos que sus amiguitos intentaron quemar.

—Ninguno de esos bárbaros era mi amigo. Hitler era un enfermo neurótico, cuyos delirios de odio prendieron fuego a Europa.

—No olvide añadir a su cuenta los millones de inocentes sobre los que se ensañó por el solo hecho de ser judíos, homosexuales o, simplemente, por haber decidido vivir libremente.

—Eso ya lo sé —respondió secamente Denker—. No se imagina hasta qué punto. No apoyo de ninguna manera sus actos, pero tampoco estoy de acuerdo con el cinismo con el cual los que salieron victoriosos han sacado provecho de sus excesos y de sus crímenes. El nazismo era un cáncer que proliferó porque los tejidos que había dañado se estaban desintegrando. La quimioterapia funcionó, ¡mejor!, pero como siempre ocurre con este tipo de tratamiento, uno se pregunta si, quizá a largo plazo el remedio no fue peor que la enfermedad. ¿Cuántas fortunas se construyeron sobre el sufrimiento que engendraron los nazis? ¿A cuántos intereses sirvieron, hipócritamente, todas esas vidas destruidas? ¿Cuántos imperios, aún hoy florecientes, fueron construidos sobre sus vergonzosas huellas? ¿Dónde está la justicia? ¿Quién puede jactarse de su integridad? ¿Por qué los americanos hicieron de Wernher von Braun, el inventor de los revolucionarios propulsores de misiles V2 que causaron tantas muertes y tantas pérdidas, uno de los principales directores de su NASA, en lugar de llevarlo a los tribunales? ¿Por qué el nombre del amigo de Hitler que confeccionó los uniformes nazis es hoy día sinónimo de lujo y de ropa a la moda? ¿Por qué las firmas que hicieron fortuna sobre el horror de los acuerdos de guerra y sobre la explotación hasta la muerte de mano de obra en campos de concentración son hoy día mundialmente admiradas y citadas en los modelos económicos? Cada día me quedo estupefacto al descubrir el número de dignatarios nazis que, después de la guerra, escaparon a esta parodia de justicia que se cristalizó en un puñado de ejemplos para sacar más provecho de lo que aún podía servirles en otro lugar.

Todavía siento náuseas al ver que muchos de los criminales de guerra fueron contratados en los ámbitos más variados, mientras tanta gente lloraba a sus muertos. ¿Sabe que el fundador de las Juventudes Hitlerianas salió del paso con una «desnazificación» y con una multa, antes de convertirse en un reputado especialista del comercio con los países del Este? ¿Le parece a usted justo y digno? ¿Le parece normal que sea, según sus propias palabras, «un descendiente del Reich» quien se sienta ofendido por ello, mientras que el resto del mundo se calla para sacar provecho? De todo esto, solo extraigo una lección, señor Horwood: el honor no es más que, en el mejor de los casos, la fachada de los intereses.

Mientras que en el cielo las nubes se habían acumulado rápidamente sin que se dieran cuenta, Denker miró con desprecio a Benjamin.

—Viniendo de un historiador, me siento bastante decepcionado por su falta de rigor.

—Sea más preciso.

—Me ha preguntado mi apellido, pero no sabe quién soy. Usted, que le encanta descubrir la verdad de la historia, escuche los hechos y decida.

—Eso no cambiará lo que pienso.

—Juzgue usted mismo. Mis hombres han encontrado dos retratos de mi abuelo en el maletero de su coche. Los ha robado de su submarino.

73

Presentación comparada de las versiones de la muerte y supervivencia de Adolf Hitler, por el profesor Ronald Wheelan.

Para mayor claridad, presentaremos sucesivamente los dos escenarios, comenzando por la versión oficial, a fin de que cada cual pueda forjarse su propia evaluación de credibilidad con respecto a ellos.

Versión histórica:

Las últimas imágenes que se conocen de Adolf Hitler fueron realizadas al final de la mañana del 20 de abril de 1945, en el tribunal de la cancillería de Berlín, mientras pasaba revista a un destacamento de jóvenes reclutas destinados a la defensa de la ciudad, en vista de la aproximación del Ejército Rojo. Es ese mismo día cuando, según la que fuera su secretaria personal durante doce años, Christa Schroeder, organiza la huida de muchos de sus colaboradores cercanos, incluida ella. Esto demuestra que él es plenamente consciente de la ineluctable llegada de los rusos. Durante los siguientes diez días, entre el 20 y el 30 de abril de 1945, fecha de su suicidio, el Führer no hará ninguna aparición oficial ni pública, como tampoco se realizarán fotos o películas.

El 30 de abril de 1945, entre las 14:30 h y las 16:00 h, según los varios testigos presentes en el lugar, en la zona más profunda y segura del búnker subterráneo que había hecho acondicionar bajo la cancillería y los jardines, Adolf Hitler puso fin a sus días, en compañía de Eva Braun, con la que se había casado dos días antes. Aunque inicialmente había optado por un suicidio por ingesta de cianuro de potasio, veneno que había probado la víspera en su perra Blondi, se pega un tiro en la cabeza en un sofá, el cual se fotografió manchado de sangre, pero sin el cadáver. Se encontraron dos Walther a sus pies, uno del calibre 7,65 mm cerca de su pie derecho, y otro del calibre 6,35 cerca de su pie izquierdo. Entre otros, aseguraron haber visto el cadáver de Hitler: Heinz Linge (SS-Obersturmbannführer, mayordomo y jefe de servicio personal de Hitler), Martin Bormann (antiguo enlace entre Hitler y Rudolf Hess, secretario del Führer desde 1943), Joseph Goebbels (todopoderoso ministro de Ilustración Pública y Propaganda del Reich, entre otros), Hans Krebs (jefe de Estado Mayor del Ejército de Tierra), Artur Axmann (fundador del primer grupo de las Juventudes Hitlerianas, jefe de las juventudes del Reich), Johann Rattenhuber (SS-Gruppenführer, jefe de las fuerzas especiales de Hitler) y Otto Günsche (ayudante personal de Hitler). Oficialmente, no existe ningún documento gráfico de los cuerpos sin vida.

Conforme a sus últimas instrucciones, sus restos mortales, los de la mujer que se había convertido en su esposa dos días antes, y los de su perra, fueron incinerados en el patio de la cancillería para evitar que pudieran ser recogidos y exhibidos como trofeos por los rusos, ya muy próximos.

Cuando, tras traspasar las últimas líneas de defensa y los focos de resistencia de Berlín, las tropas del Ejército Rojo invaden la capital, sumida en un caos absoluto, su principal objetivo —asignado por el mismo Stalin— es capturar vivo a Hitler. Toman la cancillería, cercada por todas partes, y acechan al jefe derrotado. Solo después de horas de búsqueda se descubren, en el cráter de un obús, los supuestos cuerpos calcinados de Hitler, Eva Braun y la perra. Aproximadamente trece horas después del disparo fatal que Hitler se da en la sien dere-

cha, Iósif Stalin, secretario general del Partido Comunista de la Unión Soviética, es informado de la muerte con un telefonograma confidencial del mariscal Gueorgui Zhukov. Pese a la ausencia de pruebas irrefutables, la desaparición del enemigo del mundo libre es oficialmente proclamada, y la noticia se difunde, privando a sus adversarios y a sus víctimas de su legítimo deseo de someterlo a la justicia. Los servicios secretos soviéticos se hacen con los restos calcinados y, tras una serie de análisis post mortem *en los que mantienen al margen a los Aliados, estos son enterrados en absoluto secreto en el corazón del bosque de Rathenow. Tiempo después, serán exhumados bajo órdenes de Stalin, quien, dudando cada vez más de la desaparición de Hitler, desea someterlos a un nuevo examen. A falta de pruebas científicas y de referencias fiables en la época (tipo ADN), estas nuevas autopsias tampoco aportarán resultados concluyentes. Las sospechas de Stalin en relación a la huida secreta de Hitler son tales que ordena retomar la investigación, movilizando para ello a todas las ramas de los servicios secretos soviéticos. Estas competirán entre sí, generando una rivalidad para garantizar, supuestamente, eficacia y rapidez. A su exclusiva atención se le enviará un voluminoso informe, dirigido por el teniente coronel Fiódor Karpovitch Parparov, basado principalmente en los interrogatorios de los allegados del Führer que habían sido detenidos, entre los que destacan Otto Günsche, el ayudante personal de Hitler, y Heinz Linge, su mayordomo. Los dos hombres serán detenidos en secreto e interrogados durante años por los servicios secretos soviéticos, el NKVD. Lo que queda de los restos mortales de la pareja Hitler se coloca a continuación en una única caja y, esta vez, se entierra cerca del patio de una fábrica en Magdeburgo. De nuevo desenterrados en los años setenta, los restos serán finalmente incinerados en su totalidad. Aunque ningún testigo directo lo pueda atestiguar, se dice que las cenizas fueron echadas a las alcantarillas. Sin embargo, los rusos conservaron algunos efectos personales del líder nazi, como un uniforme y una pistola. El conjunto fue expuesto en el 2000, en una exposición que contenía, además, un fragmento de cráneo perforado por bala, presentado como de Hitler, aunque análi-*

sis posteriores demostraron que ni siquiera se trataba de un cráneo masculino. Numerosas voces se alzaron para denunciar la versión del suicidio, imaginando toda clase de alternativas y conspiraciones. Entre las menos rocambolescas se encuentra el testimonio que, basado en fotos borrosas, defiende que Hitler consiguió huir a Argentina, donde fue arrestado por agentes de la CIA en los años cincuenta. Citamos también otra versión, apoyada por inquietantes coincidencias, que propone que el Führer habría sido capturado vivo por los rusos, para después ser reubicado secretamente en condiciones muy ventajosas, a cambio de ciertos secretos técnicos vinculados a los inventos nazis, de los que la URSS se habría servido para el desarrollo de su programa espacial. A día de hoy, objetivamente, ninguna prueba irrefutable determina que Adolf Hitler se hubiera suicidado el 30 de abril de 1945. El hecho es que solo los testimonios de sus antiguos cómplices acreditan esta tesis. Ninguno de los que fueron llevados a los tribunales, ni siquiera en el juicio de Núremberg, lo negará.

Versión reconstruida a partir de los documentos en posesión de Kord Denker:

El 17 de abril de 1945, al inicio de la tarde, cuando una serie de victorias rusas vienen a confirmar la entrada del Ejército Rojo en Berlín, los colaboradores más cercanos a Hitler, congregados en la sala de reuniones de la extensión del búnker de la cancillería, consiguen convencer al Führer de que huya para garantizar un porvenir al Reich que él representa.

Once personas están al corriente de esta decisión, que llevará el nombre de Operación Fénix. Entre ellos se encuentran Heinz Linge (mayordomo y jefe de servicio personal de Hitler), Martin Bormann (secretario desde 1943 y antiguo enlace entre Hitler y Rudolf Hess), Joseph Goebbels (ministro de Ilustración Pública y Propaganda del Reich), Hans Krebs (jefe de Estado Mayor del Ejército de Tierra), Artur Axmann (jefe de las Juventudes del Reich), Johann Rattenhuber (jefe de las fuerzas especiales de Hitler) y Otto Günsche (ayudante personal de Hitler).

El 20 de abril se inicia la Operación Fénix. La fecha se eligió para que coincidiera con el cumpleaños de Hitler, que celebraba sus cincuenta y seis años. Conforme al plan establecido, Hitler efectúa su última aparición pública bajo el objetivo de los fotógrafos. Por la noche, Hitler, su pareja y su perro son evacuados durante un cambio de guardia, y dejan la ciudad en un vehículo de transporte de tropas. Dadas las circunstancias, Hitler se afeita el bigote, aunque se niega a vestir un uniforme que no sea el suyo. También lleva un abrigo largo de cuero de las SS. Como única concesión a su vestimenta, acepta llevar un casco. Eva se viste de oficial y sujeta la correa del pastor alemán hembra de su marido. Escoltados por dos agentes especiales elegidos conjuntamente por Axmann y Rattenhuber, circulan en un falso furgón de asistencia médica, que será incorporado a un convoy de tropas, sin que se advierta a ningún mando de su presencia. Al mismo tiempo, uno de los dos sosias del Führer contratados ocupa su lugar junto a los últimos fieles que siguen en juego y que evitan que nadie se le acerque. Oficialmente, Hitler está cansado y reflexiona sobre las opciones políticas y militares que aún le quedan. A partir de esta fecha, nadie más conseguirá ponerse en contacto con él o encontrarlo en la cancillería.

El 23 de abril, a las 18:20 h, el almirante Karl Dönitz (comandante jefe de la flota submarina desde 1939, posteriormente nombrado comandante jefe de la temible Kriegsmarine) recibe al Führer en la base naval de Kiel, implantada en el mar Báltico y situada a unos doscientos kilómetros al noroeste de Berlín. Dönitz ha seleccionado personalmente a la tripulación que escoltará a Adolf Hitler, Eva Braun y a más de cincuenta soldados de élite del batallón personal del Führer, hasta un destino donde ni los rusos ni los Aliados los buscarán jamás. Esa misma noche, mientras que Berlín solo resiste por un honor ya perdido, tres U-Boote aparecen. A las 23:17 h, abandonando el gigantesco búnker Kilian que los alojaba en el puerto, se hacen a la mar el U-296, comandado por Karl-Heinz Rasch, con cuarenta y dos personas de la tripulación, desaparecido de los sistemas de vigilancia de los

Aliados desde el 12 de marzo; el U-396, que ya había efectuado las rutas entre las islas Feroe y las Shetland un mes antes, con una reducida tripulación para recibir a las tropas de élite de Hitler; y el U-398, con apenas tripulación por el mismo motivo. La operación es arriesgada, pero no es posible otra elección ni por tierra ni por aire.

Los tres submarinos remontan las aguas danesas para zarpar hacia el oeste de Escocia, donde sus colaboradores deben abastecerlos, ignorando totalmente la naturaleza del viaje. En efecto, los tres submarinos no pueden contar con la base secreta planificada inicialmente entre Irlanda y Escocia, base contemplada desde 1941 y para cuya localización Rudolf Hess emprendió vuelo la noche del 10 de abril, antes de ser abatido por las defensas antiaéreas, con las consabidas consecuencias.

Los tres U-Boote emprenden rumbo con unas cuantas millas de separación entre ellos, cuando el U-396 que navega entre los otros dos es alcanzado por el destructor inglés HMS St. James, que se dirigía hacia el este de las Orcadas. Tras una persecución, en la cual al navío británico se unen refuerzos, el U-396 es hundido. El U-398, que lleva a Hitler, es tocado. Una vez esquivados los navíos británicos, gracias a profundas inmersiones que simulan su pérdida, se organiza una increíble operación de transbordaje en alta mar. Hitler, su mujer, su perro y una treinta de sus soldados de élite se embarcan a bordo del único submarino todavía intacto. El U-296 retoma su rumbo, mientras el U-398 se sacrifica y parte como señuelo para alejar a los patrulleros.

Al final de un periplo de alto riesgo, y considerando que el retraso que acumulan no les permite llegar a tiempo a su encuentro para el abastecimiento, el comandante del U-296 decide llevar el submarino cerca de los arrecifes de Papa Stour, lugar al que no se aventuran las flotas aliadas. Este respiro les dejará tiempo para adaptar su plan inicial, comprometido por las nuevas circunstancias, y para comunicar las nuevas instrucciones. Después de dos días, perdido todo contacto con el equipo de avituallamiento y privado de apoyo logístico, queda claro que el sumergible, totalmente aislado, no podrá retomar rumbo al mar sin incurrir en riesgos demasiado importantes. *El comandante decide esconder el U-Boot en la cueva más grande y lo encalla voluntariamente. A la espera del hipotético envío de un nuevo submarino, los soldados de élite SS toman el control de un islote casi desértico situado en la parte más al norte del archipiélago, con el fin de consolidar su posición. Los comandos alemanes invaden una antigua batería de cañones fortificada y desarmada tras el desembarco. Eliminan y reemplazan a los pocos guardas y a los escasísimos habitantes de la isla. Hitler, su mujer y su perro serán conducidos allí el 1 de mayo, mientras que el mundo tiene los ojos puestos en Berlín, que celebra el fin del líder supremo del Reich. Todos los que se supone que han sido testigos de su muerte en el búnker acuerdan una versión, aunque las diferentes técnicas ponen en duda la coherencia del conjunto. La esposa de Goebbels, Magda, que se ha enterado del cambiazo y que para garantizar su supervivencia y la de sus hijos amenaza con hablar, es asesinada junto a ellos.*

En el momento de abandonar su inmenso despacho de la cancillería, Hitler se cuida de llevar consigo la carpeta verde en la que se detallaban todos los escondites del oro y de los objetos de valor diseminados por sus servicios secretos en Francia, Suiza y Alemania, así como por numerosos países del este. También coge una libreta negra con sus iniciales grabadas, en la que nadie sabe que escribe desde hace años. Este no es el único secreto del Führer. Eva Braun Hitler está embarazada. Ocho meses más tarde, al norte de Escocia, en un islote perdido que la pareja ya no puede abandonar, da a luz un hijo, Dietrich Wilhelm Hitler.

Atrapado en su isla por la desaparición del Reich, y privado de recursos operativos que le permitan huir hacia Sudamérica, Hitler no deja de adecentar sus instalaciones, mientras reconstruye sus redes. Nadie le buscará jamás donde están sus peores enemigos, en una de las regiones más inhóspitas que existen. Aunque a lo largo de los años él carece de la capacidad de maniobra para resucitar el Reich, algunos de sus allegados sí que sueñan con ello, y la lucha por su sucesión se hace violenta. El 11 de diciembre de 1961, a la edad de setenta y dos años,

Adolf Hitler muere por complicaciones de una neumonía. Eva le sobrevivirá tres años más. Dietrich Wilhelm tiene dieciséis años cuando muere su padre. Lo ha conocido solo, aislado y, con frecuencia, amargado. El joven es enviado a los mejores colegios ingleses, bajo el nombre de Ned Burelein (anagrama de Neue Berlin, «nuevo Berlín», reforzado con la D, de Deutschland, la madre patria). Allí coincide con Nancy Denker, a la que desposa antes de llevarla a la isla que, de ahora en adelante y gracias a documentos falsos, será reconocida como antigua posesión familiar. Allí es donde le confiesa su identidad. Ante el evidente riesgo de traición, a Nancy no se le autorizará a abandonar la isla. Pese a ello, tendrán dos hijos, Kord y luego Eva, dos años menor.

Ben dejó las hojas en la mesa de madera maciza, y se recostó contra el respaldo de la silla, suspirando. El impacto provocado por la lectura le hacía flotar. Aunque no hubiera descubierto el submarino y la isla, la versión de Denker le seguiría pareciendo más factible.

En el corazón de aquella extraña biblioteca, instalada en una antigua casamata de artillería, el pasado y el presente se confundían. Las consignas militares pintadas con plantilla coexistían con las obras de arte más delicadas. Al cerrar los ojos, Ben se acordó de pronto de que, para uno de sus primeros trabajos en sus estudios superiores de historia, un profesor les había preguntado qué personaje histórico les habría gustado conocer. Cada estudiante debía justificar su elección y elaborar una lista de preguntas que le hubiera gustado hacerle. Muchos de sus compañeros habían optado por Hitler. Él había contestado: «El hombre más anciano del mundo en 1900, para compartir su punto de vista sobre las revoluciones y sobre los trastornos de toda índole que hubiera conocido». Ignoraba el nombre del hombre más anciano de la época, pero, por una sorprendente ironía del destino, podría hacer las preguntas de sus compañeros al descendiente directo de aquel al cual él no había elegido.

Sentado frente a Benjamin, el profesor Wheelan le deslizó un sobre acolchado.

—Observe usted mismo. Examínelo con el mayor de los respetos, es un documento histórico de una importancia excepcional.

Horwood tomó el sobre y extrajo un grueso cuaderno con las iniciales *A. H.* impresas. Levantó la cubierta de esquinas desgastadas. Las páginas estaban escritas con una letra apretada y regular, pero apenas visible. La tinta se había aclarado con el paso del tiempo.

—A excepción de su propietario —explicó el anciano profesor—, solo cinco hombres han tenido esta libreta en sus manos, contando con nosotros dos. Es un cuaderno al cual Hitler estaba tan unido que no se separaba nunca de él.

Ben recorrió rápidamente la sucesión de pequeños párrafos fechados y redactados en alemán. Notas, extractos de citas entrecomillados, pero también bocetos.

—¿Tenía un registro de excavaciones arqueológicas relacionadas con las reliquias esotéricas?

Wheelan asintió e hizo una señal a Ben para que volviera al inicio.

—Al principio, Hitler se interesaba por toda clase de reliquias, desde el Grial hasta el polvo sagrado de las Tablas de la Ley, pasando por la lanza de Longino o el escudo de Alejandro Magno. Sin embargo, rápidamente, sus apuntes se fueron centrando poco a poco en Sumeria y en lo que arqueólogos independientes habían descubierto en la necrópolis de Ur. Sus trabajos le llevaron a reorientar sus búsquedas. Sus apuntes hacían cada vez más referencia a las excavaciones orquestadas por Heinrich Himmler en Irak. Hitler guardaba sus resultados y parece que, incluso durante su exilio, seguía reflexionando sobre ello durante horas.

Horwood pasó las páginas y señaló algunas ilustraciones.

—Era tan pésimo dibujante como pintor.

—Abra el documento por donde indica el marcapáginas.

Ben obedeció.

—Abajo, a la izquierda, con fecha del 6 de octubre de 1945. Hace mención al éxito de una primera excavación y de una visita a los cimientos del templo solar del rey Nyuserra, en Egipto, en el yacimiento arqueológico de Abusir, lugar donde una expedición de arqueólogos angloamericanos sorprendió a una quincena de soldados de las SS y cuatro investigadores alemanes realizando excavaciones clandestinas.

—Entonces era para Hitler para quien trabajaban aquellos hombres, incluso una vez finalizada la guerra...

—Compruebe las fechas siguientes. Constatará que siguió recibiendo informes de las excavaciones por parte de los diferentes equipos enviados a las numerosas regiones del mundo durante más de diez años. Al descubrir el fruto de estas investigaciones, que no se limitan a este cuaderno, es cuando Kord se apasionó por este tema y decidió a su vez lanzarse a esta investigación. Formó un equipo y recopiló pistas, artefactos, hasta descubrir la existencia del Milagro Original.

—Si los servicios secretos no se hubieran dado cuenta de los robos, habría continuado sin que nadie lo supiera hasta llegar a su objetivo.

—Y llegará, Benjamin, no le quepa duda. Está a punto de escribirse una página de la historia.

Incapaz de estarse quieto, Horwood se levantó. Esperaba aclarar sus ideas y encontrar algo de sosiego andando un poco. Se sentía dividido entre el excepcional interés histórico de la avalancha de información que había recibido, y el cautiverio que él y Karen estaban viviendo. ¿Debía cooperar para saber más, o intentar escapar para detener al autor de los robos asesinos? Este dilema debía de parecerse particularmente a aquellos que mucha gente tuvo que afrontar durante las horas más oscuras de la guerra. Nunca nadie está preparado para este tipo de elección y, sin embargo, es al hacerles frente cuando se descubre la verdadera naturaleza de los hombres.

Caminó en dirección al gran ventanal que daba al océano. Estaba situado en la antigua entrada a la batería de cañones. La inmensa tronera horizontal que atravesaba un muro de varios metros de espesor estaba actualmente cerrada con un cristal blindado. A través de él, Ben podía contemplar las enormes olas que rompían contra los arrecifes cercanos. Paradójicamente, observaba este espectáculo sobrecogedor en un absoluto silencio. Aislado del exterior por la pared transparente, no percibía nada del estruendo de las olas ni del viento, relegando la violencia de la naturaleza al rango de superproducción irreal a la que se le ha cortado el sonido.

Ben se volvió y abarcó con la mirada lo que en otro tiempo había sido la sala de los cañones. El suelo de cemento en bruto estaba recubierto por una alfombra gruesa, y la galería de maniobras superior excavada en la roca había sido reconvertida en una sala cubierta ahora de estanterías. Los muros de hormigón aún tenían incrustados los tablones del encofrado. La estructura hundida a veces dejaba entrever las rocas. Era sorprendente el contraste que se producía entre estos elementos en bruto y las refinadas obras de arte que había amontonadas en cada esquina. Ben se fijó especialmente en dos soberbios toros alados asirios con cabeza de hombre. Colocados en los extremos del corredor, al cual se accedía por una escalera de caracol metálica, estos antiguos genios protectores de sonrisa benévola parecían guardar los tesoros. Repartidas por los dos niveles, estatuas griegas y romanas, así como pinturas y un pequeño sarcófago egipcio de madera, hacían de esta estancia de original arquitectura un auténtico gabinete de curiosidades. Wheelan se acercó a su antiguo alumno.

—¿Qué opina el experto del Museo Británico?

—Tengo que reconocer que es una colección de primer orden.

—Denker nos propone trabajar con él. ¿Se da cuenta de la suerte que esto supone?

—La oferta es tentadora. Me siento como Pinocho, al que invitan a la isla de los placeres para luego enviarlo a la mina.

—Se equivoca. Kord es sincero. No tiene nada que esconder. ¿Un manipulador me daría libertad, sin ninguna restricción, para consultar la totalidad de sus archivos, sabiendo que desvelan asuntos embarazosos de su familia?

—Somos sus prisioneros, tanto usted como yo.

—Es un hombre atrapado, que sufre el legado de su abuelo como una maldición. Si se conociera su auténtica identidad, se le condenaría incluso antes de que le hubiera dado tiempo a explicarse. Nadie le concedería el beneficio de la duda.

—No es su abuelo el que ha cometido los asesinatos y los robos que le permiten satisfacer su caza del tesoro. ¡Maldita sea, profesor, usted investigó sobre estos atropellos antes que yo! Usted sabe de lo que es capaz.

—Comprendo sus reservas. Yo también las he tenido, pero le aseguro que siempre se ha mostrado conmigo con absoluta franqueza. Si fuera tan deshonesto como usted piensa, no me dejaría llevar a cabo las investigaciones arqueológicas con total autonomía. Él no está totalmente al corriente de todo lo que yo sé. Me deja hacer todo esto a mi manera. Yo acababa de llegar, cuando recibió los resultados de los peritajes de los objetos recuperados en la iglesia de la Holy Trinity, en York. Delante de mí pidió que me los enviaran sin ni siquiera consultarlos.

—Él tenía ya lo que codiciaba: su tercera pirámide de cristal.

—Desde luego, pero también había algunos cachibaches sagrados con símbolos grabados, que se remontan a la edad de bronce. Hemos descubierto, igualmente, algo que podría parecerse a un meteorito. Las piedras caídas del cielo debían fascinar a los antiguos.

Ben volvió a la silla. Wheelan le precedió.

—Nos encontramos en el corazón de la historia, Benjamin. No falte a esta cita. Esta mesa, por ejemplo... —Ben analizó la gran superficie de madera que descansaba sobre cuatro achaparradas y retorcidas patas—. En ella Hitler concibió la mayoría de sus planes de batalla cuando trabajaba en su cuartel general la Guarida del Lobo. Las sillas provienen de Berghof, su segunda residencia en los Alpes. La lámpara de araña también. Todos estos objetos fueron recuperados a lo largo de los años por el padre de Kord.

Ben observó la oscura superficie de trabajo, e imaginó allí al Führer estudiando sus mapas y dando órdenes. Probablemente, Hitler se había sentado en el mismo asiento en el que él estaba apoyado.

—Benjamin, juntos seremos más fuertes para aconsejar a Kord e impedir que cometa errores. Usted tendrá acceso a documentos originales. No lo lamentará. Aquí hay guardadas piezas de inestimable valor. ¿No le tienta verlas? ¿No quiere tenerlas entre sus manos? ¡Yo que pensaba ser un especialista en alquimia, y me faltaban algunos documentos esenciales para saber de lo que estaba hablando! Denker los posee, porque su abuelo ya los coleccionaba y porque él mismo ha sabido reunir otros. Ya lo verá, es extraordinario.

Benjamin se sentó y se cogió la cabeza entre las manos. Se cuestionaba tantas cosas, que olvidó quién había podido ocupar ese mismo sitio en otro tiempo. Suspiró.

—En otras circunstancias, me habría sentido halagado de trabajar con usted, profesor. Sabe muy bien que todo esto que menciona me apasiona.

—¡Razón de más! No le he elegido al azar.

—Pero no consigo olvidar quién le financia. Estas investigaciones están financiadas gracias al botín de guerra de los nazis. Y me pregunto con qué propósito.

—Usted ha preguntado a Kord, y él le ha contestado sin ambages. Empieza a conocerlo. Fíese de su instinto.

—Mi instinto me dicta ser prudente. Denker sedujo a más de uno, que luego pagó con su vida, sin que él sintiera el menor remordimiento. Tengo miedo de que no seamos más que dos instrumentos al servicio de su plan.

—Él no habla de plan, sino de sueños…

—Como su abuelo en sus tiempos. ¿Qué hará él con este poder? ¿Puede un simple individuo asumir semejante poder? ¿Podría mantener su cordura si se viera investido con ese conocimiento?

—Tómese su tiempo para reflexionar, Benjamin. Supongo que está trastornado por lo que ha descubierto estos días atrás. Haga lo que le dicte su conciencia. Pero no olvide preguntarse si usted eligió esta profesión para redactar cartelas que se colocarán en vitrinas con objetos del pasado que testimonian la historia que otros escribieron, o bien, teniendo en cuenta los errores y éxitos de nuestros compañeros, para desempeñar un papel fundamental de cara al futuro.

74

Fotos de familia enmarcadas en las paredes. Retratos de algunos acontecimientos privados, Navidad, cumpleaños. Una sucesión de imágenes que, de generación en generación, hablan del paso del tiempo. Después del blanco y negro, los colores se vuelven cada vez más vivos. Cuanto más recientes eran las imágenes, menos formales. Después de las poses solemnes, aparecían momentos captados con naturalidad. Con los años, las caras impasibles de ancianos inmóviles daban paso a las sonrisas vivas de los jóvenes. Una saga normal, en el seno de una dinastía que no lo era, mostraba sus etapas obligatorias, sus recuerdos mundanos. El hecho de que estas imágenes no se diferenciaran de las que se pueden ver en casa de cualquiera es lo que las convertía en espantosas. Porque, incluso en situaciones normales, era imposible ver a la familia de Hitler como a las demás. Karen observaba hipnotizada e incrédula.

Adolf, Eva y sus animales de compañía en la soleada terraza de Berghof. Tenían un aire un poco envarado, pero nada permitía adivinar quiénes eran. Si nos limitamos a esta foto, habrían podido ser vecinos, puede que incluso amigos. Los encontramos sentados sobre la hierba de las colinas de la isla, con un bebé en brazos. El cumpleaños del pequeño, dos velas en una tarta. Más lejos, la familia levantando su vaso, mientras que el patriarca, envejecido, permanecía sentado y miraba a otra parte. Se había dejado crecer el bigote. Ninguna foto con uniforme. Ni sombra de un emblema nazi en segundo plano. Más allá, el joven Kord cogía en brazos a su hermana pequeña. La madre se los comía con los ojos y el padre no estaba con ellos. Una familia.

Mientras descubrían su nuevo alojamiento, Karen y Ben se habían llevado la sorpresa de ver cómo iba apareciendo el destino de un clan. ¿Cómo imaginar que el anciano que sonreía apoyado en el brazo de su hijo, mucho más alto que él, había sido un déspota sanguinario? ¿Podía alguien concebir que ese abuelito que aplaudía los primeros pasos torpes de su nieto hubiera intentado exterminar a un pueblo e invadir todo un continente? La boda de Dietrich Wilhelm con Nancy Denker en Londres. La novia sonreía. Solo estaban presentes los padres de ella. Una de las pocas fotos tomadas fuera de la isla con las de Berghof. Más allá, la joven entre su suegro y su marido. Ya no sonreía. En la siguiente pared, una imagen de Kord con el torso desnudo en el mar, con una sonrisa resplandeciente. Algo de felicidad.

Después de recorrer este álbum a través del tiempo, Holt y Horwood se encontraron frente a una foto de Hitler, caminando en medio del brezo en la cima de la isla. Su cabello estaba completamente blanco, su silueta encorvada. Iba acompañado de una joven rubia. Este era el cliché donde se le veía más mayor. La foto era en color. Llevaba una bufanda verde, un pantalón azul oscuro. Uno se preguntaba si intentaba sonreír o si estaba sufriendo. Era casi emotivo.

—Me cuesta aceptar que pudiera envejecer tan apaciblemente —comentó Karen.

—Todo esto parece tan surrealista.

—Espero que no se haya visto obligado a vender su alma al diablo para que tengamos el honor de dormir en este museo.

—Este era el apartamento de los padres de Kord Denker, el único que tenía dos habitaciones. Voy a dormir en la que era del niño.

—Dormir en casa de Hitler... Me estremezco. Me pregunto si no prefería estar en nuestra prisión.

Benjamin le hizo una señal para que hablara más bajo, por si los estuvieran escuchando también allí.

Karen le cogió de la mano y lo llevó hacia el cuarto de baño. Abrió los grifos al máximo. Una vez que el ruido de fondo fue suficiente, le hizo un gesto para que se sentara a su lado, en el borde de aquella bañera esmaltada de otra época.

—Perdone si le soy tan sincera, Benjamin, pero me preocupa verle tan tranquilo. Ni siquiera me parece que esté resentido con el profesor, y cuando habla de ese Denker parece muy indulgente.

—¿Tiene miedo de que me una a ellos?

Escuchar a Horwood verbalizar esta conclusión con tal facilidad la pilló de sorpresa. Intentó justificarse:

—Wheelan no es imbécil y le han lavado muy bien el coco.

—La inteligencia nunca es sinónimo de integridad.

Ella sonrió. Como cuando estaba inconsciente, Benjamin le cogió la mano y le acarició los dedos. Aunque le sorprendió, no se sintió ofendida.

—Karen, desde que nos conocemos, aunque me haya disparado, amenazado y golpeado, siempre me ha protegido. Confío en usted. Fuera de esta isla, usted es mi ángel de la guarda. Aquí ya no. Es el mundo al revés. Los muertos están vivos, los criminales son los que mandan, y un modesto historiador tiene más probabilidades de pelearse para defender a un curtido policía que a la inversa. En estas tierras, su talento, sus capacidades no le son de ninguna utilidad. De los dos, soy el único capaz de jugar las próximas jugadas de la partida. Va a tener que confiar en mí.

—Confío en usted, pero tengo miedo. No sé cómo saldremos de aquí, ni siquiera si lo conseguiremos.

—Si existe una forma, la encontraré. Mientras que yo sepa más que ellos, estamos seguros. Lo que hemos descubierto es nuestro mejor seguro de vida. Habrá que jugársela tirándose un farol.

—Benjamín, solo una cosa podría hacerme más daño que verlos ganar.
—¿El qué?
—Ver cómo se traiciona.
—Recuerde, Karen: jugamos una partida de ajedrez. El caballo debe ser capaz de sacrificarse para que el peón llegue a las últimas líneas del campo enemigo, y devolverle la vida a la pieza que le salvará.
—Me la trae al fresco quién sea. Yo quiero que el caballo viva.

75

Wheelan saludó al guardia con un leve movimiento de cabeza. Sin contestar, el hombre tecleó el código de la puerta para dejarlos entrar en la biblioteca.

Atraído como una mariposa por la luz y el espacio abierto, Ben se dirigió hacia el ventanal. Esa mañana, el cielo estaba cubierto y el mar menos agitado.

—Acomódese, Benjamin, tengo una sorpresa para usted.

Decidido a fingir buena voluntad, el exestudiante tomó asiento, mientras su antiguo profesor atravesaba la antigua casamata de artillería para llegar a un escritorio rodeado de pilas de libros de todos los formatos y épocas. Volvió con una carpeta de dibujo, que depositó sobre la enorme mesa, emocionado como un niño que se recrea con la jugada que está a punto de realizar.

—¿Está preparado?

—Depende de para qué.

A modo de respuesta, Wheelan abrió la solapa con gesto teatral, dejando al descubierto la página desaparecida del *Splendor Solis*. Ben abrió los ojos como platos. Sobre un pergamino rectangular con los bordes ricamente iluminados, un diablo tan hermoso y atlético como un dios griego salía de un sol ardiente, llevando en sus manos una pirámide resplandeciente. Lo paradójico entre su sensualidad viril y sus cuernos demoníacos provocaba un sentimiento ambiguo. Su actitud sugería un paso desafiante, y no dejaba ninguna duda sobre su poder.

Con voz temblorosa, el profesor susurró:

—La primera vez que descubrí esta ilustración, se me llenaron los ojos de lágrimas. ¡Qué emoción! La excepcional calidad de la sincronía de colores, la composición visual, el significado que encierra... Me dejó trastornado. Solo le había podido echar un breve vistazo hace ya medio siglo, siendo todavía estudiante. Muchos años después, cuando comencé a vislumbrar un nexo entre el Milagro Original y la alquimia, me acordé de ello e intenté estudiarlo.

—Es entonces cuando se dio cuenta de que había desaparecido del ejemplar de la British Library, al igual que algunas páginas de otros textos.

—La quitaron de los seis ejemplares existentes en el mundo. La operación se llevó a cabo en varios meses, durante la Segunda Guerra Mundial. Hans Reinerth, un arqueólogo comprometido con la causa del Reich, adivinó muy pronto que estas páginas suponían un interés estratégico, pero sin llegar a sospechar hasta qué punto. Mientras que muchos de sus colegas se esforzaban en hacer creíble las tesis raciales arias a golpe de pseudopruebas históricas, él se dedicó a las excavaciones científicas que le condujeron a Sumeria.

Horwood analizaba la hoja iluminada. La esencia de la memoria secreta ancestral se expresaba maravillosamente a través de los códigos de alquimia de la Edad Media. La simbología remitía, sin lugar a dudas, al experimento sumerio. La luz, el demonio representado como un dios todopoderoso, la pirámide de cristal y los dos ríos recorriendo de lado a lado la base del sol evocaban a Mesopotamia.

Esforzándose por parecer natural, Ben se inclinó para intentar ver si en los dorados el pigmento nacarado revelaba motivos escondidos. Efectivamente, aunque la luz no era la ideal, le pareció detectar un efecto, en particular sobre algunos rayos de sol. Se inclinó aún más, pero Wheelan le comentó:

—¿Busca el brillo selectivo?

Horwood se quedó helado. No sabía si debía admitirlo o negarlo. El profesor añadió:

—Nosotros lo descubrimos muy recientemente. Fue un amigo de Kord, un investigador, el que nos informó de ello.

Ben pensó inmediatamente en Robert Folker, que le había asegurado que no se lo había contado a nadie. Su integridad y su actitud siempre benévola justificaban su buena fe. De cara a Wheelan, la partida de ajedrez se iba convirtiendo en póquer. Ben tenía que gastar una carta para obligar a su interlocutor a descubrirse. Aún tenía que elegir cuál.

—A mí fue su antiguo asistente y amigo, el señor Folker, quien me lo reveló.

—¿Robert? ¿Lo ha vuelto a ver?

—Sí, he tenido el gusto de verlo.

—¿Cómo le va? Pienso a menudo en él. Lo echo de menos. Figúrese que en varias ocasiones dudé en contarle que seguía con vida, pero Kord me disuadió. Demasiado arriesgado, según él. ¿Dice que fue él quien descubrió este subterfugio escondido en las páginas?

—Hace no mucho.

—Me deja impresionado.

El profesor parecía sincero. Acto seguido, Ben se preguntó cómo un «amigo investigador» de Denker habría podido identificar el procedimiento sin tener acceso al ejemplar que estudiaba Folker. Inmediatamente se olió la mentira y quiso asegurarse.

—¿El señor Denker tiene contacto con Robert?

—De ningún modo. Me lo habría dicho.

Wheelan había respondido muy rápido, impaciente por seguir entusiasmándose con la ilustración.

—¿Sabe usted que al cotejarlo, este documento me ha permitido entender uno de los enigmas que más me inquietaban?

—¿De verdad?

—Observe estas piedras preciosas que acompañan el friso del ribete.

—Esmeraldas.

—¿Recuerda mis apuntes sobre el descubrimiento de un túnel subterráneo bajo la gran pirámide de Quetzalcóatl, cerca de México? En las salas más profundas, entre los objetos rituales dedicados al culto al sol, un equipo de investigadores encontró seis máscaras recubiertas de esmeraldas, y supusimos que era ajuar funerario.

—Efectivamente, me acuerdo.

—Comparando mis investigaciones con las de Kord, hoy sé que esas máscaras no tenían nada de ajuar funerario sagrado. Estaban destinadas a proteger a los sacerdotes que, a su modo, retomaron los experimentos transmitidos a través de los siglos por los guardianes de las reliquias del Milagro Original. Las esmeraldas estaban destinadas a protegerlos de los rayos misteriosos «que corroen la vida», todavía mejor que el oro.

—Brillante, bromas fáciles aparte.

Ben había respondido sin gran entusiasmo, casi de manera mecánica, ya que aún seguía preguntándose cómo Kord había podido hacerse con la información sobre zonas de brillo particular del tratado de alquimia. De golpe, se acordó de los miedos de Folker y de la sensación que tenía de que le estuvieran espiando hasta en la misma sala destinada a las restauraciones. Deseó de todo corazón que el conservador no se las hubiera tenido que ver con Denker, aunque sobre todo no debía dejar ver su preocupación.

—Dígame, Benjamin, cuando se sumergió en el templo de Abu Simbel, ¿encontró algunas claves relacionadas con el experimento?

Aunque la pregunta estuviera hecha en tono anodino, no lo era en absoluto. Hasta ese momento, Wheelan había soltado mucha información, sin duda con la intención de que Ben se viera en situación de reciprocidad. Solo había hablado para enterarse de más. La partida continuaba, con una apuesta mucho más alta. Para seguir viendo el juego de su adversario, Ben iba a tener que desvelar también parte del suyo.

—Encontramos algunos objetos realmente intrigantes, pero,

por el momento, no hemos podido definir su utilidad. Es posible que algunos de ellos jugaran un papel directo en el momento del experimento, pero aún ignoro cuál. Si le interesa, le haré partícipe de lo poco que sabemos, a lo mejor usted lo ve más claro que nosotros.

—¡Con mucho gusto! Así es como avanzaremos.

Wheelan se frotó las manos satisfecho. Era el turno de Ben en la partida.

—Me imagino que Kord intenta reproducir las condiciones materiales del Milagro Original.

—Con la mayor precisión posible. No escatima en medios. Para conseguirlo, se ha molestado en construir unas instalaciones especiales. Usted mismo comprobará hasta qué punto el resultado es impresionante. Se trata de un auténtico laboratorio, con una sala circular cubierta de espejos, cuyo techo se abre para captar los rayos de sol.

—No debe sacarle mucho provecho en estas latitudes...

—Ese no es su principal problema. Pero trabaja para resolver cada uno de los obstáculos, uno tras otro. Le ha costado años, es el trabajo de toda una vida. Me siento feliz de unirme a él ahora que está a punto de alcanzar su objetivo. Yo, modestamente, intento aportarle lo poco que he podido conseguir. ¿Ha entendido usted, por ejemplo, la utilidad de las pequeñas pirámides de cristal?

—Concentran la luz con el fin de focalizar el flujo hacia un objetivo situado en el centro del perímetro que forman.

—¡Formidable! ¡Al igual que nosotros, lo ha adivinado! Pero ¿sabe que solo funciona con la luz solar?

—Lo ignoraba.

—Kord ha hecho muchas pruebas, y ninguna ha funcionado con luz artificial. Así que, a pesar de toda su tecnología, se encuentra como los antiguos, ¡esperando que haga bueno para experimentar!

Wheelan se rio. Cautivados por el tema, maestro y alumno casi se habían olvidado de que solo debían destilar su información con cuentagotas, en un duelo contenido donde las incertidumbres se enfrentaban con las promesas. Ben fue el primero en acordarse y retomó la partida.

—Ustedes tienen tres de las pirámides, ¿no? La de York, la del *kofun* y la del Museo de El Cairo.

—Exacto. Y lo más importante aún, sabemos cómo colocarlas. Hemos encontrado los datos geométricos en un cubo metálico exhumado de la tumba de un alquimista italiano.

Ben llegó a la conclusión de que había varios ejemplares del cubo que tanto había fascinado a Fanny. Prosiguió rápidamente, para que no se diera cuenta de que estaba pensando en paralelo.

—Solo les falta la cuarta pirámide para que el dispositivo esté completo...

—La tiene un coleccionista. No deberíamos tardar en intentar comprarla. Kord está dispuesto a invertir una fortuna para conseguirla. Sabe mostrarse generoso.

Una vez más, la confidencia de Wheelan demostraba que Kord no le decía toda la verdad. Para apropiarse de la pirámide de Oxford, no era dinero lo que Denker había enviado, sino a unos asesinos. La conversación iba tomando unos giros más fuertes. Horwood hacía acopio de información tanto sobre el experimento como sobre la persona que intentaba reconstruirlo. Mientras sus reflexiones le asaltaban por todas partes, Benjamin debía mantener las ideas claras y no hablar demasiado.

Por suerte, era el turno del profesor.

—¿Sabe, muchacho, lo que más me ha extrañado de la disposición física del experimento? —Ben no vio nada malo en fingir ante su interlocutor que se sentía apasionado, porque lo estaba y mucho—. Es la forma geométrica que adopta. Con el juego de espejos y de las pirámides, vista desde arriba, la desviación de los rayos dibuja una cruz gamada. Increíble casualidad, ¿no? Me pregunto si el abuelo de Kord era consciente de ello cuando eligió este símbolo ancestral como emblema.

—Efectivamente, es extraño. Estoy deseando ver qué pasará cuando el señor Denker consiga comprar la pirámide que falta.

—Llegará, seguro. Lo conozco. Pero solo nos falta un elemento para llevar a cabo el experimento con éxito.

—¿Cuál?

—Es en este punto en el que me encantaría poder contar con su ayuda. —Wheelan se sentó frente a Ben y se tomó su tiempo en explicarle el problema—. Sabemos cómo colocar las pirámides, lo que no sabemos es lo que se supone que bombardean para repetir la reacción de Sumeria. ¿Qué materia reacciona así ante los haces de luz? De momento, no sabemos nada y, sin embargo, es un dato importante. A Kord no le queda otra que considerar todo tipo de hipótesis y hacer pruebas al azar.

Cuando llegaron al fondo del asunto, Ben decidió confiarse al profesor.

—En mi inmersión, recogí un cuenco grande de bronce dorado. Contenía residuos de una sustancia de la cual los análisis todavía no nos han dado, de momento, ninguna información. Pero apostaría que en cuanto la tengamos, tendrá la respuesta a su pregunta.

—¿Un gran cuenco de bronce, me dice?

Ben le indicó el tamaño, formando un círculo con las manos. Le confió:

—Este receptáculo se encontraba, sin duda, en el punto de convergencia de los haces de luz.

—¡Notable! —Se entusiasmó Wheelan—. Su cuenco nos permite deducir que la misteriosa materia necesaria para la reacción no estaba presente en grandes cantidades.

—No ha perdido nada de su perspicacia.

—Gracias. Por tanto, la clave se encuentra en la naturaleza de la sustancia que reacciona desencadenando esta explosión de energía. Estoy deseando que podamos reunir las cuatro pirámides y que brille el sol.

76

Benjamin se encontró a *miss* Holt frente a la única ventana verdadera de su alojamiento, que daba a un jardín desde hacía mucho tiempo abandonado. Una mesa y unas sillas oxidadas sueltas en medio de la hierba alta, un pórtico cojo amenazado por un pino que había crecido entre sus patas, los restos de un columpio con las cuerdas deshilachadas y que oscilaba con la brisa. En segundo plano, una pared rematada con una alambrada. Más allá, se distinguían las cimas de las colinas.

—¿Cómo se encuentra?

—Me paso el día mirando fuera para no asfixiarme. A veces, veo ovejas allá arriba. Junto con los soldados, son los únicos seres vivos de la isla. Es un horizonte limitado.

—¿Hoy no ha dado su paseo?

—Sí, como los presos. Me parece bien que hagan todo lo posible para que no mire muy de cerca sus instalaciones. No me dejan nunca sola. Se aseguran bien de no enseñar sus armas, pero sé que no están lejos. Estoy obligada a quedarme en un patio y dar vueltas en redondo. Una auténtica leona enjaulada. El resto del tiempo, este apartamento me hace sentir una mierda. Ni siquiera sé a qué día estamos. Todo se mezcla, el tiempo, los lugares...

Entre las fotos, la decoración que no había variado desde los años sesenta y el mobiliario moderno, era fácil desorientarse. Era la primera vez que Benjamin oía quejarse a Karen.

—Voy a pedir que la dejen quedarse conmigo durante el día.

—No se complique. Consigo calmarme. He hecho flexiones en el pasillo, dominadas en la puerta de su habitación y abdominales al pie de mi cama. Y usted, ¿alguna novedad?

Ben le hizo un gesto a su cómplice para que le siguiera hasta el cuarto de baño. Siguiendo el ritual ya bien ensayado, abrió los grifos al máximo para hacer ruido de fondo, y se sentó a su lado.

—Wheelan afirma que Denker está a punto de comprar la pirámide de Walczac, pero se equivoca. Según él, este tipo está dispuesto a pagar una fortuna para conseguirla. Obviamente, ignoran que la pirámide se encuentra en nuestras manos. De todas formas, me cuesta imaginar que Walczac vendiera al hombre que mató a su amigo aquello que tanto deseaba.

—Salvo que le haga creer que la tiene para tenderle una trampa.

Ben se masajeó las sienes, preocupado.

—Es extraño, cuando el profesor habla de Denker, parece que pierde toda objetividad. Es como si estuviera hechizado. Me hace pensar en un viejo sabio completamente desconectado de la realidad, que se ha dejado hechizar. Está metido en su mundo y justifica todo lo que el otro le cuenta, moviéndose en una mezcla de idealismo y de grandes principios. Lo esencial es que nuestras conversaciones me permiten enterarme de todo. Para dar el pego, yo también le suelto algunos retazos de información, con los que no puede hacer nada. Con este jueguecito, tengo la impresión de que me apaño bastante bien. Y usted, ¿qué ha conseguido espigar?

—Todos los días tomamos el mismo camino para salir. Es un auténtico campo de trincheras. Todo está vigilado. Claves de paso en las puertas, cámaras, pantallas. Nadie contesta a mis preguntas, y es imposible hablar con alguien. Tengo la impresión de que este complejo es un auténtico hormiguero. Cuando vamos por los pasillos, a menudo oigo conversaciones detrás de las puertas. Hombres y mujeres. Algunas veces en un idioma extranjero. En cambio, no sé qué han estado haciendo todo el día con el helicóptero, pero lo he oído despegar y aterrizar tres veces. Es mucho en relación con otros días. Si consiguiera hacerme con ese aparato...

—¿Sabe pilotar?

—Se lo dije, también tengo la formación en aire.

—Karen, no dudo que usted esté bien preparada también para eso, pero no quiero que intente escapar. Jamás le permitirán despegar y en esta isla, como mucho, conseguiría esconderse un tiempo. Acabarían por atraparla. No me quiero imaginar lo que podrían hacerle...

—No me voy a quedar aquí esperando tranquilamente que decidan por mí. Nadie sabe que este sitio existe y, menos aún, que estamos aquí retenidos. Nadie vendrá a rescatarnos. Solo podemos contar con nosotros mismos.

—Lo sé, es por ello que hago todo lo que puedo.

—Ya lo sé, y se lo agradezco. Si usted no estuviera aquí, me volvería loca. Desde que termina el día, espero que usted aparezca. Con cada ruido del pasillo, me emociono, impaciente por verlo entrar. Y me hundo en la miseria cuando los pasos no se detienen delante de la puerta y se alejan. En esta pesadilla, mi única alegría se resume en sentarme con usted en esta bañera.

—Yo también agradezco estos momentos.

Intercambiaron una mirada.

—Benjamin, sea sincero, ¿cree de verdad que algún día abandonaremos esta isla?

Sin decir palabra, pasó el brazo por los hombros de su compañera y la estrechó contra él.

77

Siete sepulturas alineadas frente al mar en un paisaje de vértigo. Siete lápidas talladas en las oscuras rocas de la isla, erguidas frente al viento. Ningún nombre, ninguna fecha. Solo iniciales.

Denker se inclinó ante la que tenía grabado *N. D.* Guardó silencio un momento, antes de depositar un pequeño ramo de brezo que había cogido por el camino. Para asegurarse de que las flores no se volaran, colocó encima una piedra. Cuando se levantó, no prestó la más mínima atención a las otras tumbas, ni siquiera les dirigió una mirada. Señaló la lápida situada en el extremo de la izquierda, ligeramente inclinada, grabada con las iniciales *A. H.*

—Le había prometido llevarle a la tumba del diablo. Yo siempre cumplo mis promesas.

Ante el montículo herboso, Horwood sintió sobre sus hombros, hasta aplastarlo, el peso de la historia. ¿Cómo podía sentirse así frente a algo tan simple? Millones de hombres y mujeres, de todas las edades y orígenes, habían maldecido al individuo que estaba enterrado bajo sus pies. Cientos de ellos, incluidos los de su mismo rango, le habían odiado hasta tal punto, que habían dado su vida para intentar matarlo con sus propias manos. Los Aliados habían enviado contra él al ejército más grande de todos los tiempos.

Para aniquilarlo y capturarlo, Stalin movilizó más soldados, tanques y bombarderos que ningún otro ejército. Sin embargo, el culpable descansaba allí, paradójicamente en paz.

El mundo está más determinado por los tiranos que por los santos. Qué lección cruel nos enseña la historia. En vida, estos déspotas pueden parecer invencibles, pero, cuando mueren, la muerte parece darse el gusto de hacerles pagar por todo lo que les gustaba rodearse. La suerte reservada a sus restos mortales no tiene nada que ver con sus ambiciones de grandeza y eternidad. La historia desprecia los restos de los que han pisoteado a los pueblos. Cuando uno piensa en lo que se convirtieron los cuerpos de Nerón, Atila, Calígula, Gengis Kan o Pol Pot... Abucheados y exhibidos hasta su putrefacción, vergonzosamente ocultos, desmembrados, robados, dejados a la merced de las fieras, empalados... La imaginación de los hombres no tiene límites cuando se trata de vengarse, aunque sea de un muerto. Ben acabó por decirse que a Adolf Hitler le había ido escandalosamente bien. Incluso recluido en una isla, como Napoleón, pudo envejecer y asegurarle un futuro a sus hijos, mientras que él había privado de estos derechos fundamentales a millones de personas. Incluso frente a un difunto, en estas tierras vírgenes, la calma puede resultar indignante.

Denker rompió el silencio.

—El profesor me ha transmitido los constantes progresos de sus intercambios. Me encuentro muy satisfecho con esta puesta en común de conocimientos.

—Me ha contado maravillas del refugio que ha levantado para reconstruir el experimento.

—No tardará en visitar esa parte del complejo. Han hecho falta años para hacerlo realidad. He tenido que ir adaptándolo a la luz de los descubrimientos que íbamos haciendo.

—A la luz... La expresión parece muy adecuada.

—El profesor también me ha contado que usted tiene en su poder la gran copela de bronce sobre la que se depositaba la sustancia radiactiva.

—Solo he supuesto que tenía esa función.

—Sus hipótesis de trabajo suelen demostrarse acertadas. ¿De verdad no sabe nada de esa materia?

—Los análisis practicados a los restos de los residuos no han dado nada en claro.

—¿Ni siquiera ha conseguido determinar si se trataba de una roca, de un mineral radiactivo, un metal extraño, un óxido o algo por el estilo?

—Los investigadores han podido aislar únicamente un elemento que nos remite a una fibra vegetal. Yo no tengo ninguna competencia en química, pero el director de los estudios me ha asegurado que se trata de un error de interpretación debido al envejecimiento molecular.

Denker siguió con la mirada a un pájaro que pasaba.

—Si supiera lo que contiene ese cuenco, ¿me lo diría?

Horwood sonrió. Incluso si la pregunta le ponía en un apuro, tenía que reconocer que la jugada de Denker había sido buena al hacerla.

—Su pregunta no tiene sentido, ya que no sé lo que contiene.

—Pero al menos nos da la oportunidad de apelar a su juramento de fidelidad.

—Yo no practico la fidelidad, solo la lealtad.

—¿De cara a quién?

—De cara a nadie. Soy como usted, señor Denker. No es a las personas a las que debemos una obediencia ciega. Es a nuestras convicciones a las que jamás podemos traicionar.

El hombre dio algunos pasos, pensativo.

—¿En qué cree usted, señor Horwood?

El diálogo estaba tomando un giro muy personal.

—Aún no soy lo suficientemente instruido como para responder. Pero desde hace mucho tiempo sé lo que me atrae, como sé lo que me indigna.

—¿Por qué estaría dispuesto a morir?

—¿Quién lo puede saber antes de enfrentarse a ello? ¿No sería pura vanidad asegurarlo? Los que lo claman alto y fuerte, rara vez actúan como han anunciado. Personalmente, prefiero, de lejos, saber por qué quiero vivir. —Benjamin señaló la tumba de Hitler—. Mire este hombre, por ejemplo. Marcó la historia como nadie. ¿Usted cree que incluso él habría podido responder a sus preguntas? ¿Frente a quién era él leal? ¿Por quién estaba dispuesto a morir?

Denker saludó el argumento. Horwood preguntó:

—¿Ha contemplado la posibilidad de no llegar a descubrir nunca la sustancia que desencadenó el Milagro Original?

—¿Cómo podría renunciar a ello? La verdad me lo prohíbe. Esa materia existe. No es ni una quimera ni un mito. Su poder ha forjado nuestro inconsciente y ha hecho del oro un tesoro. Ya que es una realidad, deberíamos poder encontrarla. Es solo cuestión de tiempo y de medios. Yo tengo los medios y, últimamente, el tiempo corre a mi favor.

—Usted está loco.

—¿No fue Winston Churchill el que dijo: «La vida nos enseña que, en ocasiones, los locos tienen razón»?

—Ya que le gustan las reflexiones de hombres ilustres, tengo una para usted. En 1924, su abuelo escribió: «En este mundo, el éxito es el único juez de lo que está bien o mal». Los reyes de Sumeria consideraron que lo que habían descubierto por casualidad era demasiado peligroso para confiárselo a los hombres. ¿Pretende demostrar que estaban equivocados?

Denker dejó de mirar a su alrededor, para hacer frente a su interlocutor.

—Me tranquiliza, señor Horwood, ya que si la justicia de los hechos se mide por su éxito, voy por el buen camino. Tengo dos buenas noticias que darle. Los datos del satélite son categóricos: mañana hará buen tiempo.

—Aunque esto no cambie nada de cara al mundo —ironizó Ben—, me alegro. Hay que saber aprovechar las pequeñas alegrías que nos ofrece la vida.

—También tengo el gran placer de anunciarle que, por fin, hemos recuperado la cuarta pirámide. Ha llegado a la isla esta mañana, por mensajero especial. Ya nada se opone a la reinvención del Milagro Original. Un verdadero éxito, ¿no es así? Sin duda, porque es algo que está bien.

78

En los subterráneos fortificados de la isla, una larga galería conducía al pie de una escalera de hormigón. Denker se apartó e invitó a Horwood a subir. Wheelan los seguía, acompañado por dos hombres.

Al final de las escaleras, Ben descubrió la entrada a una sala cuyos muros eran mucho más macizos que los de un blocao. Contó hasta diez pasos para abarcar su espesor. Una puerta blindada sobre rieles permitía bloquear la entrada.

Tras el umbral, se abría un laboratorio completo, totalmente equipado con una cantidad descomunal de herramientas e instrumentos de medida de todo tipo. La acumulación de material superaba a todo lo que hasta entonces había visto, incluso en los centros de estudios gubernamentales. Acumular toda esa tecnología habría costado todo el presupuesto para investigación en un país pequeño.

Una mujer y tres hombres vestidos de civil saludaron a los recién llegados, sin interrumpir sus actividades. El anfitrión explicó:

—Hemos concebido este lugar según los estándares de seguridad nuclear que exceden las normas más estrictas. Estamos en condiciones de resistir el poder de la reacción al tiempo que la analizamos.

Hizo una señal a su invitado para que le acompañara delante

de una maqueta de aquel lugar. Señalando la representación en miniatura del laboratorio, precisó:

—Nos encontramos aquí, en la sala de control. Pero el corazón del dispositivo, la joya de ingeniería que nos va a permitir recrear este acontecimiento fundador, se sitúa justo al lado, detrás de esas paredes blindadas.

En la maqueta, Ben identificó la gran sala circular de la que le había hablado el profesor: una parábola gigante orientada hacia el cielo, cubierta de espejos y atravesada por pasarelas aéreas que permitían acceder al centro, así como a los lugares destinados a las pirámides.

—Los ochocientos espejos repartidos por toda la superficie reflejan la luz solar en dirección a los cuatro cristales en su soporte de bronce. Desde que acabamos las obras, hace ya dos años, multiplicamos los ensayos con las pirámides de que disponíamos, una, dos, después tres, pero no se produjo nada espectacular. Aunque no era nada alentador, continuamos creyendo en ello. ¡Tuve miedo de encontrarme con la tostadora más cara del mundo! Pero hoy inauguramos una fase inédita. Gracias a las cuatro pirámides por fin reunidas, se abre ante nosotros una nueva era. Es muy probable que este día haga historia. Por primera vez, vamos a poder utilizar esta instalación con su máxima potencia y en condiciones idénticas a las del experimento original.

Ben escuchaba, al tiempo que miraba a su alrededor. Como siempre que descubría un lugar que ponía en marcha sus facultades, era incapaz de hablar. No sin orgullo, Kord continuó con su presentación:

—La sala de luz, como la llamamos, está grabada desde todos los ángulos por una veintena de cámaras, cuyas grabaciones nos llegan a la pared de pantallas que hay detrás de usted. Algunos de estos aparatos de captación de imágenes se han desarrollado específicamente para este programa y son capaces de grabar más de veinte mil imágenes por segundo. Están acoplados a sensores que cubren el espectro completo de todos los tipos de medidas físicas posibles. No se nos escapa nada. Todo lo que ocurra, seremos capaces de observarlo en las condiciones óptimas, y de grabarlo para analizarlo después.

Wheelan se mantenía atrás, menos entusiasmado por la noticia de este gran día de lo que Ben habría supuesto.

Un objeto llamó la atención de Horwood: en una estantería, bajo una pequeña campana de cristal, colocado entre otras antigüedades, había un cubo de metal cubierto de datos geométricos, parecido al que él había descubierto.

Denker le preguntó:

—No sabe dónde mirar, ¿verdad? Le invito a echar un vistazo por aquí, ya que tengo algo mucho mejor para mostrarle que una maqueta.

Señaló una amplia apertura horizontal en la pared, cubierta por un postigo metálico. Ordenó a un operador que había sentado delante de su consola de control:

—Levante los protectores, abra el tejado. Empezamos sin demora, el sol no espera.

Cuando el giro sordo de los motores hizo vibrar las gruesas paredes de hormigón, Denker confesó:

—Cuántos años hace que espero este momento. No se imagina lo que esto representa para mí. Tantas esperanzas puestas en nuestro futuro... ¿No es emocionante saber que estamos escribiendo la historia de nuestra especie?

Ben se contentó con responder:

—Renuncie mientras todavía esté a tiempo. No juegue a aprendices de brujo.

Denker sonrió.

—Desde que tengo memoria, he consagrado mis días y mis noches a este objetivo. Todas mis fuerzas, cada uno de mis pensamientos. No he hecho otra cosa en mi vida. ¿Cree que estoy tan loco como para no haberme planteado ninguna pregunta? ¿Cree que no he tenido dudas? He pensado en todo, he proyectado todo, he contemplado miles de posibilidades y, siempre, la luz de los ancestros me ha salvado de mis incertidumbres. Es hacia ella que me dirijo, alejándome de las tinieblas. No transgredo nada. No traiciono ni al espíritu de los sabios de Sumeria ni ninguna ley natural. Me contento con despertar una fuerza capaz de hacer recordar a los que olvidan su condición de simples mortales.

El postigo de acero terminó de retirarse, mostrando la sala que los rayos solares comenzaban a iluminar. Las pantallas se encendieron. Kord se acercó a la apertura de observación.

—Pese a la opinión que tengo de mi abuelo, no puedo evitar emocionarme al pensar en él y en todos aquellos que solo pudieron soñar con lo que nosotros vamos a tener el privilegio de vivir. Hoy vamos a continuar una aventura iniciada hace nada menos que cinco mil años. La iluminación de los primeros sabios está a punto de resucitar.

Benjamin tomó conciencia del enorme tamaño de la sala de los espejos. Entornó los ojos, deslumbrado por la luz. De repente, entre los reflejos cegadores, advirtió una presencia.

Había alguien de pie en el punto de convergencia de las pasarelas. La forma era la de un sacerdote sumerio, ataviado con un vestido largo de lino de color crudo, con la cara cubierta con una máscara dorada con incrustaciones de esmeraldas. Encima de su túnica, el individuo llevaba una casulla formada con placas de oro unidas entre sí por una serie de anillos. La visión de este atavío surgido de un tiempo inmemorial en un entorno futurista producía vértigo.

—¿Qué hace este hombre en el recinto? —reaccionó con viveza Benjamin.

—Los procesos de bloqueo de una sala tan segura son pesados y tenemos que hacer varias pruebas —replicó Denker, impasible—. Reiniciar el lugar entre cada ensayo llevaría mucho tiempo.

—¿Qué le va a ocurrir a ese pobre diablo si se produce la reacción?

—Su nombre pasará a la historia…

Horrorizado, Ben fue consciente del destino que le esperaba a aquel sacerdote. Protestó:

—¿Cómo puede exponerlo con tanto cinismo? Usted sabe perfectamente que ni el oro ni las esmeraldas lo protegerán.

—¿Usted qué sabe? Las condiciones del experimento original deben ser reproducidas escrupulosamente hasta en sus mínimos detalles. Es posible que el oro o las piedras preciosas interfieran con esta radiación especial de manera que ignoramos. Es gracias a la experimentación que lo descubriremos.

—Haciéndole correr tal riesgo, usted no vale más que los nazis, que consideraban a sus prisioneros como animales de laboratorio.

—Si fracaso, siempre podré vender a los americanos lo que habré aprendido y trabajar para ellos... Se pasa el tiempo dando lecciones. ¿Renunciaría a todos los medicamentos que salvan innumerables vidas por respetar la de una cobaya? Vea más allá de sus miedos.

Ben buscó apoyo en Wheelan.

—¡Profesor, diga algo! No puede permitir esto... Usted afirmó que podríamos corregirle si se equivocaba.

El anciano agachó la cabeza. Denker añadió:

—Lo que viene a continuación, sin duda, no le va a gustar, señor Horwood. Pero antes de que pierda los nervios, sepa que hay una manera de impedirlo.

—¿De qué habla?

Denker se giró hacia la consola de control y dio al contacto del micrófono. Se dirigió al desconocido, todavía inmóvil en la sala de luz.

—Puede retirar su máscara.

Su voz deformada resonó con un eco inhumano. Con los gestos lentos de un robot, el «sacerdote» obedeció, dejando al descubierto su cara. Ben creyó que le iba a explotar la cabeza. En la intersección de los espejos estaba Karen, digna, impasible, perdida. La mandíbula de Ben se crispó con un rictus de dolor y de cólera.

—Señor Horwood, le voy a volver a pregunta por última vez. Ya no estamos jugando. Piense bien lo que me va a contestar.

—¡Basura!

—¿Tiene usted alguna información sobre la verdadera naturaleza de la materia fisible que dio lugar al Milagro Original? Si es sí, es inútil obligar a *miss* Holt a quedarse en lo que, sin duda, se convertirá de golpe en un horno. Si no...

—¡Pare! Ella no tiene la culpa.

—No se imagina usted el número de personas que «no tienen la culpa» y que, sin embargo, se ven implicadas en propósitos que las superan.

Viendo a Karen vestida así, con aquella luz cegadora, Benjamin sintió que perdía la razón. El sueño que tantas veces le había llevado hacia Ankhti se convertía en realidad. La frontera entre lo que sentía y el recuerdo de sus sueños se difuminaba. A través del cristal, le pareció ver a Karen hablar, pero no la entendía. Por encima de ella, no eran las alas protectoras de los dioses egipcios las que él veía desplegarse, sino las negras y amenazantes del águila del Reich.

—Déjeme ocupar su lugar. Abu Simbel me ha confiado un secreto que solo conozco yo. Si le perdona la vida a Karen, juro servirle. Gracias a mí, lo conseguirá.

79

Entrando en la pasarela dominada por los espejos, Benjamin echó a correr. Cogió a Karen entre sus brazos y la abrazó con todas sus fuerzas.

—Son unos bárbaros... Pero no se preocupe, todo se va a arreglar. Voy a ocupar su lugar.

—De eso nada.

—Por favor, por una vez no me discuta. Solo disponemos de unos minutos.

Karen cogió la barbilla de su cómplice y le obligó a mirarla a los ojos.

—Benjamin, escúcheme. Ya en otra ocasión usted se ofreció para sacrificarse y salvarme. Nunca lo olvidaré. Pero esta vez, soy yo la que decide. Quizá sus jueguecitos infantiles no lo eran tanto. La situación es sencilla: solo tengo una jeringuilla para los dos y he elegido salvarlo, ya que usted es más útil en este combate. El caballo tiene que vivir.

La agente Holt daba muestras de una calma que, paradójicamente, ponía histérico al historiador.

—Usted sabía que la estaban reservando para este simulacro.

—Vinieron a buscarme hace dos días, cuando usted estaba con el profesor.

—¿Por qué no me dijo nada?
—Me prometieron que si colaboraba, le dejarían con vida.
—Su palabra no vale nada.
—¡Qué tacto! Al menos, podría dejarme pensar que, por una vez, la respetarán. De todas formas, estaba condenada.
—Karen, se lo suplico, déjeme que ocupe su lugar.
Ella le sonrió.
—Me encanta cuando me suplica, pero es inútil que insista. Es así como tiene que ser.
—¿Y si voy y rompo todo, ahí, ahora? Podría lanzar a tomar viento las malditas pirámides...
—No sea estúpido. Veo cómo nos vigilan desde ahí abajo. No lo dudarán ni un instante. Habrá dos muertos en lugar de uno, y lo único que habrá conseguido es hacer que se retrasen un poco. Cuento con usted para castigarlos con algo más que eso...

Ella le siguió hablando. Habría querido escuchar lo que ella le explicaba. Sabía hasta qué punto era importante. Sin embargo, se le escapaba el significado de sus palabras y solo se aferraba a la emoción que le producía el particular timbre de voz de su compañera. En la extraña atmósfera de esa sala, las palabras de la joven se perdían en el espacio como una melopeya sin eco. A pesar de su carga, ella todavía tenía fuerza para tranquilizarle. Karen agarró las manos de Ben y se las acercó a sus frescas mejillas. Le murmuró:

—Lo sé todo de usted, Benjamin Horwood. Desde su peso al nacer a la cantidad de multas que todavía debe a la Administración. Es el hombre más sorprendente que he conocido. Creo que me habría gustado mucho pasar el resto de mi vida a su lado, para no perderme ninguna de las chorradas que suelta en el peor de los momentos y que tanta gracia me hacen.

Benjamin sintió un escalofrío que le recorrió todo el cuerpo.
—Es la declaración más bonita que jamás me hayan hecho. Además, es la única. —Debería haberle dicho también lo que él sentía, pero era incapaz. Lo único que pudo hacer fue refugiarse

detrás de su habitual escudo—. ¿No estará intentando seducirme para sonsacarme la receta del pudin de Navidad de tía Jane?

—Yo misma hago un excelente *crumble*.

—¿Habría saltado al Sena si se lo hubiera pedido?

—Hemos hecho cosas mucho peores, usted y yo.

—El chico guapo de la foto de su escritorio, con pectorales de acero sobre un fondo de isla paradisíaca, ¿es su novio?

—Mi hermano.

—Qué injusta es la vida.

—No irá a quejarse otra vez...

—No sé nada de usted.

—Si hubiera alguna posibilidad de que saliera con vida de esta, le invitaría a cenar y le respondería a todas sus preguntas, incluso a las más indiscretas.

—¿En serio?

—Le doy mi palabra. Se lo debo, teniendo en cuenta lo que sé de usted... No obstante, hay un misterio que no he conseguido dilucidar.

—¿Uno solo?

—¿Qué es lo que tienen en común una estatua de Afrodita y un perro que hacen autostop?

—¿En serio? Estoy dispuesto a vender mi alma al diablo para sacarla de esta, ¿y eso es todo lo que se le ocurre preguntarme?

—¿Prefiere que le pregunte si me ama?

—Tanto el perro como Afrodita viven con el culo al aire. Dicho esto, puedo reconocer, sin ningún problema, que estoy loco por usted.

Intercambiaron una mirada. Suavemente, ella apoyó la mano en su nuca, lo atrajo hacia sí y lo besó. Él no se atrevió a abrazarla. Era mucho más que una mujer a la que amaba. Era una reina.

En ese instante, aparecieron dos hombres en el extremo de la pasarela. Ella pidió su máscara de oro y piedras preciosas. Ella misma se cubrió el rostro. Benjamin estaba conmocionado. Por última vez, entrevió el brillo de su mirada. Notó cómo lo agarraban los guardias. Se resistió, pero lo arrastraron a la fuerza. Habría querido gritar de rabia, pero consiguió contenerse para mostrarse a la altura de aquella de la que lo alejaban. En algo se había equivocado: a pesar de lo que le había explicado a Karen, incluso allí, era ella una vez más la que lo protegía.

Los hombres de Denker lo arrastraron fuera de la sala de luz. Lentamente, los escudos antirradiación bajaron y las puertas blindadas se cerraron, tan inexorablemente como los bloques de piedra gigantes que sellaban la entrada a las pirámides cuando la arena de los contrapesos terminaba de caer.

En el momento en el que todos los mecanismos encargados de asegurar el hermetismo del recinto se cerraron, no se oyó ni un murmullo en el laboratorio de control. Para Benjamin, ese silencio era tan insoportable como un grito, y le reventaba los tímpanos.

Se precipitó delante de la pared de pantallas, mientras Denker daba sus instrucciones.

—Orienten los espejos.

Con un movimiento circular de ola, los paneles reflectantes fueron tomando progresivamente posición, orientando el flujo hacia los cristales. Toda la sala empezó a resplandecer con un brillo fabuloso que inundó de luz las pantallas. La silueta de Karen no era más que una sombra borrosa ondulando en un océano cegador. Benjamin cerró los párpados tan fuerte como pudo. Fue entonces cuando comenzó su pesadilla.

80

Por el micrófono, Denker pidió:
—Por favor, deposite la primera muestra.

Karen abrió la columna del pedestal que se alzaba en medio de la sala de luz, y sacó un trozo de roca negra con brillos que depositó en la copela colocada en la parte alta. Con sus gestos calmos, su largo vestido y su máscara, parecía un espectro flotando en la luz. Ben no conseguía aceptar lo que estaba sucediendo ante él. Deseaba con todo su ser que las fuerzas protectoras que lo habían salvado en la tumba egipcia realizaran otro milagro distinto al que esperaba Denker. Rezó para que el espíritu de Ankhti existiera y volviera a manifestarse.

El ingeniero encargado de las mediciones anunció:
—Muestra colocada.

Kord se volvió hacia el operario de la consola.
—Alinee las pirámides.

El hombre accionó una serie de interruptores e introdujo una secuencia en su teclado. Automáticamente, las bandejas en las que estaban depositadas las antiguas reliquias de bronce pivotaron para orientar los cristales enfrente de los flujos concentrados de los espejos. Cuando la luz atravesó las esferas minerales, estas se pusieron a brillar con un resplandor intenso, y un potente haz salió despedido de cada una de ellas en dirección a la muestra. El fenómeno tenía un aspecto sobrenatural. Los cuatro rayos convergían, dibujando una cruz incandescente con matices anaranjados.

Al ver a Karen rodeada por aquellas saetas más intensas que láseres, Ben creyó perder la razón. Dando un empujón a Wheelan, se lanzó sobre Denker. El efecto sorpresa le permitió asestarle un violento puñetazo en la mandíbula, pero los guardias consiguieron placarlo antes de que pudiera agarrarlo por el cuello, como era su intención.

En la pantalla, la muestra empezaba a volverse roja. La medición térmica mostraba un aumento de temperatura increíblemente rápido. Colocándose de nuevo el pelo, Denker se tomó su tiempo para volverse hacia su agresor.

—¿Por qué este gesto desesperado? ¿Cómo se atreve a perturbar lo que estamos viviendo?

—Le voy a matar.

—Mi familia está acostumbrada a ese tipo de amenazas. Nunca ha funcionado. Existen dos tipos de muerte, señor Horwood: la que sufrimos y la que infligimos. Nos empeñamos en postergar la primera, controlando la segunda. Pruebe a pensarlo.

Volvió a las pantallas. La muestra, ya de un rojo intenso, se fundía sin que se produjera ningún otro tipo de reacción. Los indicadores de radiación permanecían a cero. Karen reculaba en la pasarela, pero no tenía ni la más mínima escapatoria.

Uno de los ingenieros anunció:

—Ausencia de fisión. La materia entra en fusión, pero no presenta ningún signo de desestabilización de sus átomos.

Denker hizo un gesto de irritación.

—Pasemos a la siguiente muestra. No queda mucho tiempo de sol.

El hombre en la consola hizo pivotar los soportes para romper la alineación de las pirámides e interrumpir los haces. Denker ordenó a Karen que colocara el siguiente reactivo en el pedestal. Sujeto por sus dos carceleros, Horwood no tenía ninguna libertad de movimiento. Observando la escena desde el fondo de la sala, el profesor parecía anestesiado por los acontecimientos.

Cuando los haces bombardearon el nuevo objetivo, Benjamin tuvo la sensación de asistir a una espantosa sesión de ruleta rusa. Denker estaba decidido a probar todos los ejemplares de materia posibles para tentar al diablo. En cada intento, el mismo suspense, el mismo peligro. Los soportes de las pirámides giraban como los tambores de una pistola. Con cada nueva sustancia expuesta, el riesgo de que se produjera el disparo aumentaba.

81

En medio de la noche, Benjamin entró corriendo en la biblioteca. A esa hora, el ventanal acristalado desde el que se veía el océano no era más que un oscuro rectángulo en el que se reflejaba la antigua casamata. La violencia con que volvió a cerrar la puerta traicionaba su cólera.

Al acercarse Horwood, el profesor Wheelan, que trabajaba en la mesa grande, pareció encerrarse en sí mismo. Sin atreverse a mirar a los ojos a Ben, preguntó:

—¿Cómo está ella?

—¿Y qué más le da?

—Sus quemaduras no son demasiado graves, ¿verdad?

—Si no hubiera sido por las nubes, ese enfermo habría continuado sus malditas pruebas hasta que ella hubiera muerto. Y usted no ha movido un dedo para intentar impedirlo.

—No me siento orgulloso de ello, pero a mi edad, ¿qué quería que hiciera?

—Si le hubiera ocurrido algo malo a Karen, lo habría considerado tan culpable como a aquel degenerado.

—¡Yo no tengo la culpa! Lo único que hago es obedecer.

—Se ha cerrado el círculo. Está adoptando exactamente la misma línea de defensa que los nazis durante los juicios de Núremberg.

Al darle donde más le dolía, Wheelan se rebeló:

—¡Benjamin, se lo prohíbo!

—Si se piensa que me importa...

—¿Qué habría hecho usted en mi lugar?

—No me habría tragado la palabrería del nieto de un tirano, el mismo asesino y ladrón. No habría implicado a dos de mis antiguos alumnos en mis delirios para manipularlos. Habría aprendido de las lecciones que con tanto orgullo enseñaba a los demás. ¡Y nunca habríamos llegado hasta aquí!

El anciano profesor acusó el golpe.

—¿Usted cree que sabe más de la vida que yo?

—Pues claro que no, pero no es de usted de quien aprenderé lo que me queda por descubrir. ¿Al menos se le han abierto, por fin, los ojos sobre su protegido? ¿Tiene ahora claras su naturaleza y sus intenciones? ¿Piensa de verdad que de golpe mostrará ese humanismo ejemplar cuando haya conseguido reproducir el experimento? Madre mía, ¡despierte! Ningún milagro podría convertirlo en un buen tipo. Es un asesino. Puede que incluso se haya llevado por delante al señor Folker, ¡su supuesto amigo!

—¿Robert?

—¿De quién si no habría podido conocer la existencia de los símbolos ocultos en las páginas del *Splendor Solis*? Le apuesto que su «amigo investigador» es solo una mentira más.

Wheelan se sentía abatido.

—Dios mío... Habría querido tanto evitar todo esto.

Al escucharle, Benjamin saltó.

—¿Perdón? ¿No estará pensando en hacer el numerito del impotente después de su arrogancia? ¿Dónde está ahora su inspiración lírica? ¿Dónde están esos «seres excepcionales» que luchan por el futuro y por el progreso?

De pronto, muy agitado, Horwood arremetió contra el anciano. Temiendo llevarse un golpe, Wheelan se protegió la cara con los brazos. Benjamin se contentó con girarle la muñeca para comprobar la hora en su reloj.

—Nos queda un poco menos de siete horas antes de que el sol vuelva a estar de nuevo en posición encima de los espejos. Denker ha sido muy claro: si no le damos nada en concreto, continuará con sus intentos, poniendo en peligro la vida de Karen. Usted haga lo que quiera, yo voy a investigar.

—¿Cree que pienso quedarme de brazos cruzados? Ya he empezado. —Señaló una pila de documentos—. Le he sacado todos los informes de las hojas. No falta nada. Tiene el listado de lo que ha sido descubierto y de sus conclusiones. También encontrará la totalidad de los resúmenes de los experimentos y de los análisis.

—Si simplemente supiera lo que estoy buscando...

Decidido, a pesar del alcance de la tarea, Benjamin se sentó frente a Wheelan y se acercó las carpetas. Cogió la primera y se sumió en ella.

82

El viento nunca duerme. Durante toda la noche, venido desde el norte, había alzado el oleaje. El alba, cubierta por una capa de nubes, alumbraba con su cielo gris uniforme y pálido un mar desencadenado. Los arrecifes resistían a los embates del océano, haciendo añicos las cargas incesantes de las olas, una tras otra. En tan solo un instante, en el estrépito de las salpicaduras, las rocas obtenían estruendosas victorias. Pero quien conozca el poder del tiempo sabrá que, a la larga, la constancia infinita del más modesto de los chapoteos siempre termina por derrotar a la aparente eternidad del granito. A lo largo de los siglos, un día gana un bando y otro día gana el otro.

En la biblioteca, la gran mesa desaparecía bajo las hojas con apuntes. La superficie de madera sobre la que Hitler había avivado sus planes de invasión, iba finalmente a servir, quizá, para algo más constructivo.

Totalmente despierto a pesar de su noche en vela, Benjamin levantó una carpeta, después otra, en busca del informe de las hojas que llevaron en 1942 los esbirros del Reich a la necrópolis real de Ur. No había más que valorar históricamente en estos archivos. Solo le importaban los índices que podía encontrar en ellos. Cuando les echó mano, hojeó el atillo amarillento hasta llegar a la lista de objetos extraídos. Recorrió las líneas... y hubo una que llamó su atención.

Una sonrisita se dibujó en sus labios. Se levantó y, con renovado empeño, buscó otro inventario que había consultado antes. Estaba agotado, le ardían los ojos, pero no tenía ni el tiempo ni las ganas de bajar el ritmo. Faltaban tres horas antes de las siguientes pruebas.

Al otro lado de la mesa, como asediado, Wheelan controlaba como podía la marea de documentos desplegados por toda la superficie por su joven homólogo. Concienzudamente, se esforzaba en volver a leer sus apuntes, pero su mirada pasaba por encima de las palabras sin sacar nada en claro de ellas. Con la cara cansada y la conciencia hundida, estaba tan agotado que se pasaba la mayor parte del tiempo observando a Benjamin que, con las cejas fruncidas por la concentración, saltaba de una carpeta a otra.

—Ha encontrado algo.
—No tengo tiempo para responderle.
—No es una pregunta.

Ben alzó la cabeza.

—¿Qué le hace pensar eso?
—Quizá sea un viejo loco, pero todavía no estoy senil. Sé reconocer cuándo uno de mis alumnos mete mano en algo.
—Yo ya no soy alumno suyo.
—Si me dice lo que busca, puedo ayudarlo.
—¿Confiar en usted? Está de broma. ¿Para ir a soltárselo todo a Denker? Si llego a confirmar mi hipótesis, tendré algo que negociar con él, sin intermediarios y sin escrúpulos. Si se niega a perdonar la vida a Karen, se quedará sin nada...

Apuntó una referencia y continuó con su criba.

—Benjamin, déjeme ayudarle. Deme la oportunidad de redimirme, al menos un poco.
—¿Para qué error busca la absolución? Porque la lista es larga.
—Confíe en mí, en nombre del pasado.

Benjamin volvió a mirar al anciano y, después de haberlo estado mirando fijamente durante un rato, soltó:

—En nombre del pasado... Usted, para mí, murió oficialmente en un accidente de carretera; pero, realmente, murió cuando hizo la vista gorda ante las abyectas maniobras de Denker.

Muy dolido por un comentario que sabía del todo justo, el profesor se levantó y se dirigió derecho hacia el sarcófago egipcio que estaba expuesto en la habitación. Pasó el brazo por detrás y metió la mano en un escondite. De allí sacó una pistola automática. Benjamin se enderezó.

—¿Qué piensa hacer con eso? ¿Suicidarse?

—Pues claro que no. Me echaría en cara que me rindo como un nazi...

El profesor volvió y apoyó el arma delante de su antiguo alumno.

—Tiene razón, Benjamin. Tiene razón en todo. No he querido ver y he sido un cobarde. Lo he estropeado todo. Tome esta arma. Máteme si así lo desea. No tendrá que dar explicaciones después, visto que ya estoy enterrado. Ya no existo, así que vénguese. Pero antes, tenga piedad, deme una última oportunidad de ser útil.

Benjamin recogió el arma y la consideró por un momento.

—¿De verdad quiere ayudarme?

—Dígame, simplemente, lo que tengo que hacer.

—Sáqueme todos los inventarios de las excavaciones.

Wheelan se puso inmediatamente manos a la obra.

—¿Qué está buscando?

—Un punto en común que, hasta este momento, no había tenido en consideración.

—¿Podría ser más preciso?

Ben dudó, pero la mirada del anciano terminó por convencerlo.

—En todas las campañas arqueológicas, algunos objetos fueron estudiados y analizados, mientras que otros fueron considerados como insignificantes. Por regla general, solo los artefactos antiguos creados por la mano del hombre suscitaron el interés de los investigadores. Sea cual sea la época, que trabajaran para gobiernos, museos, organismos de investigación, o para Hitler o Himmler, todos los arqueólogos tuvieron la misma actitud.

—¿Olvidaron?

—Pasaron por alto varios elementos naturales, considerando, sin duda, que su presencia en diferentes santuarios era el resultado de alguna fascinación primitiva. En este inventario se encuentran pepitas de oro, fragmentos de cobre nativo, cristales de cuarzo y de turmalina; pero también huesos y un montón más de cosas raras. Todo el mundo las tomó por curiosidades naturales que habrían atraído la atención de los antiguos, pero que no presentaban ningún valor. Después de agotar las demás pistas, no me ha quedado otro remedio que interesarme por ellas. Y se me ha desvelado algo que se repite sorprendentemente. Llegado a este punto, he seleccionado los emplazamientos que escondían auténticas reliquias del Milagro Original, separándolos de otros que podían ser simplemente monumentos funerarios o que podían estar relacionados muy indirectamente. Entre sus archivos y lo que he aprendido durante la investigación, he aislado cinco sitios. En los tres inventarios que los conciernen y que he podido comprobar, he descubierto un elemento común que no proviene de ninguna civilización. Uno solo. Yo mismo lo vi en la tumba de Abu Simbel.

—¿De qué se trata?

—Ni siquiera proviene de nuestro planeta. Es un meteorito.

Wheelan se quedó inmóvil de lo intensa que era su reflexión interior.

—Su razonamiento no tiene nada de tonto... —murmuró.

—Ayúdeme a comprobarlo. Me faltan los inventarios del *kofun* de Osaka y de la iglesia de York.

—No es necesario.

En lugar de sumirse en los archivos, el profesor se alejó con paso decidido. Horwood cogió el arma y le apuntó con ella.

—Si intenta abandonar esta habitación para traicionarme, le reviento.

Wheelan no respondió. Siguió su camino hacia el escritorio

cargado de libros, y regresó con la carpeta de dibujo, que abrió. Hizo un gesto a Horwood para que se acercara a la página del *Splendor Solis* que representaba al diablo.

—Mire: diseminados por las iluminaciones de los márgenes, alternados con piedras preciosas, hay eso que, al principio, yo tomé por setas o flores exóticas. Podría tratarse perfectamente de meteoritos.

—¡Madre mía, todo parece encajar!

Esta vez, el profesor fue hacia la escalera de caracol que conducía a la galería superior.

—¿Dónde va?

El anciano profesor subió los peldaños concentrado, y fisgoneó en las estanterías de ese museo secreto. Finalmente, echó mano a un objeto y volvió a bajar. Cuando abrió los dedos para presentar su botín, Benjamin descubrió una piedra redonda y abollada del tamaño de un huevo pequeño.

—Proviene del *kofun* de Osaka. También había una en York, en el interior de una bolsa de tela tan vieja que se había descompuesto. Como mis colegas, pensé que estas bolas caídas del cielo estaban ahí porque eran raras y sorprendentes a ojos del conocimiento de la época.

Ben tomó la piedra oscura en sus manos.

—La de Abu Simbel era más grande. Como le pasó a usted, no adiviné su valor y decidí no subirla.

Wheelan dio la vuelta a la mesa para acercarse a su silla. Rebuscó en el bolsillo interior de su chaqueta colgada del respaldo y sacó el cuaderno de notas de Hitler.

—Pensándolo bien, leí algo que podría tener relación…

Con gestos febriles, se puso a hojear y, de repente, paró.

—Aquí está. Marzo de 1942. Escribe que, en un poema sumerio, uno de sus arqueólogos destinados a la expedición de Irak descubrió la mención a una «lluvia de lágrimas divinas enviadas por los cielos, más preciosas que todos los bienes de los reyes». Después lo relaciona con el misterio alquímico, ya que estas «lágrimas» son descritas como «más duras que el metal» y con «el poder de la metamorfosis».

Las piezas del rompecabezas encajaban en la mente de Horwood. El conjunto se volvía coherente. Wheelan agarró el brazo de su antiguo alumno.

—Benjamin, tengo una idea. Creo que puedo neutralizar a Denker. Pero, para ello, va a tener que obedecerme y confiar en mí una última vez.

83

Al terminar de leer el pasaje escrito por su abuelo en el cuaderno, Kord Denker sintió cómo la emoción crecía en su interior.

—Gracias, profesor. Se lo agradezco infinitamente. Usted es la voz de la Providencia. Estaba escrito que daríamos con la clave, y usted ha dado con ella en el momento justo. Definitivamente, estamos a las puertas de un mundo nuevo. Sabe que no soy un ingrato. No olvidaré su contribución.

El profesor respondió en voz baja:

—Querido Kord, el honor de aportar mi modesta colaboración a su obra vale más que todas las recompensas.

—¡Cuando pienso que teníamos las respuestas ante nuestros ojos y que, durante todo este tiempo, nadie ha sabido verlas! Sin duda, todavía no había llegado el momento.

Wheelan echó un vistazo a su alrededor para asegurarse de que no había nadie que pudiera oír lo que todavía tenía que contar.

—Tengo que reconocer que hay algo que me asusta.

—No tiene por qué...

—No me fío de Horwood. He visto con qué estado de ánimo ha estado trabajando esta noche. Lo odia.

—Lo sé.

—Incluso ha llegado a amenazarme. Está esperando la ocasión

para vérselas con usted y comprometer su proyecto. No podemos dejar que sabotee su triunfo porque él sea incapaz de apreciar su visión.

—Coincido del todo con usted. ¿Me está aconsejando que lo elimine?

—A decir verdad, mi satisfacción sería aún mayor si le permitiera asistir a su triunfo. ¡Menuda lección para ese mequetrefe! En cambio, le ruego que no le permita ni a él ni a su cómplice acercarse al experimento.

—Ya no es necesario.

—Si me lo permite, le voy a proponer una idea. Esta noche, no solo he descubierto la naturaleza del material, sino que también he encontrado pruebas que demuestran la eficacia de las protecciones en oro y piedras preciosas. Está claramente estipulado en los textos contrastados que los sacerdotes equipados con pecheras y máscaras sobrevivieron. En palabras de los propios narradores, pudieron envejecer, colmados de gloria.

—¿Cómo es posible?

—La composición única de las partículas emitidas bajo el fuego del bombardeo solar explica, sin duda, el fenómeno. Esta materia fisible no se parece a ninguna de las que existen en nuestro planeta. Eso justifica, sin duda, sus características físicas atípicas. Usted mismo suele repetirlo, con toda la razón: nos queda mucho por descubrir. Recuerde que el análisis de las radiaciones recibidas por el espejo de Arrapha había dejado perplejos a sus físicos más brillantes…

Denker estaba casi convencido, pero Wheelan no quería arriesgarse lo más mínimo. Para acabar con las dudas que le quedaran a su interlocutor, se jugó la última carta.

—En mi opinión, el experimento tendría aún mayor alcance si usted mismo ocupara el lugar de los sabios sumerios —dijo con toda la convicción que le era posible—. Usted es el autor de esta resurrección. No deje que recaiga en nadie la gloria de su resultado. Si me permite la insolencia, le pediría el privilegio de estar a su lado. De cara a la historia, yo sería, de esta forma, testigo de su Milagro Original.

La idea de culminar el ritual él mismo sedujo de inmediato a Denker. Además, que Wheelan quisiera asistir lo halagaba al tiempo que lo tranquilizaba, ya que su presencia garantizaba que no corría ningún peligro.

—Kord, grabaremos todo. Al portar usted mismo el meteorito a su altar de luz, está poniendo la primera piedra de un imperio. Nunca nadie podrá cuestionarle el dominio de este poder.

84

En la sala de control, mientras los ingenieros terminaban con los preparativos, Ben y Karen estaban en primera fila, vigilados por tres hombres que no escondían sus armas y que habían recibido la orden de abatirlos al primer gesto sospechoso. Ben sostenía a la joven, debilitada por sus quemaduras y las pruebas psicológicas que había sufrido. Al llegar a la sala de luz, Denker había pasado por delante de ellos, pero ni se había dignado a dirigirles la palabra. Su sonrisa irónica no se le había escapado a Benjamin.

En las pantallas, Karen observaba a Kord y a Wheelan, ataviados para la ocasión con el vestido tradicional, en el cual brillaba su casulla de oro. Cada uno de ellos llevaba una máscara en la mano.

—Les dejo mi puesto sin dudarlo... —dijo ella con un gesto de dolor. La falta de reacción a su comentario la sorprendió. Miró a su cómplice—. ¿Qué le pasa? Parece conmovido.

Ben no debía responder. Se contentó con abrazarla un poco más contra él. No podía explicarle lo que el profesor estaba llevando a cabo. Si habían dado en el clavo con lo de los meteoritos, el anciano estaba firmando su sentencia de muerte al acompañar a Denker. Sin duda, había considerado necesario su sacrificio para convencer a aquel hombre desconfiado a ir en persona.

Ben miró atentamente a su antiguo profesor. Le veía hacer su papel, pero, aparte de eso, el profesor desprendía algo más. Una prestancia, una convicción. Parecía haber vuelto a encontrar su dignidad. Había puesto su talento como orador sin igual y su credibilidad al servicio de su engaño. Esta vez, no era Denker quien lo había engañado con su bonito discurso, sino al revés. Justicia divina. Hay mentiras nobles.

Un recuerdo se impuso en la mente de Ben. Se vio en el tercer año de carrera, en una sesión de estudios comparados. Estaba sentado al lado de Fanny, y Wheelan había mandado trabajar a su grupo sobre las peores decisiones de la historia y lo que había llevado a sus autores a tomarlas. Aníbal desencadenando la avalancha que le costaría la mitad de su ejército y el sueño del imperio; Moctezuma confundiendo un conquistador español con un dios y abriéndole las puertas de la ciudad que aquel iba a saquear; Johan de Witt malvendiendo la que más tarde sería la isla de Manhattan por preferir el comercio de nuez moscada; lord Frederick Noth privando a Gran Bretaña de sus colonias americanas por haber intentado robarlas; la confianza depositada en la línea Maginot francesa... Había mil ejemplos. Al finalizar el seminario, todos habían concluido que, en la casi totalidad de los casos, los que habían hecho las elecciones desastrosas o bien se habían sobrestimado, o bien habían tomado la decisión por puro orgullo.

En la época, por una de esas ironías que cobraba sentido en el momento presente, Wheelan había citado a Hitler, rechazando la hipótesis de que el enorme desembarco en las costas francesas hubiera sido, sin embargo, anunciado por los servicios de inteligencia. El Führer había descartado esta hipótesis considerada imposible, alegando que nadie se atrevería a lanzarse a semejante operación, sobre todo frente a su línea de artillería, que cubría la totalidad del litoral normando. Wheelan conocía bastante los engranajes del alma de los conquistadores para que jugaran a su favor.

En las pantallas, Denker parecía orgulloso de figurar tan cerca del prodigio; uniendo, sin duda, en sí mismo orgullo y arrogancia. El profesor representaba perfectamente su papel. Horwood sintió no haber podido decirle adiós de otra forma que no fuera con la mirada.

El operario de la consola anunció por el micrófono:

—Cierre de la sala de luz.

Lentamente, los escudos y las gruesas puertas antirradiación se pusieron en su sitio, confinando el recinto. En las pantallas, como un campeón exultante después de conseguir su medalla de oro, Denker presentó el meteorito a las cámaras, como un trofeo. Lo depositó en el pedestal central y se inclinó ante él, juntando las manos.

El ingeniero dio paso a la fase siguiente:

—Orientación de los espejos.

Los paneles reflectantes se ajustaron para captar lo mejor posible la luz y poder canalizarla. Al ver cómo la intensidad de la luz aumentaba considerablemente en las pantallas, Karen sintió un escalofrío y pasó su brazo alrededor del de Benjamin.

El operador preguntó por el micrófono:

—Señor, ¿podemos proceder?

Denker respondió con un movimiento de cabeza que no dejaba lugar a duda. Se puso su máscara antigua. Wheelan hizo lo mismo.

Los ingenieros estaban pegados a las pantallas de control. El operario puso en marcha la secuencia y anunció:

—Alineamiento de las pirámides.

Las reliquias de bronce pivotaron y se iluminaron. Los cuatro rayos convergieron en el meteorito. Pasaron unos largos instantes sin que sucediera nada.

De golpe, la cámara térmica reaccionó. La temperatura empezó a aumentar a intervalos más amplios.

Uno de los ingenieros se precipitó al micrófono:

—Señor, estamos teniendo una reacción más potente de lo esperado. ¿Debemos detenerla?

El meteorito se volvió rojo. Después, rápidamente, incandescente. Su interior brilló. En las pantallas, se vio de pronto cómo empezaba a vibrar en su pedestal. Casi parecía estar vivo.

—Señor, el riesgo de fisión es real. ¿Debemos parar?

Denker no reaccionaba. Permaneció inmóvil a algunos pasos del meteorito que los iluminaba a él y a Wheelan con un brillante resplandor. A través de aquella claridad que nublaba la vista, Ben creyó ver a su profesor hacer el signo de la cruz.

En la sala de control, las máquinas se volvieron locas. Los ingenieros, aterrorizados, seguían sin saber qué hacer. Por fin, uno de ellos se abalanzó sobre el módulo de rotación de las pirámides para colocarlas en posición de seguridad e interrumpir el flujo; pero antes de que Ben pudiera impedir que lo alcanzara, una increíble luz blanca inundó las pantallas, desbordando los sensores y sobrepasando todos los límites de precisión.

En un reflejo de seguridad, Ben tiró al suelo a Karen y se tumbó sobre ella para protegerla. Una potente deflagración sacudió toda la estructura; un golpe sordo, más violento que una enorme bomba, un trueno absoluto que hizo temblar el suelo y hundió parcialmente el postigo blindado de la abertura de observación. Karen gritó.

—¡Vuelvan a cerrar el techo! —se desgañitó el operario, mientras las máquinas con sobretensión se volvían locas una tras otra, soltando chispas.

Las pantallas estaban fuera de servicio. Ninguna otra imagen llegaba desde el interior del recinto.

Mientras que las sirenas de alarma se activaban, los ocupantes del puesto de control, despavoridos, permanecían en estado de *shock*. Ningún procedimiento preveía semejante violencia. Frente al desastre, los guardias se marcharon sin pensárselo dos veces. Se dieron a la fuga mientras los ingenieros y el operario intentaban controlar varios principios de incendio.

Con la mirada fija, Karen parecía hermética a este fin del mundo. Sangraba por la nariz. Ben la cogió en sus brazos y abandonó la sala tan rápido como pudo.

85

En los pasillos de las celdas, Ben y Karen se detuvieron delante de la única que tenía la puerta cerrada.

—El agente que vino a entregar la pirámide fue seguramente encerrado ahí dentro —comentó Ben.

Karen tomó aliento, tambaleándose. Al ver que no reaccionaba, insistió:

—¿Por qué no abre ese cerrojo? ¿No quiere liberarlo?

—No puedo —respondió con voz pastosa—. Apenas consigo tenerme en pie. Desde la explosión, me pitan los oídos y tengo la sensación de estar borracha.

El hecho es que, débilmente apoyada contra la pared, la agente Holt daba esa impresión. A lo lejos, las sirenas de alarma seguían resonando. En medio de la debacle, se oía el rotor del helicóptero.

—Entonces por lo menos dígale algo por la puerta, que este tipo sepa de nosotros. De verdad que no me apetece que me salte al cuello.

Ella se deslizó por el muro y declaró con una dicción somera:

—Aquí la agente Holt, ¡venimos a liberarle!

Después, en voz baja, añadió:

—Casi lo olvido, hay un código de reconocimiento...

Y gritó:

—¡Tequila vermú!

No obtuvo respuesta. Horwood soltó:

—Deprimente.

—No fui yo la que lo eligió.

Horwood empujó los cerrojos.

—Qué raro —se sorprendió Karen—, habría tenido que responder «de un solo trago»...

Nada más desbloquear Ben la puerta, esta se abrió con violencia, proyectándolo contra la pared de enfrente. De pronto apareció un hombre listo para atacar, armado con una pata de cama en cada mano. Al ver a Ben tumbado en el suelo, se paró en seco.

—¿Horwood?

Ben abrió los ojos de par en par.

—¿West?

Alloa le ayudó a levantarse y saludó a Holt.

—Perdóneme por el portazo en la jeta, pero estos de aquí están como puñeteras cabras.

Karen estalló en carcajadas como una demente.

—¡Como cabritos al horno, más bien!

—No le haga caso, no está en su estado habitual. En los últimos tiempos, hemos tenido unas jornadas fatigosas.

—¿Qué ha sido esa explosión de hace rato? ¿Las tropas de Su Graciosa Majestad por fin han desembarcado?

—Todavía no, pero no deberían tardar. Algún satélite ha debido de detectar la deflagración.

—¿Dónde estamos?

—En una isla nazi, en alguna de las Shetland.

West puso una cara rara. Horwood suspiró.

—No niego que esto pueda parecer raro, pero es verdad. Ya se lo explicaremos. Pero, a propósito, ¿qué pinta usted aquí? ¿Es usted el que les entregó la pirámide?

—Estaba de vacaciones con Fanny. Todo iba de maravilla, pero ella quiso llamarle por teléfono para saber cómo iba su investigación.

—Nuestros progresos han sido la bomba. Literalmente.

—Genial. Mientras tanto, le pareció que las noticias que el director daba sobre ustedes eran demasiado evasivas. Ya conoce a Fanny, insistió hasta que él terminó por soltar que usted y Karen habían desaparecido. Se volvió loca. Le hizo un tercer grado hasta sonsacarle que sus secuestradores amenazaban con ejecutarlos si no se les entregaba un chisme sagrado con un cristal dentro.

—¡Bum! —rio tontamente Karen, que cada vez se iba resbalando más por la pared, como borracha.

Ben la ayudó a sentarse en el suelo, mientras West continuaba con su historia:

—Cuando supe que estaba en peligro, propuse volver para ayudarle. Después de lo que vivimos juntos, no podía abandonarlo.

—Es realmente amable. Me ha emocionado, pero no debería haberlo hecho. Sobre todo, con el bebé.

—¿Qué bebé?

—El bebé que espera Fanny.

West volvió a poner una cara rara, pero no la misma. Tirando de la pernera del pantalón de Ben, Karen le susurró:

—Eh, creo que no estaba al tanto. Técnicamente, a eso se le llama «meter la pata».

West apretó los puños.

—¿Cómo sabe usted que mi mujer está embarazada, mientras que yo lo ignoraba?

De golpe, Ben sintió el peso del cansancio a sus espaldas.

—Es una larga historia.

—¿Tan complicada como la de la isla nazi?

—No exactamente, tampoco exageremos.

West se iba poniendo tenso a ojos vistas.

—Benjamin, de hombre a hombre, ¿quién es el padre?

—No le puedo asegurar al cien por cien que sea usted, pero estoy segurísimo de que no soy yo.

Karen volvió a tirar de la pernera del pantalón de Ben.

—Es guapo y, encima, está cachas. Le va a meter una somanta de palos.

—Alloa, se lo juro por Ankhti, yo no tengo nada que ver. Fanny me dio la noticia justo antes de que se fueran, porque no sabía cuándo nos volveríamos a ver. Ella contaba con decírselo durante sus vacaciones, con más calma.

West se relajó muy ligeramente.

—¿Quién es Ankhti?

—La joven del sarcófago de la tumba.

—Puede jurar por ella todo lo que quiera, ella no tiene mucho que perder.

—Ese es su punto de vista, pero le prometo que solo la casualidad de los horarios es la responsable de que yo me enterara antes que usted del embarazo de Fanny. Nadie estaba al tanto.

Como una niña en el colegio, Karen levantó el dedo.

—Yo sí que estaba al tanto, incluso antes que ella.

El estruendo que llegaba del exterior los interrumpió.

Horwood y West aguzaron la oreja.

—Parecen helicópteros. —Se alegró Benjamin.

—Llega la caballería —comentó Alloa.

Karen se cayó hacia atrás, siempre con su vocecilla:

—¡Oh, no! ¡Van a asustar a las ovejas!

West y Ben la levantaron, cada uno de un brazo, y la llevaron hacia la salida. Hacia la libertad.

86

A los pies de Benjamin, bajo un sol abrasador, la vieja ciudad de Asuán desplegaba su laberinto de callejuelas a la sombra de una multitud de pequeños edificios de paredes claras. Esta vez, no había olvidado sus gafas de sol.

Incluso en su modernidad, Egipto emanaba por todas partes ese perfume de eternidad. En la terraza de la habitación de su hotel, Horwood disfrutaba de una tranquilidad que casi había olvidado que fuera posible.

Karen se coló por la puerta de vidrio entreabierta para unirse a él.

Le dio un beso furtivo en los labios.

—¿Alguna novedad de Jack? —preguntó él.

—Se queja porque va a haber que compensar a Walczac por la pirámide que no volverá a ver.

—Siempre quejándose. ¿Y la isla?

—Nadie podrá penetrar en la habitación de luz durante un buen tiempo. Los equipos han recuperado los archivos y las antigüedades, muchas de las cuales habían desaparecido desde la guerra. Los otros departamentos nos ayudan a dar caza a los últimos soldados de Denker que todavía andan sueltos.

—¿No le has dicho nada sobre Wheelan?

—Ni una palabra. Hago lo que quiero con la información de la que dispongo.

—Creo que se merece que olvidemos su lamentable implicación.

—Ni siquiera sé de lo que estás hablando.

—Que descanse en paz entonces.

Ella apoyó la cabeza en el hombro de él.

—Jack me ha preguntado si querrías seguir trabajando con nosotros. Hacemos un buen equipo...

—¿Por qué no? Después de lo que me habéis hecho tragar, corro el riesgo de aburrirme en los depósitos del museo. ¿Nos van a dejar que sigamos con nuestras investigaciones sobre Sumeria?

—Jack dice que esto le supera. —Karen se estiró—. Tengo calor, dame cinco minutos, voy a refrescarme.

—Tómate tu tiempo, tengo lectura...

Ella volvió a entrar. Ben se sentó cómodamente en una *chaise longue* de mimbre. Cuando el agua de la ducha empezaba a caer, sacó de su bolsillo el cuadernillo negro con las iniciales grabadas y lo miró un instante. Después de la evacuación del laboratorio, lo había encontrado en su cazadora, seguramente puesto allí por Wheelan, a modo de regalo de despedida. El marcapáginas estaba colocado al final.

A continuación del último párrafo escrito por Hitler, Ben se sorprendió al descubrir otra caligrafía, más cuidada, mucho más familiar, y cuya tinta oscura indicaba su naturaleza reciente.

Mi querido Benjamin:

Si lee estas palabras, es sin duda porque ha acertado con lo de los meteoritos y porque todo ha vuelto a su orden. Esta vez he muerto, y el secreto del Milagro Original está en buenas manos, porque son las suyas. Ahora solo queda usted para descubrir la clave de la experiencia.
Ya que mi hora ha llegado, deseo transmitirle la única herencia

que mi medio siglo de estudios me habría permitido adquirir. La historia fue mi pasión, pero más allá de los innumerables hechos, fechas y nombres, solo guardo algunos principios que también dicen lo que somos.

Los hombres siempre necesitarán buscarse enemigos, aunque sea inventándoselos, para hacer el papel del bueno. Pero si hay que luchar contra el diablo, lo que él dice no es siempre falso. Desconfíe de los supuestos caballeros de brillante armadura. La integridad es un bien que escasea. Confíe solo en su conciencia. En mi humilde opinión, nuestra capacidad de respetar esta línea de conducta explica por sí misma nuestras victorias y nuestros fracasos. Mantenga siempre la esperanza en el hombre. Saca lo mejor en las peores situaciones. No olvide que los hombres tienen la notable capacidad de adherirse a las mejores ideas, pero que es al seguir a un cabecilla cuando se pierden en las peores. Usted, como yo, sabe que los oscuros ideales de los que traicionan la humanidad desaparecen con ellos. Diga a nuestros semejantes que mientras pierden el tiempo delante de las pantallas, la historia continúa escribiéndose, a menudo a sus expensas. Estoy convencido de que usted sabrá qué hacer con estas modestas reflexiones.

No pido perdón por mis errores, pero, por respeto a mis allegados, le pediría el inmenso favor de no decirles nada. No tienen por qué sufrir por mis acciones. Se lo pido pensando en el futuro.

Me alegra haberle visto crecer. He tenido el honor de entregarle su diploma, pero ha sido usted el que se ha ganado los galones de hombre. Que la sabiduría de los alquimistas y de los verdaderos sabios le acompañe.

Atentamente,
Ronald W.

P.D.: *Espero que el bueno de Folker esté bien. Salúdelo de mi parte, por favor.*

87

Un amanecer como el primer día, puro y silencioso. La brisa, ya tibia, roza la piel. Los pájaros vuelan a ras del oleaje gritando. A lo lejos se impone la figura del gran templo. Ben está de pie, en la orilla del lago Nasser.

Karen le ha dejado solo, ella le espera más lejos. Lleva el pelo suelto y un vestido ligero. El viento corre y ella se entretiene observando discretamente a su pareja. Sabe hasta qué punto este momento es importante para él.

Benjamin se quita los zapatos. Se adentra en el agua. Está fresca. Respira con rapidez, pero se esfuerza por recobrar un ritmo tranquilo. Es a él al que le toca serenarse.

Bajo la superficie, justo frente a él, al fondo, está la tumba secreta. No recuerda cómo era su vida antes de esta aventura, como si realmente hubiera nacido aquí. Vuelve a ver los frescos, las alas y los soles, todos los objetos alojados en el sarcófago, el meteorito... Piensa también en la soledad helada de su guardiana. Se le hace un nudo en la garganta.

Lentamente, abre las manos y deja caer su ofrenda. Unos pétalos de loto blanco caen al agua. El aire los dispersa, como unas falúas de velas inmaculadas por el Nilo. La flor de los faraones, aquella con la que se hacían las guirnaldas para honrar a los dioses, símbolo de la pureza del día que se abre al amanecer y se cierra al anochecer. Todo está en la luz.

Benjamin mira cómo los pétalos se alejan en el agua. Como cada vez que echa de menos a una mujer, murmura:

—He vuelto por ti. Descansa en paz, Ankhti. Tu secreto ahora es el mío. Ya eres libre de volver a encontrarte con tus antepasados, relevada en tu misión. Gracias por haberme salvado. Gracias por Karen. Desde que volví, ya no sueño contigo, aunque nunca te olvidaré. Hasta pronto, en tu mundo o en el mío...

Ben permanece inmóvil, pensativo. Una corriente de aire le envuelve de pronto, el viento parece abrazarle para luego desaparecer, llevándose consigo los pétalos, como una mano invisible. Benjamin sonríe. Se acerca a la orilla, impaciente por encontrar a Karen. Camina hacia ella, y sus pies descalzos se hieren a cada paso con las piedras, otorgándole el paso torpe de un niño. Para dejarle todo el tiempo que necesita, ella renuncia a ir hacia él. Tiene que esperar a que él la alcance.

Después de gruñir y echar pestes contra la incomodidad del camino, la besa.

—Todavía quejándote.

—Es una tortura.

—De lejos, daba la impresión de que hubieras bebido.

—Tú no te viste después de la explosión... A West le encantará describirte.

Ella ríe. Él termina de ponerse los zapatos, respira hondo y pregunta:

—¿Qué me dices si sacamos al parque a tus niños?

Ella lo mira estupefacta.

—No cabe duda de que sería muy agradable, pero no tengo niños.

—Quizá haya una solución para remediarlo...

Y para terminar...

Gracias por haberme seguido hasta estas páginas. Me alegro de volver a encontrarme con vosotros. Aunque caiga el telón sobre esta aventura, todavía no ha llegado el final, ya que ahora es el turno de nuestra cita entre bastidores. No sé qué hora será en vuestra casa, pero donde yo me encuentro es plena noche.

Sois muchos los que me hacéis saber cuánto apreciáis este capítulo adicional, típico de mis libros. No os podéis imaginar lo importante que es este espacio. Sobre todo porque esta vez, encontraros aquí, con calma, me genera una especial felicidad. Como si regresáramos juntos de una accidentada expedición hacia conocimientos y paisajes inéditos que me hubieran abierto otros horizontes. Espero que hayáis pasado un buen rato. Es toda mi ambición.

Llevo con esta historia desde hace ocho años. Nació una mañana de julio de 2008, bajo un cielo gris oscuro, cuando estaba escalando una pared rocosa escarpada que dominaba el mar frío, a lo largo de una costa perdida. Nada vertiginoso, pero bastante impresionante para mí. Buscaba una imagen para intentar fijar una atmósfera en particular. Atrapar este tipo de momentos nunca es sencillo. Aunque mi familia no estaba lejos, yo estaba solo, atrapado entre el agua y la roca. Con el olfato despierto, la vista desbordada, el oído agudizado, agarrado a la roca cruda de la que mis dedos aferraban la materia rugosa, buscaba el ángulo. Es entonces cuando, como muchas veces ocurre, la situación de pronto os sobrepasa. La sed de descubrir, la energía del lugar, el viento y el agua salada se mezclaron en mí para generar una chispa. Me vi arrancado del presente por una idea, casi fulminado por una escena que se impuso sobre mi mente. Literalmente, la sentí. Una especie de flechazo que os sacude la cabeza, inmediatamente asociado al deseo de contárosla. Fue un momento extraordinario. Por aquel entonces todavía lo ignoraba, pero la intriga iba a construirse lentamente a su alrededor, hasta superarla y digerirla. Paradójicamente, la situación que me ha llevado a escribir esta novela no aparece descrita en ella. Desde entonces, me obsesioné literalmente con la composición que se formó en mi imaginación. Me lancé a esta historia, con la esperanza de llevaros hacia temas y lugares diferentes, en compañía de gente normal enfrentándose a situaciones que no lo son. Hay tantas cosas que me fascinan; tantos misterios de los que nuestra época, monopolizada por el comercio, habla tan poco. El futuro del mundo muchas veces depende de las reacciones o las decisiones de gente como vosotros y como yo, enfrentados a elecciones cuyo impacto alcanza una amplitud inesperada. La vida siempre nos arrastra más lejos de lo que imaginábamos. Las fotos que tomé aquel día no son tan maravillosas como esperaba, pero me traje algo mucho mejor: una idea que no se me habría podido ocurrir en otro lugar.

En el fondo, mis libros no hablan más que de individuos que se encuentran ante adversidades y aprenden a aceptarse amando. Normalmente, lo hacen en un entorno cotidiano, frente a estas peripecias que todos, tarde o temprano, conocemos. Pero esta vez, he querido colocarlos frente a otros retos. A menudo pensamos que para estar a la altura de las citas de la historia, hay que estar predestinado, formado o extremadamente dotado. Es un error. Cualquiera puede verse un día elegido como portador del destino de sus semejantes. Nuestra memoria colectiva nos lo recuerda en cada drama, en cada catástrofe; pero también en cada victoria, en cada esperanza y en cada descubrimiento. No dejemos las grandes decisiones a aquellos que intentan hacernos creer —¡con mayor o menor talento!– que ellos son más competentes que nosotros para tomarlas. La conciencia de nuestra especie reside en cada uno de nosotros. No dejemos a nadie tomar decisiones en contra de nuestros mejores valores y apropiarse de nuestro futuro. Es lo que mis personajes suelen descubrir, tanto en su vida del día a día, como frente a acontecimientos más importantes. Hasta una novela sin pretensión puede apoyarse en sentimientos esenciales.

Pensaba escribir este libro después de *Mañana lo dejo*, pero como ya recibí su apoyo en la comedia, no quise estropear esta relación que nacía. Entonces tuve que esperar, guardarme para mí estas ganas de galopar en aquel relato. Pensándolo ahora, fue una suerte, una auténtica suerte, ya que en estos años no solo me habéis ofrecido esta relación que saboreo cada día; sino que también he aprendido a proporcionar a mis personajes otra profundidad, liberándome de la cortapisa de los géneros. Es por esto que, entre dos comedias, esta novela me ha permitido conjugar todo lo que me gusta escribir y vivir.

Para llevar a cabo la escritura de *El milagro original*, investigué un montón, viajé y me reuní con expertos. Es una parte de mi trabajo que aprecio enormemente, porque me permite codearme con apasionados y aprender a su lado. Es un inmenso privilegio. Para alimentar mi texto, me sumergí en aguas incluso más frías que en las que me había inspirado, pero también en archivos de todo tipo. Cuanto más avanzaba en la intriga, más me sentía turbado por la forma en la que los elementos reales se combinaban con los que había imaginado. En cada etapa crecía mi aspiración a compartir mi entusiasmo con vosotros.

Pero antes de hablaros de ello, me encantaría contaros una historia que habla de la historia, que os concierne muy de cerca…

A lo largo de estos últimos años, he recibido un montón de cartas vuestras. Me habéis escrito cartas espontáneamente, me habéis enviado postales para que pueda decorar las paredes de mi antro. He recibido de todo, cosas espectaculares, poéticas, conmovedoras. Me habéis hecho reír, me habéis impresionado. Cada uno de vuestros envíos me ha conmovido, y he tardado meses en leer todo. ¡He recibido tantos que no he podido ordenarlos! El año pasado, me volvisteis a escribir en masa para el concurso, y fueron decenas de miles de cartas las que recibí. Cada mensaje representa un impulso, un gesto vuestro con vuestra escritura, con vuestras palabras que se instalan en mi vida y me emocionan. Estos gestos que tenéis hacia mí son sagrados, ¡en cierto sentido son como mi milagro original! No es orgullo lo que esto me hace sentir, sino simplemente felicidad y una motivación más para lo mejor que pueda dar de mí.

Entonces se planteó la duda de qué hacer con todas esas cartas. Así aprenderé a no lanzaros desafíos. ¡Habéis hecho que reviente mi garaje! Pero no era cuestión de deshacerme de ellas. Entonces busqué la solución para garantizarles un futuro digno y respetuoso de lo que ellas significan para mí. ¿Qué se podría hacer con todos estos sacos de correo llenos gracias a vosotros?

Fue una noche, en el tren que me traía de Londres, después de unas búsquedas técnicas, cuando encontré una solución que me entusiasmó de inmediato.

Tenéis un lugar en mi vida. Lo sabéis, mis libros solo existen por y para vosotros. Así que tengo el placer de anunciaros que, por primera vez en el mundo, gracias al apoyo de mis editores que me han seguido en esta idea un pelín irrazonable, vuestras palabras están en las mías. El libro que tenéis en vuestras manos está imprimido en un papel reciclado que contiene la totalidad de vuestros envíos[*]. Estáis físicamente en estas páginas. Vuestras palabras constituyen, en el sentido más estricto, parte de la materia de la que está hecho este libro. Nadie había caído en ello antes. Me gusta la idea de que vuestros escritos se mezclen con lo que imagino para vosotros. A mi entender, este aspecto simboliza fielmente la relación que mantenemos. Los minúsculos puntitos que podéis distinguir en las páginas provienen de todas las regiones de Fran-

---

[*] En la edición francesa (N. del E.).

cia, del mundo, puede que de vuestra casa. Debido a la complejidad de la operación, solo la primera tirada, y hasta que se agote, de mi libro se beneficia de esta peculiaridad. Puede que solo sea un detalle, pero para mí es esencial y rico de significado. Por haber hecho posible esta discreta proeza, quiero dar las gracias a mi editora, Anna Pavlowitch, verdadera aliada en este proyecto; pero también a los señores Antoine Gallimard y Gilles Haéri, que han apoyado y hecho posible esta operación fuera de las reglas. Muchas gracias también a Yves Lhommée, sin cuyo conocimiento técnico y humano no lo habríamos logrado. Gracias a vosotros, mis modestos libros toman otra dimensión. ¡Lo nuestro no es solo reciclaje, es también apego!

Antes de entrar en el fondo de la cuestión y de contaros más, tengo que pediros dos favores: si todavía no habéis leído esta historia, no continuéis leyendo esto. Os lo ruego, no descubráis las páginas que siguen hasta que hayáis recorrido mi novela. Me permito haceros llegar esta petición con el único fin de preservar vuestro disfrute.

Si, al contrario, acabáis de terminar la aventura y tenéis ganas, os doy la bienvenida a esta sección que os dedico. Y aquí os lanzo mi segunda petición: para garantizar la sorpresa y la calidad de lectura de aquellas y aquellos que podrían sentir la tentación de aventurarse en esta historia, os ruego que no desveléis nada de la intriga o de sus vuelcos. Gracias por permitir a cada cual su descubrimiento completo y sereno. La aventura de Karen y Ben será nuestro secreto, compartido con aquellos que hagan el recorrido. Os doy las gracias por vuestra comprensión y por vuestro apoyo en este asunto. Mi petición solo intenta proteger a aquellos que me dan mi oportunidad.

Como somos cómplices, puedo contaros más en relación a la intriga. Ya os lo anunciaba antes, concebir esta historia me ha requerido mucha documentación. He tenido la ocasión de acumular datos históricos que me han apasionado y cautivado a la vez. Me gustaría entregaros aquí algunas claves. Si mi historia ha suscitado en vosotros el efecto esperado, sin duda os preguntaréis lo que es real y lo que es fruto de mi imaginación. El componente de realidad es bastante más importante de lo que podría creerse. Para daros un ejemplo, los elementos que aparecen en los pasajes y notas en cursiva del profesor Wheelan son totalmente auténticos, excepto dos que son extrapolaciones. Algunos datos más, entre tantos: la iglesia de York existe y se corresponde del todo con las características descritas, como que está protegida por un cinturón de casas que la tiene oculta a la calle, que no hay electricidad a pesar del progreso, y que realmente cuenta con una trampa en su impresionante decorado. El *kofun* de Osaka es tan fascinante como aparece en la novela. Su acceso, efectivamente, prohibido, y su cúpula se derrumbó en 1872. El templo de Abu Simbel fue completamente desplazado en una increíble operación de rescate, como lo explica Ben, y su estructura original está sumergida exactamente allí donde la ubico yo. Los descubrimientos arqueológicos mencionados están totalmente basados en hechos reales y demostrados, bien sea en México, en Irlanda o en Egipto. En lo referente al aspecto histórico, Rudolf Hess efectuó un vuelo secreto hasta Escocia y, efectivamente, se estrelló en las circunstancias mencionadas. Las campañas de registro del Reich, particularmente en Oriente Medio, siguen atizando la curiosidad de los especialistas, sin que se pueda establecer ninguna conclusión satisfactoria a propósito de sus resultados. La versión oficial de la muerte de Hitler proporcionada en mi relato es el resultado del cruce de las fuentes más fiables a día de hoy, provenientes de los Aliados, de los rusos y de sus afines que escribieron sus memorias. Los tres U-Boote alemanes -U296, U396 y U398-, desaparecieron efectivamente en las fechas especificadas y lo que les ocurrió sigue siendo un misterio a día de hoy.

Como tema aparte, hay que mencionar también el extraordinario interés del *Splendor Solis*, con el cual he tenido la suerte de poder trabajar. Este manuscrito es realmente fascinante. Frente a sus páginas, me he sentido como Ben y Karen. Es un enigma en sí mismo y sus ilustraciones apasionan a numerosos universitarios que todavía intentan descifrar sus posibles significados ocultos.

Os podría hablar durante horas de todo lo que he aprendido de historia y arqueología en relación a Sumeria, a los registros nazis o a Egipto; pero tengo algo mejor que proponeros. En mi página web, podéis descubrir algo que os he reservado, una pestaña a la que podréis acceder después de haber contestado a una sencilla pregunta cuya respuesta se halla en mi novela. Entonces tendréis acceso a un contenido concebido especialmente con el fin de presentaros algunos documentos iconográficos que, espero, prolongarán la aventura y os animarán a aprender más. Para los más voluntariosos de vosotros, al final he preparado una bibliografía selecta de obras de referencia que os permitirán acercaros a los diferentes aspectos de esta historia con más detalle.

Cada día, intento sorprenderos y emocionaros haciéndoos reír con todo lo que hago. Soy como un chiquillo que dibuja para decir que ama, o como un artesano que produce para crear humildemente lo que no encuentra en otra parte. Al servicio de vuestra imaginación y de vuestras emociones, me siento en mi lugar. Es la primera vida de la que me acuerdo, y aprendo el oficio. Descubro todo lo que constituye la realidad de esta «industria»; aunque, para ser realmente honesto, en mi opinión, lo esencial no se encuentra allí. Sigo fiel al primer impulso que me llevó a escribir. ¿Por qué existo? ¿Cuál es mi utilidad? ¿Quién me da la fuerza para levantarme a las 03:00 h? ¿Quién logra convencerme para dejar a mi familia y recorrer caminos? La respuesta es sencilla: vosotros.

Lo que me gusta es contaros historias. No es un trabajo, no es una m****a de aventura, es mi razón de ser. Escarbar en la vida para intentar provocaros sentimientos que, quizá, os lleven más lejos o más alto. No sé si lo consigo, ni siquiera sé si soy capaz de ello; pero os juro que lo intento con todas mis fuerzas. Tengo presunción de inocencia.

Habrá bastantes mentes retorcidas o mediocres que me tacharán de demagogo o de clientelista... Pobres. El éxito que vosotros me habéis otorgado no me ha cambiado, no he elegido otro editor por dinero. El hecho de estar en lo alto o en lo bajo de las clasificaciones me es totalmente indiferente. Abandono con mucho gusto el ego para quedarme con el placer, las ganas y la fuerza que me aportan vuestras miradas. En contacto con lo que vosotros me ofrecéis, doy forma a un estilo de vida saludable siempre más convencido. Hacéis evolucionar mi acercamiento a la existencia de una forma que podría resumirse así: si no es emocionante, solo puede servir para reír.

Cada día pienso en la mejor manera de dedicarme a vosotros. Me tomo el máximo tiempo posible para contestar a vuestros mensajes. Ninguno es banal, ninguno es anodino. Únicamente las limitaciones de tiempo me impiden contestaros todas las veces. Espero que podáis perdonarme. No olvidéis nunca que la energía que me proporcionáis alimenta todos mis proyectos. Mis ideas son una respuesta a lo que vosotros me tendéis. Me gusta lo que nos ocurre, nuestros encuentros. Me gusta produciros el efecto que me describís. Cada día, me contáis que acabáis de conocerme, que algún allegado os acaba de regalarme. Me confiáis que en el hospital, en medio del dolor, del estrés o, más sencillamente, en el día a día, os he entretenido. Me asociáis con lo que vivís más intensamente, tanto en la felicidad como en el dolor. Me habláis de una manera más cercana que si fuéramos amigos. De hecho, esta comparación no es para nada adecuada: me habláis porque tenéis algo importante que decirme. No habría podido desear algo mejor. Mis historias son, quizá, solo un pretexto para nuestros encuentros.

En el marco de nuestra relación, este libro es también un verdadero examen. Os voy a confiar mi sueño. Podéis hacerlo posible si creéis que lo merezco. No es adulación, es la realidad. Me apetece llevaros por historias variadas, de géneros y universos diferentes, ser aquel en quien confiaríais para seguirlo en todos los registros posibles. ¿Aceptaríais cogerme de la mano con los ojos cerrados para que os lleve? Saldremos con nuestros impulsos, sin seguir cálculos o planes de *marketing*. Nos embarcaremos en historias, no en productos. Podéis tener por seguro que no os propondría un libro en el que no creyera. Al cambiar de editor, habría podido ir a lo seguro y ofreceros la comedia prevista para el año que viene. Pero he cambiado para emprender nuevos riesgos, para hacer mi trabajo lo mejor que pueda, para dejar de perderme en inútiles luchas contra aquellos que se suponía que formaban parte de mi equipo. Por tanto, no creáis que he cambiado de estilo, no creáis que me haya dejado comprar, no dudéis de mi compromiso. Vosotros me ofrecéis el regalo de la libertad, yo os debo la integridad.

Agradezco con toda sinceridad a aquellos que me han apoyado en el pasado. Echo en falta a muchos de ellos, pero sé que nos volveremos a encontrar. Doy las gracias a Anna Pavlowitch por haberme acogido. Trabajar contigo, disfrutar de tu exigencia, unida a esa escucha humana, es una suerte. Gracias a los equipos de Flammarion por proporcionarme los medios para esta nueva aventura. Mi pequeña experiencia me permite apreciar a su máximo nivel la relación de confianza y de intercambio con Gilles Haéri. Gracias a los equipos de Bruno Caillet y de Christophe Martel *in situ*. Curiosa casualidad, tengo el placer de volver a encontrarme con el talento de François Durkheim y su mirada. Los mismos, un poco más lejos, un poco más libres. Abrazos sinceros para Céline Thoulouze y Thierry Diaz. No olvido a ninguno de aquellos y aquellas a los que debo todo lo bueno que he podido vivir antes. Gracias también a los libreros que me apoyan y me divulgan. Esta vez, no voy a citar a mis allegados, que los más fieles de entre vosotros ya conocéis. Ellos son mi razón y mi medio.

Me alegra finalizar con aquellas y aquellos por los que escribo. Este libro, al igual que mi vida, está más que nunca en vuestras manos. No cambiaría mi lugar con nadie.

Os doy cita para el próximo octubre, para una nueva comedia.

Su título: *Une fois dans ma vie*. Estoy seguro de que esta expresión encuentra en vosotros un eco tan fuerte como en mí. Una mezcla de desafío y de esperanza... Estoy impaciente por compartir con vosotros todo lo que ella contiene. Pero cada cosa a su tiempo. Mientras tanto, si os parece, no cambiemos nada.

Estéis donde estéis, sea la hora que sea, un abrazo.

Vuestro,

Gilles

www.gilles-legardinier.com

Gilles Legardinier
BP 70007
95122 Ermont Cedex France

Gracias a estos libros he podido documentarme. Por si a vosotros también os apetece hacerlo:

AA. VV. *Histoire année après année. Encyclopédie visuelle des événements qui ont marqué le monde.* París: Flammarion, 2012. 978-20- 812-7982-7

AA. VV. *Lux in Arcana: The Vatican Secret Archives Reveal Itself.* Roma: Palombi Editori, 2012.

AA. VV. *Sciences année après année. Encyclopédie visuelle des découvertes qui ont marqué le monde.* París: Flammarion, 2014.

AA. VV. (Egypt. Ministry of Culture; Vattenbyggnadsbyrån Consulting Engineers and Architects). *The Salvage of the Abu Simbel Temples: concluding report.* Estocolmo: VBB Vattenbyggnadsbyrån, 1976.

BOTTÉRO, Jean y STÈVE, Marie-Joseph. *Il était une fois la Mésopotamie.* París: Gallimard, 2015. Collection Découvertes Archéologie. 978-20-7039-570-5

COLLINS, Sarah. *The Standard of Ur.* Londres: British Museum Press, 2015. Objects in Focus.

CROWDY, Terry. *Deceiving Hitler: Double Cross and Deception in World War II.* Oxford: Osprey Publishing, 2008.

CURTIS, John. *The Cyrus Cylinder and Ancient Persia : A New Beginning for the Middle East*. Londres: The British Museum Press, 2013. 978-0714111872

EBERLE, Henrik y UHL, Matthias. *El informe Hitler : informe secreto del NKVD para Stalin, extraído de los interrogatorios a Otto Günsche, ayudante personal de Hitler, y Heinz Linge, su ayuda de cámara, Moscú, 1948-1949*. Barcelona: Tusquets Editores, 2008. 978-84-8383-070-3

FREYTAG VON LORINGHOVEN, Bernd. *En el búnker con Hitler*. Barcelona: Editorial Crítica, 2008. 978-84-8432-970-1

GAUGHAN, Richard. *Génies par hasard. Ces petites (et grandes) découvertes qui ont changé le monde*. París: Dunod, 2013. 978-21-005-7305-9

GERSTER, George y DESROCHES-NOBLECOURT, Christiane. *The World Saves Abu Simbel*. Viena, Berlín: Verlag A.F. Koska, 1968.

GRAF, Élisabeth y MAYORKAS, Jack (dir.). *Encyclopædia Universalis*. París: 2011.

HASWELL-SMITH, Hamish. *The Scottish Islands*. Cannongate Books. 2008. 978-184-76-7277-3

HUTIN, Serge. *L'Alchimie*. París: Presses universitaires de France, 2013. Que sais-je? 978-213-0588-33-7

KRAMER, Samuel Noah. *La historia empieza en Sumer: 39 testimonios de la historia escrita*. Madrid: Alianza Editorial, 2009. 978-84-206-7969-3

Le Courrier de l'Unesco. Organisation des Nations Unies pour l'éducation, la science et la culture. Octubre 1961. Núm. 10.

MAYO, Jonathan y CRAIGIE, Emma. *Hitler's Last Day by Minute*. Short Books, 2015. 978-17-8072-233-7

MISCH, Rochus y BOURCIER, Nicolas. *Yo fui guardaespaldas de Hitler 1940-1945: testimonio*. Madrid: Taurus, 2006. 978-84-306-0626-9

National Archives (United Kingdom), Records of the Ministry of Defence, Records of Special Operations Executive. Records of the Ministry of Defence. Records of Special Operations Executive. Kew. Richmond. Surrey.

READE, Julian. *Mesopotamia*. Madrid: Ediciones Akal, 1997. La herencia del pasado. 978-84-460-0604-6

ROUX, George. *Mesopotamia. Historia política, económica y cultural*. Madrid: Ediciones Akal, 1990. 978-84-7600-174-5

SCHROEDER, Christa. *12 ans auprès d'Hitler, 1933-1945. La secrétaire privée d'Hitler témoigne*. París: Page après page, 2004. 978-28-4764-022-9

Splendor Solis. Barcelona: M. Moleiro Editor, 2011. Estudio monográfico a cargo de Jörg Völlnagel, Thomas Hofmeier, Peter Kidd y Joscelyn Godwin. 978-84-96400-67-2

WINSTON, Robert (ed.). *Timelines of Science: The Ultimate Visual Guide to the Discoveries that Shaped the World*. DK. 2013. 978-14-654-4247-5